NARRATORI MODERNI

IL RITORNO DEL DUCA

A cura di
GIAN FRANCO ORSI

Garzanti

Prima edizione: gennaio 2007

ISBN 978-88-11-68338-4

www.garzantilibri.it

IL RITORNO DEL DUCA

Introduzione

Caro Scerbanenco,

ho letto i suoi tre romanzi con protagonista Duca Lamberti e sono rimasto profondamente impressionato dalle descrizioni violente come il massacro della giovane maestra Matilde Crescenzaghi nella scuola serale, lo squartamento di Ulrico Brambilla in una macelleria e i settantasette sfregi sul bel volto di Livia Ussaro. Una crudeltà e un realismo che finora non avevo trovato come lettore di gialli italiani, nelle pagine di autori come Augusto De Angelis e neppure in quelle di scrittori più recenti come Giuseppe Ciabattini, Sergio Donati e Franco Enna. Con lei, la lettura dei polizieschi non è più un divertimento intellettuale, ma è diventata documento e riflessione su un mondo che è cambiato e molti di noi non se ne sono ancora accorti.

Ma in particolare sono tre le cose che mi hanno colpito. La prima riguarda l'inizio di *Venere privata*, quando Duca Lamberti, vestito «con una meravigliosa camicia nuova, un meraviglioso abito blu di tessuto ultraleggero, una fantastica cravatta celeste chiarissimo», incontra nella lussuosa villa in Brianza l'ingegnere Pietro Auseri che vuole affidargli il figlio alcolizzato perché gli faccia da amico e da medico. Inizio che mi ha fatto venire in mente l'incipit de *Il grande sonno* di Raymond Chandler quando Philip Marlowe incontra il generale Sternwood nella serra del suo sontuoso Palace losangelino perché liberi la famiglia da un ricattatore e indossa «un completo azzurro polvere, con cravatta e fazzolettino blu scuro».

La seconda è l'uso di neologismi come plasticaro, giocastrona, pastificare, sborniato, svogliare, discorsa, capellastro, che danno un tocco di originalità alla sua prosa già così personale stilisticamente.

Terza e ultima è la vita di Duca Lamberti che ho cercato invano di ricostruire e che pertanto mi piacerebbe che lei mi aiutasse a chiarire.

Lunga vita a lei e a Duca Lamberti
Giovanni Calcaterra
2 giugno 1968

Caro Calcaterra,

grazie per la lettera. Ne ricevo a centinaia soprattutto da donne alle quali rispondo regolarmente nelle rubriche dedicate alla posta delle riviste femminili, ma la sua è la prima che ricevo da un lettore di polizieschi che non solo mi gratifica con i suoi complimenti, ma s'interessa addirittura ai fatti del mio personaggio. Prima di rispondere sul Duca, voglio però sgomberare qualsiasi dubbio riguardo al mio romanzo *Venere privata*, che ho scritto senza attingere al capolavoro chandleriano *Il grande sonno*, che naturalmente avevo letto e apprezzato, ma poi rimosso e infilato nel mio profondo inconscio. Nella narrativa, le coincidenze di certe situazioni sono infinite e il fatto che lei abbia voluto coglierne una tra questi due volumi non mi stupisce, mi fa fibrillare, anzi.

Ora vengo a Duca Lamberti. Quando ho deciso di scrivere una seconda serie di gialli, dopo quella di Arthur Jelling, non ho pensato al protagonista come ai soliti investigatori privati, commissari di polizia, avvocati, preti, bensì come a un medico, come poteva diventarlo Arthur Jelling, se non avesse dovuto abbandonare gli studi per mancanza di mezzi. A quanto pare la passione per la medicina è una delle componenti del mio io, anche se come professione non avrei mai potuto fare altro che lo scrittore, perché è come se fossi cresciuto con la penna al posto del biberon e con l'inchiostro al posto del latte. Comunque, quando appare per la prima volta, Duca è addirittura un ex medico, cacciato dall'ordine per avere aiutato a morire la vecchia signora Maldrigati, malata di cancro, e condannato. Dopo tre anni di carcere, Càrrua, vecchio amico di suo padre, alto funzionario della Questura di Milano, gli propone un lavoro da rappresentante di prodotti medicinali oppure quello di collaboratore della polizia. È con questo incarico che tuttora partecipa alle indagini. La data di nascita di Duca è incerta, volutamente incerta. Ma se a lei davvero interessa, calcolando gli anni di studi universitari, il servizio militare, i sei mesi passati in un ambulatorio di malattie celtiche, il tempo trascorso nella clinica del professor Arquate e i tre anni di carcere, non dovrebbe averne più di trentacinque.

È nato in Romagna. Sua madre muore quando lui è un ragazzo. Suo padre, malato di cuore, muore d'infarto quattro giorni dopo che è andato a trovarlo in prigione. Anche lui lavorava alla Questura di Milano dopo essere stato trasferito dalla Sicilia dov'era rimasto ferito da una coltellata alla spalla da un giovane mafioso. Era una specie di Javert, faceva il poliziotto con fredda passione, ricorrendo spesso al pugno in faccia contro tutti coloro che trasgredivano la legge. Comandamento che ha trasmesso a suo figlio. La famiglia ora è ridotta a lui e a sua sorella Lorenza di ventidue anni, che ha avuto una figlia illegittima di nome Sara.

Forse lei si sarà anche chiesto perché l'ho battezzato Duca e magari si sarà dato anche una risposta. L'ho chiamato così perché nella miseria avesse almeno un nome nobile, sapendo comunque di correre il rischio che i compagni di gioco avrebbero potuto prenderlo in giro, litaniando: « Sei Duca, Granduca o Arciduca?» Porta i capelli corti, è magro e molto alto. In *Venere privata* mi pare di avere scritto che non era molto meno alto di Davide Auseri, che è alto quasi due metri. Gli piace ballare, giocare a scopa, risolvere cruciverba e ha il vizio del fumo. Le Nazionali sono le sigarette che preferisce, ma ama anche le Parisienne. All'occasione non disdegna un bicchiere di whisky. Non possiede auto. Guida l'Alfa della polizia, ma lascia più volentieri il poliziotto Mascaranti a fargli da autista.

Che dirle, caro Calcaterra, riguardo alla vita sessuale di Duca Lamberti? Ce n'è poca nei romanzi, ma posso assicurarlo che il suo atteggiamento verso le donne è quello di qualsiasi uomo normale, vigoroso e sano. C'è da tenere presente, tuttavia, che la prolungata continenza in carcere genera un'abitudine alla castità. Almeno nel caso di Duca, che però quando è l'ora e il momento giusto non delude la partner, lasciandola all'asciutto, come per esempio può testimoniare una gentile ragazza brianzola.

Duca, la sorella e la nipotina abitano al primo piano di un modesto palazzotto in piazza Leonardo da Vinci. L'appartamento è piccolo e vecchio e sulla porta spicca ancora la targa in ottone con dott. Duca Lamberti. Quando è a casa, il Nostro mangia di gusto il minestrone, altrimenti sopravvive con i panini tostati dei bar. Come si sarà reso conto, il carattere di Duca non è esemplare. È suscettibile e irascibile, non concede confidenze e non vuole che lo si chiami dottore. In alcuni casi è addirittura cinico e manesco. Per lui la polizia delle paroline buone, della persuasione fabbrica solo nuovi delinquenti. Meglio dare ai malviventi un pugno in faccia prima, poi fare loro le domande. Odia in particolare i bari e i traditori e non nutre simpatia per gli invertiti. Ma Duca è anche una persona sensibile: vorrebbe liberare l'umanità dal flagello dell'alcolismo, dalla paura della morte, dallo sfruttamento della prostituzione, dallo strapotere della criminalità organizzata.

Le persone di cui si fida si possono contare sulla punta delle dita: Luigi Càrrua, un sardo focoso, grande urlatore, appesantito da trent'anni di lavoro in polizia, che vive le giornate in ufficio e passa le notti nella stanzetta accanto; Mascaranti, un siciliano bruno, bassotto come Càrrua e manesco come Duca, che assomiglia più a uno sportivo che a un poliziotto. Infine Livia Ussaro, la donna della sua vita, giovane, affascinante, alta, bruna, laureata in Storia e Filosofia.

Questo è pressappoco quello che posso dirle. Aggiungo solo, data la confidenza che è riuscito a strapparmi, che sto finendo di scrivere la quarta avventura di Duca Lamberti che è ancora poliziotto, ma che tornerà a fare il medico, curando non solo il corpo umano ammalato, ma affondando contemporaneamente il bisturi nel corpo sociale per estirpare il male là dove si annida e distruggerlo. Si tratta ancora di una storia di vendetta con un personaggio che la compie di sabato. Non ha ancora un titolo, ma potrei chiamarla *I milanesi ammazzano al sabato.* Chissà.

Suo Scerbanenco
12 giugno 1968

Cari lettori,

scoprii queste due lettere (originale la prima, una copia la seconda, che lo scrittore doveva avere conservato per ricordarsi, come di solito fanno gli autori di storie seriali, che Duca, per esempio, abita al primo piano e non al secondo, oppure che Livia ha settantasette tagli in faccia e non sessantasette), scoprii le lettere, dicevo, mentre frugavo in casa Scerbanenco fra le carte dello scrittore alla ricerca di un racconto da pubblicare in un'eventuale antologia. Il racconto che cercavo non l'ho trovato. Al momento, però, mi è venuto in mente un progetto che covavo da tempo, quello di invitare alcuni giallisti a celebrare l'opera di Scerbanenco, scrivendo nuovi racconti che avessero per protagonista Duca Lamberti.

Naturalmente avevo bisogno del permesso degli eredi e per convincerli feci loro presente che esistevano già dei precedenti importanti: quando Conan Doyle era ancora vivo, scrittori di varie nazionalità si erano impossessati del suo Sherlock Holmes, raccontandone le imprese e magari storpiandone il nome. Le due figlie di Rex Stout, invece, avevano regolarmente consentito a Robert Goldsborough di continuare le vicende del pachidermico investigatore privato Nero Wolfe e del suo braccio destro Archie Goodwin, e perfino i curatori del patrimonio di Raymond Chandler avevano autorizzato un noto editore newyorkese a far scrivere nuove storie di Philip Marlowe per festeggiare nel 1988 il centenario della nascita dello scrittore e i trent'anni da quando Chandler aveva battuto a macchina le ultime parole della carriera letteraria del suo *private eye*.

Non meritava anche Duca Lamberti di celebrare i suoi quarant'anni da quando Giorgio Scerbanenco aveva battuto a macchina le sue prime parole? I miei interlocutori mi dissero che il progetto era interessante e che mi avrebbero dato presto una risposta. Che non tardò ad arrivare e che era positiva. A questo punto convincere quindici giallisti a scrivere un racconto con Duca Lamberti non è stato difficile. Quando glielo proposi, mi sentii rispondere da tutti che erano onorati di essere stati invitati a partecipare a questa impresa.

Ora che l'opera è pronta, penso che Scerbanenco sarebbe lusingato dalle loro attenzioni, proprio come si sentì lusingato quando ricevette «Le Grand Prix de la Littérature Policière», nel 1968. In questo libro ci sono tutte le sue tematiche: dall'eutanasia, all'omosessualità, dalla vendetta, alla droga. Fra gli autori, poi, c'è chi ha privilegiato il personaggio di Mascaranti; chi ha fatto incontrare Arthur Jelling con Duca Lamberti; chi ha sdraiato il Nostro sul lettino dello psicanalista Musatti; chi lo ha coinvolto nel periodo più buio del terrorismo; chi ha imbarcato un Duca Lamberti avanti negli anni su una nave da crociera nel Mediterraneo; chi lo ha ringiovanito agli anni universitari e chi a quelli dell'infanzia, mettendone già in risalto le doti di investigatore; chi infine ha portato Duca sul set di un film.

Non mi resta che ringraziare la famiglia Scerbanenco per il consenso alla pubblicazione di racconti scritti dai migliori giallisti d'oggi ispirati a Duca Lamberti, l'editore per aver creduto nella iniziativa e gli scrittori: Alan D. Altieri, Matteo Bortolotti, Alfredo Colitto, Leonardo Gori, Carmen Iarrera, Diana Lama, Ernesto G. Laura, Nunzia Monanni, Giancarlo Narciso, Ben Pastor, Giuseppe Pederiali, Patrizia Pesaresi, Biagio Proietti, Claudia Salvatori, Giampaolo Simi, Diego Zandel, per la passione, il rispetto e il rigore con cui hanno voluto rendere un sincero omaggio a un'icona della narrativa poliziesca. Un omaggio al quale mi associo con il rammarico che Scerbanenco non possa leggerlo.

Gian Franco Orsi
Dicembre 2006

P.S. Un momento di attenzione, prego. Scerbanenco, in verità, ha letto alcune pagine di questo volume per averle addirittura scritte. Si tratta delle trame del quinto e del sesto romanzo con Duca Lamberti, che troverete a pagina 17 e 25, e del primo capitolo di quest'ultimo, a pagina 31.

GLI INEDITI DI SCERBANENCO

La trama del quinto romanzo di Duca Lamberti *I pulcini e il sadico*

1.

Duca Lamberti si sposa con Livia Ussaro: va in luna di miele con la sua piccola auto; dovrà riprendere a fare il medico. Ha pochi giorni di vacanza, soltanto quindici. Livia desidera tanto andare a Parigi e attraversare in macchina la campagna francese, dove in una piccola città vive un suo giovane fratello, figlio di uno dei suoi genitori separati, che abita con la nonna e che Livia non vede da tanto tempo.

Duca odia Parigi, i parigini, *la grandeur de la France*, odia l'arroganza dei francesi, ma l'accontenta. Partono, non fanno l'autostrada, che a Duca sembra una pista nel deserto, dove per chilometri non c'è una casa e uno può morire tranquillamente senza che nessuno se ne accorga: vuole stare tranquillo, viaggiare senza angosce attraverso le dolci strade di collina. Arrivano a Parigi, in un piccolo albergo degli Champs Elysées in cui Duca critica tutto, dalle moquette che nascondono secoli di polvere, ai giovanetti arroganti della portineria, alle vecchie cameriere che puzzano d'aglio. Vorrebbe andarsene subito: all'edicola degli Champs Elysées compra tutti i giornali e tutte le carte stradali per passare da Chalon sur Saône, dove vive Sebastian, il fratellino dodicenne di Livia.

Insieme a Livia legge su un giornale che un povero ragazzo di dodici anni è stato trovato seviziato e ucciso da un bruto, in mezzo alla sterpaglia, sulle rive del fiume Saône, vicino a Chalon.

È il secondo assassinio di questo genere che si verifica in

sei mesi, e da tante piccole prove e dallo stile con cui è commesso, la polizia francese ha intuito che si tratta sempre dello stesso assassino. Questo secondo ragazzo ucciso si chiama Yves e ciò che impressiona e gela di colpo Livia è che era compagno di scuola e amico del suo giovane fratello Sebastian, pure lui di dodici anni. Anche Duca ha un brivido leggendo la notizia, perché pensa che poteva accadere al fratello di Livia di essere seviziato e ucciso dal bruto, invece che al povero Yves. I due ragazzi erano spesso insieme, racconta Livia a Duca, e avevano passato anche insieme una vacanza in Italia, dove pareva che corteggiassero insieme una ragazza, ma senza litigare.

Duca e Livia non resistono più a continuare con calma il viaggio di nozze, con quell'angoscia nel cuore e si precipitano a Chalon sur Saône, nella vecchia casa in riva al fiume della nonna di Livia, dove vive il giovane Sebastian (madre e padre del ragazzo sono morti in un incidente d'auto). Sebastian è lì che li attende: aveva scritto a Livia di raggiungerlo e non sapeva che la sorellastra era partita in viaggio di nozze, proprio per Parigi. La morte del suo amico, del suo compagno di scuola, l'ha sconvolto. È pieno di disgusto e di furore verso l'uomo che ha seviziato e ucciso il suo Yves.

Sebastian piange fra le braccia di Livia, che lo assicura che Duca lo aiuterà a trovare l'assassino.

Quando il ragazzo sa che Duca è un poliziotto ha una crisi di disperazione e di isterismo: «Dovete arrestarlo, perché non fate niente voi della polizia? Cosa mandate in giro tanti uomini con i cani e le autoradio, e poi non trovate nulla, trovate soltanto il cadavere del povero ragazzo, e allora non vi serve neppure averlo trovato, perché ormai è morto...»

Duca e Livia fanno di tutto per calmare il giovane che Livia chiama con tenerezza Pulcino. «Senti, Pulcino, qui c'è un poliziotto, anche se è in vacanza, e tu non dici delle cose molto giuste sui poliziotti. Sai, non è così facile come sembra scoprire una persona di cui non si sa nulla, assolutamente nulla...»

Ma Sebastian scuote il capo, da ragazzo cocciuto dice: «Se

fossi io un poliziotto, saprei come trovare quell'assassino in pochi giorni».

Duca, per amore di Livia è costretto a contenere il suo furore verso la Francia in generale e il fratello di Livia in particolare, che dentro di sé chiama il piccolo De Gaulle e dice pacatamente al ragazzo: «Dimmi come faresti».

2.

Sebastian spiega a Duca e a Livia che cosa farebbe se lui fosse poliziotto. Spiega fervido, con passione, ascoltato anche dalla nonna, la vecchia Madame Matilda.

Bisogna che un ragazzo vada in giro e si faccia pescare da qualche anormale, spiega. Fra tanti vi sarà certamente l'assassino del suo povero Yves. Non resterà che farlo confessare.

«Ma scusa, caro», interrompe Duca, «questo ragazzo corre il pericolo di essere seviziato e ucciso come gli altri due».

«No! Non corre nessun pericolo, nessuno!» dice il ragazzo con enfasi. «Basta mettergli in tasca un segnalatore radio. A un chilometro o due di distanza c'è un'auto della polizia che segue il ragazzo, ricevendo da lui, attraverso il segnalatore radio, gli impulsi per il radar di bordo. Nel caso che il ragazzo corresse pericolo, lancia un impulso speciale e la polizia accorre.»

Duca guarda Livia, come se non ci avesse mai pensato nessuno prima di quel ragazzo francese esaltato e come se Livia, per quanto poco sia sorella, non porti sulla pelle i segni di quel gioco dell'esca umana per trovare l'assassino. Livia non commenta nulla, solo la vecchia nonna, la signora Matilda accenna di sì con il capo approvando.

«Certo, è, un'idea ingegnosa, sicuro...» dice Duca, sperando di chiudere il più presto possibile questa storia di sadici francesi, o qualunque altra cosa fossero, almeno per quei pochi giorni di vacanza che gli rimangono ancora.

Ma il ragazzo, furibondo, con le lacrime agli occhi, si scaglia contro Duca: «Non prendermi in giro, Duca! Non sono un bambino! Lo so che cosa pensi, che ho letto queste storie nei fumetti. E va bene. Allora continuate con i vostri rastrellamenti che non rastrellano niente, continuate a interrogare centinaia di persone che non c'entrano niente, continuate a dar retta agli incoscienti che per farsi un po' di pubblicità dicono di essere loro gli assassini del ragazzo, o di aver visto il ragazzo qua e là, seguite tutte le telefonate di tutti i disgraziati che scherzano anche sui morti. Ma intanto Yves è morto e voi con i vostri sistemi non troverete mai l'assassino!» Mentre Livia cerca di calmare il fratello, Duca risale rapidamente e furiosamente la via centrale in salita della chiusa città francese; è sera, è tutto buio, ma nell'aristocratico Royal Hotel, nel gigantesco salone da pranzo napoleonico ordina un grande piatto di ostriche e telefona a Livia di piantare il fratello aspirante poliziotto e di raggiungerlo. Duca è più che mai deciso a piantare i mostri e gli assassini.

«Farò il dentista», dice a Livia.

Ma l'incubo dell'uccisione del ragazzo francese non finisce così. Da qualche giorno va a casa a trovare Sebastian, una giovane ragazza di dodici anni. Si chiama Beatrix: è la ragazza che lui e Yves corteggiavano insieme. Dopo la tragica morte di Yves, la ragazza non può fare a meno di vedere Sebastian, l'altro suo corteggiatore. La scusa è di studiare insieme, ma in realtà i due ragazzi parlano sempre di Yves e si confortano a vicenda. Sebastian ha spiegato a Beatrix che cosa farebbe lui se fosse poliziotto per ritrovare subito l'assassino di Yves e Beatrix gli ha dato subito il suo entusiastico appoggio. «Parlo io con tua sorella e suo marito, così li convinco a fare come dici tu.»

Mentre pranzano in un antico ristorante sulla riva della Saône, dove tutto è come due secoli fa e niente parla di mostri e di anormali, Duca e Livia subiscono l'assalto di Sebastian e Beatrix che li hanno facilmente trovati facendo il giro dei locali e sapendo che stanno per ripartire per l'Italia. Beatrix è bellissima e irruente e Duca è costretto a subire per tutto il pomeriggio le terribili violenze verbali della ragazzina che dice circa dieci parole al secondo e che gli dichiara categoricamente: «Se la polizia non farà come dice Sebastian e se voi non ci aiuterete, non solo non troveranno mai l'assassino di Yves, ma vi saranno altri ragazzi uccisi barbaramente come lui».

3.

Duca è al limite di tutto, del suo controllo, della sua pazienza e perfino del suo amore per Livia che si dimostra assurdamente gelosa di Beatrix. Per liberarsi da tutta questa storia, Duca decide di tornare subito in Italia: come viaggio di nozze non poteva andare peggio, ne faranno un altro un'altra volta, promette a Livia, passano Ginevra, passano la galleria del Monte Bianco: finalmente aria di casa, Duca vuole diventare il più borghese possibile, il più milanese possibile. A Milano, nella nuova casa, ancora tutta da sistemare, legge i giornali del mattino: dopo qualche giorno tranquillo accade la tragedia.

Due ragazzi gemelli di tredici anni, Federico e Filippo Fabria, scompaiono nelle vicinanze di un cinematografo di Aosta, e due giorni dopo vengono trovati seviziati e cadaveri, sul fiume Orco, in Piemonte. Sia perché si tratta dell'assassinio contemporaneo di due ragazzi, sia perché i due ragazzi erano gemelli e dalle fotografie pubblicate dai giornali erano bellissimi, l'opinione pubblica francese e italiana esplode: la polizia deve fare qualche cosa. Si muove l'Interpol, i ministri degli Interni per dare ordini draconiani. Bisogna prendere l'assassino entro una settimana, altrimenti saranno rivisti tutti i quadri di polizia.

Non passano che poche ore e Beatrix e Sebastian sono a Milano a casa di Duca e Livia. Duca non può fare a meno di andare da Càrrua a spiegargli la tesi del ragazzo, Sebastian.

«Benissimo», dice Càrrua, «sarà l'idea di un ragazzo fantasioso, l'avrà presa dai romanzi a fumetti, però non è stupida. L'inconveniente, tu lo sai meglio di me qual è: nessuno si prenderà la responsabilità di mandare un ragazzo allo sbaraglio in mezzo agli anormali. Tu te lo vedi il questore che approva questo piano e firma il permesso di esecuzione? E se il ragazzo dopo qualche giorno viene trovato morto sulle rive di qualche fiume al confine, con quale tipo di rivoltella pensi che si sparerà il questore che ha dato l'autorizzazione?»

D'altra parte si vede subito che le indagini regolamentari non bastano. Il questore decide, oltre alle altre ricerche convenzionali, di dare il via all'operazione radar, ideata dal giovane Sebastian e sostenuta ormai per forza da Duca Lamberti e da Livia.

Vi sono alcune piccole modifiche al piano. Occorreranno almeno quattro ragazzi che facciano da esca all'assassino. Uno solo ci metterebbe troppo tempo. Ne occorrono almeno quattro che si sparpaglino in tutte le direzioni, tenendo conto dell'ultima pista seguita dall'assassino che dovrebbe essere quella del fiume Orco.

«Finora però», confessa il questore, «ho solo tre volontari che ho preso all'istituto dei trovatelli, perché è logico che nessun genitore ci affidi i suoi figli per un'operazione del genere.»

«Il quarto sarò io», afferma Sebastian, appena al corrente della cosa e anche se la legge vieterebbe di esporre a un simile rischio il parente di un poliziotto, il questore alla fine acconsente.

Il fiume dell'ultimo delitto è il fiume Orco, vicino a Torino. Ecco i particolari: da Torino arriveranno durante la notte quattro auto con il radar e con quattro segnalatori radio da dare ai ragazzi. Nello stesso tempo, per due giorni i ragazzi dovranno seguire un corso accelerato per imparare a servirsi del segnalatore, per trattare con gli anormali che cercheranno la loro compagnia, oltre a qualche piccola lezione di judo per far cadere semplicemente l'anormale in terra, se li aggredisse, e fuggire. Infine, faranno delle prove, con il segnalatore in tasca e le auto che li seguono a un paio di chilometri di distanza.

Il pomeriggio di due giorni dopo l'operazione comincia: i quattro pulcini, di cui nel romanzo saranno dati nomi e caratteristiche vanno a fare da esca all'assassino.

Ciascuno segue un itinerario prefissato: uno gironzola intorno a un cinematografo equivoco, un altro va in un bar a giocare a flipper e intanto racconta che è scappato di casa, un terzo gira fra i carrozzoni di un modesto luna park, mentre il quarto cerca di fare amicizia con ragazzacci e domanda se c'è in giro qualche anziano che offre da mangiare a un ragazzo affamato.

I quattro ragazzi vengono seguiti da quattro auto: sul quadrante del radar i due poliziotti, alla distanza di un paio di chilometri, sorvegliano attimo per attimo gli impulsi che il segnalatore radio trasmette, pronti ad accorrere appena il ragazzo trasmettesse il segnale di «pericolo». Duca, con Livia segue Sebastian.

4.

Il primo risultato di questa singolare battuta è che i pulcini che fanno da esca scoprono e fanno arrestare un'eccezionale quantità di anormali. Ma non quelli già conosciuti e schedati dalla polizia. Si tratta di signori insospettabili, professionisti, insegnanti, vecchi benefattori che elargiscono milioni agli istituti degli orfanelli, e perfino uno sportivo famoso. Ma l'assassino non si trova ancora. I pulcini girovagano di paese in paese, da Biella ad Asti, a Torino, ad Aosta, percorrono quasi tutti i paesi sulle rive del fiume Orco, quando al quarto giorno, il radar dell'auto numero 2, quella di Duca dà il segnale di pericolo. Il ragazzo che trasmette il segnale è Sebastian, il fratello di Livia. L'auto, seguendo le indicazioni del radar, piomba in un viale buio, dove trova Sebastian a terra, gemente, evidentemente ferito, e a pochi metri un uomo che sta per salire su un'auto e mettere in moto. Uno dei due poliziotti, si rotola giù dalla macchina in corsa per soccorrere il ragazzo ferito, mentre l'altro, Duca si butta deciso addosso all'auto dell'assassino prima che si metta in moto e la sperona facendola rovesciare. Ferito, sanguinante, sotto un brusco interrogatorio, l'assassino, un nobile francese, finisce per confessare tutti i suoi delitti, compresi i due gemelli. Ma perché nascondeva le sue vittime sempre sulle rive di un fiume, non era pericoloso?

«Forse», risponde cinicamente, «ma c'è una logica: ai ragazzi piacciono i fiumi, il mare, i laghi; anche a me piace il fiume e se non mi prendevate sapevo morire da me, nel fiume.»

Finale

Le ferite di Sebastian sono leggere. L'assassino aveva tentato di strangolarlo, ma lui era fuggito. All'ospedale c'è sempre Beatrix vicino a lui e Duca che gli dice: «Non darti tante arie Pulcino, e non fare il poliziotto da grande». Livia prega Duca di riprendere il viaggio di nozze interrotto in Francia, riportando a casa prima Beatrix e Sebastian e poi proseguendo finalmente soli la luna di miele interrotta.

La trama del sesto romanzo di Duca Lamberti *Le sei assassine*

Il tonfo del corpo che cadde davanti all'ascensore nell'atrio elegante della vecchia casa non fu udito da nessuno. Nemmeno dal custode che aveva appena consegnato la lettera alla donna che da ore giaceva svenuta in terra. Era scesa presto quel mattino: suo marito non era rientrato quella notte e la lettera le diede uno strano presentimento. L'aprì subito e, nel suo corpo svenuto in terra davanti all'ascensore, inciampò un inquilino che scendeva con il cane per la passeggiata del mattino. Era molto presto, appunto, e lei rinvenne di colpo. L'uomo l'aiutò ad alzarsi, lei lo ringraziò e si chiuse in casa con quella lettera fra le mani. Era la solita lettera anonima, ma era anche diversa, lei non sapeva ancora che suo marito era stato ucciso. Lui, Goffredo, tornava sempre tardi la notte e a questo lei si era abituata da quando, anni prima, aveva fatto la follia di sposare quel bellissimo tenero e falso ragazzo, che aveva tanti anni meno di lei, così fine, così nobile così poco sexy e così innamorata di lui. E adesso pezzetti di parole incollate qua e là su un foglio bianco le dicevano che suo marito era stato ucciso: «Cercalo nella sua macchina al parco; la sua assassina la troverai fra queste», e seguiva un elenco di sei nomi di donna che lei non aveva naturalmente mai sentito. Suo marito non le raccontava certo i nomi delle sue amanti, le aveva detto dall'inizio che lui non avrebbe cambiato vita, anche sposandola, e la sua vita erano le donne, la notte, il gioco, i cavalli, le auto, i soldi che lei aveva. Ma lei lo amava tanto, arrivata a quarant'anni senza mai provare niente per nessuno, aveva accettato quella assurda, crudele unione, sconvolta dall'intensità dell'affetto, dell'amore per lui. E lui adesso era morto, diceva quella lettera con pezzi di parole ritagliati dai giornali. Lei aveva solo un amico, lì a Milano dove si era trasferita dal nobile e chiuso ambiente torinese, dove era vissuta, per seguire il marito; il suo ginecologo, quello che le aveva tragicamente e inesorabilmente detto che lei non avrebbe mai avuto figli. Ma le era diventato amico, psicologo, confessore, confortante presenza in ogni momento, e quello era il momento più tragico della sua vita: gli telefonò e gli lesse la lettera. «Vengo subito», disse lui, «andiamo a cercarlo.»

La Porsche rossa nel parco la videro subito e, seduto al volante, come fosse ancora vivo, suo marito, la testa bellissima bruna appena reclinata da un lato. Un piccolo foro appena visibile sotto la giacca all'altezza del cuore.

Duca Lamberti guardava la donna e il suo medico che la sorreggeva seduti davanti a lui e le foto che erano state fatte all'uomo al volante che era stato il marito di quella raffinata, filiforme torinese che, in una stretta, perfetta pronuncia piemontese con un incredibile controllo da antica nobiltà, gli stava raccontando la storia di uno dei più assurdi matrimoni che lui avesse sentito. «Va bene, cominciamo con la prima donna, Terry», disse Duca Lamberti che nell'ispezione del caotico, lussureggiante studio del giovane marito ucciso aveva trovato nomi, indirizzi, numeri di telefono di donne ovunque e, anche, quelli delle sei indiziate dalla lettera.

«Sì, è stato mio fratello, è stato un delitto d'onore», aveva detto subito Terry, la bellissima meridionale Teresa, bruna, carica di gioielli, proprietaria di una villa in una zona residenziale di Milano, troppo giovane per vivere apparentemente sola in una casa così lussuosa, dove si sentiva la presenza discreta di domestici e custodi. Troppi soldi per non essere quelli della nobile torinese. Troppo facile trovare subito l'assassino, il fratello di Terry. Il delitto d'onore che poi non esiste neanche più. Troppo falso.

La seconda ragazza Duca Lamberti la trovò in Veneto, apparteneva a una setta pseudoreligiosa, dove tutte le ragazze erano bionde, belle e aspiranti attrici o cantanti e portavano strane divise di tipo militare. Lei, quella della lettera, Sara, era la più bella, cantava e voleva diventare famosa, si fece promettere da Duca il silenzio sull'ambiente dove l'aveva trovata e disse che era stato suo padre a uccidere il giovane Goffredo, perché credeva fosse lui responsabile di aver fatto scappare di casa la figlia. Giovanissima e già così fatta, pensò Duca; un altro assassino trovato subito, che strana storia. Il padre di questa fantasiosa veneta che aveva conosciuto Goffredo al casinò di Venezia viveva in una cascina alla periferia di Mestre, aveva un bar in un angolo sotto l'autostrada e non vedeva la figlia da anni. Una settimana persa per due pazze mitomani, Duca cominciò a pensare che i nomi scritti su quella lettera fossero tutti da scartare, fossero solo un modo per portare le indagini fuori strada.

La terza ragazza, anzi donna quasi matura, non era un'esaltata ma una attivissima milanese, Gisella, sì, aveva conosciuto Goffredo perché veniva lì, nella casa di moda per le modelle e ogni tanto le faceva un invito a cena o a teatro, e lei aveva ceduto alla lusinga di farsi vedere in giro con un uomo così bello, così gentile. Niente altro. Nessuno che lei conoscesse poteva averlo ucciso e nemmeno nessuna delle ragazze: erano modelle che stavano a Milano pochi giorni, sì, uscivano con Goffredo, lui le portava anche via per un weekend e poi pagava a lei la tariffa, come per un lavoro. Era sicura che non ci fosse altro con loro. Duca le disse di tenersi a disposizione: ormai si era abituato a trovare subito degli assassini preconfezionati che questa storia a modo suo così pulita non lo convinse.

Lei, Danielina, la quarta ragazza della lista, aveva un figlio di Goffredo, quel figlio che dalla moglie non avrebbe mai avuto. Danielina abitava in un piccolo paese sul Po in una grande villa un po' diroccata, con il bambino e cani e polli, era una ex studentessa e non sapeva che Goffredo era stato ucciso. Si sentì male e Duca dovette chiamare un medico e cercare qualche vicina che si occupasse del bambino. «Era così buono, voleva tanto bene al bambino, chi può averlo ucciso, come faremo senza di lui?» Disse che lei prima faceva la hostess e aveva conosciuto Goffredo durante un volo in Thailandia. Erano stati insieme subito la prima sera e poi era nato il bambino. Lui la manteneva lì in quella grande casa sul Po, lei era sola non aveva parenti, era di origine vietnamita e Duca continuò a pensare che stavano parlando di un'altra persona, non di quel Goffredo sfruttatore e losco assassinato nel parco. Ma le fotografie di quell'uomo bruno con il bambino in braccio corrispondevano a quelle dell'uomo ucciso nel parco. Danielina era un'isola a parte, stava così male che il commissario Lamberti la fece ricoverare in una clinica a Milano e si portò il bambino a casa affidandolo a sua moglie Livia; avevano anche loro una bambina adesso e Livia non aveva più tempo per seguire i casi del marito. Così di quella storia delle sei assassine non sapeva niente. Se la fece raccontare dal principio. «Saranno senz'altro le ultime due», disse Livia dopo che Duca le ebbe riferito i casi delle prime quattro donne che aveva interrogato. «Devono essere amiche, o dello stesso ambiente, hanno due nomi simili, da travestito, quasi, Colette e Alessia». Livia Ussaro, prima compagna e adesso moglie di Duca e mamma della loro piccola Simonetta di tre anni, aveva sempre intuizioni lucidissime, preziose per il lavoro del marito. Anche questa volta Livia aveva ragione: Colette e Alessia abitavano insieme in un attico nel centro storico ma erano due ragazzi, due travestiti. Il commissario Lamberti escluse subito che il playboy ucciso si interessasse al mondo dei gay. I due ragazzi dissero che non conoscevano l'uomo ucciso. Duca chiese di dare un'occhiata alla casa anche se non aveva un mandato. I due ragazzi erano di un ambiente chiaramente ricco e di famiglie aristocratiche e i loro modi erano sciolti e distanti. Duca notò pannelli di preziose collezioni di oggetti antichi appesi ai muri, vetrinette in cristallo illuminate e una attirò la sua attenzione. Quando ritornò con la scientifica i ragazzi avevano spostato la vetrinetta che Duca cercava; era una collezione delle pistole più piccole, alcune da guinness dei primati, ma non erano giocattoli e uno di quei minuscoli proiettili aveva ucciso Goffredo.

Sì, quello che si faceva chiamare Alessia aveva conosciuto Goffredo a una festa. Lui l'aveva scambiata per una donna, poi aveva capito e aveva voluto provare un'emozione diversa, incontrando ancora intimamente Alessia, finché aveva cominciato a volerlo vedere più spesso. Ma il ragazzo Alessia si era stancato subito perché sapeva che Goffredo non era come loro, era un normale che voleva divertirsi di loro e il suo amico Colette cominciava a diventarne geloso, così all'ultimo appuntamento andò Colette.

«Mi manda Alessia», disse a Goffredo che lo aspettava nella sua Porsche rossa al parco. E quella frase «Mi manda Alessia» aveva infuriato il giovane Goffredo che voleva, lui sì prendere in giro i ragazzi ma non accettava che loro si prendessero gioco di lui. Cominciò a insultare il ragazzo travestito che vedeva per la prima volta e lui con una delle piccolissime pistole della collezione che aveva in casa e che portava sempre nel taschino della giacca, come un giocattolo, ma sempre accuratamente carica, lo aveva ucciso. Un momento prima Goffredo aveva riso, vedendo la piccola pistola, e aveva continuato a insultarlo, ma per poco: il ragazzo aveva sparato ed era scappato. Nessuna traccia, solo il suo nome scritto nella lettera anonima delle sei assassine, solo un nome di donna che nascondeva un travestito collezionista di armi piccole, «un delitto inutile e assurdo», pensò Duca, che non avrebbero mai scoperto, se lui, in casa di quei ragazzi, non avesse notato la preziosa vetrinetta con le piccole armi da collezione. Infatti la scientifica non era riuscita a identificare che tipo di arma potesse avere ucciso l'uomo nel parco. Era l'arma segreta di un ragazzo che l'uomo ucciso vedeva per la prima volta e non avrebbe avuto nessuna intenzione di vedere. Proprio uno stupido assurdo delitto inutile.

Forse la moglie di Goffredo avrebbe sofferto meno nel sapere la verità.

Il primo capitolo di
Le sei assassine

1.

Donna Eloisa Vagrange aveva preso due pastiglie di sonnifero alle dieci circa di sera, si era addormentata alle dieci e mezza e si era risvegliata di colpo, intorpidita ma cosciente, alle tre e mezza. Di solito due pastiglie di sonnifero le bastavano per dormire almeno nove ore. Quella notte no.

Si alzò. Non che fosse molto lucida, ma non aveva assolutamente più sonno. Per prima cosa, nella lunga, opaca camiciona da notte – doveva essere molto simile a quelle che usava Maria Antonietta – andò a guardarsi allo specchio incassato in una nicchia circolare, alta quasi due metri, tutta illuminata torno torno a quella che si poteva dire la cornice, di fiammelline elettriche, così miti che davano la sensazione di candele dalla morbidissima luce.

Non si era mai piaciuta, e tanto meno si piaceva a quell'ora. Se avesse dovuto giudicarsi sarebbe stata più spietata del più spietato nemico delle donne. Guardandosi allo specchio, pensò che avrebbe detto: età, trentotto anni, tutti e abbondantemente dimostrati. Scarsissime note sessuali: era molto fine, la sua persona, non grassa, non vistosa, proprio come doveva essere una Vagrange, solo che la raffinatezza fisica non sapeva se era un pregio o un difetto. A giudicare dai risultati del suo matrimonio doveva esserlo: suo marito preferiva donne fisicamente assai meno discrete di lei. E ancora: occhi malinconici. Ormai a trentotto anni aveva imparato che gli occhi di una donna che vuole piacere non devono essere malinconici; lo sguardo di una donna veramente donna doveva essere, come dire?, gasato. Doveva essere frizzante, e a questo proprio lei non riusciva.

Si staccò dal grande specchio circolare, con dispetto, si potrebbe dire, e andò ad accendersi una sigaretta, prendendo il pacchetto e l'accendino dal tavolo ovoidale in mezzo alla grande stanza da letto. Perché nonostante il sonnifero, si era svegliata alle tre e mezza? Dopo la quarta o la quinta boccata di fumo, capì il perché: perché era in pensiero per suo marito Goffredo.

Non che fosse la prima volta che suo marito rincasava dopo le tre e mezza, o che non rincasava affatto. Anzi, questo era normale e lei ci aveva sempre dormito su, con sonnifero o senza, come gli abitanti delle zone terremotate dormono sopra i terremoti, sussultori o ondulatori, tanto non c'è nulla da fare. Ma quella notte, invece, non riusciva più a dormire. Dove era suo marito? Vi sono richiami che vengono dall'infinito, da zone misteriose del nostro universo interno, dalle galassie della nostra intuizione e della nostra sensibilità. In sette anni di matrimonio lei non aveva avuto mai paura di dove si potesse trovare suo marito, era saldamente sicura che si trovava bene, molto bene, molto probabilmente con qualche giovane ragazza, lo odiava per questo, ma aveva piacere che fosse vivo, sano e felice.

Quella notte aveva invece paura. Si mise la vestaglia pesante e ispezionò tutta la palazzina. L'appartamento di suo marito, contiguo al suo, era sinistramente in ordine, il letto non disfatto, la saletta senza neppure una cicca nei portacenere, il mobile bar perfettamente in ordine, e non un bicchiere o una bottiglia in giro. Dal terrazzo guardò oltre il piccolo parco che circondava la palazzina, come sperando di vedere arrivare la sua bella Porsche rossa. Poi, rinfreddolita, chiuse le porte finestre. L'angoscia le saliva dentro sempre di più.

2.

E per levarsi quell'angoscia cominciò le telefonate. Non pensava neppure di telefonare agli ospedali, ai pronto soccorso, alla polizia. Lei aveva molta esperienza e sapeva che le disgrazie accadono alle persone perbene. Alle altre, come suo marito, non succedeva mai niente di male.

Telefonò per primo da Gipo Farassino, era un locale notturno dove suo marito Goffredo andava spesso.

«Gipo», rispose una voce nervosa di guardarobiera.

«Mi chiami il dottor Borsaris», era il nome di suo marito, disse lei imperiosa e volutamente scortese.

«Non si è visto questa sera», rispose la guardarobiera.

Allora telefonò al Chatam, altro locale notturno dove Goffredo ogni tanto ingannava le serate in buona compagnia.

Rispose una voce vecchia e ossequiosa: «Il dottor Borsaris è venuto verso l'una, ma poco prima delle due è uscito».

«Era solo?» domandò. Ormai aveva da tempo perso ogni dignità.

Il vecchio direttore del Chatam la conosceva. «Signora, era solo, davvero!»

Donna Eloisa riappese il ricevitore: non le restava che il Crazy Club. «Per favore, il dottor Borsaris.»

Le rispose una voce roca e virilissima. «Io sono l'uomo delle pulizie, qui hanno chiuso tutto, non c'è più nessuno.»

Lei depose il ricevitore. L'angoscia continuava, aumentava, stupidamente, perché ormai erano anni che Goffredo si comportava così, come quella notte, e lei avrebbe dovuto provarla ogni notte, da anni, e invece la provava solo quella notte. Vi sono i presentimenti e quello forse, lei pensò, era un presentimento.

Era così inquieta, che andò a vestirsi. Non sopportava di essere in vestaglia. Altre volte aveva atteso suo marito fino all'alba, quando lui si degnava di tornare, ma senza spasimo come quella notte. Quando fu vestita guardò l'orologio: erano le quattro e sei o sette minuti.

3.

Alle quattro e un quarto il telefono squillò. Convulsamente lei sollevò il ricevitore, doveva essere Goffredo.

«Donna Vagrange Borsaris?» disse una voce giovane ma aspra.

«Sono io.»

«Questura di Milano. L'aspetto subito nel mio ufficio, ho una comunicazione da farle riguardante suo marito. È urgente.»

Da buona piemontese pratica e concreta, rispose immediatamente: «Vengo subito».

Erano le quattro e sedici minuti, la conversazione non era durata neppure un minuto. Alle quattro e venti lei attraversava con la sua 127 la città completamente deserta e raggiungeva la questura.

La fermarono nel cortile della questura, nel freddo intenso e ventoso di quegli ultimi giorni d'aprile.

«La signora Borsaris?»

«Sì.»

Biografia di Giorgio Scerbanenco

Vladimir Giorgio Scerbanenko nasce a Kiev il 27 luglio 1911, da Valerian Scerbanenko, professore di latino e greco, e da una giovane romana, Leda Giulivi. A sei mesi viene in Italia con sua madre. Nel 1921 madre e figlio sono di nuovo in Russia, prima a Kiev dove vengono a sapere che il padre è stato fucilato dai rossi, poi a Odessa per imbarcarsi insieme ad altri profughi italiani, che fuggivano dalla rivoluzione per tornare in patria. Dopo un lungo viaggio da Costantinopoli a Trieste giungono finalmente a Roma. Quando il ragazzo ha sedici anni si trasferiscono a Milano, dove la madre, malata di cancro, entra ed esce dall'ospedale. Alla morte di lei, per sentirsi meno straniero in una città ostile, Scerbanenko decide di togliere la K dal cognome e di usare il suo secondo nome, Giorgio, eliminando il russo Vladimir.

Qualcuno si impietosisce di questo giovane spilungone – è alto quasi un metro e novanta – solo e affamato, e gli trova un lavoro come tornitore alla Borletti. «Feci carriera», confessa. Quando «si accorsero che ero un poeta [...] mi misero al magazzino spedizioni, a scrivere l'entrata e l'uscita delle merci.» La sera studia filosofia. Prende i libri in prestito e li legge all'osteria dove mangia. Dopo un anno e mezzo è costretto a lasciare l'azienda e spedito in sanatorio a Cuasso al Monte. Per fargli guadagnare qualche cosa, ignoti benefattori gli affidano l'incarico dell'osservatorio meteorologico: deve registrare la temperatura, la pressione barometrica, la velocità del vento, l'umidità. Tutte cose di cui non ha mai sentito parlare prima.

Tornato a Milano, lavora alla Croce Rossa come milite del

pronto soccorso. Indossa la divisa grigioverde come i soldati della prima guerra mondiale. «Il maresciallo scosse il capo, quando mi vide la prima volta in divisa, ma sapeva che avevo fame, e non mi poteva sbattere via.» Esce solo di notte con l'autoambulanza, perché un milite così, di giorno, non vogliono vederlo in giro. Approfitta delle ore di luce per leggere e scrivere. È uscito da poco *Gli indifferenti* di Moravia e si appassiona alla battaglia fra contenutisti e formalisti. Un buon libro è costituito solo di fatti, sostengono alcuni; un buon libro consiste solo nella raggiunta armonia della forma, ribattono altri. Non avendo finito neppure le elementari, molti di quei discorsi gli sono oscuri, ma li beve lo stesso avidamente.

Da qualche mese è promosso di grado. Dal pronto soccorso della Croce Rossa passa agli uffici, sempre della Croce Rossa. Ma il suo disinteresse per il lavoro burocratico è così evidente che viene licenziato. Trova allora posto come contabile in una grossa ditta. Deve fare le fatture, le sbaglia regolarmente. Comincia a scrivere racconti che sono buoni, gli rispondono dalle redazioni, ma li giudicano non adatti alla pubblicazione. Finché non accade il miracolo: Zavattini accetta una sua novella e la fa uscire su «Piccola». Lo vuole conoscere personalmente e infine lo assume. «Ero in un giornale, gli inizi erano finiti», esulta.

Da quel momento è un fiume in piena. «A me piace scrivere dappertutto, e nelle condizioni meno confortevoli», dichiara. «Non mi occorre né solitudine, né silenzio, né scrivanie speciali. L'unica cosa di cui ho bisogno è la macchina da scrivere, una qualsiasi, anche la più scassata, perché voglio vedere subito chiaro e ben allineato quello che scrivo. Ho scritto nelle osterie, nelle camere d'albergo vicino al lavabo, a letto e in luoghi affollati dove tutti gridavano.»

Scrive molti romanzi – il primo *Gli uomini in grigio* viene pubblicato a puntate nel 1933 – e centinaia di racconti d'amore, di guerra, di spionaggio, gialli. Il suo primo romanzo poliziesco dedicato alla saga di Arthur Jelling, *Sei giorni di preavviso*, esce insieme a *Nessuno è colpevole* in un volume intitolato *Supergiallo* nel 1940, seguito nel 1941 da *La bambola cieca*, pubblicato nella serie «Libri Gialli» che l'editore Mondadori aveva inaugurato nel 1929. A causa della chiusura nel 1941 delle collane gialle mondadoriane decisa dal Minculpop fascista che le considerava corruttrici dei giovani, le ultime due avventure, *Il cane che parla* e *L'antro dei filosofi*, appaiono nel 1942 nei «Romanzi della Palma». Cinque storie ambientate in un'America immaginaria e notturna sia per evitare di raccontare città e panorami in maniera inesatta, sia per stare alla larga dalla censura di regime. Il protagonista Arthur Jelling è un addetto all'archivio della direzione generale di polizia di Boston. Un uomo timido fino all'estremo e scrupoloso fino alla morbosità. Un uomo di quarant'anni, che ha studiato medicina fino a venticinque anni senza laurearsi, si è sposato a ventiquattro e non ha fatto altro di più importante, se non scoprire le trame segrete di alcuni delitti famosi. Archiviata la pratica dell'ultimo processo, torna a casa da sua moglie e suo figlio, legge il giornale mangiando, legge un libro a letto e la mattina è in ufficio come il più oscuro degli impiegati a catalogare interrogatori ed elenchi di referti o stesure di alibi.

A guerra finita, Scerbanenco torna dalla Svizzera dove si era rifugiato nell'ultimo periodo «con l'abito che mi cadeva a pezzi». Arriva senza un soldo a Milano, dove si continua a sparare. Ma questa volta ha molti amici. Non è come la prima volta che vi è giunto da Roma. Passa il tempo, scrive quattro, cinque romanzi all'anno e migliaia di altri racconti e «Piccole Poste» per case editrici come Rizzoli e Mondadori e riviste come «Piccola», «Il Novellino», «Novellissima», «Novella», «Annabella», «Gioia», «Confidenze», «Sogno», «Eva», «La Domenica del Corriere» , «La Stampa Sera» ecc., firmandoli con pseudonimi come John Colemoore, Adrian, Valentino, Jean Pierre Rivière, Ugo Fontanaviva, Michele Raja, Mary Nora, Maria Grazia Novari, Ester Lidèri, Ornella Dallas, George Sherman, Alberto Farnese, Cristina Doria ecc.

Il 1966 è di nuovo una data importante per l'opera creativa di Scerbanenco che dà alle stampe il romanzo *Venere pri-*

vata con protagonista Duca Lamberti, un eroe che a differenza di Arthur Jelling ha poco a che fare con le scartoffie e che risolve sempre in maniera traumatica i casi in cui si trova coinvolto. Un eroe che non è il classico poliziotto, né il detective privato con l'impermeabile, ma un ex medico radiato dall'Ordine con l'infamante accusa di eutanasia. Un eroe che cambia in nero il volto del giallo italiano.

Seguono altre tre avventure di Duca Lamberti: *Traditori di tutti* del 1966, *I ragazzi del massacro* del 1968 e *I milanesi ammazzano al sabato* del 1969, avventure che non passano inosservate al mondo del cinema, sempre attento alle novità. Nel 1969, infatti, Ferdinando Di Leo firma *I ragazzi del massacro*; nel 1970 Duccio Tessari si ispira a *I milanesi ammazzano al sabato* per il suo film *La morte risale a ieri sera*; nel 1971 il regista francese Yves Boisset gira *Il caso Venere privata*. Diversi i registi delle pellicole, diversi anche gli attori nel ruolo di Duca Lamberti: Pier Paolo Capponi nel primo film, Frank Wolff nel secondo e Bruno Cremer nel terzo.

Libri e film sono ambientati a Milano, una città che «qualcuno continua a parlarne come se finisse a Porta Venezia o come se la gente non facesse altro che mangiare panettoni e pan meino», monologa Duca in *Traditori di tutti*. «Se uno dice Marsiglia, Chicago, Parigi, quelle sì che sono metropoli, con tanti delinquenti dentro, ma Milano no, a qualche stupido non dà la sensazione della grande città, cercano ancora quello che chiamano il colore locale, la brasera, la pesa e magari il gamba de legn. Si dimenticano che una città vicina ai due milioni di abitanti ha un tono internazionale, non locale; in una città grande come Milano, arrivano sporcaccioni da tutte le parti del mondo e pazzi e alcolizzati, drogati o semplicemente disperati in cerca di soldi che si fanno affittare una rivoltella, rubano una macchina e saltano sul bancone di una banca gridando: "Stendetevi per terra", come hanno sentito dire che si deve fare.»

Il ciclo dedicato a Duca Lamberti si conclude con la morte di Scerbanenco nel 1969, ma l'autore aveva già in cantiere altri tre romanzi cui aveva dato titoli provvisori come *I si-*

gnori muoiono in silenzio (titoli alternativi: *So morire da me, I pulcini e il sadico, Safari per un mostro,* il quinto della serie), *Le sei assassine* (il sesto), *Un treno verso il delitto* (titolo alternativo: *Dischi e delitti per l'estate,* il settimo). Avremo così visto Duca svolgere di nuovo l'attività di poliziotto (nonostante alla fine di *I milanesi ammazzano al sabato* avesse ricevuto la lettera di riammissione all'Ordine) e sposarsi con l'affascinante Livia Ussaro (che in *Venere privata* era stata sfigurata da un sadico «buzzarello» legato alla Mafia), come risulta dalle pagine che qui pubblichiamo per la prima volta.

«Nonostante la sua brusca interruzione», scrive Luca Crovi nel suo prezioso ed esauriente saggio *Tutti i colori del giallo*, «la serie di romanzi di Duca Lamberti ha lasciato un segno indelebile nel panorama nazionale e ha donato definitivamente dignità e spessore letterario alle storie poliziesche e a quelle noir (in particolare) d'ambientazione italiana.» È d'obbligo comunque sottolineare che i consensi al ciclo di Duca Lamberti arrivano prima dalla Francia, che nel 1968 premia *Traditori di tutti* con il «Prix de la Littérature Policière». Per l'occasione «Le Combat» scrive: «Che cosa conquista nei romanzi di Scerbanenco? L'intrigo abbastanza; i personaggi, molto e appassionatamente; l'atmosfera e l'ambiente. Soffocata dal caldo, madida di pioggia o persa nella nebbia, ma sempre velenosa, Milano diviene una grande città mitica!» E «Le Parisien Libéré» si spinge ad affermare che: «Nel deserto del romanzo poliziesco è esploso come un fuoco d'artificio, con un talento potente e originale, un italiano chiamato Giorgio Scerbanenco. Il suo romanzo *Venere privata* poteva sembrare solo una smagliante promessa. Il secondo, *Traditori di tutti,* conferma la nascita di un grande autore».

Gian Franco Orsi

Medicina nera
di Alan D. Altieri

Apocrifo. Concetto decisamente complesso, che diventa estremamente scomodo quando un narratore deve calarsi nel personaggio di un Maestro. Perché tale – a dispetto del tempo e dello spazio – rimane Giorgio Scerbanenco: Grande Maestro di tutti noi narratori del mystery-thriller. Nonché creatore del personaggio dal quale tutti noi abbiamo – in un modo o nell'altro – tratto ispirazione. Duca Lamberti: uomo di coscienza profonda condannato da un apparato giudiziario ipocrita per un atto di pura compassione. Duca Lamberti: cavaliere in armatura di flanella grigia emarginato da un sistema sociale criminogeno che rifiuta di accettarlo semplicemente perché non può accettarlo. Duca Lamberti: quinta essenza dell'eroe bruciato. Eccolo quindi oltre la soglia di un ennesimo «Secolo Maledetto». Un guerriero ormai canuto, certo. Ma che comunque non esita a «scrutare nell'abisso».

Vento. E spine nel vento. Parevano tracce di spettri.

Camminai sulla ghiaia. Al di là di un cordolo di granito, l'ortica dominava. Solo rade eruzioni di erba medica, di altre piante che non conoscevo, interrompevano la distesa di spine. Erbacce. Un unico, grande groviglio verde scuro diventato grigio metallo. Effetto delle piogge. Tutti quei diluvi acidi, alcalini, inquinati, alterati. Effetto soprattutto del grande equalizzatore.

Il tempo.

Abbandonai la ghiaia. Percorsi un esile camminamento di granito. Ce n'erano molti a inoltrarsi tra le erbacce. Sentieri degli uomini ormai quasi inghiottiti dalle spine. Anche i mementi degli uomini stavano per essere inghiottiti.

Lapidi.

Decine, centinaia di lapidi. Giardino di pietra assediato dal groviglio del tempo.

Monumentale. Cimitero monumentale, Campo T.

Lontano dall'asfalto.

E troppo lontano dal cielo.

Deviai per un diverso sentiero. Andai in profondità, sempre più in profondità nel giardino di pietra. Era un luogo a parte, il T. Un luogo *diverso* dagli altri giardini di pietra. Niente tombe di famiglia, niente sculture barocche, niente santi in preghiera. Le lapidi del Campo T apparivano tutte uguali, come in un cimitero militare. Plotoni di anime incolonnate rigidamente, in ordinato cammino verso l'infinito.

Raggiunsi il punto in cui il sentiero svaniva. Sedetti sui talloni. Strappai alcune manciate di steli di ortica. Li gettai a perdersi tra le spine. Liberai la lapide.

LIVIA USSARO.

Niente altro. Solamente il nome e le due date, inizio e fine. Passai le dita sugli spigoli della lapide.

Il vento divenne più forte. Vento di fine novembre, duro e impietoso. Nel giardino di pietra, le spine sussurravano.

Non conoscevo il loro linguaggio. Non ancora.

Tolsi la plastica dal mazzo di fiori. Li depositai alla base della lapide. Iris, petali azzurro puro contro il bianco slavato del marmo, nel grigio metallico dell'ortica.

Mi raddrizzai. Da qualche parte, un motore ruggiva sui bassi. Passai lo sguardo sul Campo T, oltre il Campo T. Figure si muovevano tra remote strutture funerarie. Corvi come petrolio punteggiavano il grigio come cenere delle tombe. Il motore adesso taceva. Forse non era nemmeno mai esistito. Forse era soltanto il vento che scivolava tra vergini di basalto e angeli di granito.

«Duca?»

«Posto sbagliato, ragazzo.» Voltai appena il capo. «Momento sbagliato.»

«Per te o per me?»

«Forse per entrambi.»

«Parli delle tombe?»

Non risposi.

«Ma non ci pensare, vecchio matto!» Venne a fermarsi tra le esplosioni di ortica. «Dammi un abbraccio.»

Esalai a fondo. Lo strinsi fino a farmi dolere le vertebre. Percepii rilievi sotto la sua giacca. Le cinghie di cuoio della fondina ascellare. Ignorai. Ristabilii le distanze.

Conoscevo quei lineamenti. Fronte alta, sopracciglia marcate, mandibola scolpita. Nemmeno il grande equalizzatore era stato in grado di cancellarli. Erano appartenuti al padre. Adesso appartenevano al figlio. Monti, Guido Monti, polizia di stato. Il più giovane tenente della Questura di Milano, *enfant prodige* della Squadra omicidi.

«È tanto che non ti si vede in Fatebenefratelli. Troppo, dico io.» Guido sorrise. «Sei ancora con noi, Duca?»

«Più sul forense che sull'investigativo.»

«Forense? Tipo piazza Gorini?»

Annuii.

«Il dottor Duca Lamberti...»

«Non sono un dottore», interruppi.

«Lo eri per mio padre. Lo sarai sempre anche per me. Dicevo: il dottor Duca Lamberti, ben più mitico del dottor Lecter, che gioca a CSI.» Guido Monti sbuffò. «Idea di Andrea Calarno.»

Un'affermazione, la sua, non una domanda. Andrea Calarno, commissario capo della Omicidi. Mastino per tutte le indagini infami, schiacciasassi per tutti i complotti velenosi, nemesi per tutti gli imputati eccellenti.

Annuii di nuovo.

«Cos'è, il mastino vuole tenerti lontano dalle strade?»

«In realtà, Guido, vorrebbe tenere anche *te* lontano dalle strade.»

«Tutti vogliono qualcosa.»

«Ma questa volta anch'io credo che Calarno non abbia torto.»

«Lascia perdere, Duca.»

«Non posso lasciar perdere, ragazzo.» Arretrai a mia volta tra le spine. «Non in questo luogo.»

Lo sguardo di Guido si abbassò al giardino di pietra. Trovò la lapide di Livia. Si spostò sulla lapide più vicina. Pietra scura, profilo squadrato, lettere di ottone massiccio.

CORRADO MONTI.

Non solamente le date di inizio e fine, questa volta. Anche parole. Parole come altre lapidi.

COLONNELLO DELL'ARMA
CADUTO NELL'ADEMPIMENTO DEL DOVERE.

«Lo sai, Duca...» I tendini della gola di Guido erano contratti. «A volte dimentico che riposano fianco a fianco.»

«Nessuno può ricordare tutto.»

Rimanemmo in silenzio di fronte alle tombe. Eravamo *walking wounded*, feriti che camminano. Portatori di cicatrici mai rimarginate, mai rimarginabili. Al cospetto di chi ora conosceva il linguaggio delle spine.

«Mio padre, la tua compagna...» Guido Monti si passò il dorso della mano sugli occhi. «Erano guerrieri.»

Il vento fluì tra i rovi. Un uomo strappato dal piombo della mafia. Il vento agitò i petali degli iris. Una donna scavata dagli artigli della metastasi.

«La guerra è perduta.» Sollevai il bavero del vecchio giubbotto di pelle. «E i guerrieri sono stanchi.»

«È per questo che hai scelto di occuparti dei morti invece che dei vivi?» Un'ombra di asprezza nel tono di Guido.

«Potrei tornare a occuparmi dei vivi.»

«Vale a dire?»

«*Emergency*.»

«Chi è andato da chi?»

«Loro da me.»

Guido corrugò la fronte. «Nel senso che potresti tornare a esercitare?»

«Può darsi.»

«La legge te lo permetterebbe?»

«Legge?» Sostenni il suo sguardo. «Parola grossa.»

Guido scosse il capo. «In quale delle molte emorroidi suppurate di questo mondo ti sbatterebbero?»

«Fa differenza?»

Un'altra intrusione nel vento, nei sussurri delle spine.

Il motore.

Di nuovo.

Gettai uno sguardo al di sopra della spalla. Solamente l'ondeggiare delle erbacce e le strade interne del cimitero. Strade vuote. Due figure sul margine del Campo T. Una donna, una bambina. La donna mi rivolse un vago cenno di saluto. Stava sorridendo, forse. Risposi al suo gesto.

«Quanti anni ha la piccola, Guido?»

«Quasi quattro.» Guido si girò, salutando a sua volta. La

bimba saltellava, tenuta per mano dalla madre. «Vorrei che tu rimanessi qui, Duca.»

«Al Cimitero monumentale?»

«Che risate. Qui in Italia. Vorrei che tu la vedessi crescere.»

«Io vorrei che *tu* la vedessi crescere.»

«Di cosa parli?»

«Norman n'Kuma.»

Un altro sussulto del vento. Le spine sibilarono.

Guido agganciò i miei occhi. «Come fai a saperlo?»

«Ho i miei anni, ragazzo, è vero. Ma riesco ancora a reggere dieci chilometri di corsa e non sono di certo rincoglionito.» Incrociai le braccia sul petto. «Sei una superstar, Guido. O non te ne eri accorto? Radio, TG, internet. Il poliziotto onesto che smantella la mafia nigeriana. Il servitore dello stato che non si ferma di fronte a una *fatwa* criminale. Il figlio meglio del padre.»

«Non sarò mai meglio di mio padre.» Lo sguardo di Guido tornò alla lapide di Corrado Monti. «Né in questa vita, né nell'altra.»

«Allora scegli *questa* vita, ragazzo. Lascia perdere l'altra. E lascia perdere anche il resto, *tutto* il resto.»

«Lasciare perdere Norman n'Kuma? È questo che mi stai dicendo, Duca?»

Rimasi in silenzio.

«Dimmi una cosa: *tu* lasceresti perdere?»

«Io non sono te.»

«Duca, ascoltami. Norman n'Kuma...»

I corvi eruttarono verso il cielo. Una nube frantumata, gracchiante. Il motore invisibile ruggiva. Non era più invisibile adesso. Centoventi cavalli su tre cilindri ipercompressi.

Triumph Speed-Triple.

Schizzò fuori da dietro un angelo di pietra. Serbatoio nero, motore nero. Anche l'uomo al manubrio era nero. Calvo come un proiettile. Orecchini scintillanti nel labbro carnoso. Niente casco. Non poteva fregargli di meno del casco. Non a *lui*.

Norman Jacques Donadien n'Kuma.

Caïd della megamafia nigeriana. Eroina afghana e fondi sporchi siciliani, cocaina colombiana e uranio coreano, organi da trapianto brasiliani e meta-amfetamina americana, pornografia infantile kosovara e armi da guerra pakistane. Assolutamente perfetto per il XXI secolo: un vero *global renaissance man.*

«A terra! Gettatevi a terra!» Guido Monti mette la destra sotto la giacca. «*A terraaaaaaa...*»

La Speed-Triple rombò lungo il Campo T.

La donna e la bambina non si mossero.

Guido Monti estrae. Glock 20, calibro 45 ACP, caricatore prolungato da dodici colpi.

La donna e la bambina non capivano.

Guido Monti corre tra le spine.

Norman n'Kuma andò in impennata sulla sola ruota anteriore. Sollevò la sua arma. MAC-10, pistola mitragliatrice subcompatta, 9 mm Parabellum, trenta colpi nel caricatore monofilare.

Anch'io corsi tra le spine.

Guido Monti manda il proiettile in canna.

La MAC-10 vomitò fiamme, *full automatic.*

CRRRAAACCCKKK!

La bambina è colpita per prima. Spalla, fronte. Il berrettino di lana vola via. Si trascina dietro un geyser purpureo.

Guido Monti urla. Guido Monti cerca di mirare.

La MAC-10 di Norman n'Kuma continuò a ringhiare.

La donna è colpita. Sussulta a ogni esplosione. Torace, gola, faccia. Tutto di lei sembra disgregarsi in una bruma rossastra. Crolla sul cadavere della bambina. Il sangue dilaga sulla ghiaia.

Norman n'Kuma tornò su due ruote. Eseguì un folgorante due-settanta.

Guido Monti perde bava. Guido Monti inciampa tra le spine.

Norman n'Kuma diede nuovamente potenza. Riallineò il tiro.

Guido Monti si rialza.
La MAC-10 avvampò per la seconda volta.
CRRRAAACCCKKK!
Una costellazione gocciolante esplode dalla schiena di Guido Monti. Sei, nove, undici colpi. Guido Monti torna a crollare nelle spine. Le lapidi attorno diventano un affresco cremisi.
La Speed-Triple passò oltre in un turbine di ghiaia viscida. Destriero d'acciaio per l'araldo della demolizione.
Mi inginocchiai tra lapidi e spine.
«In questa vita... Duca...» Guido Monti mi mise nel pugno la Glock 45. «O nell'altra...»
Vomitò una boccata di limpido sangue polmonare. Giacque nel giardino di pietra.
Norman n'Kuma si fermò in derapata. Un'ondata di ghiaia grigia volò sull'angelo di pietra.
Tornai a ergermi.
Norman n'Kuma staccò la destra guantata dalla manopola del gas. Fece andare su e giù la lingua tra le labbra violacee. Indicò a braccio teso.
Indicò *me.*
Avanzai tra le spine. Il calcio della Glock era bagnato di sangue caldo. Tenni l'arma in presa bassa a due mani. Dito indice sulla guardia del grilletto.
Norman n'Kuma espulse il caricatore dalla MAC-10. Ne inserì uno pieno. Fece scattare il perno di armamento. Riportò la destra sulla manopola del gas. Mandò due ruggiti a novemila giri a rimbalzare nel cimitero.
Uscii dal Campo T. La ghiaia era un Rohrshach cremisi. Non guardai i corpi della donna e della bambina.
Norman n'Kuma partì per l'affondo conclusivo. Mi venne dritto addosso. Sollevò la MAC-10.
Assunsi la posizione di tiro. Weaver trasversa, addominali contratti. Allineai mirino e tacca d'alzo. Il mirino era di un rosso accecante.
Norman n'Kuma diede la parola alla MAC-10.
CRRRAAACCCKKK!

Cose roventi mi sibilarono a un palmo dalla faccia.

Aprii il fuoco. Rapido semiautomatico.

Un palla da 45 gli tirò fuori tutta l'articolazione della spalla. Pallidi brandelli ossei turbinarono nell'emulsione di sangue. Altro sangue affrescò il serbatoio. La MAC-10 scaricò verso la strada. Zampilli grigi si mescolarono a zampilli rossi.

Spostai l'angolo di tiro. Continuai a fare fuoco.

Una palla da 45 scavò un solco nel suo fianco destro. Fuoriuscì dalla schiena assieme a cuoio disgregato del giubbotto Dolce & Gabbana. Il suo ginocchio sinistro si aprì. La capsula articolare sfondò i pantaloni in un groviglio multicolore.

Norman n'Kuma perse la MAC-10.

Mi riposizionai. Feci nuovamente fuoco.

Il suo orecchio destro venne sradicato dal cranio. Penzolò nel vento appeso a un esile frustolo di tendine.

Norman n'Kuma perse anche la Speed-Triple. Uomo e macchina volarono nel giardino di pietra. L'uomo pestò tra le spine. La macchina distrusse le lapidi.

Riportai la Glock in presa bassa. Il sangue fumava sulla bocca da fuoco incandescente. Sangue di Guido Monti.

Seguii la scia della devastazione.

Percorsi la pista del sangue.

Norman n'Kuma era un deforme groviglio purpureo in mezzo alle erbacce. Gli mancava l'anello al labbro. Gli mancava anche un pezzo di labbro.

Misi un ginocchio al suolo. Serrai la sua mandibola fratturata in una morsa. Ruotai il suo cranio da una parte all'altra. Esaminai il resto della devastazione. C'era terriccio nel foro dell'orecchio mutilato.

«Diagnosi infausta, Norman.»

Gli divaricai la bocca. Bava rossa mi schizzò addosso.

«Nessun timore però.»

Gli infilai la canna della Glock in gola, bene in profondità, inclinazione verso il palato.

«Sei nel posto giusto, al momento giusto.»

Norman n'Kuma mi guardava. Occhi sbarrati come lune

sradicate dall'eclittica. Il bianco divenuto rosso. Emorragie corneali multiple.

Portai l'indice sul grilletto. «Pronto?»

«Duca.»

Tenni l'arma nella gola di n'Kuma.

«Non farlo, Duca.»

«Dammi una ragione valida.» Non staccai il dito dal grilletto. «Una sola.»

«La sua strada è comunque alla fine.» La voce dalle spine era stanca. «Vuoi che anche la *tua* strada sia alla fine?»

Gettai un decimo di sguardo oltre n'Kuma.

L'uomo era in piedi tra i rovi. Nessuna arma visibile. Nessun atteggiamento di minaccia. Calarno, commissario capo Andrea Calarno. Il mastino della Squadra omicidi.

«Cosa ti porta in questo cimitero, Andrea?»

«Sorveglianza.»

«Su n'Kuma?»

«E su Guido.»

Dietro di lui, all'esterno del Campo T, luci. Decine di luci azzurre pulsanti. Una flotta, un oceano di auto della polizia. E un esercito di uomini armati fino ai denti.

«Scarsi risultati, Andrea.» Aumentai la pressione dell'arma nella gola di Norman n'Kuma. «Pessimi risultati.»

«Ne sono consapevole.»

Il volto di Calarno era scavato. Dolore come una tortura. N'Kuma aveva la bocca piena di sangue. Calarno non distolse lo sguardo. Sofferenza come un abisso. N'Kuma respirava a rantoli.

«Ora dovrò coesistere con questo, Duca.»

Tolsi la Glock dalla gola di Norman n'Kuma. Mi raddrizzai nel giardino di pietra. Tesi l'arma ad Andrea Calarno, dalla parte della canna. Calarno serrò le dita attorno al calcio.

«*Dovrai*, Andrea?» Non abbandonai la stretta. «In questa vita e nell'altra?»

Calarno non rispose. Non c'era niente da rispondere.

Gli lasciai la pistola. Me ne andai tra le spine.

Gli spettri rimasero.

«La convocazione era per le dieci.»

L'ufficio era una vescica putrida. Pareti incrostate di salnitro lercio, il pulsare sussultorio di un tubo al neon folgorato, faldoni ammassati fino al più alto dei cieli della IVSTITIA. Tutto questo sprofondato nelle viscere di marmo della grottesca oscenità architettonica meta-fascistoide chiamata Palazzo di giustizia.

Mi richiusi la porta alle spalle. «*Sono* le dieci.»

«E tre minuti.»

La donna quasi scompariva dietro masse di carte, documenti, dossier. Un unico elemento incombente sul caos. La targa sul bordo della scrivania di ancestrale alluminio vaiolato. Targa di legno di mogano, accuratamente allineata all'esterno, lettere di ottone assurdamente tirate a pomice.

DOTT. MARIANGELA P. SANNA

GIUDICE INDAGINI PREMILINARI

Il GIP Mariangela P. Sanna rimase rilassata sul cuoio fessurato della poltronciona professionale. Era sulla trentina, capelli neri a crocchia, austero abito nero. Sembrava un incrocio tra una suora dalla vocazione incrinata e un'impiegata di pompe funebri con un problema di immagine.

«Lei quindi è in ritardo, Lamberti.»

«*Dottor* Lamberti.»

Il GIP Mariangela P. Sanna appoggiò i gomiti sui braccioli. Sollevò entrambe le mani, dita estese. Unì i polpastrelli.

«Mi risulta che lei sia stato radiato dall'Ordine dei medici.» Mi scrutò al di sopra del reticolo delle dita. «Da molto, *molto* tempo.»

«E allora?»

«E allora, in caso non lo sapesse, il millantato credito è un reato.»

«Mi hanno radiato dall'Ordine, non mi hanno tolto la laurea in medicina.»

«Per quello che mi riguarda...» Il GIP Sanna fece una pausa a effetto. Non interruppe il contatto di sguardi. Né il contatto di dita. «Avrebbero dovuto.»

«Quello che riguarda lei non riguarda me.» Mi strinsi nelle spalle. «La laurea resta, il titolo resta.»

Stasi. Ci fissammo nell'aria torbida. *Tutto* era torbido, là dentro. Tutto sapeva di polvere, muffa, lichene.

Il GIP Sanna si decise a staccare i polpastrelli. «Si accomodi pure, *dottor* Lamberti.»

Sputò fuori la parola come un insulto.

Mi sistemai su una sedia di metallo dalla parte opposta della scrivania. Un lungo squarcio nella fodera di plastica era tappato da nastro adesivo da pacchi.

Il GIP Sanna si raddrizzò sulla poltrona professionale. Cardini secchi cigolarono. «Lei ha scelto di non avvalersi dell'assistenza di un avvocato.»

«Ho già dato.»

«Dato cosa?»

«Tempo agli avvocati. E ai giudici.»

«Stando così le cose...» Il giudice Sanna gettò oltre i faldoni una busta sigillata. «Per lei.»

Non feci nemmeno l'atto di prenderla.

«Qualora non si fosse reso conto, *dottore,* quello è un avviso di garanzia. Nei *suoi* confronti.»

Annuii e basta.

«Niente di personale», precisò Sanna. «È chiaro.»

«È chiaro», concordai.

«Si tratta di un atto dovuto.»

«Dovuto a cosa?»

«Non a cosa, dottor Lamberti: a *chi.* Dovuto al popolo italiano. La cui giustizia *io* rappresento.»

«Lei quindi rappresenta la giustizia di un popolo che sfoggia un governo di coglioni, un'opposizione di gangster, un parlamento di tossici, una televisione di puttane e una chiesa di pedofili? Quel popolo lì?»

«Cauto, dottor Lamberti.» Oltraggio sui lineamenti pesanti del GIP Sanna. «*Estremamente* cauto.»

Soffocai uno sbadiglio.

«La sto forse tediando, dottor Lamberti?»

«Ho avuto incontri più stimolanti.»

«Molto bene. Vediamo quindi se posso stimolarla maggiormente.» Il GIP Sanna stirò le labbra. Aveva gli incisivi storti. «Lei è indagato per sottrazione di arma da guerra, spari in luogo pubblico ed eccesso colposo di legittima difesa.»

Girai attorno un'occhiata distratta. C'erano grumi scuri in un angolo. Scarafaggi morti. E merda di ratto.

«E io valuterò», il GIP Sanna diede l'affondo di chiusura, «se considerare anche l'accusa di tentato omicidio.»

«Chi è stato ucciso?»

«Non metta ulteriormente alla prova la mia pazienza, dottor Lamberti. Il signor Norman n'Kuma versa tuttora tra la vita e la morte...»

«Norman n'Kuma non è un signore. Norman n'Kuma è una mutazione genetica regressiva.»

«...e se il signor Norman n'Kuma non dovesse farcela, l'accusa per lei sarebbe *omicidio volontario*!»

«C'è altro?»

«Lei sta scherzando, vero?»

Non più oltraggio nel GIP Sanna, adesso. Qualcosa di peggio. *Dubbio.* «Lei potrebbe passare il resto dei suoi giorni in una cella.»

«Che cosa le fa credere che possa fregarmene qualcosa?»

Il GIP Sanna inghiottì. Non aveva niente da inghiottire.

«Non mi deluda, giudichessa Sanna. Mi parli di altri atti dovuti. Fosse stato suo marito a cadere macellato dal piombo in quel cimitero, fossero stati grumi del cervello della sua bambina a essere raschiati via da quella ghiaia... Nel nome di chi avrebbe compiuto il suo atto dovuto? Il popolo italiano? Norman n'Kuma? Le madonne che piangono? Dio?»

«Mi ascolti bene...»

«No, giudichessa Sanna, *tu* ascolta bene me.» Mi protesi tra le cordigliere di cartaccia fetida. «Quanto, *quanto*! Tutti voi vi riempite gli sfinteri con quei concetti altisonanti. Giustizia, legalità... *diritti*! Ah, che cosa meravigliosa, i diritti umani. Ma per una qualche imperscrutabile ragione giuridica, un lurido macellaio come Norman n'Kuma ha infinitamente più diritti umani di tutte le sue vittime squartate dal piombo.»

«Lei... Lei è *pazzo*!»

«Sbagliato, giudichessa Sanna. Sono semplicemente annoiato.» Spinsi indietro la sedia. «Già visto questo film. Già visti *tutti*, i film.»

Mi alzai.

«I giochini da principessa del buco, oops, intendevo del foro, va' a farli con qualcuno che crede ancora alla favoletta pornografica della legge uguale per tutti i fessi.»

Presi la busta dell'atto dovuto.

«Vuoi incriminarmi, giudichessa Sanna? Lanciati. Vuoi mandarmi sotto processo? Accomodati. Ricorda però: dovrai *provare* le tue accuse. In una bella, accogliente, luminosa aula di IVSTITIA. Dovrai convincere un austero, impallato, inflessibile collegio giudicante che *non ho* agito per legittima difesa, che *non ho* cercato di fermare un brutale assassino, che *non ho* tentato di impedire – in duro stato di necessità – che altri innocenti cadessero sotto i colpi di quel medesimo brutale assassino. E dovrai fare tutto questo per tre lunghi, tormentosi, estenuanti gradi di giudizio. Ah, quale meraviglioso trionfo dei diritti umani, non trovi anche tu?»

Usai la busta dell'atto dovuto per farmi vento.

«Un qualche leguleio vampiro farà vedere le foto dei cadaveri macellati di Guido Monti, di sua moglie, di sua figlia. Un qualche altro leguleio lupo mannaro parlerà della fedina penale del signor Norman n'Kuma: dalla strage, all'associazione mafiosa, al traffico di droghe pesanti. E alla fine, qualcuno di voi lugubri, patetici, balbettanti guitti in toga dovrà emettere una sentenza. Mi correggo: dovrà emettere TRE sentenze.»

Feci sistematicamente a pezzi la busta dell'atto dovuto.

«Quanto tempo pensi che ci vorrà, giudichessa Sanna? Dieci anni? Quindici? Trenta? E chi lo può dire? Qui nel bel paese dei fenomeni viventi, il tempo in fondo è solo un intermezzo tra un reality show da dementi a una partita di calcio da dopati.»

Mi avviai alla porta.
«Evita comunque di sprecare ulteriormente il *mio* tempo, giudichessa Mariangela P. Sanna, prode rappresentante della giustizia di questo nostro grande popolo di santi, poeti, navigatori, eroi ma soprattutto alte, grandi, grosse teste di cazzo. Quanto al tuo atto dovuto...»
Gettai i frammenti verso il soffitto.
«...tirane fuori un altro.»
Fluttuarono contro il pulsare livido del tubo al neon folgorato come una manciata di coriandoli deformi.
«Il primo si è rotto.»

Vento. E foglie secche nel vento. Nuove tracce di spettri.
Vorticavano sull'immane piazzale di asfalto. Le strutture in fondo erano ugualmente immani. Pilastri di marmo bianco, finestre di metallo nero. Contro il cielo violaceo del tramonto, quelle strutture parevano un tempio ultraterreno. Lo erano. Tempio della vita, sacrario della morte.
Cà Granda, Ospedale Maggiore Cà Granda.
Attraversai il piazzale. Un individuo *non* come tanti nel termitaio di congiunti, mendicanti, tossici, poliziotti, paramedici, clandestini, puttane. Un individuo davvero *speciale*: camice bianco, stetoscopio attorno al collo. Raggiunsi l'ingresso del personale. Una guardia armata mi aprì la porta a vetri.
«Buonasera, dottore.»
«Buonasera a lei.»
La guardia prese un elenco. «Mi dice il suo nome, per favore?»
«Emmenberger», sventolai una tessera plastificata. «Dottor Franz Emmenberger.»
La guardia scorse la lista. «Mi sa che qui non la trovo, dottore.»
«Non mi dica che si sono dimenticati di nuovo.»
«Di nuovo?»
«L'altro ieri sera è stato lo stesso. C'era quel suo collega, quello biondo.»

«Sandri.» La guardia annuì. «Mai che ci azzecchi. D'accordo, dottor Emmet... Emmel...»
«Emmenberger.»
«Difatti.» La guardia mise via la lista. «Si accomodi.»
«La ringrazio.»
Andai dentro.

Padiglione Braschi, reparto terapia intensiva.
Arredi bianchi e lampade alogene, cristalli blindati e silenzio da sepolcro. Non guardie private, al Braschi. Carabinieri armati di pistole mitragliatrici Beretta M-12.
Andai a fermarmi al banco controllo. Sventolai la tessera.
«Kovorkian.»
L'infermiera seduta dietro la selva di monitor mi guardò.
«Dottor Jonathan Kovorkian.»
Anche il carabiniere in piedi alle sue spalle mi guardò. «È di turno questa notte, dottor Kovorkian?»
«Solo di passaggio.»
Il carabiniere si fece da parte. «Prego.»
Un altro corridoio, gelido come una sala autopsia. Oltre le porte aperte delle stanze, uomini e macchine mescolati, compenetrati gli uni nelle altre.
Raggiunsi l'ultima porta.
Solamente uno dei due carabinieri armati si staccò dalla soglia. L'altro rimase indietro, di copertura.
«Lei è?»
«Mengele.» Mi sistemai meglio lo stetoscopio. «Dottor Josef Mengele.»
«Perché è qui?»
«Una vista al paziente. Terminale.»
Il carabiniere non abbassò l'arma.
Non mi mossi.
Fu lo sguardo del carabiniere a muoversi. Un qualche punto alle mie spalle.
«Terminale la visita o terminale il paziente?»
Anche la voce era alle mie spalle.
Mi voltai.

Andrea Calarno.

Immobile nelle luci crude del corridoio. Pistola da combattimento nella fondina al fianco destro.

Sostenni il suo sguardo. «L'una e l'altro.»

«Faccia pure il suo dovere, dottor Mengele.»

Andrea Calarno se ne andò. I due carabinieri fluirono attorno a me. Anche loro se ne andarono.

L'ultima porta aspettava.

La varcai.

Limbo. Limbo da sedazione profonda.

Aveva la testa tramutata in un globo di bende. Una chiazza purpurea era filtrata in corrispondenza dell'orecchio mozzato. La parte visibile della sua faccia era una scacchiera di tumefazioni. Mandibola serrata da filo metallico. L'intera spalla destra era avvolta da una ragnatela di cinghie di nylon. Ginocchio e gamba sinistra sorrette da una complessa struttura di cavi d'acciaio, contrappesi, telai di metallo. Drenaggi entravano e uscivano da tutte le parti. Soluzioni saline fluivano, monitor pulsavano, diagnosticatori ticchettavano.

Infilai guanti di lattice. Snodai il cavo dell'avvisatore per le infermiere dalla testata del letto. Lo spostai oltre la sua portata. Dalla tasca interna del camice estrassi la siringa ipodermica. L'ago era protetto da un cappuccio di plastica. Tenni l'ipodermica nella destra. Serrai la sinistra attorno alla sua mascella già inchiodata.

«Norman.»

Emise un gemito, mugolò, cercò di girarsi. Non ci riuscì, troppi cavi, troppi tubi. Aprì l'unico occhio che poteva aprire. Il bianco era invaso dal nero dell'emorragia corneale.

«Ti ricordi di me, Norman?»

L'occhio si dilata. L'occhio ricorda.

Con i denti, strappai il cappuccio di plastica dall'ago. Cinque centimetri di acciaio satinato. Diametro interno tre millimetri. Roba da castrazione chimica dei maiali. L'acciaio sembrava emettere una sorta di livida luminescenza interna.

Sputai il cappuccio. Lo presi al volo con la stessa mano che reggeva la siringa. Gli mostrai il cilindro pieno di liquido lattiginoso.

«Dieci centimetri cubici, Norman.»

L'unico occhio di Norman n'Kuma è un pozzo senza fondo. Assoluta incredulità. E puro orrore.

«Tre punto tre di emulsione di eroina. Tre punto tre soluzione di cocaina pura. Tre punto tre saturazione di metaamfetamina. Io la chiamo...»

Chiusi il regolatore della soluzione salina. Staccai l'allarme del monitor di controllo. Tornai a protendermi su di lui.

«*Medicina nera.*»

Norman n'Kuma si contorse. Norman n'Kuma gorgogliò. Norman n'Kuma cercò di artigliare il pulsante di chiamata. Gli afferrai il braccio. Lo inchiodi contro le cinghie.

«Tutti vogliono qualcosa, Norman.»

Gli infilai l'ago nella gola. Mi aprii la strada tra i tessuti viventi. Trovai un ostacolo ad alta densità. L'arteria carotidea.

«E alla fine, tutti hanno quello che vogliono.»

Spinsi l'ago dritto dentro l'arteria. Cominciai a premere lo stantuffo. La medicina nera fluì.

«Tu vuoi essere il re delle droghe pesanti.»

Norman n'Kuma emette sibili grotteschi. La medicina nera penetrò. Norman n'Kuma sussulta come un rospo enorme.

«Benvenuto nella sala del trono.»

La medicina nera arrivò all'arco aortico. Norman n'Kuma cominciò a tremare. Gli appoggiai lo stetoscopio al torace. Udii qualcosa che parve un rombo di truppe corazzate.

«E naturalmente...»

La mandibola fratturata di Norman n'Kuma scricchiolò. Nello spasmo, uno dei cavi arrivò a tranciarsi.

«...benvenuto a Disneyland.»

La medicina nera dilagò nel cuore di Norman n'Kuma.

Lo fece esplodere, letteralmente.

La sua colonna vertebrale assunse un arco impossibile. Altri due cavi d'acciaio si tesero come sartie investite da una tempesta oceanica.

L'unico occhio di Norman n'Kuma si gonfiò. Parve scoppiargli fuori dalla testa. Sangue sotto pressione cardiaca diretta zampillò da entrambe le narici.

Strappai l'ipodermica per la castrazione chimica dei maiali fuori dalla sua gola. Uno zampillo rosso schizzò su un monitor spento. Gettai lo stetoscopio sul cadavere. Arretrai dal letto ridotto a una piastra da macelleria.

Varcai nuovamente l'ultima porta.

Il corridoio era vuoto. Niente Calarno, niente carabinieri armati, niente infermiera. Molte luci a soffitto erano spente. Il corridoio era una scacchiera di ombre.

Gettai la siringa della medicina nera in un bidone di rifiuti tossici.

Superai il banco controllo. Continuai a non incontrare nessuno. L'intero padiglione Braschi sembrava un vascello di spettri.

Nessun problema.

Sono miei amici, gli spettri.

Temendo l'inverno imminente
di Matteo Bortolotti

Giorgio Scerbanenco è per me uno dei pochi eletti della letteratura d'intrattenimento – leggi letteratura moderna, perché se una storia non ti trattiene col muso sulla pagina, non vale la pena d'essere letta, nei tempi del bolidismo letterario –, un forziere pieno di storie, fluviale, fecondo. Io sono cresciuto, come lettore prima e come scrittore poi, con le storie di Milano calibro 9, Ladro contro assassino, *e ovviamente con Duca Lamberti, con la sua capacità di esprimere la durezza della* strada *che è il cuore nero del poliziesco, e il pietismo anche, l'amarezza del romanzo morale: questo è noir. Scerbanenco così forte nella sua capacità di aderire ai tempi e raccontarli, così potente da scegliere umanità universali e incatenate come quella di Lamberti, che sono la chiave dell'immortalità per ogni buona storia. C'è Prometeo, in ogni eroe nero, e c'è Ulisse con la sua ombra. Fra cent'anni si leggeranno ancora i romanzi di Hammett, Chandler, Scerbanenco. Io ci dormivo, con la mia copia di* Venere privata, *mi addormentavo rileggendo del cavaliere solitario e maledetto. E crescevo con la mia dose d'inquietudine e di paura. La conoscevo e la capivo un poco. Ma c'era altro, c'era la curiosità e la voglia di continuare a cercare il buono. M'indurivo e allargavo gli orizzonti, tendevo le orecchie. Pronto ad affrontare la* strada.

Il mangianastri dell'Alfa 75 aveva appena finito di riavvolgere la vecchia cassetta. Musica californiana. Cori che s'intrecciano, melodie stucchevoli.

Duca Lamberti, quella mattina, sopportava a fatica i Beach Boys e sopra ogni altra cosa, sopportava a fatica d'essere Duca Lamberti.

Per Mascaranti era diverso: lui se la cantava come un usignolo e sembrava quelle ragazzine del telegiornale che si strappavano i capelli davanti a Simon Le Bon.

Mentre raggiungevano via Fatebenefratelli, Mascaranti spense il mangianastri e si piantò un'espressione di cruccio sul volto.

Duca pensò d'averlo fissato per troppo tempo, allungò una mano verso di lui e come sempre non ci fu bisogno di spiegazioni.

«Oggi doveva smettere», gli disse l'autista durante la manovra di parcheggio.

Duca prese dal pacchetto due sigarette, una se la infilò dietro l'orecchio e l'altra l'accese con un Bic che aveva trovato sul sedile posteriore.

«Fai così, Mascaranti», disse masticando il filtro. «Ricordamelo anche domani.»

Càrrua li aspettava davanti al numero 11 con le mani nelle tasche della giacca. Il vento strusciava la città come un gatto randagio, miagolava attraverso le finestre socchiuse.

«Dovreste trovare un minuto», disse il vecchio appoggiando i gomiti al finestrino abbassato.

Mascaranti lanciò una rapida occhiata alle tende del bar frustate dall'aria gelida.

«È urgente», l'anticipò Càrrua.

Duca aveva quasi finito di fumare la sua Nazionale. Diede un ultimo tiro, immaginò la nicotina salire su per gli alveoli polmonari e spingersi fino al cervello. «Di che si tratta?» chiese sbattendo la portiera.

Càrrua indicò Mascaranti con un impercettibile gesto del mento. «Sua moglie», disse sottovoce. «Sta di sopra.»

Camminando per i corridoi anonimi della Questura, le uniche note di colore le davano le prostitute in fermo. Discutevano la vittoria dei Ricchi e Poveri al Festival e aspettavano di poter tornare in strada.

Duca seguiva il passo deciso di Càrrua e si girava ogni quattro, cinque falcate per controllare il volto pallido di Mascaranti. Si conoscevano da troppo tempo per tenersi nascosto qualcosa, eppure non avevano mai parlato del divorzio.

In quei corridoi anonimi si vedevano un mucchio di facce tristi. Duca Lamberti evitava d'indagare dietro quelle vite piene di rabbia e solitudine, lo evitava tutte le volte che poteva, tanto qualcuno prima o poi finiva per chiederglielo, d'indagare. E giù, a scavare fino all'inferno, a fare l'archeologo dei disperati, a mettere insieme pezzi d'anima belli che spacciati.

«Signora Winkler?» Càrrua entrò nel piccolo ufficio bussando distrattamente. «È arrivato suo marito...»

Teresa si alzò e s'aggiustò la giacca del tailleur sui fianchi. «Ciao», disse tanto per essere la prima a parlare.

Mascaranti le si piazzò davanti, così vicino da respirarle in faccia, e quando le accarezzò i capelli le mani gli tremavano.

«Mai neanche una telefonata», le disse. «Cinque anni sono tanti, puttana...»

Duca appoggiò una mano sulla spalla del suo autista.

Teresa rimase in silenzio mentre Mascaranti si spostava,

poi, come scuotendosi da un torpore lasciò andare un «Mi dispiace».

«Credo che qualsiasi scusa sia superflua», disse Duca afferrando la sigaretta che teneva incastrata dietro l'orecchio. «Vuole fumare?»

Le accese la sigaretta mentre Càrrua si avvicinava con un bicchiere d'acqua. Mascaranti si era confinato sullo stipite della porta e ogni tanto guardava dentro.

Teresa Winkler. Splendida amazzone sudtirolese. Si erano conosciuti in campeggio, a Riccione, e si erano sposati lì. Duca Lamberti era stato il loro testimone di nozze e di tante morti annunciate di cui Duca era stato testimone, quella era stata senz'altro la più veloce.

Troppo diversi. Lei di un nord così a nord che ormai stava al sud di un altro posto, e lui così a sud che aveva la pelle impastata d'acqua e di sole.

Teresa scoppiò a piangere. Si nascose il volto dietro le mani sottili e si piegò sulla sedia. «È per Damiano che sono venuta...»

Teresa aveva avuto un figlio prima del matrimonio con Mascaranti. Il frutto della passione per un avvocato dell'Oltrepo pavese. Un bambino dai riccioli biondi e dalle gote alte.

Mascaranti si sedette sulla poltrona vicino all'armadio degli atti e massaggiandosi un orecchio ripeté diverse volte il suo mantra: «Zoccola, puttana...»

Duca scattò, lo prese per il collo, lo guardò con gli occhi stretti di chi non vuole ripetersi.

«Insultala di nuovo e ti riempio il culo di calci! Stai zitto, che non ragioni!»

Damiano era scomparso di casa da più di quindici giorni. Teresa e il suo attuale compagno l'avevano cercato ovunque e i carabinieri di Voghera avevano fatto tutto il possibile, che in carabinierese significava che proprio non avevano voglia di lavorare.

«Damiano aveva dei motivi per scappare di casa?» chiese

Duca senza guardare la donna, ma studiando attentamente l'espressione di Mascaranti.

«No, era solo un po' confuso...» rispose lei. «Secondo noi è tutta colpa di quel circolo... Il Condor...»

Duca guardò Càrrua e Mascaranti girò bruscamente la testa verso di loro. El Condor Pasa di Voghera. Si trattava di uno dei circoli anarchici che dopo l'attentato di via Fatebenefratelli era stato messo a soqquadro dalla magistratura. Duca Lamberti, il giorno che esplose la granata a frammentazione, era con la scorta del ministro Rumor. Sognava ancora gli schizzi di sangue e le schegge. Sognava anche di Livia Ussaro: fu quel giorno che decise di non vederla più.

«Fammi capire. Quel coglione di tuo figlio sta con gli anarchici?» chiese Mascaranti parlando da poliziotto, questa volta.

Teresa girò gli occhi verdi verso la piccola finestra che sbatteva per la corrente. «Non lo so, è un po' strano», disse tirando piccole boccate di fumo. «Sono venuta perché io e Sauro siamo stanchi. Mi aiuterete a trovarlo?»

L'avvocato Sauro Pagheri era il padre naturale di Damiano. Duca Lamberti nascose la patina di disgusto che gli era scesa sul volto pensando a Livia Ussaro e trascinò il suo autista fuori dall'ufficio.

«Vuoi fare lo stronzo ancora per molto?»

«Dotto', lei non sa niente...»

«E non m'interessa. M'interessa il fatto di polizia, però. Il tuo figliastro è scomparso, lo vuoi cercare?»

Damiano Pagheri, diciassette anni. Nella foto che i genitori avevano consegnato a Duca sembrava ancora un bambino. Fisico sottile e riccioli castani che gli cadevano sulle spalle.

Teresa Winkler era convinta che suo figlio fosse un ragazzo vivace, niente più. Uno a cui non piace la scuola, ma solo perché è troppo intelligente. A sentire l'avvocato Pagheri, invece, Damiano era un mammone mai cresciuto.

«Perché anziché far rissa deve stare buono, che se impara

ad abbassare la testa, al momento giusto gli può mordere le palle...»

A parlare con l'avvocato era andato solo Duca Lamberti, Mascaranti si era promesso di non vederlo. Perché così era meglio. Teresa era tornata da lui, dal padre di suo figlio. Un avvocato assicura un futuro migliore a un ragazzino.

Brutto, l'avvocato. Piccolo e scorbutico.

«Insomma, dottor Lamberti, secondo lei Damiano è scappato o mi devo preoccupare davvero?»

«Quanto parlava con suo figlio?» chiese Duca entrando nella stanza del ragazzo.

L'avvocato non seppe rispondere.

«Quante volte rideva, Damiano? Quante volte alzava la voce?»

«Io francamente...»

«Lei francamente non gli parlava mai.»

L'avvocato Pagheri si passò una mano sui capelli tentando di addomesticare il riportino. «È che stava poco in casa, aveva cominciato a frequentare quel circolo e non si vedeva mai in giro con una ragazza...»

Duca si era messo a sfogliare alcuni libri di scuola di Damiano. Era la prima volta che venivano aperti. Il diario, invece, era pieno di note e disegni.

«Mi sembra inutile chiederle se suo figlio aveva idee politiche.»

L'avvocato Pagheri sbottonò il colletto troppo stretto della camicia. «Io non seguo la politica. Perché?»

Duca mostrò il diario all'uomo, che non ebbe alcuna reazione.

«Sì, l'hanno notato anche i carabinieri, ma dicono che sono ragazzate...»

Duca sfogliò il diario sbrigativamente, passando le dita sui disegni e sulle foto. Croci celtiche, svastiche... Slogan in tedesco come «Volk, Blut, Land» e «Ein kampf, ein sieg».

«Direi che suo figlio era tutt'altro che un anarchico.»

L'avvocato si sedette sul lettino di Damiano e si guardò attorno come se fosse la prima volta che vedeva quella stanza.

«Allora, dottore? Lei non crede alla ragazzata? Immagino che Teresa debba parlarle della sua famiglia...»

Teresa Winkler e il suo terribile segreto aspettavano in cucina. Il padre della donna era stato un pezzo grosso della polizia segreta di Hitler. Rifugiatosi in Sudtirolo dopo la guerra, il tenente Swartz aveva cambiato nome e s'era sposato la più giovane delle figlie di un allevatore di Marlengo.

Quando Duca andò da Teresa insieme a Mascaranti, ci misero quasi un'ora per farselo raccontare.

«Credetemi, non ho mai detto a mio figlio di Franz.» Lo chiamava solo Franz, mai papà. «Era un pazzo, e io l'ho odiato.»

Mascaranti non aveva ancora imparato a controllare l'amarezza che Teresa gli risvegliava. Certi lavori che si fanno non aiutano, certi amori neppure. «Ti ho portato in chiesa, e neanche una parola su tuo padre.»

«Non capisci che io scappavo dalla mia famiglia! Dai miei doveri con Sauro.»

Mascaranti caricò uno schiaffo, ma Duca gli fermò il braccio.

«Teresa, voglio essere sincero con lei», disse algido. «Non mi piace il suo avvocatino con il riporto e qualcosa mi fa pensare che non mi piacerà rivedere suo figlio. L'unica cosa che le chiedo è di essere sempre sincera.»

«Lo sono», disse lei. «Voglio sapere dov'è, dottore. Sono terrorizzata! Damiano non sapeva niente di Franz.»

Mascaranti si passò le mani sui capelli sudati e le disse che avrebbero trovato il ragazzo. Duca non guardò né l'autista né Teresa. Uscì dalla stanza, attraversò il vialetto con i nani di terracotta e s'infilò nell'Alfa 75. Braccia conserte, aspettò paziente.

Mascaranti lo raggiunse dopo qualche minuto. Aveva gli occhi gonfi e si soffiava il naso nell'incavo tra il pollice e l'indice.

Morti annunciate. Duca Lamberti era un esperto.

«*El Condor Pasa* è una canzone folcloristica andina...»

Si chiamava Circe, si faceva chiamare Cirx. Aveva un giubbotto di pelle, borchie sulle spalle e un trucco molto pesante.

«Sto cercando Damiano.»

«L'hai mai ascoltato quel disco degli Inti-Illimani?»

Duca fece di no con la testa e si girò per studiare alcuni ragazzi sul palco, al centro del locale. El Condor Pasa era un vecchio bar coperto di murales. A lato del palco c'era un biliardo incrostato di vomito. Mascaranti ci seguiva una partita di carambola tra due motociclisti.

«Signorina, le ho chiesto se ha mai conosciuto Damiano.»

La ragazza si spostò sotto a un finestrotto per guardare meglio la foto.

«Damiano», mugugnò pensosa. «Non sapevo che si chiamava così.»

«Quando l'ha visto l'ultima volta?»

Un uomo vestito di nero si avvicinò al bancone e si sedette accanto a Duca. La ragazza si zittì e abbassò gli occhi liquidi. L'uomo in nero estrasse un temperino dalla tasca e cominciò a giocarci.

«Senti, sbirro di merda... Che cazzo vuoi dalla ragazza? Lo sai come trattiamo gli sbirri?»

Dietro l'uomo c'era Mascaranti, gli bastò una mano sola per afferrargli la nuca e schiacciarla sul bancone. Il temperino cadde a terra e il naso dell'uomo si frantumò.

I ragazzi sul palco smisero di suonare.

«Vieni con me, 'diamo!» Mascaranti strattonò l'uomo verso l'uscita. «Vieni che t'insegno cosa succede alle persone come te quando incontrano quelle come noi.»

Circe si era appoggiata alla parete dietro il bancone e aveva fatto rotolare a terra una bottiglia di Jack Daniel's.

Duca si schiarì la voce e riprese il filo. «Ha visto Damiano discutere con qualcuno? Ho il sospetto che avesse delle idee politiche un po' forti.»

Circe affondò le mani in una borsa di tela e ne uscì con un portasigarette. Si accese una celestina e buttò fuori il fumo dal naso. «Sono venuti anche i suoi genitori, gliel'ho detto che era uno ok.»

«Allora lo conosceva?»

«All'inizio credevamo che era un paninaro, poi c'è stato bene, qui...»

«E adesso?»

«E adesso non lo so. Si faceva qualche pezzo, ma non era un droghino. Si faceva perché stava con la Stefi, che era del giro. Forse sta da lei. Non ho detto niente ai suoi perché pensavo che fosse solo volato. Ai caramba l'avrei detto, ma qui dentro non si fanno vedere.»

La ragazza si rigirò il portasigarette nelle mani bianchissime, mentre la celestina le pendeva dal labbro e le dava un'aria da camionista. «Il ragazzo andava matto per la Stefi, erano sempre in giro con la spider.»

Il maresciallo Valli disse che non avevano trovato elementi per pensare qualcosa del piccolo Pagheri. Qualsiasi cosa. Si erano informati anche su quella Stefi, ma al domicilio di chi la ospitava non rispondeva nessuno. Erano troppo occupati a inseguire un grosso giro di droga.

«Sarà una randagia, questa Stefi, una *vigliacca* che sta in casa con altri sei o sette.» tagliò corto il maresciallo con il suo accento romagnolo.

L'appartamento che aveva indicato Circe era intestato al signor Michele Benevento e stava al pianterreno di un palazzo del centro di Voghera, proprio di fronte al duomo. Vi si accedeva da una porticina laterale di vicolo Magnanino, una fessura che si apriva nel semicerchio dei palazzi attorno alla piazza. Alla porta non rispondeva nessuno, ma c'era una finestrella a livello del terreno, una di quelle aperture che servono per cambiare l'aria in cucina.

Duca si piegò e c'infilò la testa a fatica.

Luci soffuse e, allungando il collo, poster alle pareti. Duran Duran, Bruce Springsteen, ma quello che richiamava l'attenzione non si vedeva, si sentiva.

«Mascaranti!» urlò Duca mentre cercava con gli occhi fra le sedie. «Mascaranti, sbrigati! Chiama subito Valli, subito!»

L'odore mefitico della putrefazione. Il puzzo della carne che marcisce. Quando gli occhi di Duca si adattarono al buio, già gli lacrimavano per il gas della decomposizione. Nel punto più buio, davanti al sofà, si distingueva una mano contratta a becco d'oca. Il rigor mortis che le aveva piegato le punte delle dita verso l'esterno la faceva sembrare un fiore blu. Duca si sfilò dalla finestrella, s'alzò, diede un paio di colpi al portone. Poi si appoggiò al muro del vicolo e fece forza sulla serratura con tutti e due i piedi. La porta cedette, il cadavere portava segni evidenti di violenza, il cranio sfondato e il volto macellato dai colpi di un corpo contundente. Vestiva una gonna corta e gli umori del cranio misti al sangue erano corsi sul pavimento fino a bagnargli il ginocchio. Le gambe, ormai purulente, erano ancora ricoperte di peli grossi e scuri.

Mascaranti corse dentro per avvertire che Valli stava arrivando, ma dovette uscire scosso dai conati.

«Dotto'...» tossì. «Quella là è la Stefi?»

«Sì, se questa famigerata Stefi era un invertito direi di sì, ecco spiegato perché non esisteva nessuno che la conosceva con il nome di Michele Benevento.»

L'autista sgranò gli occhi.

«E il mio figliastro? Un invertito pure lui?»

Duca non rispose, spinse Mascaranti oltre la porta dell'appartamento e accese la luce principale. Sul muro, sopra i poster, c'erano dei disegni fatti con lo spray. Un triangolo rosa con il vertice puntato verso il basso e una svastica.

«C'è di peggio degli invertiti», disse Duca indicando le scritte sul muro. «I nazisti, ad esempio.»

«È un gruppo, si chiamano *Sangue nero...*»

Circe parlava piano, aveva paura di essere ascoltata da qualcuno che non fosse Duca Lamberti. El Condor Pasa era pieno di gente. Alle cinque della sera le fabbriche chiudevano e gli operai si fiondavano sulla birra a poco prezzo.

«Sono degli skin», continuò lei. «Cioè, sono diversi dagli skin tipo *hardmods.*»

«Skinhead nazisti?» chiese Duca con aria disinteressata.

Circe fece di sì con la testa mentre serviva un ragazzo con il bomber.

«Ascoltano del punk razzista, sono il contrario degli skin veri e propri. Si stanno organizzando in Veneto.»

Duca bevve un sorso della sua birra e aspettò di vedere la schiuma posarsi sul fondo del bicchiere. Quella ragazza aveva qualcosa di Livia Ussaro, forse solo l'occhio grande e profondo.

«Signorina, perché dice tutte queste cose a un poliziotto?»

Circe disse che Duca non si comportava come uno sbirro, sembrava più un dottore. Parlare con lui, disse, era più come andare da un dottore che ti fa spogliare, ma dove ti senti lo stesso a tuo agio. Disse che Damiano era entrato a far parte di *Sangue nero* grazie a un certo Tonino detto Hans. Tonino l'aveva anche fatto smettere con il buco.

«Qui tutti hanno idee di sinistra, ma uno che pulisce un altro è rispettato. Questo Hans è un naziskin, ma da quando la Stefi e Damiano si frequentavano, non s'è più visto. E poi, per me al vostro amico ci piaceva proprio, la Stefi.»

Mascaranti sorseggiava un Braulio. Teneva entrambi i gomiti poggiati al bancone e le mani sul bicchiere ghiacciato.

«Sto pensando», disse con voce malferma. «Chi ce lo dice a Teresa che suo figlio è un invertito e pure nazista?»

Quando entrarono nella caserma dei carabinieri, il maresciallo Valli aveva già avvertito i Pagheri. Li stava interrogando, ma uscì per parlare con Duca.

«Senta, dottore, questa storia dell'invertito era meglio se non usciva, se faceva i vermi dentro casa ancora un po'.» Il maresciallo aveva gli occhi celesti macchiati di castano scuro. «Stiamo in merda con una partita di droga scomparsa e il finocchio non ci voleva.»

Duca disse che gli dispiaceva. Era ironico, ma il maresciallo non capì.

«C'è il diario del figlio dei Pagheri», disse il carabiniere.

«Al momento è Damiano il maggiore indiziato per il fatto di sangue.»

Duca allontanò lo sguardo solo per capire cosa stesse succedendo nella stanza dell'interrogatorio. Mascaranti era entrato per parlare con Teresa e con l'avvocato.

«Ha controllato l'auto, maresciallo?»

Valli inarcò le sopracciglia.

«Quale auto, mi scusi?»

«Mi hanno detto che il Benevento, l'invertito, girava con una spider. Potrebbe essere stata una violenza collettiva. Sa qualcosa dei gruppi nazisti locali?»

Il maresciallo si fece sfuggire una risatina sfacciata.

«Nazisti? Dottore, l'invertito non aveva nessuna spider e il ragazzo dei Pagheri era un po' matto! Si figuri se c'è un gruppo di nazisti.»

«Skinhead, maresciallo. Naziskin, li chiamano. C'è un certo Tonino detto Hans, fra di loro.»

Il maresciallo scattò verso un classificatore di metallo.

«Tonino Benin...» disse sfogliando una cartellina gialla. «Ha fatto delle spavalderie, cose da bordelli...»

Mascaranti uscì dalla stanza dell'interrogatorio e si disse pronto ad andare. Duca lo fermò con un gesto.

«Cosa fa questo Benin, nella vita?»

Il maresciallo ripose la cartellina.

«È il figlio del carrozziere, perché?»

Mascaranti guidava e parlava.

«Le cose ci accadono, ma troppo veloci, dottore. Certe volte è come in un film di Ridolini, che corrono tutti e c'è quella musichetta, se la ricorda?»

Duca disse che si ricordava e accese una Nazionale.

«Insomma, dottore, corriamo corriamo, però non ci fa ridere niente. Non capiamo le battute e mica succede che qualcuno ci ferma e ce le spiega. Può anche essere drammatico, il nostro film, ma va sempre veloce come una comica e noi accumuliamo i pensieri sulle battute che non abbiamo capito.»

La carrozzeria Benin era poco fuori città, dove le zanzare si muovevano in stormi e le nuvole sembravano indugiare di più. La strada era piatta e la terra brulla fumava sotto il sole, temendo l'inverno imminente.

Il padre di Tonino detto Hans era un vogherese dalle spalle larghe e dal labbro screpolato. Portava degli occhiali a goccia e si grattava sotto la cintura.

«Mio figlio, quel bastardo», disse con la tipica erre uvulare della zona. «Un *sciuâtul*... sta mai fermo! Son già due settimane che non viene al lavoro. Sarà nel Veneto da certi suoi amici, che si deve far tatuare un'altra ragnatela sul petto.»

«Che lavoro fa suo figlio, signor Benin?» Duca Lamberti si sedette al tavolo della piccola capanna nella quale li aveva fatti accomodare.

«Mah, a volte aggiusta, a volte smaltisce», disse l'uomo indicando le pile di auto sfasciate a ridosso delle recinzioni. «Un *sciuâtul*, dottore.»

Mascaranti bevve un sorso del caffè freddo che Benin fece portare da un dipendente.

«Le risulta che suo figlio fosse un fanatico nazista?» chiese diretto.

«Fanatico, dottore? Io sono fascista, sa!» disse Benin alzando la voce. «Vado ben orgoglioso di mio figlio. Mi meraviglia che proprio voi...»

«Signor Benin, la polizia è stata riformata da qualche anno», lo fece tacere Duca. «Le cose cominciano a cambiare.»

L'uomo brontolò qualcosa a bassa voce e prese un foglio di carta per pulirsi il grasso dalle mani.

«Volevamo sapere da suo figlio se avete una spider, se magari ne avete venduta una.»

La risposta era sì, Tonino aveva tre spider. Due erano senza motore, e l'altra, dopo tre giri completi della carrozzeria, non si riuscì a trovare.

Il maresciallo Valli fece qualche ricerca, ma dell'auto nessuna traccia.

«Questo Tonino Benin e Damiano potrebbero avere ucciso la Stefi, l'hanno fatto per gioco, forse, poi hanno preso la spider e sono scappati», disse il carabiniere sfoggiando una nuova cartellina gialla.

«No. Io non credo che sia andata così.» Duca fece rizzare il capo dei carabinieri presenti. «Credo che un invertito come il Benevento si curasse molto nella sua pretesa di femminilità, e il cadavere che ho trovato io aveva dei peli sulle gambe. È strano.»

«Mi faccia capire: secondo lei il cadavere non è della Stefi?»

«Se il giovane Pagheri fosse stato innamorato? Eppure qualcosa non va. Il Benevento doveva avere qualche rapporto con il Benin, perché lo vedevano andare in giro su una spider e guarda caso la spider non era sua e il Benin ne aveva una che adesso non si trova.»

«Il cadavere decomposto di vicolo Magnanino sarebbe del Benin, quindi?» chiese Valli sorridendo. «E magari Damiano l'ha ammazzato per gelosia, l'ha sfigurato apposta e l'ha vestito da donna per farci credere che si trattava della Stefi... perché?»

«No, così non va. Intanto chieda al medico legale se il cadavere aveva un tatuaggio sul petto.»

«Va bene, ma se non è un delitto passionale, qual è il movente?»

Duca ci pensò su. Sul tavolo di fianco al classificatore c'erano delle trascrizioni dell'indagine per droga.

«Mi hanno detto che Tonino Benin aveva convinto Damiano a non bucarsi più, ma che poi l'invertito era uno messo bene, a droga. Se la Stefi avesse avuto un giro? Sia Damiano sia il Benin, magari come spacciatori, non come consumatori, potevano esserci dentro. Forse Tonino aveva ceduto la spider come investimento, poi tutto è andato storto. Magari il Benin si è pentito o voleva farli fessi, a Damiano e all'invertito, allora la Stefi ha deciso di ammazzare il Benin e ricominciare da un'altra parte.»

«Con un ragazzino di diciassette anni attaccato ai *maroni*?»

Dopo qualche minuto arrivò la telefonata che aspettavano.

«Una ragnatela sul pettorale sinistro», disse Valli mordendosi il labbro. «Il medico dice che si vede a malapena. Chiamate il padre del Benin.»

«Com'era quella storia del film di Ridolini?» chiese Duca Lamberti piegandosi sul selciato ricoperto dalla prima neve. «Tutto succede sempre troppo in fretta, vero?»

Mascaranti annuì mentre suonava il campanello di casa Pagheri. Ad aprire la porta si presentò Damiano, in poca carne e poche ossa.

«Ciao zio, salve dottor Lamberti.» Aveva la testa rasata e una svastica tatuata sopra l'orecchio sinistro. Ai genitori aveva raccontato che era scappato in Veneto a farsi iniziare al movimento naziskin da alcuni amici di Tonino.

«Stavo con la Stefi perché Hans e io volevamo i suoi soldi, la spider c'aveva il motore di una Panda, o roba del genere. Era stata un'idea del povero Hans, vendere la spider alla Stefi. Ci piaceva dormire con me, al Benevento, ma neanche mi toccava. Era un matto, ci stavo perché volevamo fregarlo.»

Damiano negava di sapere cos'era successo in vicolo Magnanino e l'avvocato Pagheri era già al lavoro per evitargli problemi. Forse la Stefi non voleva pagare l'auto e aveva reagito da matta.

Duca sorbì il tè al bergamotto e guardò Teresa che accarezzava il figlio cercando di non far caso a quel tatuaggio che visibilmente la disgustava.

«Cosa vuole farci, dottore», disse lei. «L'importante è che Damiano è tornato, che non c'entra niente. Vero, tesoro?»

Il ragazzino si aggiustò le bretelline bianche sopra la maglia a collo alto.

«Mamma, cazzo, non mi chiamare tesoro!»

Mascaranti se ne uscì senza salutare, Duca finì di bere il suo tè e andò a cercare l'avvocato nel suo studio.

«Non fatevelo più scappare», disse severo. «Perché da qui in poi la banca non fa più credito.»

Due mesi dopo venne trovato il corpo di Michele Benevento detto la Stefi in un casolare abbandonato di Vaccarizza, a poca distanza dal Po. Ci cadde sopra un bambino che giocava con la neve.

Il Benevento era morto per overdose, sepolto sotto la paglia. La Stefi era vestito da uomo, ma aveva le brache calate. Nel Po trovarono la spider e nel bagagliaio, che per pura coincidenza era rimasto stagno, vennero trovate diverse tracce di eroina. Si ipotizzò che l'auto avesse trasportato un grosso quantitativo di droga.

Damiano Pagheri non venne neanche richiamato in caserma. Finalmente maggiorenne, aveva fondato una casa discografica che pubblicava discorsi di Hitler e dischi punk come *Dolore, Sangue e Onore* dei Manotesa. Girava l'Italia per raduni e mercatini di nostalgici e si faceva vedere accanto a politici più o meno famosi.

Duca Lamberti non si chiese dove il ragazzo avesse preso i soldi per la sua attività, non volle indagare dietro quella vita piena di rabbia e solitudine. Tanto prima o poi qualcuno glielo avrebbe chiesto, d'indagare.

«Mascaranti, toglimi una curiosità. Che cosa vi siete detti con i Pagheri alla caserma di Voghera?»

Mascaranti guidava e con una mano cercava una cassetta da inserire nel mangianastri.

«Niente, dottore. Siamo rimasti come degli imbecilli a guardarci in faccia, il film scorreva veloce e nessuno ci spiegava le battute.»

Livia Ussaro si era trasferita a Rho. Mancavano tre giorni a Natale e pochi chilometri per arrivare a casa sua. Non si vedevano da molti anni.

«Accelera, Mascaranti. Muoviti, dai!»

L'anniversario
di Alfredo Colitto

Ho incontrato i gialli di Scerbanenco verso la fine degli anni Settanta, quando ero giovane e convinto che in Italia non ci fosse nessuno scrittore di genere paragonabile a Raymond Chandler. Appena ho letto Venere privata *ho capito (con gioia) che mi sbagliavo. Ho amato la Milano descritta da Scerbanenco, le atmosfere nostalgiche di periferia, i suoi criminali avidi e in fondo stupidi, anche se spesso furbi. Ma soprattutto ho amato Duca Lamberti, iroso, duro, con un conto aperto con una società che non accetta che si possa uccidere per compassione una persona sofferente, ma sembra accettare senza grandi problemi tanti altri delitti. Il mio racconto è ambientato nell'estate del 1967, cioè nello spazio che separa, cronologicamente,* Traditori di tutti *e* I ragazzi del massacro, *quando Duca è già un collaboratore stipendiato della Questura (prende centoquarantamila lire al mese) ma non ha ancora risolto i suoi due casi più importanti.*

Il 31 luglio era un giorno difficile per Duca Lamberti. Un giorno in cui era irritabile e tormentato dai ricordi. Perciò quel lunedì 31 luglio del 1967 intendeva trascorrerlo in casa, senza rispondere al telefono e senza pensare a nulla.

Naturalmente sapeva che non ce l'avrebbe fatta a non pensare. Di giorno forse sì, con la compagnia di sua sorella Lorenza e la vivacità della piccola Sara. Ma la notte sarebbero arrivati i pensieri, i sensi di colpa, e avrebbe dovuto bere per riuscire ad addormentarsi. Aveva già pronta nello stipo del comodino una bottiglia di whisky Mackenzie, a scopo medicinale e ansiolitico, o almeno così cercava di illudersi.

Magari però poteva farla lui una telefonata. A Livia. I suoi erano al mare, forse lei era libera, e avrebbe accettato di venire a trovarlo.

Mentre era assorto in questi pensieri squillò il telefono, e contrariamente a tutti i suoi propositi, Duca sollevò la cornetta. Era Livia, di certo. Non poteva essere che lei. Aveva avuto uno di quei momenti di telepatia ai quali nemmeno le donne più intellettuali sono immuni, e lo aveva chiamato proprio mentre lui pensava di telefonarle.

«Buongiorno, dottor Lamberti», disse una voce sconosciuta, un po' attutita, come se l'uomo parlasse attraverso un fazzoletto.

«Non sono dottore», rispose irritato.

«C'è una persona ferita, che ha bisogno di cure immediate.»

Gli diede l'indirizzo, stava al terzo piano di via Massarani 2, una trasversale di corso Lodi. Mentre ascoltava, Duca si convinse che effettivamente l'uomo parlava attraverso un fazzoletto. La cosa era più che sospetta, ma lui era in permesso, c'erano tanti altri poliziotti in servizio, che ci pensassero loro.

«Deve chiamare la Questura. Io oggi non lavoro.»

L'uomo insisté. «Deve venire lei, dottore. C'è bisogno di un poliziotto che sia anche medico.»

«Non sono più medico!» gridò Duca nella cornetta. «Lo vuol capire?»

«La persona in questione si chiama Livia Ussaro», disse la voce.

«Livia? Ma come... Aspetti, non riattacchi...»

Naturalmente l'uomo aveva già riattaccato. E ora? Non c'era tempo per pensare. C'erano alcune cose da fare, subito, senza perdere un secondo. Innanzitutto compose il numero di Livia. Poteva anche trattarsi di uno scherzo di cattivo gusto, e bisognava verificare.

Lasciò squillare a lungo, ma non rispose nessuno. Duca sapeva che i genitori di Livia erano al mare, e lei forse era semplicemente uscita a passeggio, o era andata a fare la spesa. Ma come esserne certi? La seconda chiamata la fece a Mascaranti. Gli spiegò in due parole l'accaduto, poi disse: «Vado subito sul posto. Tu per favore chiama un'ambulanza. Di' che avete ricevuto una segnalazione anonima, che non siete sicuri che ci sia davvero una donna ferita, ma che preferite non rischiare. Poi raggiungimi lì».

«Sì, dottore», disse Mascaranti.

Da lui lo accettava, che lo chiamasse dottore. Perché non si riferiva alla sua ex professione di medico, ma al fatto che aveva una laurea.

Duca fece la sua terza telefonata, poi scese di sotto ad aspettare.

Piazza Leonardo da Vinci era deserta: anche se era lunedì si respirava un'aria di vacanza. I milanesi che potevano permetterselo erano fuori città, e quelli che non potevano erano al lavoro, fumando e imprecando contro il caldo. Il tassì

Bologna 14 arrivò meno di due minuti dopo, Duca salì a bordo e ripartirono subito.

Da piazza Leonardo da Vinci a corso Lodi in un giorno normale ci voleva almeno mezz'ora, spesso di più, ma così, con le strade mezze vuote, arrivarono prestissimo, anche se Duca non avrebbe saputo dire quanto presto. Passò tutto il tempo a pensare ai settantasette tagli sul viso che Livia aveva già dovuto sopportare per colpa sua, rimanendo sfregiata per sempre. Cosa le era successo ora?

Svoltarono in via Massarani, una strada corta e a doppio senso. In quello stesso momento vide arrivare da corso Lodi la Simca di Mascaranti seguita dall'ambulanza, che aveva appena spento la sirena. Duca scese, pagò e si diresse subito verso il portone. Prima di entrare urlò a Mascaranti: «Terzo piano. Di' che salgano con la barella».

Passando davanti all'anziano portiere disse, senza fermarsi e senza mostrare la tessera: «Polizia». Poi si avviò per le scale, salendo i gradini a quattro a quattro.

Era una casa di ringhiera. Sul ballatoio al terzo piano si affacciavano sei porte, più quella del bagno comune in fondo, ma solo la terza era semiaperta. Sul muro, accanto allo stipite, era avvitata una targhetta in plastica con su scritto in rilievo MAGDA BRIGHENTI. Duca si fermò un secondo per gridare: «C'è qualcuno?» Attese la risposta per un altro mezzo secondo, poi scrollò le spalle ed entrò. Ma si fermò di botto, appena superata la soglia.

La donna sembrava attenderlo, seduta sul divanetto al centro della stanza che faceva da soggiorno e cucina. Non era Livia, e non era ferita. Era una ragazza sui venticinque anni, bionda e con gli zigomi alti, di una bellezza ossuta, dalle membra grandi. Ed era morta.

Se ne stava lì seduta composta, con una gonna di organza gialla, scarpe bianche con il mezzo tacco e camicetta senza maniche bianco panna. Il tutto, ovviamente, pieno di sangue.

Il sospiro di sollievo che aveva cominciato a formarsi nella gola di Duca Lamberti, vedendo che non era Livia, non arrivò a uscire dalla bocca, e il fiato si trasformò in una raffica di parole rivolte a Mascaranti, che aveva sentito arrivare dietro di sé.

«Avvisa Càrrua», disse, senza voltarsi. «Chiama la Scientifica per i rilievi e il medico legale. Di' a quelli dell'ambulanza di fare come credono. O aspettano finché abbiamo finito, o vanno via e poi chiameremo noi un'altra ambulanza per portare il cadavere all'obitorio.»

«Sì, dottore.»

Ascoltò i passi di Mascaranti sulle scale, poi si avvicinò di più alla ragazza e guardò attentamente, chinandosi verso di lei, senza toccare nulla. In attesa del medico legale poteva cominciare a farsi un'idea. In fondo era medico anche lui, benché non potesse più esercitare.

Un taglio netto alla gola aveva reciso l'arteria carotidea. Niente esitazione da parte dell'assassino, niente slabbramenti della ferita, o altri tagli più piccoli prima di quello mortale. No, aveva immerso la lama affilata da un lato della gola, sotto l'orecchio, e aveva tirato deciso fino all'altro orecchio. E la ragazza se n'era restata lì, immobile, senza protestare, senza difendersi. La prima reazione istintiva, davanti a un attacco di coltello, quando la fuga non è possibile, è mettere le mani avanti, in una difesa disperata. Alcuni arrivano persino a stringere la lama, recidendosi i tendini nel tentativo di strappare l'arma all'assalitore.

Ma sulle mani della ragazza, posate compostamente sulle ginocchia, non c'erano tagli da difesa. E gli schizzi di sangue macchiavano, oltre al vestito, il pavimento a scacchi davanti al divano, in una specie di spruzzo a raggiera che faceva venire in mente i pittori puntinisti. Ne risultava una sola possibile interpretazione: l'assassino le era arrivato alle spalle. Le aveva tappato la bocca con una mano e aveva affondato la lama con l'altra. Una tecnica da guerra, semplice ed efficace. Una tecnica che andava studiata e provata, prima di poterla applicare con successo.

Poi l'assassino aveva composto la vittima, le aveva messo le mani sulle ginocchia, appoggiando la testa quasi recisa sullo schienale del divano, per impedirle di cadere di lato. Quindi se n'era andato indisturbato. A giudicare dal grado di coagulazione del sangue, l'omicidio doveva risalire a una o due ore prima, forse anche meno.

Duca udì di nuovo i passi di Mascaranti, e poco dopo la sua voce: «Arrivano tutti tra dieci minuti».

Dieci minuti. Il caldo a Milano abbreviava decisamente le distanze.

«Raccomandano di non toccare niente.»

Duca si voltò a fissare Mascaranti, in silenzio, finché il brigadiere abbassò lo sguardo. «Mi scusi, mi hanno detto di dirglielo.»

«Te l'hanno detto?» ribatté Duca, con ira. Non aggiunse altro, ma quello che gli passava per la testa doveva essere evidente. A lui, un ex medico che si era messo a fare il poliziotto, bisognava dirlo, di non toccare nulla sulla scena del delitto, se no chissà che pasticci poteva combinare.

«Mi scusi», ripeté infatti Mascaranti, a occhi bassi.

Duca aveva voglia di maltrattarlo, di dirgli qualche cattiveria, ma capì che voleva prendersela con lui solo perché, anche se non aveva sospirato di sollievo davanti a quel cadavere, si sentiva comunque sollevato che non fosse Livia. E il sollievo non era l'emozione giusta davanti alla morte, soprattutto alla morte violenta. Ma non era giusto neppure aggredire un povero brigadiere che obbediva agli ordini.

«Vieni, andiamo a fumare fuori», disse, già calmo. «Che se trovano una cicca di Nazionale in casa finisce che accusano me di averla ammazzata.»

Mentre fumavano Duca mise al corrente Mascaranti dei particolari. «Dobbiamo trovare l'uomo che ha telefonato», concluse. «O è l'assassino, ma in questo caso vorrei capire perché dopo avere ucciso quella povera ragazza abbia voluto subito avvisare la polizia, oppure è qualcuno che sa cosa è successo ma non vuole grane.»

Mascaranti annuì, non solo con la testa, ma in qualche modo con tutto il suo corpo piccolo, compatto e atletico. «Sì, dottore.»

Appena arrivò il medico legale scesero a interrogare il portiere dello stabile. Si chiamava Mauro Magnani. Era un anziano poliziotto in pensione, vedovo e senza figli, e con quell'incarico arrotondava il magro compenso che lo stato gli passava in cambio di tanti anni di onesto lavoro. Fornì subito a Duca il registro degli inquilini, e rispose con precisione alle domande, mentre Mascaranti stenografava. Al terzo piano, intanto, gli uomini della scientifica scattavano foto e disegnavano cerchietti con il gesso.

«Quindi lei non ha visto salire nessuno, stamattina, dalla signorina Magda Brighenti.»

«Non ho visto salire nessuno che non conoscessi», precisò il portiere. «Sono usciti e poi tornati sei inquilini, che abitano al primo e al secondo piano.»

«Bisognerà interrogarli. Sono in casa ora?»

«Direi di sì. Poi ci sono altre otto persone che sono uscite per andare al lavoro e non sono rientrate. Due appartamenti al primo piano e quattro al terzo sono vuoti.»

«Vuoti?»

«Le famiglie sono in vacanza», spiegò Magnani.

Interrogare un ex poliziotto, che anticipava le domande e forniva risposte che non si prestavano ad ambiguità di interpretazione era indubbiamente un vantaggio. Ma in quel momento Duca non l'apprezzava.

«Attendiamo conferma dal medico legale», disse, «ma io mi sono fatto l'idea che la ragazza sia stata uccisa da poco. Perciò è molto importante controllare con esattezza chi possa essere salito da lei nelle ultime ore.»

Il portiere annuì. «Capisco perfettamente, mi creda. Ma non posso dire più di quanto ho già detto. A quanto ne so, la signorina Brighenti non riceveva mai nessuno, a parte il fidanzato e la madre.»

Spiegò, in un linguaggio essenziale che facilitava il compito di Mascaranti, che il fidanzato aveva le chiavi, la madre no. Comunque nessuno dei due era venuto quella mattina, a meno che non fossero saliti prima delle otto, quando lui aveva preso servizio nel gabbiotto attiguo all'appartamentino dove abitava.

«Prima delle otto il portone è chiuso», disse. «Può salire solo chi ha le chiavi, oppure chi si fa aprire direttamente dall'appartamento. Prima non era così, ma da quando hanno messo il citofono...»

Non finì la frase, ma Duca capì, o credette di capire, cosa intendeva. Le innovazioni tecnologiche da una parte facilitavano la vita, dall'altra la complicavano. Non c'era mai nulla di assolutamente positivo o assolutamente negativo, avrebbe detto Livia. Sentì il bisogno di chiamarla, di vedere se era tornata a casa. Ormai era certo che non correva pericolo, e che l'assassino di Magda Brighenti aveva usato il suo nome solo per farlo accorrere in fretta. Eppure desiderava con tutto sé stesso essere rassicurato dalla calda voce di Livia.

Ma non c'era tempo. Bisognava interrogare tutti gli inquilini, e poi stilare un rapporto preliminare in attesa dei risultati della Scientifica e dell'autopsia. Duca era contento di essere diventato un collaboratore regolare della Questura, con tanto di ufficio personale e di tesserino, ma questo purtroppo comportava una quantità di procedure burocratiche a cui non poteva più sottrarsi.

«Va bene», disse al portiere. «La ringrazio della collaborazione.»

«Dovere», rispose il vecchio, sintetizzando in quell'unica parola il principio che aveva guidato gran parte della sua vita, e che evidentemente la guidava ancora adesso.

Duca e Mascaranti gli strinsero la mano, a turno, poi uscirono dal suo appartamentino angusto ma in qualche modo fresco, e si sentirono addosso diverse paia d'occhi. Tutte le porte erano aperte, gli inquilini che non erano al mare o al lavoro occhieggiavano dalla ringhiera, si scambiavano commenti da un piano all'altro. Avevano visto l'ambulanza, la polizia. Volevano sapere.

Sarebbero stati accontentati.

«Andiamo a interrogarli», disse Duca, avviandosi su per le scale.

Nell'ufficio di Càrrua si scoppiava d'afa, malgrado la leggera corrente d'aria tra la finestra e la porta. E nella Questura spalancata contro il caldo, la voce del funzionario che sapeva solo urlare rimbombava tra i muri.

«La Scientifica e l'autopsia confermano punto per punto il tuo rapporto preliminare», gridò Càrrua. «Magda Brighenti, di Antonio e Maria Colombo, anni ventisei, è stata uccisa da un unico colpo alla gola, vibrato con arma da taglio, molto affilata, da un aggressore che si trovava alle sue spalle. L'arma del delitto non è stata trovata. L'ora della morte è incerta. Potrebbe essere tra le nove e le dieci del mattino, ma forse anche prima. Con il caldo assurdo di questi giorni il sangue si coagula più lentamente e il rigor mortis tarda ad apparire. Le uniche impronte digitali nell'appartamento sono quelle della vittima, di sua madre e del suo fidanzato, che tu dovrai interrogare oggi. Ma c'è una novità.»

«Quale?»

«La ragazza era affetta da glioblastoma multiforme. Volgarmente detto tumore al cervello. Piuttosto avanzato.»

Duca non parlò subito, non espresse un commento alle parole di Càrrua. Il fatto che Magda Brighenti avesse un cancro non faceva differenza. Era stata uccisa da una coltellata alla gola, non dal glioblastoma. Anzi, una differenza la faceva, a pensarci bene. Era come se fosse stata privata della vita due volte. Come se il fato avesse voluto assicurarsi che non potesse sfuggire in nessun modo alla sua sorte.

«Non hai niente da dire?» barrì Càrrua.

«Cosa vuoi che dica? Mi dispiace che avesse un tumore, ma non mi sembra un'informazione utile, ai fini dell'indagine. Lei lo sapeva?»

«L'aveva saputo da tre settimane circa. Si era mossa subito, con l'aiuto della famiglia. Era in attesa di ricovero al Besta.»

Duca non poté che approvare. L'Istituto neurologico nazionale Carlo Besta di Milano era uno dei migliori d'Italia, per quel genere di patologie.

«Quindi con la famiglia era in buoni rapporti?» chiese.

«Non tanto», rispose subito Càrrua. «Era al terzo anno di Farmacia, e loro non erano contenti che avesse lasciato l'università per mettersi a lavorare, anche se il lavoro alla Carlo Erba era in qualche modo in linea con i suoi studi. Inoltre disapprovavano decisamente il fidanzato che si era scelta. Però davanti a un tumore certe cose passano in secondo piano.»

Una famiglia progressista, dunque, ma non troppo. «Immagino che, cronologicamente, sia venuto prima il fidanzato, poi il lavoro e infine l'abbandono dell'università», disse Duca.

«Bravo», concesse Càrrua, canzonatorio. «A te non si può nascondere nulla.»

Duca sospirò. Non voleva dimostrarsi perspicace, era solo un iter logico. La signorina di buona famiglia si innamora di qualcuno che ai suoi genitori non piace. Loro cercano di spingerla a cambiare idea, lei non cede, va a vivere da sola, dando prova di un temperamento piuttosto anticonformista, e si trova un lavoro in una ditta farmaceutica. Magari si convince persino che è un'ottima mossa: intanto entra nell'azienda, poi, appena conseguita la laurea, potrà fare carriera. Dopodiché si accorge che lavorare e dare gli esami non è per niente facile e lascia l'università, vanificando tutti i sacrifici che i suoi avevano fatto per farla studiare. Ma Duca non si sentiva superiore. Lui non aveva abbandonato gli studi, aveva ottenuto la sua bella laurea in medicina, si era trovato un buon lavoro in clinica, e poi aveva buttato tutto alle ortiche praticando l'eutanasia alla Maldrigati. Così era stato radiato dall'Albo, era finito in galera e suo padre era morto di crepacuore.

«Almeno il fidanzato valeva la pena?»

L'aveva chiesto con sincera speranza, ma immaginava già la risposta. Quando una persona decide di gettare nella spazzatura il proprio futuro, normalmente lo fa per la causa sbagliata.

«Questo non lo so», disse Càrrua. «Non abbiamo ancora interrogato nessuno. Sta a te farti un'opinione. E trovare l'assassino. Il caso è tuo.»

Duca Lamberti andò alla finestra, a contemplare la calura che saliva da via Fatebenefratelli. Era quasi mezzogiorno e la strada era deserta. Le poche macchine parcheggiate contribuivano a dare l'impressione di una città abbandonata. La prospettiva di andarsene in giro con quel caldo a interrogare famigliari e conoscenti della vittima gli sorrideva poco, ma l'idea che l'assassino di quella giovane donna, l'uomo che le aveva tagliato brutalmente la gola, se ne andasse in giro libero, gli sorrideva ancora meno. Scelse il male minore.

«Avrò bisogno di un'auto», disse. «E di Mascaranti.»

«Concesso», ribatté secco Càrrua.

Non aggiunse altro, allora Duca Lamberti prese il fascicolo di Magda Brighenti, salutò e si ritirò nel suo ufficio, grande poco più di uno sgabuzzino, a studiare quelle carte che riassumevano, nella loro aridità burocratica, la vita e la morte di un essere umano.

Gli interrogatori non produssero nessun risultato. I genitori della ragazza erano affranti, rispondevano alle domande solo a metà, poi si zittivano all'improvviso (lui) o scoppiavano in lacrime (lei). Non dissero nulla di utile, eccetto che Giorgio Colaianni, il fidanzato di Magda, era un poco di buono, un perdigiorno di un meridionale che passava il tempo nei bar. Prima era sergente nei paracadutisti, ma era stato radiato per insubordinazione.

Subito dopo toccò al suddetto Colaianni, il quale aveva un alibi di ferro per il giorno del delitto: era stato tutta la mattina al bar del quartiere, dove aveva partecipato a un torneo di biliardo. Era lì che l'aveva raggiunto la notizia che la sua fidanzata era stata uccisa. E almeno dieci testimoni avevano confermato che Giorgio Colaianni si trovava nel bar fin dalle otto del mattino.

Tuttavia il giovane mentiva, Duca ne era certo. Ripeté più volte che era distrutto dal dolore, ma le parole non erano corroborate dal linguaggio del corpo. Il corpo di Giorgio Colaianni probabilmente non vedeva l'ora che quella noia finisse per tornare al bar dagli amici. Inoltre Colaianni lo fissava con troppa insistenza negli occhi, quando rispondeva alle domande, come se volesse convincerlo della sua assoluta innocenza.

Comunque, un alibi è un alibi, e il giovane se ne andò a testa alta, libero di tornare al suo torneo di boccette, dopo aver apposto sotto il verbale una bella firma svolazzante.

Poi toccò ad amici, colleghi e conoscenti di Magda, con risultati del pari deludenti. La giovane veniva descritta da tutti come lavoratrice, gentile, allegra, senza nemici. Eppure, se qualcuno le aveva aperto la gola in quel modo, un motivo doveva esserci. Duca Lamberti aveva una strana sensazione, riguardo a quel caso. Non il classico particolare che non torna, e che magari alla fine si rivela risolutivo. No, era una sensazione più generale, come se tutto ciò che stava facendo fosse sbagliato, e lo portasse sempre più lontano dalla soluzione.

Un raggio di luce, in quell'agosto dove di luce ce n'era anche troppa, fu un amico ed ex compagno di università di Magda, il quale dichiarò che la ragazza era stata costretta a lasciare l'università perché si era indebitata con uno strozzino e per restituire il debito aveva dovuto raddoppiare l'orario di lavoro alla Carlo Erba.

«Finché era a mezza giornata ce la faceva a studiare», disse. «Quando è passata all'orario completo era solo questione di tempo prima che abbandonasse gli studi.»

Il giovane fornì anche il soprannome dell'usuraio, Giovannone di Lodi. Bastò una breve ricerca nell'ambiente per individuarlo. Mascaranti andò a prelevarlo senza tante cerimonie nel suo bell'appartamento in via Zuretti, dietro la stazione centrale, e lo portò in Questura, ma arrivò subito il suo avvocato, un biondino dai capelli ondulati e dal mento sfuggente, che vegliò come una chioccia affinché il suo protetto si avvalesse del diritto di non rispondere a tutte le domande che potevano contenere qualche allusione alla sua poco legale attività di prestasoldi. Così seppero solo che Magda Brighenti si era effettivamente recata da lui, circa tre mesi prima della sua morte, perché amici comuni le avevano detto che Giovannone cercava una segretaria. Non si erano però messi d'accordo sullo stipendio, e non se n'era fatto nulla. Poi la ragazza aveva trovato lavoro alla Carlo Erba e non si erano mai più rivisti.

La storia puzzava lontano un miglio, ma senza prove anche quella era una pista chiusa. Duca Lamberti volle però seguirla ugualmente, anche perché era l'unica. Si procurò dagli informatori di Mascaranti una lista di probabili clienti di Giovannone e ne trovò due disposti a denunciare l'usuraio. Erano due onesti negozianti, ormai quasi rovinati e convinti di non avere più niente da perdere. Duca assicurò a entrambi che avrebbe fatto circolare negli ambienti giusti la voce che chiunque avesse provato a effettuare una rappresaglia nei loro confronti, avrebbe dovuto vedersela con lui.

I due firmarono una deposizione circostanziata. Con quella carta in mano Duca chiese e ottenne un appuntamento con Giovannone senza avvocato. Lo minacciò, lo spaventò e gli assestò anche un paio di manrovesci. Tanto non c'erano testimoni. Finalmente l'uomo ammise che aveva prestato a Magda Brighenti un milione tondo, in via amichevole, senza interessi. Duca lasciò correre quell'idiozia e volle sapere se la ragazza aveva detto a cosa le servivano i soldi.

«Sì», disse Giovannone. «Aveva detto che le servivano per togliere dai guai il suo fidanzato.»

Duca gli fece firmare una deposizione dove secondo il volere di Giovannone riportò la dicitura «prestito in via amichevole, senza interessi», poi lo denunciò lo stesso, per quello che valeva.

Ormai era la fine di agosto, i milanesi cominciavano a tornare dalle vacanze, la città si riempiva e pioveva parecchio, brevi e violenti temporali che squassavano il cielo e lo lasciavano pulito come un parabrezza appena lavato. Sulle pagine dei giornali il caso di Magda Brighenti era stato sostituito da nuove e più succose notizie di cronaca nera, e persino i genitori sembravano essersi fatti una ragione della morte della figlia. In fondo era condannata comunque, sembravano pensare tutti. L'omicidio è sempre esecrabile, e quello non faceva eccezione, eppure il fatto che la ragazza fosse stata privata non di tutta la sua vita adulta, ma solo di pochi mesi, che tra l'altro avrebbe vissuto tra sofferenze e ricoveri in ospedale, rendeva in qualche modo più tollerabile il suo destino.

Duca Lamberti però non la pensava così. Interrogò di nuovo Giorgio Colaianni, il quale ebbe la spudoratezza di dire che il fidanzato nei guai, a cui si era riferito Giovannone nella sua deposizione, forse era qualcun altro. Lui non sapeva cosa faceva Magda e chi vedeva, quando non erano insieme. Duca a quella risposta lasciò partire un ceffone che gli avrebbe fatto saltare gli incisivi, ma lo deviò a mezza strada e picchiò la mano aperta sul tavolo, con un fracasso che fece accorrere Càrrua dal suo ufficio. Il giovane, benché spaventato, prese un tono provocatorio, disse che conosceva i suoi diritti, e che se lo avessero picchiato li avrebbe denunciati. Duca non lo picchiò, non perché gliene mancasse la voglia o perché fosse spaventato dalle minacce di quel piccoletto bruno e nervoso, ma perché era stato Càrrua a promettergli, tempo addietro, che il giorno che avesse malmenato un indiziato nella sede della Questura si sarebbe occupato personalmente di farlo sbattere fuori dalla polizia. Càrrua non minacciava invano, e Duca non avrebbe sopportato di diventare anche un ex poliziotto, oltre che un ex medico.

Così l'interrogatorio del giovane si svolse secondo tutte le regole, e lui ebbe agio di mentire come gli pareva e piaceva. Erano di nuovo al punto di prima.

«Secondo me ti stai concentrando sulla cosa sbagliata», disse Livia. Erano seduti a un tavolino del bar di via Plinio, sotto casa di lei, davanti a due bicchieri di birra fredda. Era pomeriggio inoltrato, e il cielo di Milano cominciava ad assumere quelle tonalità rossastre opache da tramonto metropolitano, filtrato e diffuso e reso più nostalgico dalla cappa di smog.

«E quale sarebbe la cosa giusta, secondo te?» ribatté Duca, piccato, fissando quella donna dal viso segnato da tante cicatrici che neppure vari interventi di chirurgia plastica erano riusciti a far scomparire.

«La telefonata, è ovvio.»

«La telefonata è una pista chiusa. Abbiamo cercato in tutti i modi di rintracciare l'uomo che ha chiamato a casa mia, non ci siamo riusciti e ormai è passato troppo tempo. Certo, se lo trovassimo potremmo chiarire molte cose, ma è inutile pensarci, perché non succederà.»

Lei lo guardò con un brillio nello sguardo, da giocatrice di scacchi che prepara la mossa vincente.

«Non ho detto l'uomo, ho detto la telefonata.»

Duca stava per ribattere che non aveva voglia di cavillare, ma si fermò in tempo. Quella non era una questione di argomenti generali, e Livia era troppo intelligente per perdersi in cavilli. Se l'aveva detto, c'era un motivo.

«Spiegati, per favore», disse soltanto.

«È semplice», disse lei, ora concentrata, attenta a non sbagliare, a cercare l'ordine giusto delle parole. «Io credo che la chiave di questo delitto si nasconda nelle cose che quell'uomo ha detto quando ti ha chiamato.»

«Continua», disse Duca, serio.

E lei continuò, molto precisa e attenta a ogni particolare. Disse che il primo punto importante era il fatto che quell'uomo lo aveva chiamato a casa. Quindi forse prima aveva chiamato in Questura e gli avevano detto che Duca Lamberti era in permesso. Bisognava trovare il centralinista che aveva preso la chiamata e scoprire cosa aveva detto l'uomo, con la maggiore esattezza possibile. Poi Livia disse che l'uomo aveva parlato di una ragazza ferita, e non morta, per indurlo ad accorrere immediatamente. E quando lui aveva opposto resistenza, gli aveva detto che la ragazza era lei, Livia Ussaro.

«Questo dimostra che ti conosce. Sa che eri un medico, sa che sei un poliziotto, sa che abbiamo una relazione.» Disse proprio così, «una relazione», il termine più neutro possibile per indicare quello che c'era tra loro. «Forse aveva anche chiamato a casa mia, qualche minuto prima, per verificare che fossi uscita. I miei erano al mare, non gli ha risposto nessuno e si è sentito sicuro di poter giocare la sua carta.»

«Tu stai dicendo», disse lentamente Duca, «che non gli importava tanto far scoprire l'omicidio, quanto il fatto che fossi io a scoprirlo.»

«O almeno le due cose avevano per lui pari importanza. Non dimenticare anche la data.»

«La data?»

«Il 31 luglio.»

Duca la fissò per capire se lo stava prendendo in giro, ma non vide traccia di ironia nei suoi occhi.

«Il 31 luglio è un brutto giorno per me», disse, «e il fatto che questa storia sia successa proprio quel giorno potrebbe convincermi che la sfortuna esiste davvero. A parte questo, non vedo cosa c'entri la data con l'omicidio di quella povera ragazza.»

«Non lo vedo nemmeno io.»

«E allora?»

«Voglio solo dire che una persona che ti conosce così bene forse sa anche cosa vuol dire quella data per te. Scoprire se questo c'entra o no con l'omicidio è compito tuo. Sei tu il poliziotto.»

«Scusami Livia, ma questa è una sciocchezza.»

Livia si irrigidì, drizzò la schiena e gli puntò addosso uno sguardo affilato come il temperino del delinquente che le aveva prodotto tutti quei tagli sul viso.

«Facciamo così, allora. Non parlarmi più del tuo lavoro, così non avrò occasione di dire altre sciocchezze.»

«Non volevo dire questo, lo sai. Sulla telefonata sono d'accordo, è un'intuizione brillante, ma...»

«Lasciamo perdere, ti ho detto.»

Quando prendeva quell'atteggiamento era inutile insistere. Parlarono d'altro, e quando Livia si alzò per tornare a casa non lo invitò a salire. Duca chiamò un tassì e si fece portare in questura. Salì nello sgabuzzino che tutti definivano pomposamente ufficio, prese la cartella dei verbali e cominciò a rileggersi tutti i rapporti.

Trovò presto la conferma di ciò che pensava, alzò il telefono e fece chiamare Mascaranti. Appena lo sentì entrare dalla porta aperta, disse, senza sollevare lo sguardo dai fogli: «Hai chiesto ai testimoni se Colaianni ha fatto telefonate, mentre era al bar, quel giorno?» Lo chiese per scrupolo, ma sapeva già la risposta. Nel rapporto quella domanda non c'era.

«No», rispose infatti Mascaranti. «Una volta confermato l'alibi non aveva senso...»

«Alibi o non alibi voglio saperlo», lo interruppe Duca. «Torna in quel bar, ora, subito, parla con il proprietario, rintraccia tutti i testimoni e chiedi se quella mattina Colaianni ha fatto una telefonata, diciamo tra le nove e mezza e le dieci. Hanno detto che non è uscito dal bar, ma lì dentro può esserci un telefono pubblico. Se c'è, e se lui ha telefonato, voglio saperlo.»

«Sì, dottore», disse sconsolato Mascaranti.

Voltò i tacchi e uscì senza protestare. Non era felice di tornare a lavorare a fine turno, e Duca lo capiva. Ma per fare il poliziotto non serviva essere felici. Serviva solo catturare i delinquenti.

Risultò che Colaianni la telefonata l'aveva fatta, e anche l'ora grosso modo corrispondeva. Lui sosteneva di avere telefonato a casa di Magda, ma naturalmente la ragazza non poteva confermarlo, perché era morta. La famosa astuzia dei criminali a volte si riduceva a quegli stratagemmi puerili. Duca era convinto che Colaianni avesse telefonato a lui, benché non ne capisse ancora il motivo.

Inoltre, dopo un ulteriore controllo nell'appartamento

di via Valsugana che condivideva con due amici, era risultato che forse la notte del 31 luglio Giorgio Colaianni non aveva dormito a casa. I due amici, che al primo interrogatorio avevano garantito per lui, in un secondo interrogatorio condotto personalmente da Duca, il quale aveva illustrato loro con ricchezza di particolari quello che rischiavano per falsa testimonianza se si fosse scoperto che avevano mentito, avevano deciso di ritoccare la loro deposizione, dichiarandosi «non assolutamente certi» che il loro amico Giorgio fosse tornato a casa quella notte. Se l'aveva fatto doveva essere stato dopo mezzanotte, ora in cui entrambi erano andati a letto. E doveva essere uscito prima delle sette e mezza, ora in cui gli altri due si alzavano per andare al lavoro. In conclusione, poteva anche avere dormito fuori.

Sulla base di quei risultati, Duca mise Colaianni in stato di fermo indiziario, e ottenne dal magistrato un mandato di perquisizione per il suo appartamento.

In casa trovarono una baionetta dei parà, che il giovane non aveva restituito dopo essere stato radiato. Il medico legale confermò che il taglio alla gola di Magda Brighenti poteva essere stato prodotto con un'arma del genere. La cosa più probabile era che Colaianni avesse dormito dalla fidanzata la notte tra il 30 e il 31 luglio. Doveva avere già preso la decisione di ucciderla, e si era portato dietro la baionetta. La mattina presto, per motivi che non aveva ancora rivelato, l'aveva accoltellata e poi se n'era andato tranquillamente al bar, per procurarsi un alibi. Gli indizi contro di lui continuavano ad accumularsi, e il caso sembrava vicino alla soluzione.

Eppure, troppi particolari non collimavano.

Prima di tutto c'era l'ora della morte, ma quello era il problema minore. Lo stesso medico legale aveva dichiarato nel referto che potevano esserci variazioni. Poi c'era l'assurda cura con cui Magda era stata composta sul divano. Ben vestita, pettinata, con le mani sulle ginocchia. Una perfetta padrona di casa in attesa di una visita.

Molti maniaci trattano la loro vittima con rispetto, a volte quasi con amore, dopo averla uccisa. Ma questo non quadrava con il carattere passionale e rissoso di Colaianni. Duca non aveva problemi a immaginare una lite violenta, l'omicidio, e riusciva a immaginarsi anche l'ex paracadutista al bar, subito dopo, impegnato nel torneo di boccette come se nulla fosse.

Ma non lo vedeva ricomporre il cadavere sul divano, non lo considerava abbastanza intelligente da ripulire la casa da ogni indizio di colpevolezza, senza però cancellare le sue impronte digitali, cosa che avrebbe senz'altro insospettito la polizia, perché si sapeva che lui frequentava l'appartamento.

Poi, se Magda era stata uccisa verso le sette o sette e mezza del mattino, bisognava spiegare che diavolo ci faceva già lavata, vestita e pettinata a quell'ora, visto che ormai a causa della malattia non andava più al lavoro.

E infine, perché Colaianni aveva telefonato alla polizia? Una crisi di coscienza improvvisa? E soprattutto, perché aveva chiamato proprio Duca, a casa? Non si erano mai visti prima. Il dubbio instillatogli da Livia che l'assassino di Magda lo conoscesse, continuava a tormentarlo.

Colaianni non gli piaceva, ed era sicuro che nascondesse qualcosa, ma forse si trattava di cose che non avevano nulla a che fare con l'omicidio della sua ragazza. Debiti di gioco, amicizie poco raccomandabili, e chissà che altro. Se le sue indagini avessero portato alla condanna di un innocente, Duca non se lo sarebbe mai perdonato.

L'unica cosa tangibile che tutte quelle ricerche avevano prodotto erano gli incartamenti: rapporti, verbali, deposizioni, appunti. In mancanza di nuove piste da seguire, o di intuizioni geniali e risolutive, Duca si portò a casa il dossier e una sera, dopo avere aiutato Lorenza a mettere a letto la bambina, tornò a leggersi per l'ennesima volta tutte le carte, alla luce della lampada sulla scrivania, quella lampada con il paralume «da professionista» che gli era stata regalata da suo padre.

L'assassino di Magda doveva essere una delle persone che

la conoscevano, e che loro avevano già interrogato. La risposta forse andava cercata nella vita di quelle persone, e non nella vita della ragazza. Era un lavoro improbo, ma andava fatto.

Incurante dell'ora, Duca chiamò Mascaranti, che comunque era sveglio, e gli chiese di effettuare, partendo dall'indomani mattina, un controllo approfondito su tutti i personaggi che avevano interrogato in relazione all'omicidio Brighenti. I genitori e il fidanzato erano già stati controllati. Restavano amici, colleghi e conoscenti. Disse a Mascaranti di cominciare dagli inquilini del palazzo, per poi passare ai colleghi di lavoro e infine agli amici che non rientrassero già in una delle categorie precedenti.

Appena gli arrivarono sul tavolo le schede degli inquilini, Duca le lesse in fretta, le rilesse, e batté un pugno sul tavolo, facendosi male alle nocche.

Finalmente aveva visto uno spiraglio. Un piccolo pezzo di verità che era sempre stato lì, ma che nessuno aveva notato perché cercavano nella direzione sbagliata. Forse non era nulla, ma valeva la pena approfondire. Alzò il telefono e chiamò Mascaranti. Appena lo vide comparire sulla porta disse:

«Vammi a prendere il portiere del palazzo e portamelo qui. Subito. Voglio interrogarlo di nuovo.»

Mascaranti disse: «Sì, dottore», obbediente come sempre, e Duca si dispose ad aspettare. Poco più di mezz'ora dopo sentì bussare e vide comparire Mascaranti, seguito da uno stenografo grasso che Duca aveva già incrociato un paio di volte e da Mauro Magnani, l'anziano poliziotto in pensione. In quello stretto ufficio sembravano una folla. Lo stenografo prese posizione davanti al tavolino con la macchina da scrivere ed estrasse subito da una tasca della giacca taccuino e penna a sfera. Mascaranti chiuse la porta e restò in piedi, spalle contro il muro.

«Si sieda», disse Duca a Magnani, indicandogli la sedia davanti alla scrivania. L'uomo obbedì, e Duca prese il fascicolo che lo riguardava. «Da un controllo approfondito effettuato su tutti i conoscenti di Magda Brighenti, e quindi anche sugli inquilini del palazzo», esordì, «è emerso che lei possiede una baionetta americana, regolarmente denunciata, compatibile con la ferita alla gola della vittima. Ma non è questo il particolare più interessante.»

«E qual è, allora?»

Non c'era paura, negli occhi di Magnani, e neppure curiosità. Solo una specie di stanchezza.

«Il particolare che mi ha colpito, leggendo le sue note biografiche», disse Duca, «è che lei è stato vittima di una singolare serie di tragedie famigliari.»

La reazione a quella semplice affermazione fu una completa sorpresa per tutti i presenti. L'anziano portiere annuì, con una faccia come se fosse stato liberato da un peso. «Mi chiedevo quando ci sareste arrivati», disse, con un triste accenno di sorriso. «Firmerò una confessione piena, dottor Lamberti. Chiedo solo di poter raccontare le cose a modo mio. Per me è importante che lei capisca perché l'ho fatto.»

«E allora racconti», disse Duca. «Mi dica tutto.»

Di solito gli assassini bisognava interrogarli per ore, per farli parlare. Mauro Magnani, invece, non si sarebbe riusciti a farlo stare zitto neppure volendo. E comunque nessuno voleva. Duca, Mascaranti e il grasso stenografo che faceva volare la penna sul taccuino, bevevano le sue parole come affascinati.

«La prima ad andarsene è stata mia moglie», stava dicendo Magnani. «Cancro al fegato. Hanno detto che operare non era possibile. Abbiamo provato con la chemioterapia. Lei ha perso tutti i capelli, non voleva più uscire di casa, piangeva, soffriva, invocava la morte.»

A Duca dispiaceva sinceramente per la sorte della signora Magnani, però voleva sentire dell'omicidio di Magda Brighenti. Tuttavia si trovava davanti un reo confesso, che avrebbe firmato il verbale e sarebbe andato dritto e obbediente in galera, da buon ex poliziotto rispettoso delle istituzioni. In cambio chiedeva solo di essere ascoltato, e lui ascoltava. Senza interrompere.

«Ci ha messo un anno a morire», stava dicendo Magnani. «Un anno di sofferenze indicibili, per lei, per me e per i nostri due figli. Io non mi sono mai ripreso da quel dolore. Ma il peggio doveva ancora venire. Nemmeno due anni dopo la morte di mia moglie, si sono ammalati i figli, a poca distanza l'uno dall'altro. Cancro al polmone il maschio, al fegato la femmina, come la madre. Io mi sono messo in pensione anticipata per poterli curare, ma sapevo già che era tutto inutile. Sono morti tutti e due, capisce?»

Duca non sapeva di preciso cosa gli stava chiedendo di capire quel vecchio poliziotto dalla vita distrutta, ma annuì meccanicamente. Nella stanza regnava un silenzio innaturale, rotto solo dalla voce di Mauro Magnani.

«Poi, un giorno, il postino ha consegnato una busta gialla, troppo grande per infilarla nella cassetta della posta. Era indirizzata a Magda Brighenti, e aveva l'intestazione di un ospedale.»

«E lei l'ha aperta.»

Magnani annuì, abbassando la testa ma senza rialzarla, e riprese a parlare. «Sì», disse. «Quella ragazza era il ritratto della salute: grande, forte, sorridente, non si ammalava mai, neppure un raffreddore d'inverno. E quella busta veniva da una clinica oncologica. Io sono ignorante, ma sui tumori purtroppo mi sono fatto una certa cultura. Ho avuto paura per lei, ho aperto la busta con il vapore, perché non si notasse, e ho letto di cosa si trattava. Il tumore non era operabile. L'aspettavano mesi di sofferenze, di terapie inutili, di speranze deluse...»

«E lei ha deciso di risparmiargliele, uccidendola», disse Duca, per concludere in fretta quella confessione che non voleva più ascoltare. Ormai aveva la conferma di ciò che aveva intuito leggendo la scheda di Magnani. Era quella la cosa che gli era sfuggita, o forse che si era rifiutato di considerare, fin dall'inizio: il fatto che c'era una relazione tra la morte violenta di Magda Brighenti e il cancro al cervello che l'avrebbe comunque uccisa pochi mesi dopo. Quell'omicidio non era altro che un brutale tentativo di eutanasia da parte di una mente sconvolta.

«Non parli così, dottor Lamberti», disse Magnani, rialzando la testa e fissandolo negli occhi. «Lei è l'unico che può capirmi.»

«Si sbaglia», disse Duca, asciutto.

L'anziano poliziotto continuò la sua confessione, ma ormai le parole erano quasi superflue. Pleonastiche. Disse che il pensiero di quella ragazza condannata da un male incurabile non l'aveva più lasciato dormire. Immaginava, per lei e per la sua famiglia, il calvario che anche lui aveva passato, una cosa che non augurava a nessuno. E alla fine aveva preso la sua decisione.

«Non so nulla di iniezioni e veleni», spiegò. «Perciò ho usato l'unico sistema che conosco, per dare una morte rapida e silenziosa. Lo stesso che ho usato più volte durante la guerra. Anche l'arma è la stessa: la baionetta americana che usavo in montagna, da partigiano.»

Naturalmente, Mauro Magnani conosceva bene la differenza tra uccidere un nemico in guerra e assassinare una ragazza innocente, ed era disposto a pagare per il suo delitto. Ma sapeva anche, per averci già provato inutilmente una volta, che non avrebbe avuto il coraggio di suicidarsi. E neppure quello di costituirsi. Così aveva deciso di lasciare la palla al destino. E all'unico poliziotto che, secondo lui, poteva capire le ragioni del suo gesto. Se l'avessero scoperto, se avesse dovuto finire i suoi giorni in galera, voleva almeno che fosse Duca Lamberti ad arrestarlo.

«All'epoca del suo processo era appena morta mia moglie», spiegò. «Io ho seguito il caso con attenzione, sono persino venuto all'udienza finale e sono rimasto profondamente scosso dalla condanna che ha ricevuto. Per me meritava l'assoluzione piena, con encomio solenne della corte.»

Duca provava un disagio profondo, ascoltando quelle lodi al suo operato dalla bocca di un omicida. Non bastava l'angoscia di avere dovuto uccidere un altro essere umano per compassione. Non bastava essere stato radiato dall'Albo ed essersi fatto tre anni di galera. Doveva anche sopportare il peso di essere stato un esempio per un uomo sconvolto da troppi dolori, che aveva deciso di emularlo.

«Per questo ho scelto quel giorno», aggiunse Magnani, dopo una pausa.

«Quale giorno?» chiese Duca, ma aveva già capito. Livia aveva avuto ragione su tutta la linea.

«Il 31 luglio», disse infatti Magnani. «Lei ha liberato quella povera signora dalle sue sofferenze la notte tra il 31 luglio e il 1° agosto, me lo ricordo bene. Io avrei voluto praticare l'eutanasia alla signorina Brighenti nell'anniversario preciso di quella data, ma di notte lei non mi avrebbe lasciato entrare, così ho dovuto anticipare alla mattina.»

Con lucida precisione, quel portiere che era stato poliziotto spiegò la meccanica del delitto. Aveva chiamato Magda Brighenti, annunciando che c'era una perdita d'acqua nel palazzo e lui stava controllando gli appartamenti per scoprire da dove veniva. Mezz'ora dopo era salito con la cassetta degli attrezzi e aveva detto alla donna che si mettesse pure comoda, perché sarebbe stata una cosa lunga. Poi, appena lei si era seduta sul divano, Magnani aveva estratto la baionetta da sotto la giacca, le si era avvicinato alle spalle e l'aveva uccisa come una sentinella tedesca. Quindi aveva pulito con un fazzoletto tutto ciò che aveva toccato ed era sceso a telefonare.

«So che per la legge ciò che ho fatto è sbagliato», concluse. «E sono pronto a pagare, proprio come ha fatto lei.»

Duca si alzò in piedi e uscì da dietro la scrivania. Con gesti misurati tirò fuori il fazzoletto e se lo passò sul collo. Per la prima volta, nella sua vita irta di ostacoli, la rabbia lasciava il posto a una profonda tristezza, a una voglia di piangere come un prurito in gola. Si voltò verso Mascaranti, e vide che lo fissava a bocca aperta, forse sbigottito dalle emozioni che vedeva passargli sul volto. Lo stenografo si stava asciugando le mani sudate sulle gambe dei pantaloni.

«Signor Magnani», disse Duca, pesando le parole, nel tentativo di chiarire le cose anche a sé stesso, e non solo a quel vecchio pazzo. «La smetta di paragonarsi a me. C'è una profonda differenza tra un'eutanasia e un omicidio: la scelta di morire, di essere uccisi dalla mano di un altro essere umano, può e deve essere compiuta soltanto dalla persona interessata. Lo capisce questo? Nessun altro può arrogarsi questo diritto. La signora Maldrigati mi ha implorato di aiutarla a morire, dopo aver saputo che le restavano pochi giorni di vita, ognuno dei quali poteva essere l'ultimo. Era un'angoscia che non riusciva più a sopportare. E io le ho fatto un'iniezione letale di ircodina, procurandole un trapasso del tutto indolore. Questa è eutanasia. Magda Brighenti era in attesa di ricovero, coltivava ancora la speranza di guarire, e lei gliel'ha tolta all'improvviso, con un colpo di baionetta. Questo è omicidio!»

L'ultima frase gliel'aveva urlata in faccia, tra rabbia e lacrime, e il vecchio era sobbalzato. In quell'ufficio troppo piccolo per quattro persone sembrò che fossero finite le parole. Lo stenografo sollevò la sua mole dalla sedia e senza dire nulla andò ad aprire la porta. Mascaranti fece alzare Magnani, posandogli con delicatezza una mano sulla spalla, e tutti e tre uscirono compunti, come da una chiesa. Duca, in piedi davanti alla finestra, si accorse solo vagamente di quanto succedeva.

«C'è una profonda differenza», ripeté a bassa voce, mentre la porta si chiudeva.

Sperava che fosse vero.

Duca e l'invertito

di Leonardo Gori

Giorgio Scerbanenco mi ha regalato una lezione completa. Mi ha fatto capire che occorre privilegiare le emozioni, e sto ancora faticosamente cercando di imparare. Mi ha imposto il modello difficile ma appassionante dell'assoluta mancanza di ipocrisia, anche quando seguire quest'indicazione diventa «politicamente scorretto» e quindi molto scomodo. Ma soprattutto ho ricevuto da lui una lezione di stile: la sua scrittura è un modello di asciuttezza e di efficacia, di rigore formale, che regge magnificamente al passare del tempo. Non so se Giorgio Scerbanenco sia stato il primo in assoluto, a raccontare la Milano poliziottesca senza travestimenti; per me lettore certamente sì, e come scrittore l'ho imitato cercando di fare qualcosa di simile con Firenze. Ho disseminato i miei romanzi e racconti di piccolissime citazioni affettuose ai miei miti e ai miei modelli, e naturalmente c'è anche lui. Ma poter «usare» direttamente il Duca è stata un'emozione indicibile.

Mascaranti ricordava bene le lunghe file davanti ai cinema rionali, specie d'estate, per vedere *Via col vento* o *Catene.* Ma adesso quasi tutti avevano la televisione, con *Studio Uno* e *Canzonissima* e tutte le altre stupidaggini, e la gente rimaneva a casa, in pantofole, e quando c'era *Carosello* era già a sonnecchiare in poltrona. Quelli che volevano ancora andare al cinematografo, con la moglie o con la fidanzata, finivano per forza alle prime visioni, o al massimo alle seconde. Lo facevano di rado, e allora tanto valeva spendere qualche migliaio di lire e vedersi una novità al Corso o all'Odeon, sulle poltroncine di velluto.

Quando le salette rionali avevano cominciato a chiudere, l'ex Marconi di via Peschiera si era ridotto a proiettare filmetti porno. Mascaranti ci arrivò verso mezzanotte, e a guardare il cartellone e i vetri oscurati ci rimase male. Pensò che non era giusto, che quelle porcherie una volta giravano solo in privato, nei salotti dei maniaci, e se ne occupava la Buoncostume. Ora, invece, sembrava che tutto fosse permesso. Ma mentre scostava la tenda rossa bisunta, pensò anche che la gente non si poteva ancora ammazzare nei locali pubblici, per lo meno ufficialmente, e di quelle cose dovevano continuare a occuparsene loro.

La sala era quasi vuota, i sedili di legno tutti ribaltati, ma in fondo c'era animazione. La luce di un faretto, un capannello di gente, e il suo profilo inconfondibile: alto, senza cappello, il naso regolare, i capelli neri cortissimi, lo sguardo fisso a terra. Da lì non si vedeva cosa guardasse, anche se lo si poteva immaginare. Da una parte, tenuti a bada da un agente, c'era un gruppo di quei tipi che andavano a sedersi sempre nelle ultime file dell'ex Marconi: facce di giovani balordi, sporchi capelloni, qualcuno che non si capiva nemmeno se era maschio o femmina. Uno dei fermati era diverso, però: era un uomo anziano, aveva il cappello ben calzato in testa e sembrava distinto. Pareva stesse sull'attenti.

Duca Lamberti smise di guardare in terra e si voltò verso Mascaranti.

«Mi dispiace averla fatta venire qui, ma mi serve il suo aiuto.»

«Buona sera, dottore. Mi pagano per questo, non si preoccupi.»

Mascaranti finalmente vide il morto: era un uomo di una quarantina d'anni, una faccia mai vista, non un frequentatore tipico di quelle sale. «Non lo conosce nemmeno lei, vero?» disse Duca Lamberti. Mascaranti fece cenno di no. Si chinò e lo esaminò velocemente, con la sicurezza di chi fa le stesse cose da vent'anni. L'avevano ammazzato con una coltellata nello stomaco, ma non c'era molto sangue, perché la lama era rimasta infilzata. Si rialzò con una smorfia, per il dolore alla schiena. «Quelli là contro la parete li ha fermati come sospetti?»

«Erano tutti nelle ultime file. Qualcuno ha gridato, e si sono accese le luci. Il morto stava proprio in mezzo a loro, ma facevano finta di non essersi accorti di nulla.»

«Chi l'ha ammazzato non è certo rimasto a sedere tranquillo.»

«Forse no», disse Duca Lamberti, «ma di certo non è uscito dal cinema. La maschera è corsa alle porte e le ha chiuse. La cassiera e il ragazzo del bar hanno bloccato le uscite di sicurezza.»

«Accidenti, che efficienza», fece Mascaranti.

«C'ero io, ho dato l'ordine di bloccare tutto.»

Mascaranti spalancò la bocca. «Lei, dottore?»

«Ero venuto a prendere una persona.»

Solo allora Mascaranti vide la signorina Livia Ussaro: indossava un elegante soprabito di pelle nera, teneva degli enormi occhiali da sole nel tentativo di coprire il viso segnato da mille piccole cicatrici e se ne stava appoggiata al muro, un po' distante dai balordi e dal signore anziano.

«Sta facendo uno studio sociologico sulla nuova pornografia di massa. Può farmi il favore di riaccompagnarla a casa lei, Mascaranti? Abbia pazienza.»

La ragazza drizzò la schiena, andò verso Duca e fece più volte cenno di no, senza parlare. Duca le mormorò qualcosa all'orecchio, mentre lei continuava a scuotere il capo, e Mascaranti capì che voleva tornare a casa da sola: era una signorina dal carattere molto particolare, aveva imparato a conoscerla bene. Duca le fece una carezza, lei rispose con un gesto uguale, e poi fece qualcosa che colpì molto Mascaranti: prese il capo di Duca e se lo strinse un attimo al petto, come una madre con il figlio, passandogli le piccole mani fra i capelli tagliati a mezzo centimetro scarso dal cranio.

Alla fine Livia Ussaro andò con Mascaranti, che aveva la macchina parcheggiata in via Melzo, ma volle subito le chiavi e guidò lei, sciabolando i fari nella notte milanese.

In Questura Duca Lamberti aveva fatto le tre e mezza, a interrogare i fermati dell'ex Marconi, uno per uno. Sulla scena del crimine erano stati raccolti tutti gli elementi utili, cioè praticamente nulla, a parte il ferro finito nello stomaco di Carlo Carugati, quarantatrenne viaggiatore di commercio di Lodi: ma anche su quello non c'erano impronte. Niente sangue sui fermati, né sulle mani né sugli abiti. Un colpo dato da gran maestro, con l'abilità del sicario di professione, oppure una fortuna inaudita. Furono rimandati a casa tutti, tranne quattro, perché Duca sentiva per istinto che l'assassino era fra loro. Erano tre milanesi e un meridionale: i giovani avevano sui volti le stigmate indelebili del vizio, la pelle ancora liscia come quella degli adolescenti, ma gli occhi spenti e cattivi. Tutti negavano con l'abilità dei viziosi consumati, abituati alle retate, e non c'era verso di inchiodarli su nulla, non cadevano mai in contraddizione. Ma uno di loro giovane non lo era affatto. Duca lo tenne per ultimo e alle quattro meno un quarto del mattino lo mise a sedere davanti a sé.

«Mi può ripetere le sue generalità.» Non era una domanda. L'uomo fece cenno di sì e obbedì subito.

«Dottor Arturo Braibanti, nato a Milano il 12 marzo 1898, di professione medico, specialista in cardiologia. Ho abitazione e studio in via Rastrelli.»

Aveva parlato con una voce un po' flautata e un tono inequivocabile, che a Duca faceva venire il voltastomaco. Un anziano professionista, raffinato, distinto, sensibile, colto, di certo anche facoltoso, assolutamente non confondibile con quei giovinastri violenti e animaleschi, marci nel midollo. Ma allo stesso tempo non era la voce di un uomo vero, e Duca capì subito che cosa ci faceva nelle ultime file dell'ex Marconi: certamente non era lì per un'inchiesta sociologica, come Livia.

«Aveva sbagliato locale, Braibanti? Voleva vedere *La ragazza con la pistola*?»

Ogni singola parola era stata una frustata, data con la violenza assoluta di chi è colmo di disprezzo.

Ora avrebbe cominciato a piagnucolare, pensò Duca, come fanno tutti gli anormali: specie di mutanti, a metà tra gli esseri umani e qualcosa di indefinibile, di malato, di odioso. Invece Arturo Braibanti, di quasi settant'anni, aveva gli occhi bene asciutti e la voce ferma. Flautata, ma ferma.

«Perché mi parla in questo modo, dottore?»

«Perché conosco bene i tipi come lei. Frequentano locali schifosi come l'ex Marconi, si siedono nelle ultime file, e aspettano. Ma hanno una reputazione da difendere, e quindi scelgono cinema o bar malfamati molto lontani dalla loro zona.»

«Io, per lei, sono dunque l'odioso invertito... Ma per la mia età e per la mia professione e condizione sociale, sono ancora più disprezzabile di quei giovani che ha strapazzato poco fa, non è vero?»

«Sono medico anch'io, o meglio lo ero. Ho fatto qualcosa di cui dicono dovrei vergognarmi. Ma lei, ma lei...»

«Io posso darle la soluzione di questo enigma.»

«Ah, sì? Molto bene, dottore, parli e forse ce ne andiamo tutti a casa prima dell'alba. Anche lei avrà bisogno di riposare.»

«Ma voglio qualcosa in cambio.»

Duca Lamberti avrebbe voluto alzarsi in piedi e colpirlo con un manrovescio: quella pelle vecchia, profumata e azzimata, gli faceva schifo. Ma non si dovevano toccare, gli invertiti: gli avrebbero fatto il linciaggio morale, se erano malati non era colpa loro, e cretinate del genere. Alzò lentamente il viso dalle carte, e sembrò quasi che stesse per sorridere al dottor Arturo Braibanti di anni sessantanove, ma poi l'urlo che gli uscì di gola fece sobbalzare perfino Mascaranti: «Lei non può dettare condizioni, maledetto anormale!»

Il vecchio cardiologo non si scompose affatto. Diventò solo molto serio, più di quanto fosse già.

«Lei ha una visione talmente rigida della vita, dottor Lamberti, che anche quelle che i trattati medici chiamano devianze sessuali diventano profonde offese alla bellezza assoluta del bene e del male nettamente distinti. Lei soffre molto, per questo...»

Quella caparbietà, quella gentile insistenza, così ferma, inspiegabilmente placò un poco l'aggressività di Duca, anche se la voce flautata lo riempiva di ribrezzo.

«Basta con la psicanalisi, Braibanti. Sentiamo che condizione avrebbe da pormi. Avanti, mi dica.»

«Perché non mi chiama dottor Braibanti?»

Duca batté il pugno sul tavolo.

«Basta, ho detto! Fuori questa condizione!»

Il medico si tolse gli occhiali, e sorrise.

«Le dirò tutto quello che so. Ma voglio in cambio la sua stima.»

Ci fu un silenzio quasi assoluto, che durò almeno un minuto. Poi Duca, con gli occhi spalancati e la mascella contratta, parlò, nella voce un immenso stupore:

«Che cosa ha detto che vuole, da me?»

«La sua stima. Vede, dottore, io so chi è lei. Ho seguito

la sua vicenda, quando è stato radiato dall'Ordine dei medici...»

Mascaranti lo prese per il bavero e fece per sollevarlo, ma Duca lo fermò: «No, lo faccia parlare».

Il vecchio proseguì: «Un personaggio come lei non passa inosservato, diventa pubblico, la sua vita, anche quella privata, è conosciuta da molta gente. E lei suscita reazioni opposte».

«E cioè?»

«Attrazione, stima, ammirazione, da una parte. E repulsione, dall'altra.»

«E in lei, cosa suscito?»

«Una grande ammirazione, anzi, direi un profondo affetto.»

«Lei è pazzo, oltre che anormale, e io non ho tempo da perdere.»

«Vede, è quella luce disperata che ha negli occhi, quella dolorosa e profonda sensibilità, coperta dalla durezza maschia che è propria del suo essere. Il suo animo è vulnerabile, il suo senso di giustizia forte come una roccia, la sua capacità di amare quasi sconfinata. Una meravigliosa contraddizione. Io la stimo tanto, dottor Lamberti, e voglio che lei faccia lo stesso con me.»

«Io non posso stimare quelli come lei.»

«Perché mi ha catalogato come un pederasta. Quelli della peggior specie: vecchi che si siedono nelle ultime file dei cinema d'infimo ordine per aspettare i balordi o certi militari in libera uscita che arrotondano la diaria facendo le marchette.»

«Più o meno.»

«D'accordo. Cosa la disturba di più, della mia persona? A parte quelle che ha catalogato come tendenze innaturali.»

Duca capì subito cosa il vecchio voleva intendere. «Che lei sia uno stimato professionista, che tutti la pensino dedito solo alla salute dei suoi pazienti, in un bell'ambulatorio del centro...»

«Quindi la mia sessualità, come lei la vede in questo momento, non è poi tanto importante. Le importa di più che la mia immagine sociale non sia coerente con quella che lei crede di scoprire adesso.»

Duca scosse il capo. «L'anormalità segna profondamente l'invertito: lo rende falso e vigliacco. O uno è ladro o non lo è, o uno è uomo o non lo è. Questa indefinitezza è morbosa.»

«Non voglio cercare di convincerla del contrario, ma lei ha detto che l'invertito è vigliacco. Uno di quei ragazzi che ha mandato via lo conosco bene: è effettivamente un omosessuale, di quelli che fanno la vita, e batte tra corso Buenos Aires e la stazione centrale. Eppure ha avuto il coraggio di fermare un rapinatore che era appena uscito da una gioielleria e puntava la pistola contro una povera vecchia.»

«Questo è un caso di coraggio ferino, non è il coraggio di un uomo. E comunque è un caso isolato.»

«Lei è stato in guerra, dottore?»

«Ho fatto una scelta, nel '43, che non la riguarda. E comunque sì, ho combattuto.»

«Io ho fatto il '15-'18, ero sul Carso, con gli Arditi. A quell'epoca un giovane preferiva partire per la trincea, piuttosto che confessarsi omosessuale. E quando giungeva al fronte... La sua ferocia nei confronti di quelli che chiama anormali, dottor Lamberti, non è niente in confronto a ciò che dovevano subire quei poveretti, se scoperti. Io ero un giovane sottotenente...»

«Com'è possibile, se... lei non avrebbe superato l'esame attitudinale.»

«Questo riguarda me. Le dirò che ho visto giovani invertiti, come lei li chiama, che poi hanno fatto una lunga carriera nell'esercito.»

«La guerra è guerra. Io sono un uomo squisitamente civile. E poi non c'è solo il coraggio fisico.»

«Lei è un uomo di grande sensibilità, forse troppa; di straordinaria intelligenza, anche. Ma le sfugge una cosa: la complessità dell'essere umano. Lei ha parlato di falsità, caratteristica dell'anormale. E allora le chiederò questo: c'è più menzogna in un giovane uomo che vive la sua condizione senza infingimenti, oppure in colui che lei definisce normale ma agisce solo in nome del suo egoismo, e per far ciò inganna il prossimo con ogni mossa, pur di raggiungere il suo scopo?»

«Questo non c'entra, questa è morale comune, l'invertito...» Duca, per la prima volta, si corresse. «L'omosessuale nasce con un difetto di natura.»

«Ammettiamo pure che sia un difetto. Un giovane nasce così, rifiuta di nascondere la propria condizione e per tutta la vita cerca di comportarsi bene, secondo i valori di assoluta onestà e correttezza che le stanno tanto a cuore, dottor Lamberti. Perché allora, per lei, è uno schifoso mutante?»

Duca aveva perso ogni sua residua sicurezza.

«La natura è una cosa, l'onestà un'altra...» Ma non era più convinto di quello che diceva, e la cosa lo irritava moltissimo. Braibanti ne approfittò, dolcemente.

«Quindi non tutti gli invertiti sono quei mostri che lei dipinge con le sue parole, dottor Lamberti.»

«Ecco, appunto: non tutti.»

«Il che equivale a dire: nessuno. Gli uomini e le donne sono buoni o cattivi, e in questo, come in tante altre cose, la penso esattamente come lei, a prescindere dal fatto che siano normali o no. E adesso veniamo a me. Se io cerco di soddisfare la mia sessualità nell'unico modo che mi è concesso, alla mia età, degrado me stesso?»

«I degradati sono i ragazzi di vita che lei avvicina.»

Braibanti annuì con vigore. «Ma io? Io corro solo un pericolo personale: e questo riguarda me e basta. Anche lei fa cose che non dovrebbe fare, dottore, e ha una sorella e una nipotina da mantenere.»

Rimasero per un po' tutti in silenzio, nel minuscolo ufficio che sembrava una cella: Mascaranti, che non ci capiva più nulla da un pezzo; Duca Lamberti, che guardava il vecchio cardiologo seduto da due ore sulla sedia impagliata davanti alla scrivania; Braibanti stesso, che invece sembrava perfettamente riposato e tranquillo.

«Va bene, dottor Braibanti. Se tiene alla mia stima, per

quello che vale la stima di un medico radiato dall'Ordine e che non è nemmeno un vero poliziotto, ce l'ha. A volte uso termini che non vorrei usare, che non penso nemmeno. Purtroppo c'è davvero un tarlo che mi rode, e la mia rabbia esplode contro chi forse non lo merita. Ma adesso mi dica quello che sa.»

«Certo. Ho ammazzato io Carlo Carugati.»

Mascaranti e Duca rimasero basiti.

«Perché?»

«Perché quell'uomo ha ucciso mio figlio.»

«Suo figlio? Ma come...»

«Mio figlio è nato quando ero già in là con gli anni. Era omosessuale, ma era una persona degna della stima di chiunque. È successo molti anni fa: ha incontrato quel Carugati, che sapeva chi ero io e lo ha sedotto, cercando solo di ottenere denaro. Ma mio figlio era innamorato. Se parlassi di una figlia, e non di un giovanotto, lei non avrebbe nulla da ridire, vero dottor Lamberti?»

Duca teneva gli occhi bassi. «Non ce l'ho neppure ora.»

«Questo mi fa un grande piacere. Mio figlio sapeva che doveva troncare la relazione: non sottostò mai ai ricatti di Carugati, che credeva di rovinarlo rivelando a tutti la sua... condizione. E in effetti mio figlio perse il suo lavoro, a cui teneva molto. Ma continuò a frequentare il Carugati, perché, appunto, lo amava. Non vedo un'espressione di disprezzo, sul suo volto, dottor Lamberti.»

«Perché non c'è niente da disprezzare.»

«Finché un giorno Carugati ha fatto qualcosa di spaventoso, visto che non riusciva a spillare soldi. Ha portato mio figlio in un cascinale, fra Milano e Lodi, ai margini del vecchio stradone, dove c'erano i suoi amici che lo hanno violentato a turno. Mio figlio è tornato a casa e si è ucciso con la mia vecchia pistola d'ordinanza. Disprezza Carugati, dottore?»

«Con ogni fibra del mio essere.»

«Perché era un invertito?»

«No, perché era un criminale orrendo.»

«Ho dovuto cercarlo improvvisandomi investigatore, perché quello che avevo in mente non potevo delegarlo a voi della polizia. Finalmente l'ho individuato in quel cinema, che frequentava per adescare le sue prede. Le ho detto prima che nella Grande Guerra ero negli Arditi: sapevo come uccidere con l'arma bianca, durante gli assalti notturni, di sorpresa, senza fare rumore. Sapevo dove e come affondare il pugnale. E ho vendicato mio figlio. Perché io condivido quasi tutti i valori in cui lei crede, dottor Lamberti: anch'io sono fuori moda, in questo mondo che vorrebbe rieducare i criminali.»

«Lei è omosessuale, anche se aveva un figlio, ma ha tutta la mia possibile stima, dottor Braibanti.»

Il vecchio medico scosse impercettibilmente il capo.

«Io non sono un invertito, uno sbagliato, come lei dice, dottor Lamberti. Il suo è stato un curioso equivoco. Ma questo non conta. Io ho ottenuto la sua stima mentre lei era convinto che fossi un vecchio pederasta, e questa è la cosa che mi importava.»

«Perché lo ha fatto? Ora andrà in prigione per gli anni che le restano da vivere: con quelli come lei buttano via le chiavi, i veri delinquenti li mettono subito fuori.»

«Questa è una cosa che riguarda me e la mia coscienza, dottore. Ma ho avuto quello che volevo, perché ora lei è perfetto. Lei è Duca Lamberti, cavaliere purissimo senza paura, e adesso anche senza macchia.»

Non si impara mai niente
di Carmen Iarrera

Scerbanenco l'ho scoperto per caso, forse per errore, quando ero ancora una ragazzina e i gialli li divoravo tra un esame e l'altro dell'università, convinta che fossero, come erano stati quelli che avevo letto fino ad allora, romanzi che si potevano leggere senza tanto impegno, perfetti per riposarsi un po', insomma. Il libro era grosso, rilegato, aveva una copertina invitante, un indice lungo che prometteva quattro romanzi e tanti racconti, e perfino, a mo' di introduzione, una breve autobiografia dell'autore. Il primo pugno allo stomaco è arrivato subito, appena aperto il libro, portato dallo stile, dal distacco, dalla sincerità addolorata con cui parla di sé stesso. Gli altri pugni sono arrivati poi, uno dopo l'altro, a gragnuola, man mano che davanti agli occhi mi si materializzavano i suoi personaggi, così umani, le sue storie, così crude, la sua Milano, così triste, e soprattutto il suo Duca, così virile, pietoso e dolente. È stato solo allora che ho capito che i gialli possono anche essere grandi, grandissimi romanzi.

Lo studio era sempre lì, in quel piccolo appartamento al primo piano che dava su piazza Leonardo da Vinci, quello che suo padre gli aveva comprato secoli prima con i sacrifici della sua paga di poliziotto. Per lui era stato certo un lusso enorme, un regalo sontuoso fatto al figlio che per primo nella storia della loro famiglia aveva preso la laurea ed era diventato medico; un lusso enorme pure allora, quando, lì a metà strada tra la stazione centrale e parco Lambro, era praticamente in estrema periferia, e anche una periferia tra le meno raccomandabili. Adesso, potenza dei tempi, il palazzo era quasi in pieno centro, e davvero quasi di lusso, perché gli anni e i restauri gli avevano dato una parvenza signorile. Il suo appartamento, invece, lui l'aveva lasciato esattamente com'era.

Non sapeva, e se l'avesse saputo non gli sarebbe certo interessato, che l'armadietto di vetro e di metallo per le medicine, il lettino dalla foggia ormai antiquata, la scrivania con il piano di formica e le poltroncine di pelle sintetica avrebbero fatto gola a qualunque commerciante di modernariato. Sarebbero stati piazzati in bella mostra in qualche negozio sui Navigli e sarebbero stati rivenduti a cifre esorbitanti a tizi che a lui non sarebbero piaciuti perché certo non mettevano il naso fuori casa se non avevano i calzini della stessa sfumatura di colore del golfino.

Quell'arredo d'altri tempi era ancora funzionale, e ciò gli era sufficiente perché lì dentro, a casa sua, nel suo studio, ogni cosa era essenziale, spartana, scarna, per questo ci stava a suo agio, e ci si riconosceva.

Anche la targa sulla porta era rimasta sempre lì da quando ce l'aveva attaccata suo padre con smisurato orgoglio per quel DOTT. DUCA LAMBERTI che aveva fatto incidere su ottone. Sulla parola DOTT., quando l'avevano radiato dall'Ordine, lui aveva applicato una striscia di scotch, che una mattina era stata tolta dal solito fattorino idiota, o dal solito ragazzaccio. Aveva rimesso la striscia un'altra volta, ma un'altra volta gliel'avevano tolta, e allora ci aveva rinunciato.

Il DOTT. era rimasto lì, sempre più opaco e inutile, per i tre anni che aveva passato in galera a ripensare al terrore viola che aveva scacciato dagli occhi della signora Sofia Maldrigati, e per tutti gli altri anni che erano trascorsi fino alla sua riabilitazione, finché sua sorella Lorenza non l'aveva fatto brillare di nuovo a colpi di Sidol e di olio di gomito, in un giorno raro in cui una luce di contentezza si era finalmente fatta largo nei suoi occhi sempre annegati di malinconia.

E così era tornato a fare il medico, a curare e consolare, anche se il suo amico Scerbanenco ogni tanto gli ripeteva che uno come lui non lo doveva proprio fare, quel mestiere.

A quelle uscite Duca di solito non ribatteva nulla, tutt'al più sorrideva respirando forte, che era il suo modo di ridere, affaticato e amaro, ma ciò non bastava perché l'altro, imperterrito e sincero come può esserlo solo uno totalmente privo di delicatezza o uno che ti conosce meglio di quanto ti conosca tu stesso, continuava a sondargli l'anima. E a dirgli che come medico aveva troppa pietà dei malati, voleva proprio curarli, voleva proprio guarirli e, peggio che mai, non riusciva a non provare dolore per il loro dolore.

Forse, pensava a volte Duca, Giorgio aveva ragione, e lui avrebbe dovuto continuare a fare il poliziotto, ma non è che facendo il poliziotto non ci si imbatta nella pena e nel dolore; e allora, pensava ancora, tanto valeva avere riaperto lo studio. Tanto valeva avere ripreso a fare il medico, a tentare di dare aiuto e almeno non avere più a che fare con la teppa, con la crudeltà e l'abominio. Non era poco.

Altre volte pensava invece che tutto era meglio, piuttosto che fare il medico. E lo pensava soprattutto quella sera, seduto alla scrivania, immobile, in attesa, mentre il buio del pomeriggio d'autunno s'impadroniva d'ogni angolo della stanza. Era tardi, l'ultimo paziente era uscito, anche la segretaria se n'era andata, e lo studio era diventato di colpo silenziosissimo, come se non ci fosse nessuno lì dentro, nemmeno lui.

Giorgio era in ritardo, come al solito negli ultimi tempi, e lui non sapeva se rallegrarsene perché così per qualche altro minuto poteva fingere che non era successo niente, che tutto era come prima, o se invece dispiacersene, perché le cose è meglio affrontarle subito, che almeno poi è finita.

Guardò l'orologio, un ultrapiatto che gli aveva regalato Livia nell'ennesimo inutile tentativo di assimilarlo alla sua innata eleganza, ma era così buio che non distinse le lancette, e dovette accendere la luce sulla scrivania. Tardi, era maledettamente tardi. Passò le dita sulla peluria fitta e cortissima che chiamava capelli, si arrese all'ansia e andò alla finestra.

La nebbia era densa e fluorescente sotto la luce dei lampioni, ma non era tanto densa né tanto fluorescente da impedirgli di vedere che Giorgio era lì in fondo alla piazza, ritto alla fermata dell'autobus come se ne stesse aspettando uno. A Duca scappò una specie di sorriso. Giorgio non sarebbe mai cambiato, era fatto così, non voleva dare nell'occhio per nessun motivo; aveva bisogno di prendere tempo prima di salire da lui e stava prendendo tempo per strada, ma non lo faceva come qualunque mortale, andando su e giù. No, lui era lì che prendeva tempo fingendo di aspettare l'autobus. Però dava ugualmente nell'occhio, eccome. Lungo lungo, magro magro, stretto nel suo immancabile impermeabile double-face, principe di Galles da una parte, cerata marrone dall'altra, spiccava tra la gente alla fermata, diverso da tutti gli altri, straniero, alieno.

L'alieno si sentì gli occhi di Duca addosso, alzò lo sguardo verso la sua sagoma dietro la finestra appannata, fece un cenno di assenso, come di accettazione, e attraversò la strada.

La visita fu molto lunga e molto meticolosa, condotta in un silenzio frammezzato da brevi domande tecniche pronunciate con una voce volutamente atona e distante, e da risposte meno tecniche ma altrettanto brevi, scandite con una voce pacata in fondo alla quale si sentiva però vibrare, come un nucleo oscuro, un'insopprimibile nota di apprensione.

«Allora?»

Duca fissò il lungo torace scarno dell'amico, la sua pelle chiarissima e sottile, quasi trasparente. La testa ormai completamente calva, la bocca piccola e tagliente, il mento rotondo, un po' sporgente, la fronte larga e liscia, lo spazio tra le sopracciglia scanalato da solchi verticali e profondi.

Un viso scavato dagli anni e scarnito dalla malattia, in mezzo al quale spiccava, più robusto e più imperioso che mai, il suo naso dritto da antico romano, o forse da antico cosacco, chissà.

«Allora?»

Di nuovo Duca non rispose. Ci sono cose troppo tristi da dire, e in tal caso ci vuole tempo. Così gli voltò le spalle e andò a lavarsi le mani nel piccolo lavandino antiquato, ancora con due rubinetti, acqua fredda a destra, acqua calda a sinistra, e quello dell'acqua calda praticamente inutile perché lui era rimasto ancorato alla sua antica parsimonia e l'acqua calda, per lavarsi le mani, non l'usava mai.

Si lavava le mani e intanto cercava, come per giorni l'aveva cercata, la risposta più umana a quel calvario annunciato, la meno crudele, ed era finalmente vicino a trovare quella migliore, la più giusta, quando la voce del suo amico gli arrivò, dritta tra le scapole come una coltellata. La voce consapevole di un uomo che tante brutture ha visto e tante ne ha comprese, che ha conosciuto l'animo umano nei suoi risvolti più sordidi e vergognosi, che ha provato indignazione e sgomento, rabbia e pietà, tantissima rabbia e tantissima pietà. Una voce quieta, che adesso lui avvertiva strozzata dalla tensione, ma ferma di una fermezza aspra e virile.

«Dimmi la verità. Lo sai che è il mio punto debole, la verità, la realtà.»

Duca si voltò mentre si stava ancora asciugando le mani, e questa volta lo guardò negli occhi. E Giorgio ricambiò lo sguardo e parlò di nuovo, perché lui le amava, le parole, e non erano certo le parole, ad avergli mai fatto paura.

«Tanto lo sai benissimo anche tu che questa visita era una messa in scena, perché lo sai da giorni, da quando ti sono arrivate le analisi, che morirò presto, così come lo so anch'io. Tutti dobbiamo morire. Però a me, ormai, non importa più quando, tu lo sai benissimo, a me importa come.»

Certo che lo sapeva. Era stato Giorgio quello che più di tutti gli altri era rimasto al suo fianco, l'aveva capito e l'aveva difeso quando lui, incapace di resistere alla preghiera della signora Maldrigati di anticipare una fine certa che il tempo rendeva solo più terrificante e dolorosa, aveva posto pietosamente termine alle sue sofferenze. L'aveva capito più di sua sorella Lorenza, che per trovare il coraggio di sostenere l'angoscia del processo lo aveva rivestito con i panni dell'eroe, che se ne sarebbe uscito ammantato di gloria. Più di Càrrua, vecchio amico di suo padre e ligio tutore dell'ordine, che non gli aveva mai, ma proprio mai, fatto mancare il suo aiuto e il suo affetto, ma nei cui occhi Duca aveva sempre letto, nascosto in fondo in fondo, il muto rimprovero di avere fatto morire il padre di crepacuore. Più di Livia, che ancora non lo conosceva e che lo aveva ammirato da lontano, seguendo con ansia lo scalpore della sua vicenda sui giornali.

Certo che lo sapeva. Piegò l'asciugamani con una meticolosità fino allora sconosciuta e trascinò la sedia accanto al lettino dove Giorgio, con altrettanta meticolosità, si stava allacciando i bottoni della camicia.

«La tua è una malattia crudele», si arrese all'improvviso, senza preamboli, troppo infelice per essere cortese, fissando quelle grandi mani bianche e ossute che si bloccarono per un attimo solo, quasi impercettibile, a mezz'aria tra il penultimo e l'ultimo bottone. «Ti succhia e ti distrugge, lo fa in modo inesorabile, senza rimedio, finché alla fine rimane solo il dolore.»

Lo disse e tirò il fiato, ma il suo non era un sospiro di sollievo perché lo sapeva che che a Giorgio questo non sarebbe bastato, perché lo sapeva che cosa gli avrebbe chiesto poi, perché il peggio glielo doveva ancora dire.

«Continua, Duca, continua, dimmi tutto.»

«La fase finale», si schiarì la voce, tentando di mandare giù quell'orribile groppo che mai aveva avuto così fitto in gola, nemmeno quando era morto suo padre, nemmeno quando la polmonite si era portata via la piccola Sara, «la fase finale è lunga e particolarmente dura perché, mentre il cervello rimane perfettamente funzionante, come se restasse lì acceso solo per sentire la sofferenza, il corpo non risponde più.»

«Per niente?»

«Per niente.»

«E dipendi in tutto e per tutto dagli altri?»

«Sì.»

«Senza altra possibilità se non quella di morire?»

«Sì.»

«Come un oggetto inerme? Come una bambola di pezza? Privo di ogni parvenza di dignità umana?»

«Non è in questo che si misura la dignità umana, Giorgio.»

Giorgio strinse i denti.

«E tu non mentire», disse. «Non a me, che ti conosco dentro e fuori. Non mentire, perché io lo so che tu la pensi esattamente come me. Che uno vive come può, cioè come meglio gli riesce, ma che almeno ha il diritto scegliere come morire.»

«La legge», iniziò Duca, ma poi si interruppe, colpito dalla assurdità del fatto che lui, proprio lui, non potendosi aggrappare a nulla, stava cercando di aggrapparsi a una legge cui non credeva, tanto che l'aveva infranta.

«Conosco quello che dice la legge, e la trovo ingiusta. E so anche che non ho nessuna voglia di suicidarmi, ho sempre pensato che la vita valga la pena di essere vissuta fino in fondo. Fino a che la si può chiamare vita, però. Ma dopo quel limite no, dopo quel limite non si può imporre a nessuno di... dopo quel limite io non voglio vivere.»

«Capisco.»

«Lo sapevo che avresti capito. E qualcosa sapevo sulla mia malattia, qualcos'altro l'ho imparato in questi giorni. Da te volevo una conferma, e l'ho avuta. Quindi ti confesso quello che ho in mente di fare. Vado in Olanda. So che lì vendono un kit, una specie di fai-da-te per l'eutanasia, un marchingegno per cui quando uno ha deciso che è il suo tempo può farla finita da solo, in modo semplice e pulito, senza compromettere nessuno. Però...»

Si interrupe, e tenne gli occhi fissi su Duca finché lui non alzò la testa per incontrare il suo sguardo.

«Però non posso essere sicuro che alla fine tutto vada come deve andare, che il marchingegno funzioni, che da solo io riesca a...»

E non aggiunse altro, non disse altre parole, perché non aveva più parole da dire.

«In tal caso», mormorò Duca senza staccare gli occhi da quelli intensi dell'amico, «ci penserò io. Te lo giuro.»

Lo disse così, d'impulso, per la seconda volta nella sua vita. Lui che non aveva mai detto neppure «parola d'onore», e neppure «promessa», per la seconda volta disse «te lo giuro». Così, d'impulso.

«...avrei dovuto imparare qualche cosa da quello che mi era successo. Ma solo più tardi imparai che non s'impara quasi mai niente. Noi rimaniamo sempre gli stessi. Le esperienze della vita, gli insegnamenti delle persone più sagge, ci impolverano un poco, come quando camminiamo per una vecchia strada di campagna, ma basta soffiare su quel po' di polvere perché noi ritorniamo tali e quali come eravamo prima di ogni insegnamento.»

Giorgio Scerbanenco (da *Io, Vladimir Scerbanenko – La Milano nera di Scerbanenco*, Garzanti, 1972)

Preludio a un massacro di inizio anno
di Diana Lama

Ho incontrato Giorgio Scerbanenco – purtroppo solo sui libri – in età giovanile, essendo afflitta da un'insaziabile fame di romanzi polizieschi. Di Scerbanenco ho letto tutto quello che ha scritto di giallo, sconfinando anche in qualche lettura rosa. Lo ho amato e lo amo tuttora moltissimo, ed è stato un grande onore potermi cimentare con il mitico Duca Lamberti, che ho affrontato con rispetto, entusiasmo e un pizzico di senso di colpa. Ricordo ancora la caccia a tutti i volumi da lui scritti, che erano già introvabili quando io, ragazza, li andavo scovando tra bancarelle e negozi di libri usati. Erano quelli che io allora chiamavo i «Garzanti con gli occhi», e ho trovato ognuno di loro con un piacere e un senso di trionfo che non ho mai provato nei normali acquisti in libreria. Credo di avere letto per primo I ragazzi del massacro, *e poi via via tutti gli altri. Li ho riletti negli anni molte volte, considero Scerbanenco uno dei miei maestri e sono stata intrigata immediatamente dall'idea di questa antologia, che perpetua in qualche modo il suo spirito. Spero che il mio tentativo di cannibalizzare i suoi personaggi e le sue atmosfere sia gradevole da leggere come è stato per me piacevole scriverlo.*

Il primo morto fu trovato fuori casa, e questo, in un certo senso, allargò eccessivamente il campo delle indagini che altrimenti si sarebbero concentrate fin da subito sugli abitanti del palazzo. Il palazzo era il civico 45 di via dei Mastri Fornai, una strada tranquilla e senza uscita, situata nella zona elegante dalle parti di via Mozart e viale Bianca Maria. Il morto fu rinvenuto nei dintorni, certo, ma abbastanza distante da non far sospettare subito il collegamento, anche se nel palazzo ci abitava, al secondo piano, scala B, appartamento a sinistra.

Si chiamava Giovanni Infante, professor Giovanni Infante, e di mestiere faceva il medico. Pediatra, anzi, e rinomato in tutta Milano. Non un mestiere pericoloso, generalmente, ma fu trovato con il cranio sfondato e il torace schiacciato, come se un pesante automezzo gli fosse passato sopra. Non c'era una sola costola intatta, e polmoni e organi interni erano ridotti a un'unica massa sanguinolenta, eppure era stato massacrato nell'angolo in fondo a via dei Mastri Fornai, dove non c'è accesso alle automobili, proprio nel posto dove le persone perbene portano i loro cani a fare i bisognini, onde evitare che li facciano troppo in vista. E infatti il professore era lì in compagnia dell'amatissimo cane di famiglia, ed era anche fornito di paletta e sacchetto per raccogliere i bisognini. Era uscito di casa verso le nove di sera del 10 gennaio, fu ritrovato poco dopo le undici. Il cane, che in un momento di assurda superficialità era stato battezzato Buongiorno, era accucciato tremante e silenzioso poco distante. Le sue deiezioni, che la vittima non aveva fatto in tempo a raccogliere, erano lì vicino. La bestiola – un cocker spaniel biondo di sei anni – aveva il muso sporco di sangue forse perché aveva cercato di soccorrere il padrone leccandogli la faccia. O forse perché aveva deciso di assaggiarlo. Nel dubbio, la vedova, signora Eleonora Caruso in Infante, preferì farlo sopprimere, come infatti avvenne il giorno dopo. Il povero Buongiorno fu dunque, tecnicamente, la seconda vittima, ma di lui nessuno si preoccupò.

La seconda vittima umana fu invece l'avvocato Scipione Terzigni, secondo piano, scala B, appartamento a destra. Grande amico del professor Infante, occasionale compagno di poker e suo dirimpettaio, fu rinvenuto cadavere sul pianerottolo davanti alla sua porta d'ingresso ancora con le chiavi in mano. Erano le sette del mattino del 22 gennaio quando il suo domestico filippino che rientrava dopo un giorno di libertà, vi andò a inciampare sopra, svegliando con le sue urla tutto il palazzo.

Effettivamente l'esimio avvocato Terzigni non era un bello spettacolo. L'ignoto assassino l'aveva colpito da tergo – come argomentò il patologo che ne esaminò i resti mortali – con un corpo contundente che aveva provocato la frattura del cranio. Poi gli era stata riempita la bocca con manciate di foglie strappate alle piante ornamentali che decoravano il pianerottolo, indi gli erano state spezzate le gambe e le braccia con qualcosa di molto pesante facendo leva sugli scalini di marmo e alla fine, ma solo alla fine, era stato strangolato con i lacci delle sue costose scarpe di fattura inglese. Tutto questo era avvenuto nel più totale silenzio, in un'ora imprecisata dopo le due del mattino. L'avvocato, vedovo sessantenne ma socialmente molto attivo, aveva infatti lasciato casa di amici dove si era trattenuto a cena e per il dopocena, intorno all'una e quaranta di quella stessa notte.

La terza vittima si chiamava Raffaele de Parcinis, cinquantacinquenne, e abitava al primo piano, scala A. Conosceva gli altri due condomini, ovviamente, ed era di gran lunga la persona più influente del palazzo, che in origine era stato di proprietà della sua famiglia. Il de Parcinis possedeva ancora terreni e case nel lombardo-veneto e relazioni parentali con molte delle famiglie più importanti di Milano. Il suo omicidio scosse la città, anche perché avvenne a solo una settimana dal precedente e con modalità in un certo qual modo simili. La sua domestica srilankese rientrò venerdì 29 gennaio alle sette di mattina e lo rinvenne esanime in una pozza di sangue raggrumato. Giaceva accasciato sul pavimento della camera da letto, ma il fatto che la porta non era stata scassinata indicava che aveva aperto personalmente al suo assassino. Dalle tracce di colluttazione era stato con tutta evidenza aggredito nell'ingresso, stordito con un violentissimo colpo alla testa, come gli altri due, poi trascinato in camera da letto, denudato, imbavagliato con le sue mutande e i suoi calzini, legato con le sue cravatte di Marinella e con comodo, al sicuro tra le pareti della casa, l'assassino aveva infierito. Il giovedì sera era la giornata libera della domestica, la famiglia era via, furono accertate quarantasette pugnalate inferte con la coltelleria da cucina di proprietà dello stesso de Parcinis, che era un raffinato cuoco dilettante. Nessuna delle pugnalate era stata mortale, e la vittima era deceduta per dissanguamento dopo aver subito anche l'asportazione dei genitali, che erano stati deposti sul cuscino. Questo particolare era stato inizialmente tenuto nascosto anche alla moglie e al figlio della vittima, precipitosamente rientrati dalla casa di Courmayeur, ma comparve sui giornali due giorni dopo. La polizia aprì un'inchiesta interna ma non si riuscì a individuare la fonte della fuga di notizie.

Il palazzo era ormai considerato maledetto.

Alcune famiglie si trasferirono in fretta e furia nelle case in montagna, altre adottarono misure di sicurezza supplementari, furono acquistati due grossi doberman dagli inquilini del terzo piano, scala A. I condomini indissero una riunione straordinaria e decisero di assumere una ditta di sicurezza privata che vigilasse notte e giorno. La polizia istituì un servizio di sorveglianza, con tre volanti che si alternarono per molti giorni a difesa del palazzo e dei suoi abitanti.

Ma non servì a nulla, e la quarta vittima aprì anch'essa la porta al suo assassino.

Il notaio Edoardo Bellomo, scapolo quarantacinquenne, frequentatore dei migliori ricevimenti mondani della città, morì tra il 5 e il 6 di febbraio. Non fu possibile accertare con precisione il momento del decesso perché il notaio fu ritrovato soltanto l'ultimo giorno del mese. Si pensava fosse partito per una vacanza alle Laccadive, e infatti il bagaglio aperto sul letto testimoniava che questa era stata la sua intenzione. La domestica era in libertà, l'amica di Perugia con cui doveva trovarsi in aeroporto, non vedendolo arrivare, era partita, stizzita, da sola, e così la scoperta fu posticipata.

Il notaio non era un bello spettacolo a vedersi, a tre settimane e più dal decesso, e la sua domestica milanese ebbe un attacco isterico e uscì urlando a pieni polmoni sul pianerottolo del terzo piano, scala B. Furono in molti, tra i condomini, a entrare in casa e a vedere il notaio, già in decomposizione, con la testa infilata nel forno. Il notaio era nudo, e oltre la testa carbonizzata e le spalle stracotte, tutto il resto del corpo devastato presentava ferite e segni di tortura. Le mani erano legate con spago da cucina, e svariati utensili della superattrezzata cucina erano stati usati per violare contro natura il poveretto. Oggetti normalmente innocui e il cui uso è abituale per ogni massaia erano lì a testimoniare la fantasia e la creatività dell'assassino. Svariate fidanzate ed ex fidanzate testimoniarono come il notaio non avesse mai mostrato alcuna tendenza omosessuale, ma del resto le indagini si orientarono solo brevemente su questa pista.

I quattro delitti erano inequivocabilmente collegati, anche se il modus operandi era sempre diverso. Le vittime appartenevano tutte allo stesso genere, maschi abbienti in età matura. I delitti mostravano una violenza bestiale e drammaticamente in crescita, il luogo e l'occasione erano tragicamente simili. In un mese il palazzo aveva perso quattro dei suoi più esimi esponenti. Seri professionisti, uomini di prestigio con alle spalle amici potenti e famiglie sconvolte e indignate che a gran voce chiedevano giustizia. La polizia attivò tutte le sue forze, «Il Corriere della Sera» e gli altri quotidiani affollarono le loro pagine di inchieste, retroscena, fotografie, illazioni e quant'altro potesse titillare la curiosità dei lettori. La psicosi del mostro dilagò, il palazzo si svuotò, chi poteva traslocava, molti appartamenti furono messi in vendita a prezzi ridicolmente bassi, fu istituito un servizio di sorveglianza totale a protezione dei pochi rimasti, e non successe più nulla.

Niente.

Non fu ucciso più nessuno. Il massacro si era placato con l'ultima vittima sacrificale.

Ma le indagini continuarono serrate e due mesi dopo, in una mattina di metà aprile in cui per la prima volta era uscito senza cappotto, Duca Lamberti si trovò davanti i possibili indiziati per i delitti del civico 45. La finestra aperta dell'ufficio faceva entrare la luce del sole – anche a Milano qualche volta c'è il sole – e i rumori del traffico della strada sottostante. Milano usciva da un mese di pioggia uggiosa, e Mascaranti, con una faccia che sembrava stesse andando al funerale di un parente caro, fece entrare due donne, le fece accomodare davanti alla sua scrivania e rimase di guardia davanti alla porta.

Duca le guardò: sedevano in silenzio; avevano già rinunciato alla presenza dell'avvocato ma chiedevano di essere ascoltate insieme, perché una delle due non parlava ancora bene l'italiano, pur vivendo in Italia da sette anni. Càrrua aveva deciso che toccava a Duca interrogarle perché, come aveva detto in maniera sibillina: «Tu in queste cose ci sai fare meglio di me». E così erano lì, sedute davanti alla scrivania e Duca Lamberti iniziava a chiedersi per quale motivo avesse deciso di uscire di casa quella mattina. Erano due srilankesi grasse e nere ed emanavano un'aura di tristezza e di infelicità quasi palpabile. Vestivano entrambe di nero, con i grossi polpacci sformati dalle fatiche avvolti in pantaloni di maglina leggera e i capelli lunghi e lucidi raccolti a coda di cavallo. Erano simili, solo una poco più anziana dell'altra, di un'età che lui stimò approssimativamente tra i trenta e i cinquanta.

Si chiamavano Devica e Nirmini Silva, sorelle. Entrambe lavoravano nel palazzo di via dei Mastri Fornai numero 45, una come portiera dello stabile da più di quindici anni, l'altra come domestica notte e giorno proprio in casa della terza vittima, Raffaele de Parcinis, primo piano, scala A. Gli inquirenti erano risaliti a loro attraverso indagini complesse, molta fortuna e un provvidenziale contributo esterno. Una volta inquadrate nel mirino della giustizia era stato facile incastrarle, procedendo per esclusione, e dopo avere appurato senza dubbio alcuno che anche l'assassino, come le sue vittime, doveva abitare all'interno del palazzo. La loro piena complicità nell'esecuzione degli efferati omicidi era innegabile.

Le due donne d'altronde non intendevano negare nulla. Erano lì per confessare e, se possibile, per spiegare. Iniziò Devica, la portiera, quella che parlava bene l'italiano. L'altra interveniva di tanto in tanto, e sempre, incessantemente, annuiva, per sottolineare qualcosa di particolarmente significativo.

«Avevamo giurato che l'avremmo fatto al più presto, e ci siamo riuscite. Niscia è morta il giorno dopo Natale.»

«Niscia?» chiese Duca Lamberti.

«Niscia Piris, nostra nipote», rispose Devica e Nirmini annuì. Grosse gocce di sudore scorrevano lungo le loro guance grasse e si confondevano nelle pieghe tristi della bocca.

Non faceva poi tanto caldo. Duca Lamberti guardò meglio e vide che non era solo sudore. Le due donne stavano piangendo. Le lasciò sfogare per un po', a piangere lacrime silenziose, sedute sulle due seggiole di legno davanti al tavolo. Devica, quella che parlava bene, la portiera, si torceva le mani. Nirmini annuiva scuotendo la testa. Mascaranti, in fondo alla stanza, spostava il peso da un piede all'altro; a un certo punto fece un rumore che sembrava un colpo di tosse, però più sommesso, come se non volesse disturbare il dolore delle due disgraziate nere e infelici. Duca lo guardò di sbieco, e Mascaranti si immobilizzò all'istante. La sua faccia di granito non esprimeva più nulla, né comprensione, né simpatia, ma Duca lo conosceva da tanti anni e sapeva benissimo che cosa gli passava per il cervello.

Dopo un po' le due indiziate iniziarono a spiegarsi.

Niscia era stata la loro unica nipotina, figlia di una sorella morta insieme al marito in una terribile inondazione che aveva devastato il loro paese l'anno precedente. Niscia aveva solo tredici anni, era orfana, povera e sola. Giocoforza, le zie avevano deciso di farla venire in Italia e trovarle un lavoro nel palazzo. Avrebbero badato loro a questa ragazzina sfortunata, le avrebbero dato un futuro. Niscia era arrivata all'inizio di novembre. Nirmini con l'aiuto della sorella aveva esposto il suo caso alla signora de Parcinis e al consorte, e loro, con il sostegno di altre famiglie del palazzo, le avevano trovato una collocazione temporanea e ovviamente non in regola in casa del notaio Bellomo. La sua domestica italiana non poteva più garantirgli un servizio efficiente, impegnata com'era ad assistere il marito affetto da un male incurabile, lui ne stava cercando una nuova, ma di buon grado si prestò ad accogliere in casa la ragazzina venuta dallo Sri Lanka. Avrebbe aiutato nelle faccende la signora Teresa, sgravandola di tante incombenze, e quando il notaio avesse assunto una nuova cameriera, si sarebbe premurato di aiutare Niscia a trovare un altro lavoro.

Sembrava la soluzione ideale.

Niscia arrivò dunque all'inizio di novembre; una graziosa ragazza con le trecce nere, begli occhi e un corpo pingue e morbido che dimostrava più dei suoi anni. Aveva un sorriso dolce negli occhi, non diceva una parola in italiano e non si esprimeva nemmeno in inglese. Una creatura silenziosa e remissiva che iniziò il suo lavoro grata per l'occasione che le era stata offerta. Aveva ottenuto l'avvicinamento alle uniche due parenti ancora in vita ed era pronta a lavorare senza contributi per mantenersi.

Tutto a posto, dunque. Duca Lamberti si agitò sulla sedia, ma non disse nulla. La ragazzina era minorenne, aveva lavorato da irregolare, certo, ma le zie cosa avrebbero dovuto fare? Lasciarla da sola al paese natio, se non erano in grado di mantenerla qui? Non aveva una soluzione, preferì tacere, ma dentro sentiva un dolore stanco.

Le zie dunque accolsero Niscia con gioia, la instradarono nei nuovi compiti e si tranquillizzarono. La ragazzina usciva, faceva la spesa, portava giù l'immondizia e in generale sembrava ben inserita. Poi, verso la fine del mese di novembre, le cose iniziarono a cambiare. Le zie non se ne accorsero subito, impegnate com'erano con i loro rispettivi lavori. Niscia iniziò a uscire sempre di meno dal palazzo. Non portava più giù l'immondizia del notaio, non rientrava allegra con le buste della spesa in mano, non ritirava la posta. Era dimagrita, sembrava spaventata, il giovedì sera e la domenica preferiva restare in casa per studiare l'italiano, diceva. Le zie non si allarmarono: crisi di adolescenza, pensarono, e la lasciarono stare.

Il mese di dicembre passò e si arrivò così alle festività natalizie.

Devica e Nirmini fecero una pausa, Duca guardò fuori. Non aveva voglia di stare a sentire il resto.

Dalla finestra aperta entrava l'aria fresca della primavera e a lui sembrò addirittura di sentire profumo di fiori, ma probabilmente era un'illusione. A Milano non tutte le giornate erano di pioggia, ma forse pretendere anche aromi mediterranei era troppo. Davanti a lui le due grasse donne srilankesi sembravano sempre più tristi e lacrimose, e sudavano, sudavano di un sudore acido che gli permeava le narici e lo infastidiva; ancora di più lo infastidiva perché lo faceva sentire razzista, e Duca si diceva che le due donne non gli avrebbero dato tanto fastidio e tanta pena se fossero state bianche.

Bianche, grasse, infelici e assassine, ma bianche.

E invece erano nere, nere come qualunque negro africano, anche se venivano dallo Sri Lanka che lui sapeva essere sotto l'India e che un tempo si chiamava Ceylon, e loro un tempo si chiamavano cingalesi e lui aveva letto di questo popolo nei romanzi di Emilio Salgari che divorava da ragazzo. In quei libri le donne cingalesi erano sempre schiave bellissime e si supponeva sensuali, dedite al piacere del loro padrone – ma questo lo si intuiva soltanto, perché erano libri per ragazzi.

Queste due invece erano grasse, di età indefinibile, infelici e sudavano, sedute su due scomode seggiole davanti a Duca Lamberti, e il sudore imperlava i loro capelli neri e lucenti, scivolava sulle fronti corrugate, si confondeva con le lacrime agli angoli degli occhi bruni, si annidava nelle pieghe dei loro piccoli nasi dalle narici rotonde, scorreva nei solchi delle guance carnose, scendeva nei colli a triplo strato, e le rendeva nel complesso quasi insopportabili da guardare per lui che era costretto a farlo e si sentiva razzista e cattivo solo per questo.

Perché loro sudavano di paura, o di infelicità, o di entrambe le cose, e piangevano anche, e lui non poteva farci niente. Erano state due donne attive, oneste, laboriose e ben inserite nel paese in cui avevano deciso di vivere e lavorare, e ora eccole lì, due assassine che stavano confessando.

Niscia, tutto tornava a Niscia. La situazione era precipitata la sera della vigilia di Natale. Le zie l'avevano scoperto il giorno dopo. Alcune cose le capirono solo in seguito e i dettagli li immaginarono; alcuni particolari li estorsero dalle vittime al momento degli omicidi – il ruolo della giacca di Babbo Natale, in particolare – ma la ricostruzione che fecero balenare davanti agli occhi della mente di Duca Lamberti fu fin troppo realistica.

Il notaio Bellomo aveva invitato a casa propria Infante, de Parcinis e Terzigni, compagni di poker e di altri passatempi meno innocui. Erano tutti in città, senza una famiglia con cui festeggiare la vigilia e il Bellomo aveva gentilmente organizzato un cenone con sorpresa, e la sorpresa era lei, Niscia. Li aveva accolti vestita da Babbo Natale, con la giubba rossa di panno lenci con i bottoni dorati, tutta bordata di pelliccia bianca e il cappello rosso a papalina con il ponpon bianco che scendeva fino a sfiorarle il solco tra le natiche brune e sode. A parte la giubba non indossava niente, e le sue gambe di seta erano morbide e scure mentre lei veniva avanti e indietro dalla cucina reggendo i vassoi d'argento con le pietanze. Da dietro un gran bel vedere, pensavano i tre ospiti; davanti non altrettanto, perché la ragazza piangeva.

Pianse tutto il tempo, mentre portava ostriche, aragosta, filetto in crosta, insalata russa, cassata siciliana e cotechino.

Pianse mentre versava il vino nei loro bicchieri e pianse quando ritirando i piatti scoprì il suo inguine piatto quasi da bambina.

Pianse incessantemente, ma il notaio rassicurò gli amici: faceva sempre così, disse, ma poi ci godeva, e loro si sentirono eccitati come animali al pensiero di questa ragazzina di tredici anni che piangeva perché non voleva intrattenere rapporti carnali con loro quattro, ma sapeva che avrebbe dovuto cedere e offrirsi completamente, e poi ci avrebbe anche goduto. E fu quello che accadde, ovviamente, almeno l'offerta, mentre sul godimento di Niscia non ci furono prove certe perché lei continuò a piangere silenziosamente per tutto il tempo. Ma per loro andò meglio così; c'era più sugo a vederla dibattersi anche se debolmente, a vederla soffrire e lamentarsi.

Nessuna scenata comunque, perché il notaio l'aveva educata bene. Erano alcune settimane che la preparava a questa serata, spiegò con un certo orgoglio, e la ragazza era vergine quando era entrata in casa sua. Ora faceva tutto, e di vergine non aveva più nemmeno il segno zodiacale. A questa battuta risero tutti, mentre lei piangendo continuò a fare quello che stava facendo con le mani, la bocca e gli altri orifizi del suo corpo.

A fine serata furono tutti concordi che era stata la migliore vigilia di Natale che avessero mai trascorso. Nessuno chiese il parere di Niscia, nemmeno Infante, che pure un piccolo scrupolo all'inizio se l'era fatto, visto che la ragazza rientrava per età nel genere di pazienti che abitualmente visitava. Ma non era una sua paziente, e le natiche brune, sode e vellutate si rivelarono irresistibilmente capaci di sconfiggere anche i suoi scrupoli. D'altra parte, come fece notare il de Parcinis, se davvero non le fosse piaciuto se ne sarebbero accorti. Avrebbe fatto più storie, avrebbe gridato, avrebbe detto chiaramente di no. Sul fatto che Niscia ancora non parlava in italiano non si soffermarono, brindarono con un Dom Perignon d'annata e si salutarono allegramente.

Il giorno dopo era Natale, e Devica e Nirmini si trovarono a dover affrontare la realtà.

La nipote scese in casa di Devica, la portiera, con gli occhi pesti e la faccia grigia. Il notaio era fuori per un paio di giorni, lei rimase muta per tutta la mattina. All'ora di pranzo si chiuse in bagno; mezz'ora dopo Devica, preoccupata perché lei non rispondeva, entrò. Il bagno per fortuna non aveva la chiave. Era uno di quei bagni piccoli piccoli, con quelle vasche dove puoi stare seduto tutto raggomitolato con le ginocchia sotto il mento. Così sedeva Niscia, nuda ma non bagnata, con gli occhi aperti, dondolandosi avanti e indietro. Devica non ebbe bisogno di chiederle nulla, in un solo colpo d'occhio vide i lividi, le ecchimosi e il sangue, e non c'era proprio da chiedere o da spiegare niente. Chiamò la sorella che scese di corsa dall'appartamento di de Parcinis. Sedettero in silenzio nella minuscola cucina intrisa dell'aroma di curry, zenzero e cumino. Ci passarono tutto il pomeriggio, la sera e la notte, piangendo senza parlare mentre Niscia dormiva sul letto nell'altra stanza. Le ore della notte si consumarono piano piano, mentre le due sorelle si guardavano, dondolandosi avanti e indietro sulle grasse natiche nere, con la stessa muta desolazione con cui si era cullata la nipote.

Fu verso le quattro del mattino che, quasi simultaneamente, sfiancate dalla stanchezza e dal dolore, si addormentarono. Nirmini si svegliò per prima, di colpo, con un sapore acido in bocca e un brutto presentimento nel cuore. Corse di là, seguita dalla sorella che pure si era destata di soprassalto. Niscia non c'era più, l'impronta sulla coperta era fredda, lei era uscita senza nemmeno il cappotto. Non chiamarono la polizia, sparsero la voce tra gli altri domestici del quartiere e uscirono a cercarla per le strade ancora buie che via via si risvegliavano. La mattina dopo cominciarono a chiamare negli ospedali; alla fine fecero denuncia alla polizia.

Niscia fu ritrovata poco dopo l'alba del giorno successivo, il 27 dicembre. Aveva probabilmente preso la metropolitana fino a San Donato, poi aveva proseguito a piedi fino alla tangenziale. La prima macchina forse non l'aveva vista in tempo, le altre le erano passate sopra senza accorgersi di lei. Il corpicino martoriato era finito sul bordo della strada finché un automobilista, che si era fermato nella piazzola vicina per espletare un urgente bisogno fisiologico, non aveva notato qualcosa di strano nel mucchietto di stracci che giaceva poco distante.

Era lei, irriconoscibile, le ruote di tante autovetture avevano cancellato ogni traccia delle violenze subite in precedenza. Le zie parlarono di una delusione amorosa, l'autopsia sul povero corpo devastato fu una semplice formalità, il caso della piccola srilankese suicida sulla tangenziale per un dispiacere d'amore fu archiviato in fretta.

Il notaio Bellomo si mostrò doverosamente stupito e sconvolto e regalò alle zie della sua camerierina di colore una bella somma per il funerale che loro accettarono con gli occhi bassi perché lui non vi leggesse l'odio mortale che covavano. Niscia fu sepolta e, da quasi tutti, dimenticata.

Non da tutti, però, certamente non dalle zie e nemmeno dalla signora Teresa, la domestica milanese di Bellomo che dopo il funerale fu invitata a casa della portiera. Lei e la sorella non riuscivano a dimenticare Niscia, e speravano che parlare degli ultimi giorni della loro nipotina potesse aiutarle ad affrontare il dolore. Che faceva, come si comportava in quello scorcio di dicembre che aveva preceduto la sua morte?

A Teresa piaceva chiacchierare, il caffè di Devica era bello forte, fatto alla napoletana, i biscottini allo zenzero buoni benché esotici, e Teresa chiacchierò.

Di come Niscia fosse strana già da un po'; a volte l'aveva

sentita piangere; non aveva detto niente perché si sa, le ragazzine quando cominciano a innamorarsi...

Di come il notaio la trattasse più che bene, le aveva perfino comprato libri e fumetti.

Di come Niscia evidentemente leggesse anche la notte, visto che di giorno un paio di volte Teresa l'aveva trovata a dormire invece di lavare i vetri.

Di come si dondolasse rannicchiata su sé stessa, cantando una nenia strana quando credeva di non essere vista.

Di come lei, Teresa, avesse trovato in camera di Niscia un costume di Babbo Natale che il notaio le aveva comprato per scherzo, ma di cui inspiegabilmente non si trovava il pezzo di sotto.

Di come avesse cercato di insegnarle a cucinare, ma Niscia pareva non avesse voglia di imparare.

Di come lei, Teresa, fosse una cuoca davvero provetta.

Di come il notaio ci tenesse al cenone della vigilia di Natale, perché aveva invitato tre amici davvero speciali.

Di come lei, Teresa, conoscesse i gusti di ognuno di loro. Al professor Infante non piaceva la maionese fatta con l'aceto. L'avvocato Terzigni non mangiava mozzarella in nessuna forma, cotta o cruda. Il signor de Parcinis mangiava tutto, ma bisognava evitare che lo facesse. Il notaio Bellomo era un buongustaio e andava pazzo anche per la cucina straniera, tant'è che a Teresa aveva regalato un libro per istruirla a tale scopo e lei lo aveva sentito ridere al telefono con il signor de Parcinis e parlare della pietanza speciale ed esotica che stava preparando per loro. Lei aveva pensato si riferisse al caviale, grossi chicchi grigio perla che le facevano un po' schifo.

Il telefono sulla scrivania suonò, un trillo fastidioso che fece sussultare Mascaranti che fino a quel momento aveva mantenuto la sua posizione imbalsamata davanti alla porta. Le due donne abbassarono gli occhi sulle mani contratte posate in grembo, e tacquero, improvvisamente imbarazzate, Nirmini smise persino di annuire. Duca guardò l'apparecchio con astio, poi depose la cornetta di fianco, sul ripiano di finta pelle, e la lasciò lì. Cercò di incontrare lo sguardo di Devica o Nirmini, ma loro continuavano a scrutarsi i piccoli palmi neri che si aggrappavano al tessuto dei pantaloni sformati. Non aveva importanza, ormai il quadro era chiaro: il resto Duca Lamberti lo sapeva già.

Teresa aveva parlato e parlato, le due sorelle mute avevano ascoltato, e mentre ascoltavano si facevano via via più grasse, più nere e infelici, o almeno questa fu l'impressione che ne ebbe Teresa e che riferì al marito, signor Amilcare Putrelle; il quale, pur affetto da male incurabile, aveva buona memoria e sapeva fare due più due e se ne ricordò in seguito, preoccupandosi di avvisare la polizia quando la moglie, tempo dopo, per distrarlo durante la terapia gli raccontò di come il palazzo in cui lavorava portasse jella a chi ci viveva. Il signor Amilcare in gioventù aveva desiderato intraprendere gli studi di Giurisprudenza per divenire avvocato, ma una situazione famigliare precaria l'aveva condannato a un posto di commesso in un negozio di vernici, dove aveva trascorso tutta la sua vita lavorativa vendendo pennelli e lattine di colore. In casa non aveva trovato stimoli intellettuali migliori, perché la consorte signora Teresa era sì ottima moglie e madre, ma null'altro; così il signor Amilcare si era dedicato agli enigmi. Ogni settimana acquistava «La settimana enigmistica» e vi dedicava tutto il tempo libero dagli impegni lavorativi e famigliari. Il suo cervello, allenato da indovinelli, acrostici e cruciverba, si era quindi mantenuto acutissimo e vagava agile e limpido anche quando lui ormai giaceva da tempo in un letto dalle lenzuola stirate a puntino dalla signora Teresa, aspettando che la morte smettesse di fare i suoi comodi e giungesse a liberarlo. I racconti della moglie avevano il solo scopo di distrarlo, ma per lui rappresentarono un ulteriore rompicapo da risolvere, forse l'ultimo, e ci si applicò con puntiglio, sommando dettagli, ricordando particolari, accumulando ipotesi sempre più verosimili. Il vestito di Babbo Natale lo intrigò particolarmente, e rischiò di portarlo fuori strada, ma alla fine il quadro fu completo, e per il signor Amilcare sarebbe potuta anche bastare la soddisfazione di avercela fatta ancora una volta, ma non fu così, perché lui oltre che un avvocato mancato era pur sempre un commesso, e i conti dovevano tornare.

Era un giorno piovoso di marzo, mentre i medicinali chemioterapici scendevano goccia a goccia e il signor Amilcare vagava con lo sguardo nel vuoto pensando che il civico 45 aveva portato sfortuna anche a lui che non ci viveva, ma era comunque dotato di coscienza civile, e così quando si sentì meglio decise di telefonare alla polizia. Fu in tal modo che le indagini si indirizzarono prima e si concentrarono poi su Devica e Nirmini Silva.

Che ora sedevano composte anche se grasse, sudate, nere e infelici davanti a Duca Lamberti, il quale continuava a pensare a come era stato ingannevole l'Emilio Salgari della sua giovinezza, con tutte quelle storie di cingalesi belle, dolci, con i denti come perle bianche nella bocca sorridente, sicuramente felici nella loro condizione di schiave.

Chissà se il notaio Bellomo aveva letto Salgari, da ragazzo. Mascaranti forse l'aveva letto, o forse no, ma era in piedi, roccia granitica davanti alla porta, povero Mascaranti, e si capiva benissimo che avrebbe voluto essere da tutt'altra parte a fare tutt'altro mestiere. Livia Ussaro probabilmente aveva letto Salgari quando era una ragazzina con il viso ancora intatto e ingenuo e forse le trecce.

L'aria fresca e ormai innegabilmente profumata continuava a entrare dalla finestra aperta, per ricordare a tutti gli astanti, che sì, a volte anche a Milano arriva la primavera. Le due srilankesi o cingalesi tacevano. Loro quasi certamente Salgari non l'avevano letto; e altrettanto certamente se l'avessero fatto non l'avrebbero apprezzato.

Sembrava non avessero più nulla da dire.

«Quindi avete deciso di ottenere vendetta da sole?» domandò Duca, che non sapeva bene cosa altro chiedere.

«Sì», rispose Devica.

«Sì», rispose Nirmini.

«E li avete uccisi tutti e quattro?»

Sì, annuirono le due sorelle; gli avevano sfondato le gabbie toraciche saltandoci sopra e avevano fatto il resto, tutto quello che via via veniva loro in mente, usando materiali e strumenti trovati di volta in volta sul posto, e avevano cercato, ove possibile, di far provare loro almeno una piccola parte delle sofferenze inferte alla loro bambina.

«E non vi ha aiutato nessuno? Avete fatto tutto da sole?»

«Non ce n'è stato bisogno», rispose Devica, e Nirmini annuì, e questo fu tutto.

Lo sguardo di Mussolini
di Ernesto G. Laura

Premesso che, a quanto mi dicono i miei, ero un ragazzino abbastanza precoce, il mio primo impatto con Giorgio Scerbanenco è avvenuto fra i dieci e i quindici anni, cioè fra l'immediata vigilia della guerra, la guerra e il dopoguerra. In casa, mamma e zie leggevano i rotocalchi femminili, cinematografici e rosa. Non li leggevo, ma fra nome vero e pseudonimo di Adrian lo incontravo spesso. Leggevo invece i gialli, e quindi alcuni Arthur Jelling mondadoriani che avevo subito divorato, anche se mi era piaciuto di più il fantascientifico Il paese senza cielo, *che avevo letto a puntate sull'«Audace». I romanzi con Duca Lamberti, una scoperta in età adulta, sono stati per me tutt'altra cosa, un ciclo che una volta che l'hai goduto e assimilato non ti esce più dalla memoria: intenso nello stile, eccellente nel meccanismo poliziesco e soprattutto pervaso di una dolente tragica umanità che non scade mai nell'enfasi né cede alla violenza facile. Venuto dopo una overdose di finti gialli americani di pura imitazione firmati con pseudonimi e spesso con finti titoli originali, sempre manieristici e superficiali come tutti i prodotti di imitazione (ne era invaso il mercato italiano), i «Lamberti» del Nostro erano riusciti con realismo e verità psicologica e ambientale a prendere dal noir statunitense il meglio, trapiantandolo senza copiarlo in un credibile quadro italiano, anzi milanese.*

Nessuno gli aveva chiuso gli occhi e il morto, pur osservato da sotto in su – era appeso per i piedi a un uncino –, sembrava ancora inchiodarti con quello sguardo un po' spiritato che tutti ben ricordavano. Era la mattina del 29 aprile 1945, e tutta Milano sembrava riversarsi da corso Buenos Aires e dalle altre vie adiacenti in piazzale Loreto, dove i partigiani avevano esposto i corpi di Benito Mussolini e dei gerarchi da poco fucilati. In un primo momento li avevano stesi per terra nello spazio di un distributore di benzina abbandonato, poi però fra la folla crescente che voleva vedere e premeva per arrivare in prima fila, molti rischiavano nella ressa di farsi male, e intanto una donna aveva cominciato con il tacco della scarpa a percuotere il cadavere del Duce. Forse era la moglie o la figlia, inferocita dal dolore, di una delle tante povere vittime che i fascisti della Muti in quello stesso luogo avevano barbaramente trucidato pochi mesi prima, lasciando per spregio che i corpi restassero insepolti sul selciato. Così, per rispetto alle salme e per consentire alla gente di vederle, i cadaveri del Duce e degli altri giustiziati erano stati sollevati da terra ed esposti in alto. In seguito forse quella scena sarebbe stata ricordata con orrore. In quei giorni però chi aveva patito cinque anni di guerra e quei quasi due anni di tragica occupazione nazista, quando molti fascisti, pervasi da spirito di vendetta e dalla disperazione della sconfitta, avevano dimostrato spesso di essere peggiori dei tedeschi, considerava quei morti come l'inevitabile pietra tombale di una lunga stagione buia che ci si gettava per sempre dietro le spalle.

C'era di tutto a piazzale Loreto: uomini, donne, vecchi, perfino ragazzi, e spiccava fra loro anche la divisa un po' stazzonata di un ufficiale americano. Attesi di ora in ora, gli Alleati non erano ancora arrivati in città, ma qualcuno di loro già circolava per Milano. Si trattava di prigionieri di guerra che i tedeschi, al momento della resa o della fuga, avevano liberato o lasciato scappare, o forse anche di paracadutisti o di piloti che famiglie coraggiose avevano nascosto per mesi a rischio della propria vita.

L'ufficiale, un colonnello, era riuscito a mettersi quasi davanti e scrutava ogni cosa con grande attenzione, notando, per esempio, lo spillone da balia con cui una mano pietosa aveva stretto al corpo la gonna di Claretta Petacci perché il cadavere appeso dai piedi non assumesse un aspetto indecente. Oppure la grossa Leica con la quale un fotografo dilettante stava scattando istantanee su istantanee del cadavere più illustre: senza dubbio l'indomani le avrebbe rivendute ai passanti che, portati via i corpi, ancora per giorni e giorni la curiosità avrebbe condotto in quel luogo.

Non avresti proprio immaginato quattro anni fa, pensava il colonnello come se stesse apostrofando il defunto, quando baldanzosamente avevi sfidato l'America dichiarandole guerra, che tutto sarebbe finito così.

Una smorfia di dolore gli contrasse di colpo il viso mentre si portava la mano sinistra alla coscia. Cercò di controllarsi ma il dolore continuava facendosi più forte.

«Si sente male?» chiese sollecito un giovanotto che gli stava accanto, esprimendosi in un inglese un po' scolastico. «Sono un medico. Se posso fare qualcosa...»

Il militare lo squadrò un po' perplesso. L'altro era, sì, alto e robusto, ma un po' troppo giovane per essere un dottore. Quello sembrò capire al volo.

«Di solito si arriva a esercitare più tardi, ma con la guerra e tanti uomini al fronte c'era in città un gran bisogno di medici. Così mi hanno laureato in fretta e ho potuto cominciare subito a lavorare in ospedale. Purtroppo, dopo laureato, avrei dovuto fare il militare e non avevo alcuna voglia di indossare la divisa dei repubblichini. Mio padre lavora come impiegato in Questura, non effettua più servizio attivo per via di una brutta ferita ricevuta dalla mafia in Sicilia. È grazie a lui che la chiamata alle armi mi è stata trasformata in servizio civile di pubblica utilità all'ospedale.» Quasi pentito di avere parlato troppo di sé, il dottorino aggiunse premuroso: «Allora, la gamba?»

Il colonnello appariva timido e impacciato: la sollecitudine del giovane lo imbarazzava. Anche lui la prese alla larga, sentendosi obbligato a un minimo di autobiografia.

«Sono stato ferito in battaglia dai tedeschi sulla linea Gotica, sugli Appennini. Non avessi avuto la gamba sanguinante con dentro una pallottola, la Wehrmacht non sarebbe riuscita a catturarmi. Mi hanno infilato in un ospedaletto da campo, mi hanno estratto il proiettile e poi mi hanno rinchiuso in un lager di ufficiali alleati: americani, canadesi, inglesi, australiani. Via via che si ritiravano a nord, i tedeschi ci caricavano sui camion e ci trascinavano con loro. A Milano ci dovevano mettere, come destinazione definitiva, sopra un treno per la Germania. Per fortuna, nel caos di questi giorni, io e altri due, di notte, siamo riusciti a scappare.»

Il dottorino lo prese sottobraccio con energia.

«Senta, al momento posso farle solo un'iniezione di antidolorifico ma vorrei effettuare una visita completa. Con quello che ha passato, è più che opportuna. Non sto troppo distante, ma lei non è in condizione di camminare a lungo. Per fortuna possiedo un macinino, come medico ho ottenuto perfino un po' di metano. La infilo in macchina e la porto al mio studio...» stavolta l'espressione imbarazzata era del giovane «... che poi sarebbe un angolo di casa mia.»

Senza altri indugi, il dottorino cominciò a sorreggere l'americano sotto l'ascella perché il corpo non gravasse troppo sulla gamba ferita, e insieme raggiunsero una vecchia usatissima Topolino con issate sul tetto due bombole di gas e i parafanghi verniciati di bianco per la guida notturna a fari semispenti durante l'oscuramento antiaereo.

Non fu facile districarsi nell'onda di persone che continuavano a muoversi verso il distributore di benzina, improvvisato monumento all'epilogo di una tragedia. Dovettero fermarsi quando un gruppetto di partigiani, con il mitra imbracciato, si fecero largo spingendo uno smilzo ometto di mezza età in tuta da ginnastica. Il giovanotto lo guardò con curiosità e informò l'ufficiale: «Nessuno lo direbbe, ma quello è stato per anni uno dei potenti del regime: Achille Starace, già segretario del Partito nazionale fascista».

La smorfia di dolore che continuava a contrarre il viso del colonnello rendeva evidente che la sofferenza fisica prevaleva sulla curiosità per gli eventi che si stavano verificando intorno a loro.

Giunsero a destinazione, in piazza Leonardo da Vinci, e il colonnello, osservata la facciata del modesto palazzotto sulla quale dominava un mastodontico portone quattrocentesco, gettò l'occhio su una piccola targa d'ottone inchiodata sul fianco: DOTT. DUCA LAMBERTI, medico chirurgo. Il giovanotto non mancò di soffermarcisi per qualche attimo: era da troppo poco titolare di uno studio per non rimirarne la targa con ingenuo orgoglio. In casa non c'erano né Lorenza, la sorellina, a scuola, né il padre, in ufficio. Non c'era però nemmeno la Cabrini, la sua assistente (volontaria: infatti non aveva i soldi per pagarla). Questo lo stupì un poco dato che la donna, puntualissima, ogni giorno alle otto e trenta apriva lo studio, cominciava a prendere nota degli appuntamenti e poi restava lì finché il dottorino lasciava l'ospedale e tornava a casa per ricevere i pazienti. Provò a telefonarle senza ottenere risposta.

Duca Lamberti, nel modesto studio che gli aveva messo su il padre con il lettino ricoperto di plastica-imitazione-cuoio dove fece adagiare l'americano, sbrigò quindi tutto da solo: aprì l'armadietto, ne estrasse siringa, fiala, cotone e disinfettante ed effettuò l'iniezione promessa. Procedette quindi al rituale di ogni visita di base, cuore, polmoni, pressione, senza trovare nulla di preoccupante.

«Date le condizioni di disagio in cui ha vissuto il periodo post-operatorio, direi proprio che lei sta abbastanza bene», informò il paziente. «Tuttavia adesso che la guerra, almeno in Italia, è finita, appena si ricongiunge al suo battaglione si faccia dare qualche settimana di convalescenza vera, di riposo come si deve.»

Nel frattempo aveva tolto dal cassetto il registro dei pazienti e, dopo avere intinto la penna in una minuscola boccetta d'inchiostro, si apprestò a redigere un'informativa essenziale sull'americano.

«Signor... anzi colonnello...» chiese.

«Jelling», rispose l'ufficiale.

«Il nome? Christian name, come dite voi?»

«Arthur.»

Lamberti sollevò gli occhi incuriosito:

«E magari è di Boston...»

«Proprio così.» Stavolta l'abituale timidezza del colonnello cedette a un sorriso divertito. «Vedo che lei legge i romanzi di Giorgio Scerbanenco.»

«Ma...» Duca Lamberti era sconcertato.

«Nessuna magia, si rassicuri: non sono uscito per qualche sortilegio dalle pagine di un libro. Vede, Scerbanenco è un mio lontano cugino, anche se non ci siamo mai incontrati di persona. La mia nonna era di Kiev, come Giorgio. Quando, stufo di scrivere soltanto romanzi rosa e di redigere la "posta del cuore" per i settimanali femminili, decise intorno al 1940 di misurarsi con il "mystery"... come lo chiamate in Italia?»

«Giallo.»

«Giallo, appunto... si accorse che da voi sotto Mussolini era difficile scrivere di delitti e di criminali perché l'Italia era un paese perfetto, dove i "cattivi" non esistevano... decise dunque di ambientare i suoi romanzi all'estero, ma non voleva cadere nella solita Francia con un commissario che fosse l'ennesimo calco di Maigret. Pensò dunque agli Stati Uniti, dove non era mai stato, e anche in questo caso però non voleva la New York ampiamente sfruttata da Philo Vance, Ellery Queen e Nero Wolfe. Boston invece era una città inedita. Si ricordò di me – ci mandavamo qualche cartolina a Natale, qualche biglietto d'auguri per il compleanno – pregandomi di fornirgli qualche annotazione sulla città, il costume, i personaggi del luogo, qualche suggerimento, insomma. Poiché lavoro come archivista alla Centrale di polizia, gli buttai giù anche qualche cartella su casi che avevano destato emozione e che poi erano stati risolti...»

«...con il suo contributo.»

«Be', non esageriamo. Non nego che qualche piccola idea, qualche stimolo agli inquirenti l'avevo dato... Fatto sta che mio cugino, ritenendo non a torto che mai quei libri sarebbero stati tradotti in America, pensò di sdebitarsi con me elevandomi a protagonista dei suoi romanzi...»

Duca Lamberti, da affezionato lettore di narrativa poliziesca, dichiarò che le aveva lette tutt'e cinque, le inchieste di Arthur Jelling.

«Cinque?» chiese il colonnello un po' stupito. «Giorgio me ne ha spedite soltanto due, *Sei giorni di preavviso* e *Nessuno è colpevole.* Facevano parte di due grossi libroni intitolati *Supergiallo Mondadori* dove ero in illustre compagnia di altri autori: Agatha Christie, S.S. Van Dine, Erle Stanley Gardner...»

«Lei dimentica», osservò Lamberti, «che nel '41 l'Italia, per nostra disgrazia, dichiarò guerra agli Stati Uniti e che ogni comunicazione fra noi si interruppe. Ma Scerbanenco riuscì a pubblicarne ancora tre e lei, benché fosse diventato, per i nostri governanti, un aborrito "yankee", continuò a essere l'eroe di altri tre romanzi d'indagine in pieno conflitto mondiale: *La bambola cieca, L'antro dei filosofi* e *Il cane che parla.*

Arthur Jelling guardò quel giovanotto alto e angoloso con un nuovo interesse.

«Mi piacerebbe procurarmene una copia, ma capisco che con tutto quel che è successo sarà difficile trovarli ancora in libreria. Quanto a mio cugino, l'ho cercato ieri al suo indirizzo ma mi hanno detto che all'arrivo dei tedeschi era riuscito a passare il confine, sicché dovrebbe trovarsi tuttora in Svizzera.»

«Senza dubbio non sarà facile rintracciare quei libri...» fece Lamberti meditabondo. «Però, aspetti!» Un'idea gli era venuta alla mente. «La signorina Cabrini, la mia assistente, ha lavorato alla casa editrice fino all'inverno del '43, fra l'altro conosceva benissimo Scerbanenco perché era redattrice al dipartimento periodici sotto la guida di Cesare Zavattini.* Poi, quando il vecchio editore, per sottrarsi ai repubblichini, si rifugiò anche lui in Svizzera e il regime ne approfittò per "nazionalizzare" la casa editrice e nominarvi un commissario politico, la Cabrini non se la sentì di lavorare sotto i nuovi padroni e lasciò l'impiego. L'ho conosciuta in ospedale. Suo fratello, un partigiano, era stato catturato dalla banda Carità.»

«La banda Carità?» domandò, curioso, l'americano.

«Una delle decine di polizie "speciali", nominate non si sa bene da chi ma tutte dotate di grande potere, che hanno seminato il terrore qui a Milano fino all'altro giorno: Mario Carità era un maggiore delle SS italiane, fanatico e sanguinario, che prima che da noi aveva operato a Firenze e a Padova. Arresti senza mandato, interrogatori con tortura, esecuzioni senza processo... Il tutto attuato con sadica determinazione da autentici specialisti. Uno, un certo Cotta, era detto l'Elettricista per le "cure" con scariche ad alto voltaggio che dedicava ai suoi assistiti; un altro, Tirassegno, ma si chiamava Moreschi, giocava al bersaglio utilizzando gli ostaggi come sagome a cui sparare; un altro ancora, Giovannetti detto le Mani, ammazzava le vittime a mani nude, strangolandole... Biagio Cabrini redigeva e diffondeva stampa clandestina. Fu prelevato in tipografia, portato a Villa Triste, come veniva chiamata la sede della polizia di Mario Carità, torturato e rilasciato in fin di vita. Sua sorella lo trascinò a fatica fino all'ospedale dove prestava servizio e facemmo di tutto per salvarlo, ma sopravvisse soltanto qualche ora. Così, per vincere la disperazione e darsi qualcosa da fare durante quelle fosche giornate, accettò di farmi da assistente, in attesa della liberazione. Misi subito in chiaro che non avrei potuto pagarla, almeno per ora, ma lei fu co-

* Vedi il mio racconto *Un delitto a fumetti* nel volume di AA.VV. a cura di Gian Franco Orsi *Fez, struzzi e manganelli*, Sonzogno, Milano 2005.

munque contenta di uscire dalla spirale di lutto e di tragedia che l'avvolgeva.

«Ma parliamo di argomenti più allegri. La Cabrini ha di sicuro in casa l'intera collezione dei gialli. Anzi dei rossi, perché Mussolini nel '41 vietò come "istigatrice al delitto" la letteratura poliziesca e obbligò Mondadori a chiudere la collana dei "Libri Gialli". Ma l'editore aggirò l'ostacolo e inaugurò un'altra popolare collana di narrativa, i "Romanzi della Palma", considerata "innocua", una nuova serie dalla squillante copertina rossa – il colore del sangue – dove proseguì a pubblicare le vietatissime storie di investigatori e di crimini. E non smise di fare un'altra cosa proibita: le copertine della nuova serie – come quelle della vecchia – continuarono a essere disegnate da Giorgio Tabet che era ebreo e che di conseguenza secondo le imperanti leggi razziali non avrebbe potuto collaborare con la casa editrice.»

Mentre chiacchierava, il dottorino, pieno di energia, aveva trascinato il colonnello in piazza, dov'era parcheggiata la Topolino.

«La porto a casa della Cabrini, così mi accerto che stia bene e intanto vediamo di recuperare quei libri. Non è distante.»

In effetti la via era abbastanza vicina e avrebbero potuto anche andarci a piedi se Jelling non avesse sofferto per la gamba. In giro c'era tuttora molta animazione, gente festante che andava su e giù sventolando bandiere, partigiani con il fazzoletto al collo e il mitra sottobraccio che trascinavano qualche fascista verso il carcere o più probabilmente verso un improvvisato tribunale del popolo.

Benché fosse appena suonato mezzogiorno, trovarono chiuso il portone del piccolo edificio a quattro piani dove abitava la donna. Duca Lamberti premette il campanello accanto alla targhetta CABRINI, ma nessuno rispose; riprovò un paio di volte, poi si decise a chiamare il portiere. Al primo squillo, il portone si aprì quasi subito ma non più di uno spiraglio attraverso il quale un uomo li sbirciò diffidente.

«Desiderate?»

«Cerchiamo la signorina Cabrini», lo informò Lamberti. «Sono il medico presso cui lavora, oggi non si è vista, sono un po' preoccupato.»

Il portiere si decise ad aprire il portone. Era un ometto tarchiato, sulla quarantina, capelli radi già ingrigiti.

«A dire il vero oggi non l'ho vista passare neanch'io.» E aggiunse: «Scusate per il portone chiuso, ma sono giorni un po' agitati, qualcuno ogni tanto spara, forse c'è qualche cecchino appostato sui tetti. Perciò ho deciso, per l'incolumità di tutti, di tenere l'ingresso ben sprangato. Chi vuole uscire, esce, e per entrare invece, come avete fatto voi, deve passare attraverso di me».

Stabilito così, con una punta di prosopopea, il proprio ruolo di controllore e garante, indicò loro il secondo piano specificando che non esisteva ascensore.

Nel piccolo edificio, a quanto sembrava, non c'era più di un appartamento per piano e l'uscio della donna si trovava proprio di fronte alla rampa di scale che Lamberti e Jelling avevano appena salito (Jelling con qualche dolore alla gamba e un po' di fiatone). Anche qui suonarono due o tre volte senza risultato finché l'americano osservò: «Guardi quei graffi intorno alla serratura. Qualcuno ha cercato di scassinarla o forse l'ha proprio fatto, se non c'erano particolari sbarre di sicurezza. Perché se non c'erano, un grimaldello avrebbe aperto».

Provarono a spingere, ma la porta era stata in ogni caso richiusa. Fecero salire il portiere, che disponeva di una chiave di riserva e alla fine entrarono. Si trovarono in un minuscolo ingressino sobriamente arredato con un tavolinetto, un portaombrelli e un attaccapanni, e decorato alle pareti da alcune litografie di pittori contemporanei. Al muro, come usava allora, era appeso il telefono. Un arco, senza porta, con un grazioso tendaggio a tenui colori comunicava con un soggiorno-studio abbastanza spazioso. Niente lusso, ma una sobria eleganza, riflesso del carattere di chi vi abitava: un piccolo divano, una poltrona, un basso tavolinetto per il tè, una scrivania con una macchina da scrivere sopra; e intorno, su due intere pareti, scaffali colmi di libri. Il dottorino avrebbe certo individuato subito su uno degli scaffali a mezza altezza la raccolta dei gialli, se qualcos'altro non lo avesse per forza incatenato con lo sguardo verso terra.

La padrona di casa giaceva morta sulle piastrelle del pavimento, gli occhi spalancati, un piccolo, nero foro di proiettile in fronte. Niente sangue.

Duca Lamberti, come tutti gli italiani, era appena uscito da una guerra che lì a Milano era stata particolarmente tragica e, come medico, aveva visto cadaveri a volontà. Non ci si abitua mai, però, alla morte. E poi quella donna, forse più piacente che bella, elegante e discreta, più vecchia di lui d'una decina d'anni, aveva lavorato con Duca ed era stata una buona, simpatica amica. Sentì gonfiarsi dentro di sé un enorme furore, una voglia di fare giustizia. Proprio in quel giorno di gioia per la riconquistata libertà, il male irrompeva nella sua vita in modo sinistro, si insinuava nel suo animo come minaccia di un futuro che avrebbe visto ancora la città teatro di malvagità e di violenza. E Duca fu subito consapevole che non si sarebbe mai arreso, che si sarebbe gettato contro quel lato oscuro di Milano con tutta la durezza possibile.

Jelling, dal canto suo, se ne stava immobile, gli occhi stretti quasi a fessura nella concentrazione assoluta di chi osserva e registra nella mente anche il più piccolo particolare. Quanto al portiere, dopo qualche minuto riemerse dal bagno, dove di sicuro era andato a vomitare, bianco come un cencio lavato.

Duca telefonò a suo padre in Questura, fornendogli le indicazioni essenziali del caso. Nemmeno una ventina di minuti dopo arrivò una piccola squadra investigativa agli ordini di un amico di famiglia, il giovane dottor Càrrua, da poco promosso ispettore. Era questi un sardo capace e, quel che conta, onesto e fiducioso nella legge, che nel giro di un tempo relativamente breve fu in grado di delineare ai due casuali testimoni un quadro esauriente della situazione.

La donna era morta più o meno da tre ore, dunque intorno alle nove del mattino, per fortuna senza soffrire dato che il colpo le aveva fulmineamente bloccato il cervello. Il movente era il furto: in camera da letto avevano trovato aperta la borsetta con il portafoglio vuoto e vuota era anche, sul cassettone, una scatolina portagioielli. Con tutta probabilità aveva ospitato un filo di perle, una catenina d'oro, un paio di anelli. Non un bottino strabiliante, ma, in tempo di guerra e di precarietà economica, sufficiente a motivare un ladro. Càrrua, interrogati gli altri inquilini, ritenne di doverli sollevare da qualsiasi sospetto: al primo piano abitavano i Bonetti, un funzionario parastatale in pensione con la moglie; al terzo, sopra la Cabrini, una signora ottantenne in buona salute che viveva da sola e usciva di casa molto di rado; al quarto, il ragionier Polizzi, amministratore di una piccola società edile, la cui moglie era morta l'anno prima sotto un bombardamento aereo. Tonio Bertolini, il portiere, benché fosse stato assunto da poche settimane – il suo predecessore si era dovuto ricoverare in clinica per una brutta polmonite – li conosceva bene tutti. Per un piccolo extra, infatti, si occupava delle pulizie dei quattro appartamenti, almeno di quelle essenziali: pavimenti, finestre, bagni. Confermò la prima impressione del dottor Càrrua, che si trattasse di brava gente dalla vita tranquilla e perfino un po' noiosa.

«Ma da dove è entrato il ladro, dato che Tonio da giorni ha sbarrato la casa come fosse un fortino?» domandò Duca Lamberti.

L'ispettore sorrise. «Per quello che so, la gente di solito si fida molto e forse troppo dell'accurata chiusura del portone sulla strada, come se si trattasse dell'unico bastione insormontabile. Poi, magari, lascia aperta la finestra da cui un malvivente può infilarsi dentro con comodo.»

«In questo caso, però, le finestre erano chiuse. Non siamo ancora in estate, del resto», obiettò il dottorino.

«In effetti», concesse l'uomo della Questura, «il ladro non è entrato né dalla finestra né dal portone. Ma c'è un'altra via di accesso che spesso ci si dimentica: il tetto. Dal quarto piano salgono pochi gradini che conducono a una porta attraverso la quale si accede al tetto, o meglio al piccolo terrazzo dove chi vuole può stendere la biancheria. E lì non c'era alcuna sbarra, alcuna chiave Yale, soltanto una normale chiusura che chiunque avrebbe potuto forzare senza fatica. Come è accaduto.»

Nell'udire quelle conclusioni, Duca fu preso di nuovo da un eccesso di rabbia impotente. Non c'era bisogno, infatti, che il dottor Càrrua glielo dicesse: era chiaro che si trattava di quel tipo di delitti di ordinaria malavita di cui non si sarebbe mai trovato il colpevole a meno di un miracolo. Non possedevano nemmeno l'elenco dei gioielli rubati per poterli individuare presso qualche ricettatore. E quanto all'arma, una comune pistola, ce n'erano in giro a migliaia e non registrate, nella confusione di quell'epilogo della guerra.

Un paio di giorni dopo, con il trionfale ingresso delle armate alleate a Milano, il colonnello Arthur Jelling poté rientrare nel reggimento di cui faceva parte e ottenne subito una licenza come convalescente. Si recò dunque in piazza Leonardo da Vinci, stavolta a bordo di una jeep militare con autista, per congedarsi dal giovane Lamberti.

Il dottorino lo informò che il dottor Càrrua aveva concesso di prelevare dal luogo del delitto i romanzi di Scerbanenco che lo interessavano e che quindi, se era d'accordo, potevano andarci subito. Duca non era mai salito prima su una jeep e gli fece un certo effetto, alta come era rispetto al livello stradale e senza dubbio meno molleggiata di un'auto tradizionale. Tonio doveva aver vinto le proprie paure, perché adesso il portone era spalancato. Lo videro subito, autorevolmente installato nella sua guardiola con lo sguardo vigile della sentinella che tutela e protegge i suoi assistiti. Li accompagnò al secondo piano, un sorriso più cordiale della prima volta, e aprì l'uscio dove faceva bella mostra di sé una serratura di sicurezza appena installata.

In attesa di nuovi inquilini, l'appartamento era così come lo avevano lasciato quel giorno, ordinato e luminoso. Tre scaffali ospitavano, ben allineati e senza polvere (Tonio aveva di certo fatto il suo lavoro), i duecentosessantasei volumi dei «Libri Gialli» e i dodici «Romanzi della Palma» della serie rossa. Con affettuoso rispetto, Duca Lamberti sfilò dall'ultimo scaffale i romanzi di Scerbanenco e li consegnò al colonnello.

Si aspettava qualche banale ringraziamento, ma non la frase che uscì dalla bocca di Arthur Jelling: «Non riesco a togliermi dalla mente lo sguardo che aveva Mussolini».

«Prego?» Lamberti era sconcertato.

«Se lo ricorda, vero?»

«Occhi sbarrati, come tutti i morti...»

«No, l'espressione non è sempre uguale. Certo, il Duce non era spaventato, altrimenti lo avremmo trovato con la bocca spalancata in un urlo, il volto deformato dalla paura. In verità, il suo sguardo era attonito, stupito. Fino a quel momento i partigiani lo avevano trattato con cortesia e lui era convinto che l'avrebbero instradato verso un qualche campo di concentramento, oppure un carcere. Poi... potevano accadere diverse cose. Potevano sottoporlo a processo, ma anche consegnarlo a qualcuno dei servizi segreti stranieri. Nulla di immediato, insomma. E invece, il colonnello Valerio gli legge la sentenza di condanna a morte comminatagli dal Comitato di liberazione nazionale, imbraccia il mitra e gli spara. Tutto inaspettato e veloce: di qui lo sguardo stupito anziché spaventato. Ebbene... ebbene, la Cabrini aveva lo stesso sguardo.»

«La situazione però era molto diversa», replicò Lamberti.

«Forse», ammise Jelling, gli occhi quasi chiusi a riflettere. «Ci sono altri elementi del quadro, però, che mi lasciano perplesso. Perché il ladro, scendendo dal tetto, avrebbe saltato il quarto e il terzo piano, dove avrebbe trovato di certo altre cose e magari di maggior valore, per indirizzarsi esclusivamente all'appartamento della Cabrini? E come mai un qualunque ladro di appartamenti recava con sé una pistola munita di silenziatore, da killer professionista? Perché è grazie al silenziatore che nessuno ha udito nulla in piena mattina.»

Duca cercò di fornire una risposta. «Voleva intimorire il derubato.»

«Di norma, una persona che si trova all'improvviso un ladro in casa si spaventa, perciò basta spesso un coltello per tenerla a bada, anche solo una rivoltella finta, una di quelle giocattolo. Già la pistola vera mi suona come un di più esagerato, ma con il silenziatore? In caso di cattura, la condanna è ben più pesante se dal furto semplice si passa alla rapina a mano armata. E qualcuno rischia anni di prigione per introdursi a caso in un appartamento qualunque e prendere un filo di perle e una manciata di denaro contante? No, non funziona. Non siamo in via Montenapoleone, non è un edificio di gente ricca. E i ladri, di solito, prima di rischiare si informano.»

«E allora?» chiese il dottorino, sconcertato.

«E allora torno allo sguardo del cadavere, attonito come quello del Duce. Non spaventato, come avrebbe dovuto essere vedendosi davanti un ignoto rapinatore, ma stupito. Perché lei lo conosceva e non si sarebbe mai aspettata di vedersi puntata contro un'arma proprio da lui.»

«Ma allora chi... ?»

«Un ultimo particolare che non quadra, ovvero che quadra anche troppo. Un rapinatore che, sorpreso dalla vittima in flagrante perché magari pensava non fosse in casa, spara, lo fa senza badarci due volte e finisce, da breve distanza, per colpire la vittima al petto, e non è detto che la morte sia immediata. La vittima può ancora urlare o lamentarsi. In questo caso invece il colpo è stato indirizzato con precisione millimetrica alla fronte, centrando il cervello, con la lucida consapevolezza che la morte sarebbe stata immediata, senza destare allarme fra i vicini. Questo lo sa fare soltanto un tiratore scelto, non un piccolo malavitoso che svaligia appartamenti. Lei, dottore, mi ha parlato della banda Carità e di come fra essi ci fosse un sadico sgherro di nome Moreschi che veniva soprannominato Tirassegno per la sua abilità di tiratore. In questi giorni, un criminale come lui sarebbe immediatamente messo al muro. Immaginiamo che abbia per caso incontrato la Cabrini. La donna, cercando di avere notizie sul fratello, è probabile che si sia recata più di una volta a Villa Triste dove avranno sempre negato che egli fosse detenuto. Ma intanto poteva avere incontrato all'ingresso o in sala d'attesa qualcuno dei sicari di Carità ed essere in grado di identificarlo oggi. Quindi andava eliminata...»

Duca Lamberti si sentì nuovamente sconvolto da un cupo furore, come quando avevano trovato il corpo della povera donna ammazzata.

«Se la Cabrini è morta con un'espressione di stupore in faccia, vuol dire però che non lo aveva riconosciuto, se no si sarebbe spaventata.»

«Senza dubbio», confermò il colonnello. «Tuttavia il fatto denota una realtà non meno evidente, e cioè che, se lei non lo aveva identificato come Moreschi, lo conosceva comunque abbastanza bene da riceverlo in casa senza timore. Un visitatore venuto da fuori? Avrebbe dovuto farsi aprire da Tonio, il che non poteva permetterselo. A meno che...»

«...a meno che Moreschi fosse proprio il portiere.» Fu Duca Lamberti a dirlo.

Arthur Jelling si strinse nelle spalle. «Lo penso anch'io. Quale migliore nascondiglio che una guardiola di portiere in un palazzo con pochi inquilini, e documenti falsi che un agente del maggiore Carità non avrebbe avuto alcuna difficoltà a procurarsi? Tonio, chiamiamolo ancora così, ci ha informato che era stato assunto da pochi giorni. Mentre il sistema di Salò crollava, Mussolini si preparava alla fuga e a Berlino Hitler sta tuttora aspettando nel bunker l'inevitabile fine, i criminali delle varie polizie "speciali" di Salò hanno certo studiato piani di salvezza e Tirassegno fra loro. Quando scopre che fra i tranquilli inquilini dello stabile dove ha deciso di mimetizzarsi per un po' abita la sorella di una vittima, ha ragione di allarmarsi. La Cabrini, però, non sembra averlo riconosciuto e lui tira avanti indeciso. Poi, non sapremo mai che cosa è accaduto. Forse lei a furia di incontrarlo ha manifestato in volto un dubbio, forse lui ha sentito la terra scottargli sotto i piedi, specie a liberazione avvenuta, quando non passa giorno che qualcuno come lui venga stanato dal suo rifugio e passato per le armi. Io qui sono uno straniero e non vorrei interferire, ma lei ne parli a quel dottor Càrrua che mi sembra un poliziotto su cui poter contare. Se la Questura verificherà con attenzione i documenti di Tonio, se ne controllerà i movimenti nelle ultime settimane, certamente qualche prova salterà fuori.»

Duca Lamberti disse che avrebbe fatto così.

Mentre Arthur Jelling scompariva forse per sempre dalla sua vita, i romanzi di Scerbanenco sottobraccio, il dottorino si trovò a chiedersi se veramente voleva fare il medico, se gli sarebbe bastato fare del bene a quel modo. O se invece quell'impulso che lo spingeva adesso con tanta intensità a voler gettare luce nelle inquietanti penombre della città, per snidare il male che si nascondeva dietro il volto comune e in apparenza innocente di persone che non erano quel che sembravano, non l'avrebbe spinto domani a scelte più dure e amare.

La bionda della valanga
di Nunzia Monanni

Per Scerbanenco, mio compagno di vita, Duca Lamberti era il suo alter ego, quello che lui avrebbe voluto essere sia fisicamente sia psicologicamente. Giovane, bello, alto, magro, bruno, forte: un romagnolo esplosivo e irriducibile, senza paura, con lo sguardo cattivo, ma dolcissimo negli affetti familiari. Sicuro e deciso. Unica sua incertezza la difficile scelta tra l'essere poliziotto o medico. Per questo, anche sulla traccia di alcune trame inedite di Scerbanenco, scrivendo il racconto, ho deciso di vederlo nel ruolo di medico in un reparto di chirurgia d'urgenza, che ha a che fare non solo con incidenti, traumi e malattie acute, ma anche con vittime, e artefici di crimini violenti; e, naturalmente, con la polizia.

L'esplosione si sentì in tutta la valle, come una valanga. Era estate, verso la fine.

Corsero tutti sui ponticelli del torrente a vedere l'auto che precipitava dalla montagna e che, dopo aver travolto pini, rami, cespugli, si stava abbattendo fra i massi del torrente, sparando ovunque pezzi di lamiera, vetri e gomme. Il conducente era stato sbalzato fuori prima che la macchina prendesse fuoco, finendo disteso bocconi su un grosso masso.

«C'è un medico? Un medico!?»

Alcuni ragazzi erano entrati nell'acqua gelida e tentavano di girarlo.

«Non toccatelo, non muovetelo», gridò il dottor Lamberti, entrando anche lui nel torrente per soccorrere quell'uomo che, se ancora vivo, era sicuramente molto mal ridotto.

Livia, moglie di Duca, guardava dal ponticello sopra il torrente: erano le loro prime vacanze in montagna e sarebbero state molto brevi, anche senza quell'incidente. Non aveva nemmeno tentato di trattenere il marito. Medico o poliziotto?

Anche diversi anni prima, quando erano andati in Francia, non avevano trascorso una vera e propria vacanza; lui aveva accettato l'idea di far fare da esca al fratellino francese di Livia in una brutta storia di pedofilia.

Lei aveva desiderato tanto quel ritorno in montagna. E adesso che finalmente aveva convinto Duca ad accompagnarla nelle vallate della sua infanzia, perché stesse qualche giorno un po' tranquillo, eccolo che arrancava sui sassi del torrente per trovarne uno asciutto e piatto dove immobilizzare quell'uomo, coprirlo con i suoi vestiti, praticargli un massaggio cardiaco e la respirazione artificiale, chiamare con il cellulare l'ambulanza, l'elicottero e gli ospedali. Chissà quando l'avrebbe rivisto, pensò Livia. Vedendolo in slip e a torso nudo, immaginava che si sarebbe preso una bronchite in quella tarda mattina di fine estate, in cui non faceva proprio caldo. Ma non c'era niente da fare: Duca era fatto così.

«Francesco! Francesco!» La donna bionda gridò il suo nome spuntando all'improvviso da dietro una curva. Il giovane medico milanese stava per raggiungere la vetta della montagna quando gli era apparsa all'improvviso quella visione dorata: i capelli, come una lunga sciarpa d'oro mossa dal vento, sferzavano il viso della donna, seminuda negli abiti attillati. Fu una questione di secondi: l'uomo si distrasse un solo istante ma tanto bastò perché, su quella stradina sterrata, una mulattiera quasi, perdesse il controllo del fuoristrada, che si lanciò giù per la ripida discesa, rimbalzando da un pino all'altro, travolgendo gli arbusti per piombare infine nel torrente, come una valanga.

Sulla cresta di quella montagna c'era una croce che veniva illuminata durante la processione di Ferragosto. Francesco Sapori l'aveva raggiunta mille volte con il suo fuoristrada, anche se l'ultimo tratto, ridotto a un sentiero, era ripido e pericoloso. Lui però lo conosceva bene. Si vantava sempre che sarebbe stato capace di percorrerlo anche a occhi chiusi, anche di notte. Era come se ci fosse nato fra quelle montagne. Lì aveva trascorso le vacanze della sua infanzia e lì aveva conosciuto la donna che poi era diventata sua moglie. L'indomani sarebbero partiti, ma lui non poteva andarsene senza quella gita sulla cima della montagna.

Lei lo sapeva bene.

Anche per lei quella valle tra le Dolomiti era come la sua terra natia. Tutte le estati in vacanza lì: da bambina, da don-

na matura e adesso da anziana. Sempre, tranne nei pochi anni del suo breve matrimonio. Suo marito aveva odiato la montagna, gli ricordava gli anni della guerra, voleva andare soltanto al mare. A lei invece piacevano sia la neve sia il mare, ma da quando aveva saputo che anche il suo medico di fiducia, Francesco Sapori, frequentava la Val di Fassa, questa era diventata la sua unica meta delle vacanze. Soffriva di ipertensione e da dieci anni, all'inizio di ogni mese andava a farsi visitare da lui, prima di recarsi a lavorare al giornale.
Finché non aveva sentito quella frase.

L'esplosione era echeggiata per tutta la valle in quel mezzogiorno affollato di turisti, che ora assistevano morbosi all'arrivo dei soccorsi: elicottero, medici, carabinieri.

Francesco Sapori era stato sbalzato nell'acqua gelida del torrente, ma era ancora vivo. L'ambulanza lo aveva portato via verso un prato punteggiato di teneri colchici, dove lo aspettava l'elisoccorso. Duca lo aveva accompagnato lungo tutto il tragitto, era salito in ambulanza con la moglie del ferito e poi con loro sull'elicottero diretto all'ospedale di Trento. La famiglia di Francesco Sapori soggiornava in un paese vicino, proprio sotto la piccola altura rocciosa messa lì, tra le vette dolomitiche, al centro della valle. L'albergo di Duca e Livia era esattamente di fronte, sulla stretta strada delle Dolomiti battuta come corso Buenos Aires a Milano il sabato pomeriggio. Ma Duca odiava il silenzio e lì il rumore delle auto era garantito.

La bionda, paziente del medico infortunato, anche se ancora nessuno lo sapeva, era ospite dello stesso albergo di Duca e Livia. Dopo avere chiamato Francesco sulla cresta della montagna, si era diretta velocemente verso l'altro versante, dove una vicina ovovia portava a valle, dietro la strada degli hotel. Nessuno la notò quando rientrò nell'albergo, poco dopo l'esplosione. Anche perché non c'era nessuno, tranne la cuoca in cucina. Erano corsi tutti al torrente a vedere quella palla di fuoco piombata nell'acqua. Salì un istante in camera, poi corse anche lei al ponticello, dove s'imbatté in Livia. Si salutarono. «Marianna», si presentò, tendendole la mano. «Ho intervistato suo marito qualche tempo fa, per quel trapianto su un neonato.» «Ah sì ? Lei è giornalista?» chiese Livia interessata, sistemando gli occhiali da sole sul ciuffo di capelli neri e corti. Era bellissima nonostante il volto sfregiato messo in risalto dall'implacabile luce della montagna. Marianna lesse nei suoi occhi la preoccupazione per il suo uomo, seminudo in mezzo al torrente. «Ho un maglione in più qui con me, se vuole posso prestarvelo.»

«Grazie, lei è molto gentile, ma gli daranno qualcosa per coprirsi in ambulanza.»

Anche se tutto faceva pensare a un incidente, Marianna sapeva che ci sarebbe stata comunque un'inchiesta, e lei era stata paziente di quel giovane medico milanese per dieci anni. Dal via vai di sirene, ambulanze e macchine della polizia, capì che il dottore era vivo. Peccato, perché avrebbe voluto che morisse. Era troppo quello che le aveva fatto, e quel troppo andava vendicato.

Da quando aveva sentito quella frase.

La polizia locale avvisò tutti gli ospiti di quel tratto di valle di non lasciare alberghi e residenze, finché non fossero stati interrogati. In ambulanza, la moglie di Francesco Sapori insisteva con Duca che non poteva essersi trattato di un incidente, no, perché suo marito quel tragitto lo conosceva molto bene, lo faceva sempre, fin da quando era ragazzo. E il fuoristrada era praticamente nuovo. No, non poteva essere stato un incidente. E poiché sapeva che Duca aveva lavorato alla Questura di Milano, lo pregò di non far chiudere il caso. Qualcuno aveva fatto precipitare suo marito dalla montagna. Sulla cima Francesco non era solo. Lei ne era certa. Con tutte quelle donne che giravano attorno a suo marito, tutte quelle puttane, quelle pazze... E si era messa a piangere.

Quando Duca Lamberti tornò da Trento, Livia ascoltò attenta il suo resoconto: questa storia era diventata l'argomento principale nel piccolo albergo, e ognuno diceva la sua, anche Marianna. La mattina dopo i carabinieri permisero ai villeggianti di lasciare la valle. Duca e Livia tornarono a casa. Duca voleva occuparsi personalmente di Francesco Sapori, che aveva fatto ricoverare nel grande ospedale di Milano dove lui lavorava, al reparto di chirurgia d'urgenza. Avrebbe preferito che Livia rimanesse in montagna; sarebbe tornato a riprenderla dopo una sola settimana, ma lei sapeva che quel «dopo» poteva significare mesi, e aveva così preferito tornare con lui a Milano. Era la fine di agosto e la vacanza era precocemente svanita, come sempre.

Dalle confidenze che Duca le faceva la sera tardi, Livia sapeva che la scelta tra Questura e ospedale era stata per lui molto difficile e sofferta. Alla fine, Duca aveva scelto la specializzazione in chirurgia d'urgenza e pronto soccorso per rimanere vicino alla sua amata Questura. Spesso dietro alcuni pazienti ricoverati in ospedale e guardati a vista dai poliziotti, c'erano casi che avevano a che fare con mafia, furti, rapine e stupri. Livia lo aveva accusato di voler tenere il piede in due scarpe. A lei non andava molto questa sua scelta poco kantiana. Ma lui era contento così, e il caso del medico caduto (o fatto precipitare) dalla montagna, era uno di quelli che non potevano lasciarlo indifferente. Gli permetteva di tenersi in contatto con il suo amato agente Mascaranti, con il grande Càrrua.

In Questura, grazie a Duca Lamberti, scoprirono che quattro pazienti del giovane medico milanese erano in vacanza nella valle nello stesso periodo dell'incidente. Una era lei, Marianna, la quale nel frattempo aveva seguito sui giornali i progressi di Sapori che, operato, stava riprendendosi lentamente. Era riuscito perfino a fornire un identikit della donna bionda che lo aveva fatto distrarre su quel sentiero di montagna gridando il suo nome. Marianna, però, non era preoccupata visto che la valle era piena di turiste bionde e i trascorsi da don Giovanni del giovane medico erano ben noti. Fu convocata con le altre tre pazienti in una saletta dell'ospedale per essere interrogata dalla polizia. Nel frattempo, nascosti dietro una parete a specchio, Duca, Sapori ancora pieno di tubi su un lettino, e sua moglie, vedevano e ascoltavano tutto. Marianna conosceva quel trucco, ma non avvertì le altre. Una giovane signora, alta, piuttosto bella, dalla lunga coda di cavallo bionda, era molto seccata e protestava per quell'interrogatorio. Ma era l'unica che somigliasse all'identikit. Marianna lo sapeva e si compiacque di quella coincidenza. Lei era quella che somigliava di meno: il viso congestionato dalla bronchite, i capelli radi e grigi appiccicati alla fronte, gli spessi occhiali da miope che le rimpicciolivano gli occhi.

Le altre due erano signore anonime di mezza età, vestite come le dame della Milano bene: piega perfetta, capelli mesciati, tailleur con la gonna al ginocchio, calze chiare, scarpe nere con il tacchetto. Sembravano gemelle, ma erano solo amiche che frequentavano da anni il dottore infortunato e passavano le vacanze non solo nel paese di montagna che lui aveva loro consigliato, ma persino nello stesso albergo. Forse ne erano anche un po' innamorate.

La polizia chiese a ciascuna di loro di gridare due volte a voce alta: «Francesco» come aveva fatto la bionda della montagna. A Marianna uscì una voce stentorea, una specie di rantolo soffocato dalla tosse. Alla fine, la polizia trattenne solo la più giovane, che dichiarò furibonda di non essere mai salita in cima alla montagna; con tre figli piccoli poi, non aveva tempo di passeggiare da sola sulle vette. Non avrebbe più parlato senza il suo avvocato.

Lei, Marianna, tornò a casa con un taxi e si mise subito a letto. Sentiva che non era ancora finita. La moglie del dottore aveva ripetuto più volte che l'anziana paziente milanese conosceva molto bene il marito, le sue abitudini. Doveva sapere qualcosa! Ma in fondo, rifletteva Marianna, anche se l'avessero accusata (impossibile, però, con quell'identikit!), che cosa aveva fatto di male? Aveva salutato su un sentiero di montagna una vecchia conoscenza di tanti anni prima. Era forse condannabile un saluto? Era un reato?

Quando fu convocata dal dottor Lamberti nel suo studio, Marianna, con amarezza, pensò che non aveva avuto neppure bisogno di conciarsi più del naturale. Nonostante tutta l'insistenza della moglie di Sapori, la donna che Duca si ritrovava davanti poteva essere soltanto la nonna della bionda dell'identikit.

«La signora Sapori mi ha detto che lei può aiutarci nelle indagini, darci qualche indicazione sulle abitudini, sulle amicizie, sulle frequentazioni del dottore...»

«Nostalgia, dottor Lamberti? Lei mi sta parlando da poliziotto!» Marianna sorrise.

Anche Duca Lamberti sorrise, ma con evidente tristezza.

«Visto che lei lo conosceva bene sia come medico, sia come amico...» riprese Duca, subito interrotto da un'espressione di disprezzo sul viso della donna alla parola «amico». «...Così, almeno, mi è stato detto», precisò.

Lei aveva giurato a sé stessa di rimanere impassibile, ma «amico» era troppo per l'uomo che l'aveva uccisa. Eppure era difficile resistere allo sguardo di Duca che la stava fissando negli occhi così intensamente da farle venire voglia di confessargli tutto.

«Il dottor Sapori conosceva tanti valligiani e turisti abituali. Per quanto mi riguarda, sono anni che non lo frequento più.»

Adesso doveva stare attenta.

Infatti Duca intervenne senza indugio: «Perché non lo frequenta più?»

Stava per rispondere: «Succede», ma si trattenne. Aveva capito subito che a quel dottor Lamberti, ex poliziotto, le parole vaghe non piacevano. Sapeva molto di lui, delle sue indagini rigorose, e non voleva proprio cadere nella rete, anche se ne era stranamente attratta.

«Anni fa ho dovuto essere operata d'urgenza, il chirurgo

che mi ha... salvata, sì, salvata, è poi diventato il mio medico di fiducia.»

«Vuol dire che il dottor Francesco Sapori non si era accorto che lei stava male?».

«No, non aveva capito che senza quell'intervento sarei morta.» Si pentì di aver detto una frase tanto forte, anche se si rivedeva così malata, sofferente, mentre lui, Francesco Sapori, non la prendeva sul serio. E poi, anche dopo, non si era più davvero ripresa. Proprio a causa di quelle cure troppo in ritardo. Aveva dovuto lasciare il suo lavoro di giornalista, che amava moltissimo; che dalla morte di suo marito, anche lui giornalista, era stato tutta la sua vita. Adesso era rimasta sola, in una casa piena di ricordi. Oggetti del passato, ormai, polverosi, la prova, questa sì una prova!, che in un certo senso lei era davvero morta. Assassinata. Dall'affascinante dottor Francesco Sapori.

Provò una grande tentazione di raccontare tutto a quel medico, Duca, che ormai poliziotto non era più. Forse l'avrebbe capita, ma era troppo pericoloso. Cercò di soffocare l'odio che la stava ancora una volta travolgendo.

Da quando aveva sentito quella frase.

Nella piccola sala d'attesa dello studio di Francesco Sapori, dove passava ore ad aspettarlo, Marianna lo aveva sentito dire all'infermiera, complice e amante, una frase che l'aveva sconvolta: «Quella vecchia rincoglionita che se ne è appena andata, sono riuscito a vendere anche a lei la nostra cura "miracolosa"! Adesso vediamo di appioppare anche a quest'altra vecchia un po' di crosta di carote a peso d'oro!»

A lei, per mesi, Francesco Sapori aveva continuato a ripetere che non era il caso di operarsi, che erano solo colichette, non era certo in pericolo di vita! Lui aveva delle vitamine americane eccezionali, che l'avrebbero rimessa in piedi a mezzo milione la confezione. E lei gli aveva creduto, mentre a Sapori interessava soltanto vendere a «vecchie rincoglionite» e suggestionabili pasticche inutili a peso d'oro, ingrassandosi con la sua ricca percentuale.

E lei, per anni, gli aveva creduto, come le altre sue pazienti, più cieche e affezionate di lei, più vecchie e credulone: affascinate dalla sua forza istrionica, dalla sua maschia bellezza, dalla sua affettuosa pazienza, da quel lasciar parlare per ore durante le visite che non finivano mai. Teatro, nient'altro che teatro. Ma: «È così bravo», ripetevano tutte le amiche e colleghe che glielo avevano consigliato, coreute rincoglionite, come lei, che intanto moriva.

Ma ora non più, dopo avere ascoltato quella frase. Ricordava ancora l'odio, la furia, la sete di vendetta che aveva sentito nascere dentro di sé, quella tempesta che, d'impulso, una mattina l'aveva spinta a organizzare un delitto, ricorrendo a un semplice saluto.

Marianna guardò Duca sorridendo. Gli occhi di quel medico-poliziotto le ispiravano sempre più la voglia di raccontargli tutto

«Secondo lei», cominciò, in un tono di sfida, «salutare un amico, un ex amico, in auto su un ripido sentiero di montagna è un reato, un omicidio premeditato?»

Duca tacque per qualche istante, continuando a guardarla negli occhi. Poi: «No, tecnicamente, legalmente, no». Si alzò con lentezza e l'accompagnò alla porta, congedandola.

In strada, Marianna capì di averla scampata.

Rientrato a casa, come al solito molto tardi, quella sera Duca chiese a Livia: «Secondo te, salutare un amico, un ex amico, in auto su un ripido sentiero di montagna, può essere un omicidio premeditato?»

«Sì», rispose Livia decisa. «Come il caso di quest'estate.»

Lei, la bionda, era scesa dalla cima della montagna con l'ovovia, deserta a quell'ora, che portava a valle. Il tragitto era breve, ma era stato sufficiente per togliersi la parrucca bionda, mettersi una bandana sui radi capelli grigi, coprirsi la maglietta scollata con una felpa grigia, e i pantaloncini cortissimi con quelli larghi e lunghi di una tuta, per far poi sparire tutto in un cassonetto qui e uno là. I grandi occhiali da sole avevano fatto il resto. Nessuno avrebbe potuto riconoscerla come la bionda della valanga: era di nuovo la donna scialba, precocemente invecchiata, di sempre.

Difatti nessuno l'aveva notata quando era rientrata in albergo. Erano tutti al torrente, a vedere che cosa fosse piombato, esploso, nell'acqua in quel silenzioso mezzogiorno di fine estate. In camera, lei si era tolta le lenti a contatto verde chiaro, le ciglia finte, le spesse calze elastiche per renderle di nuovo sode le cosce, si era lavata via l'abbronzante che aveva spalmato con cura su gambe e braccia. Poi era corsa anche lei al ponticello a vedere il risultato della sua vendetta.

Salto nel buio
di Giancarlo Narciso

L'ho conosciuto come Adrian. Erano gli anni Cinquanta e avrò avuto sette, forse otto anni, ma ero già un lettore onnivoro e quando mia madre usciva di casa, nella mia ricerca di nuove letture arrivavo a rubarle perfino «Annabella», un periodico femminile su cui questo Adrian, oltre a firmare romanzi a puntate, teneva una rubrica di posta del cuore con le lettrici, che lo seppellivano di lettere di questo tenore:

«Caro Adrian, anni fa il mio ragazzo mi ha chiesto la prova d'amore e io gli ho dato il mio bene più prezioso, allora lui mi ha lasciato dicendo che come avevo ceduto a lui avrei potuto cedere ad altri. Oggi ho un ragazzo serio, che mi vuole bene, ma non so come fare a dirgli che non sono più pura. Cosa mi consigli?»

Disperata 1933

Al che Adrian rispondeva più o meno:

«Cara Disperata 1933, ti consiglio di parlare con franchezza con il tuo ragazzo. Se ti ama veramente saprà capirti e perdonarti, se no, vuol dire che il suo non è vero amore».

Uhm. La cosa sollevava interrogativi inquietanti. In cosa consisteva questa prova d'amore? Cos'era questo preziosissimo bene che così tante ragazze si lasciavano sventatamente sottrarre? E cosa avevano poi da farsi perdonare, caso mai erano i mascalzoni che glielo rubavano a dover chiedere perdono, giusto? Non capivo, ma per qualche misteriosa ragione, non ero incline a chiedere spiegazioni ai miei, pensando, forse non a torto, che quando sarebbe giunto il momento di capire, avrei capito. Passarono gli anni e capii – anche se solo in parte, fino in fondo, temo di non avere capito nemmeno oggi – ma non importa, importa piuttosto che a nove anni scoprii la fantascienza, a tredici i gialli, adoravo McBain e Chandler. Nel '66 o giù di lì venni a sapere che, sotto il suo vero nome, il buon vecchio Adrian si era messo a scrivere polizieschi con protagonista un medico radiato dall'Albo. Mi ci buttai a capofitto e non fui per nulla deluso, tanto che trentacinque anni dopo decisi di manifestargli la mia ammirazione scrivendo un noir, Sankhara, *il cui protagonista, Butch Moroni, è un veterinario radiato dall'Albo e si muove con cadenze simili a quelle di Duca Lamberti. Ma nemmeno allora avrei mai immaginato di ricevere un giorno l'onore di firmare un autentico apocrifo scerbanenchiano.*

Grazie, Adrian. È stato un piacere.

1.

Era a faccia in giù, sul pavimento della cucina. Portava una gonna grigia e un golfino verde bottiglia. Corpo snello, gambe ancora affusolate e ben disegnate, senza traccia di varici; capelli castani da sana donna lombarda, almeno per quanto si poteva capire dal lato sinistro del cranio. Il lato destro era solo un viscido impasto di sangue e materia cerebrale. Accanto a lei, al suolo, un batticarne di acciaio, insanguinato. L'infermiere attese il cenno di Duca, poi ricoprì il corpo con un telo.

L'aria fredda che entrava dalla finestra portando fiocchi sfilacciati di nebbia copriva l'odore di morte. Era un appartamento modesto ma decoroso, i centrini sotto i vasi sul buffet e il controbuffet del tinello, un panno verde a coprire il televisore sul mobile a rotelle, e le pattine alle porte a due ante, al secondo piano di una casa di ringhiera di via Micene 2, dalle parti di San Siro, dietro piazzale Selinunte. Gli uomini della Scientifica stavano setacciando le stanze. Il giudice istruttore confabulava con il medico legale. Nessuno si curava di Duca, cosa che avrebbe forse dovuto infastidirlo, ma di cui se ne infischiava allegramente: gli dava l'opportunità di osservare indisturbato. E riflettere.

Passò nel tinello, dove Mascaranti era seduto a un tavolo di noce lucido di fronte al marito della vittima, un uomo sui cinquantacinque, sessant'anni, stempiato, grande e robusto. Luigi Galbiati, pensionato. Era stato lui a trovare la moglie massacrata quando era rientrato in casa per la cena. E a chiamare il 113.

Mascaranti era in evidente attesa che l'uomo concludesse una frase, la mano con la penna pronta a prendere appunti su un blocco già fitto di scarabocchi.

Il signor Galbiati era pallido, gli occhi umidi e privi di volontà. Fece per dire qualcosa, morse l'aria a vuoto due, tre volte, poi rinunciò.

«E quindi», disse piano Mascaranti, dopo un sospiro, «non ha modo di rintracciarlo finché non torna.»

Non era una domanda, ma l'uomo annuì lo stesso. Mascaranti rivolse uno sguardo interrogativo a Duca, attese il suo impercettibile cenno d'assenso, poi si infilò il taccuino in tasca e si alzò.

«Passi domani pomeriggio in Questura per il verbale, signor Galbiati. Chieda del dottor Lamberti.»

Galbiati annuì di nuovo, senza parlare, lo sguardo perso nel vuoto.

2.

Uscirono dal portone, lui e Mascaranti, avvolti nella nebbia. Due pantere e il furgone della Scientifica erano parcheggiati sul marciapiede. Il fanale azzurro dell'ambulanza sciabolava lampi nell'ovatta soffice che li circondava, attutendo i rumori. Stavano caricando la barella. I paramedici salirono a bordo, il portellone si richiuse con un tonfo, poi l'ambulanza ripartì, senza la sirena. Pochi curiosi, in una paziente quanto futile attesa sul marciapiede, sfidavano il freddo umido che entrava nelle ossa.

«Beviamoci qualcosa, Mascaranti.»

Attraversarono la strada, fra i vapori che si accendevano dei riflessi dei lampioni, ed entrarono nel bar tabacchi all'angolo.

Era uno stanzone a L e dal lato opposto al loro, quello che dava su via Preneste, venivano voci di giovani e lo schiocchio di biglie di un invisibile biliardo. Ordinarono due grappe e andarono a sedersi in fondo al locale. Al tavolo a fianco, quattro anziani giocavano a scopone. Un'altra porta si apriva sulla strada. Due ragazzi di nemmeno vent'anni giocavano a boccette.

«Allora?»

Mascaranti tirò fuori il suo taccuino.

«Ravina Carla, nata a Milano il 14 giugno 1926. Sposata dal '47 con Galbiati Luigi, nato a Sesto San Giovanni l'8 aprile 1912. In pensione da un anno, prima lavorava come magazziniere alle officine meccaniche fratelli Tosi, in via Inganni.»

«Figli?»

«Uno, Sandro, diciannove anni a febbraio. Disoccupato. Convivente.»

«Dov'è?»

«Pare che sia andato a sciare in Trentino con degli amici. Partito stamattina.»

«L'hanno avvisato?»

«Impossibile secondo suo padre. Non sa di preciso dove si trova, sa solo che è dalle parti di Madonna di Campiglio, dove un suo imprecisato amico avrebbe una baita, senza telefono. Dovrebbe tornare domenica sera. Forse lunedì. Non è sicuro.»

«Be,' cerchiamo di rintracciarlo comunque. Cosa dice il Galbiati?»

«Ben poco, e c'è da capirlo, viste le condizioni. È uscito di casa alle tre, tre e un quarto, mentre sua moglie era fuori. Ha passato il pomeriggio proprio in questo bar, a giocare a carte con degli amici. È tornato a casa alle otto meno un quarto e ha trovato la porta socchiusa e la moglie morta.»

«Nessun segno di scasso?»

«No, ma il cassetto del comodino, dove tenevano i soldi, era stato ripulito. C'erano centottantamila lire.»

Duca non disse nulla ma i suoi occhi incontrarono quelli di Mascaranti e in quello sguardo i due uomini si capirono. L'appartamento era in perfetto ordine: chiunque avesse preso quei soldi, sapeva dove cercarli. Il gestore servì quattro bicchieri di vino al tavolo a fianco e Duca fece segno che gli portassero altre due grappe, anche se era a stomaco vuoto. Non aveva cenato, la segnalazione dell'omicidio dal commissariato di zona era arrivata in Questura alle otto e tre quarti, quando aveva già indossato il cappotto e stava per andarsene a casa. Invece Càrrua aveva spedito lui e Mascaranti ad attraversare la città con un nebbione da tagliare con il coltello.

Duca attese che il proprietario portasse le grappe, poi fece un cenno a Mascaranti che mostrò la sua tessera.

«Polizia», disse Duca. «Conosce un certo Galbiati Luigi?»

«Il Gigi? Quello che abita di fronte? E chi non lo conosce?» Aggrottò la fronte, poi scosse il capo. «Poveretto. Proprio a lui doveva capitargli. Quelli lì, altro che la galera. La forca ci vuole.»

«Quand'è che ha visto il Galbiati l'ultima volta?»

«Oggi, come tutti i pomeriggi. Era seduto proprio lì», disse indicando il tavolo vicino, dove i quattro giocatori stavano contando i punti della mano appena conclusa.

«Da che ora a che ora?»

«Ma, cosa vuole che le dica, sarà stato dalle tre, forse le quattro, fino a ora di cena.»

«E per tutto quel tempo, non si è mosso? Non è uscito dal locale?»

«Be', no. Non mi sembra.»

«Non le sembra. Ma a parte quando viene a servire ai tavoli, lei resta alla cassa, giusto? E dalla cassa non si vede questo lato del bar.»

L'uomo si strinse nelle spalle e annuì, senza troppa convinzione.

«Chi c'era con lui a giocare? Li conosce?»

«Due solo di vista, ma il quarto lo conosco bene, è il Pino. Abita proprio in questo stabile.»

Si fecero dare il nome completo. Era una nebbiosa sera d'inverno ed era tardi ma non è mai tardi per i poliziotti. Così trangugiarono le grappe, pagarono e andarono a suonare al portone. «Polizia», abbaiò Mascaranti al citofono. «Cerchiamo Pinelli Giuseppe.»

«Non c'è», rispose una voce di donna. «È al lavoro. Fa il turno, questa notte. Tornate domani.»

Mascaranti lo guardò, come a chiedergli se fosse il caso di insistere. Duca scosse il capo.

Tornarono all'Alfa e riattraversarono tutta la città, passando per il centro dove la nebbia diradava un poco e le luci degli addobbi per il Natale imminente erano già comparse per le strade. Mascaranti si fermò in piazza Leonardo da Vinci. Duca scese, restò un attimo a guardare le luci rosse dall'Alfa dissolversi fra la nebbia, poi aprì il portone.

3.

Trovò Livia rannicchiata sul divano, alle prese con un libro. Marcuse, *L'uomo a una dimensione*. Duca sospirò. Da un po' di tempo Livia era cambiata, rivelando un interesse smodato per argomenti da cui, fino a poco tempo prima, si sarebbe tenuta a rigorosa distanza.

«Giornata pesante?»

«Nulla di speciale. Solo una donna con il cranio sfondato con il batticarne.»

Duca si tolse la giacca e la cravatta ed entrò in cucina. La tavola era apparecchiata. Livia lo raggiunse, accese il gas sotto un pentolino e rigirò con un mestolo di legno.

«Giovane?»

«Quarantatré anni, sposata con un uomo di quattordici anni più vecchio, un figlio di venti.»

«Si sa chi è stato?»

«Non ne ho idea. In casi come questo spesso è il marito, ma non sembra il tipo.»

«Cosa ne sai? Magari lui le faceva le corna. O lei a lui. È impossibile capire da fuori cosa succede veramente fra moglie e marito. Come medico dovresti saperlo.»

«Sono stato un medico per troppo poco tempo per farmi una cultura in materia.»

Lei sembrò sul punto di ribattere, invece non disse nulla. Spense il gas, gli riempì il piatto di minestra finché lui non disse basta, poi gli si sedette di fronte.

«Ancora sei giorni poi torna Lorenza. Tutto sommato meglio così. Ci stai trovando troppo gusto a trattarmi da moglie.»

«Veramente sei tu che mi fai fare da marito.»

«E a te non dispiace nemmeno un po'. Sai, credo che tua sorella ti abbia un po' viziato.»

Dalla morte della piccola Sara, Lorenza aveva riversato tutte le sue cure sul fratello maggiore, in una misura che Duca trovava un po' soffocante. Tanto che quando lei aveva finalmente cominciato a uscire con una certa frequenza con un altro uomo, lui aveva tirato un sospiro di sollievo. Ora, per la prima volta, Lorenza si era concessa due settimane di vacanza, seguendo il nuovo fidanzato, se così si poteva chiamare, a casa dei suoi, a Pesaro, e Duca ne aveva approfittato per invitare Livia a stare da lui. Aveva voglia della sua presenza nelle piccole cose di tutti i giorni, come svegliarsi e portarle il caffè a letto, o stare semplicemente seduti sul divano a raccontarsi i fatti del giorno.

Finì di mangiare e si accese una Nazionale semplice. Livia gli venne vicino e gli si sedette in grembo. Fece per dirle qualcosa ma lei gli tappò la bocca con un bacio.

4.

Erano fermi al semaforo sul controviale di via Legnano. Alla loro sinistra, l'Arena appariva a stento fra la nebbia e i castagni spogli del parco, almeno finché non arrivò la fiancata verde di un tram a coprire la visuale. Duca stava scorrendo i giornali e Mascaranti era al volante. «Il Corriere della Sera» non aveva dato particolare risalto alla notizia, pubblicata in cronaca locale su una sola colonna, ma l'articolo sul «Giorno», corredato da un primo piano della vittima ricavato da una foto tessera, occupava mezza pagina. La mostrò a Mascaranti, che la studiò per un attimo.

«Deve essere stata una bella donna», disse. Il semaforo divenne verde e Mascaranti ripartì a tavoletta, superò un motocarro, imboccò piazza Lega Lombarda e svoltò a sinistra, in viale Elvezia.

«Chi ti dice che non lo fosse più, Mascaranti?»

«Dicevo così per dire. Speriamo almeno che il figlio veda l'articolo e torni a Milano.»

Duca non fece commenti e i due restarono zitti fino a che non scesero dall'auto in via Preneste.

«Tu cerca di saperne di più dai vicini e dai negozianti, Mascaranti. Io vado a parlare con questo Pinelli. Ci vediamo alla macchina fra un'ora.»

La famiglia Pinelli viveva in un appartamento piccolo ma confortevole. Gli aprì una donna dal volto grazioso che lo scortò in salotto. Vicino alla finestra, su un tavolo, c'era una Olivetti Lexikon, con una pila di fogli già battuti da un lato e altri scritti a mano dall'altro. Sopra la macchina da scrivere era appesa la foto a colori di due bambine sui sei, sette anni.

Pinelli lo raggiunse dopo qualche minuto. Era un uomo dalla corporatura solida, capelli scuri, il volto incorniciato da una barbetta con un paio di grossi baffi. Aveva un'espressione pulita e uno sguardo franco e indossava una vestaglia granata sopra un pigiama azzurro.

«Mi scusi, ma mi sono appena alzato», esordì con un sorriso cordiale. «Sa, ho fatto la notte.»

«Dove lavora?»

Pinelli lo guardò, perplesso.

«E dove vuole che lavori? Al solito posto.»

«E quale sarebbe il solito posto?»

«In ferrovia, a Porta Garibaldi, e dove, se no? Sentiamo, cosa vuole stavolta Calabresi?» L'espressione di Pinelli si era fatta sardonica.

Fu la volta di Duca di essere perplesso. Calabresi era un

giovane commissario della Politica, dai modi spicci, destinato, secondo quanto si sussurrava nei corridoi della Questura, a fare carriera in fretta.

«Calabresi?»

«Andiamo, non faccia finta di non capire. Ormai ci ho fatto l'abitudine. Ogni volta che a Milano succede qualcosa, Calabresi mi manda a chiamare. Per voi sbirri, noi anarchici siamo sempre colpevoli di tutti i mali della società.» Non c'era amarezza nella voce, solo una rassegnata ironia.

«Lei è anarchico?»

Pinelli lo fissò per un attimo, poi un'ombra di dubbio gli aleggiò sul volto.

«Certo che sono anarchico, e lei dovrebbe saperlo. Non è della Politica?»

Duca era figlio di un poliziotto che gli aveva istigato il rispetto per lo stato e le istituzioni, e quello era un anarchico, che a quello stesso stato aveva giurato di fare la guerra. Eppure, per quell'uomo, di pochi anni più vecchio di lui, Duca sentiva più affinità che per molti suoi colleghi. Colpa del suo focoso sangue romagnolo, concluse. Gratta sotto la pelle di un romagnolo, e finisci sempre per scoprire un anarchico in pectore.

«No», disse dopo un attimo di esitazione. «E sono qui per parlare di tal Galbiati Luigi. Lei lo conosce?»

La porta a vetri si aprì e la donna che lo aveva ricevuto entrò e posò sul tavolo un vassoio con due tazzine da caffè e una zuccheriera bianca di porcellana.

«Grazie, Licia», disse Pinelli alla donna, mentre usciva. Poi, rivolto a Duca: «Quanto zucchero?»

Duca esitò, poi disse: «Uno». Si sentiva imbarazzato dalla gentilezza. Il suo sguardo sfiorò la foto sul muro. «Le sue figlie? Quanti anni hanno?»

Pinelli si illuminò e il viso gli si distese in un sorriso mentre gli porgeva la tazzina. «Nove anni la Silvia e otto la Claudia.»

«Belle bambine», mormorò Duca, sorseggiando il caffè. «Allora, il Galbiati?»

«Ah, sì. Certo che conosco il Gigi, 'l me amis. Poveretto. Era così giovane la Carla, pensi, aveva solo due anni più di me.»

«Come fa a sapere che sua moglie è morta?»

«Mi prende per scemo? Con l'ambulanza e le tre volanti giù in strada tutta la sera? Nel giro di cinque minuti lo sapeva tutto il quartiere.»

«Quando ha visto il Galbiati l'ultima volta?»

«Ieri pomeriggio. Abbiamo giocato a carte al bar qui sotto.»

«Da che ora a che ora?»

«Avremo cominciato alle quattro. E siamo andati avanti fino alle sette e mezza, poi io sono andato al lavoro e lui è rimasto lì.»

«E in tutto questo tempo Galbiati non si è mai assentato? Nemmeno per cinque minuti?»

«No. Cioè, è andato in bagno una volta, ma la porta del gabinetto è proprio di fianco al biliardo, di fronte al tavolo dov'eravamo seduti. Ed è stato via un minuto, forse due. Dico, non si sarà mica messo in mente che l'ha uccisa lui?»

«Sto solo accertando i fatti.»

«E allora sappia che il Gigi adorava la Carla. E lei adorava lui. Una coppia fantastica, ventidue anni di matrimonio e tutto filava alla perfezione.»

«Avevano un solo figlio?»

Pinelli si lasciò sfuggire un sospiro.

«Sì, solo il Sandro. È un po' un fannullone, un barlafus.» Allargò le braccia a semicerchio, di fronte alla pancia. «A l'è inscì grass che te fe prima a saltall che a girag in gir. Non ha finito di studiare e non ha mai trovato un lavoro. Non se l'è mai nemmeno cercato, tanto, c'è papà che piuttosto si svena, ma qualche soldo glielo allunga sempre...»

Duca fece ancora qualche domanda, poi, visto che Pinelli stava facendosi impaziente, tagliò corto e se ne andò. Aveva saputo quello che doveva sapere e non c'era motivo di trattenere un onesto ferroviere. Anche se anarchico.

Tornò all'Alfa. Mascaranti lo raggiunse di lì a un po'.

«Saputo qualcosa?»

«Nulla di speciale. Tutti dicono la stessa cosa, che questo Galbiati è una persona a posto e tranquilla, senza vizi, e che con sua moglie andava d'accordo.»

«Saputo niente del figlio?»

«Un poco di buono. Va e viene, a volte sparisce per giorni e quando viene, lo fa per mungere soldi ai suoi. Che si fa, dotto'?»

«Si torna in Questura, Mascaranti. Che altro vuoi fare?»

5.

La nebbia si era diradata ma il cielo era grigio come acciaio e cupo come il volto di un sagrestano. Si fermarono a un trani di piazzale Lotto per un paio di panini con il salame e un bicchiere di vino e tornarono in questura. Duca incaricò Mascaranti di rintracciare Sandro Galbiati che, mentre sua madre si faceva ridurre il cranio in poltiglia, era andato a sciare con i suoi amici sulle Alpi, poi si chiuse nello sgabuzzino al primo piano che usava come ufficio, a pensare.

Carla Ravina era stata massacrata nella sua cucina da qualcuno che non aveva avuto bisogno di forzare la porta per entrare. E troppo spesso, quando una persona sposata viene uccisa, l'assassino è il coniuge, il che costituisce di per sé un validissimo argomento contro il matrimonio. Ma, a detta di tutti, Luigi e Carla andavano d'accordo e formavano una coppia perfetta. E anche se l'alibi del Galbiati non poteva essere confermato finché l'autopsia non accertava l'ora della morte, Duca sentiva a pelle che l'uomo non poteva essere un assassino e che il suo dolore era genuino.

Doveva aspettare il referto del medico legale e il rapporto della Scientifica. Dopo di che avrebbe di nuovo parlato con Galbiati. E il di lui irreperibile figlio. Sperando che qualche dettaglio trascurato venisse alla luce.

Scacciò i pensieri e dopo avere passato un quarto d'ora a tentare invano di mettere in ordine il delirio di raccoglitori, fogli sparsi, biglietti volanti sulla scrivania, si dedicò a smaltire gli arretrati di lavoro amministrativo che, come per ogni dipendente della pubblica amministrazione, assorbivano gran parte del suo tempo.

Erano passate da poco le quattro e mezzo e si era quasi portato in pari con il lavoro, quando divenne improvvisamente conscio del clamore che veniva da fuori, dei passi affrettati lungo i corridoi, dei motori che imballavano e dello stridere di gomme sul porfido del cortile. Stava per uscire quando Càrrua fece irruzione nel suo ufficio.

«È scoppiata una bomba in centro.»

«Cosa? Dove?»

«Alla BNL di piazza Fontana. Proprio dietro l'arcivescovado.»

«Morti?»

«Tanti. Non sappiamo con esattezza.»

«Chi è stato?»

«E che ne so? Rossi, neri, che differenza fa? È gentaglia comunque.» Fece qualche passo per la stanza e sferrò un pugno alla porta. «Io mi chiedo, di questo passo, dove andremo a finire. Dove andremo a finire?»

Duca si strinse nelle spalle, senza dire nulla. Càrrua gli si avvicinò.

«Senti, Duca», disse in tono più pacato, «mi dispiace ma devo toglierti Mascaranti per qualche giorno e darlo ad Allegra. Guida vuole assegnare al caso tutti gli uomini disponibili.»

Guida era il questore e il dottor Allegra il capo della Politica. Duca allargò le braccia in segno di completa resa.

«Ubi maior, minor cessat. Cosa vuoi che faccia?»

«Stanne fuori e vai avanti con quello che stavi facendo. E non pestare i piedi a nessuno. Questa è una storia grossa e avremo sul collo il fiato dei giornali e dei politici. Sei solo un consulente esterno e non posso coinvolgere un civile, non in un momento come questo. Mi dispiace Duca, ma rischieremmo di saltare tutti e due. Ho il presentimento che prima che si posi la polvere, molte teste rotoleranno giù per le scale.»

Duca abbozzò una smorfia. Un civile. Era quello il suo ruolo. Era come una ciste, un corpo estraneo, la cui presenza, in circostanze normali, era tollerata solo grazie alla protezione di Càrrua. Quando il gioco si faceva duro, l'organismo si contraeva su sé stesso, cercando di espellerlo. Si strinse nelle spalle e annuì.

«Certo, capisco. Non c'è problema.»

«Di che ti stai occupando?»

«A parte la donna uccisa ieri a San Siro? Niente di importante. Un paio di casi da poco.»

«Puoi farcela da solo? Per un po', finché non si calmano le acque.»

«Certo. E non ti preoccupare, cercherò di essere invisibile.»

«Ecco, bravo. Così mi piace.»

Càrrua gli diede un'ultima occhiata e in quell'occhiata Duca lesse l'ostinazione con cui quell'uomo si era fatto carico del ruolo di surrogato di suo padre. Fu tentato di dirgli che non ce n'era bisogno, che non era colpa di nessuno, che tutto quello che aveva fatto e che lo aveva portato a passare tre anni in carcere, lo aveva fatto a occhi ben aperti, ma sapeva che era inutile. Càrrua aveva conosciuto suo padre durante la guerra, prima del trasferimento in Sicilia, quando Duca era un bambinetto, e le amicizie fatte in tempo di guerra si cementano con una tenacia indissolubile. E Càrrua era un sardo e i sardi, si sa, sono ostinati e sull'amicizia non scherzano.

L'anziano commissario distolse lo sguardo, imbarazzato, come consapevole di avere lasciato trapelare aspetti intimi del suo animo, si schiarì la gola e uscì.

6.

Duca telefonò a Livia, come se farle sentire la sua voce potesse rassicurarla. O forse era lui ad avere bisogno di rassicurazioni.

«Hai sentito?»

«Sì, è terribile. Pensa che proprio oggi volevo andare in centro e ho rinunciato all'ultimo minuto. Tu come stai?»

«Bene, ma qui è scoppiato l'inferno. Credo che farò tardi anche stasera.»

«Va bene. Ma stai attento, ti prego.»

Posò la cornetta dopo averle promesso che sarebbe stato attento, chiedendosi da cosa dovesse guardarsi, un'altra bomba? Aprì la finestra, incurante del freddo, e con il freddo, nel buio che stava calando sulla città ferita, entrò un odore strano, un odore che aveva sentito da ragazzo, tanti anni prima, durante la guerra. L'odore elettrico della paura. In quel momento, senza nessuna spiegazione, capì che, di qualsiasi cosa si trattasse, non era finita: il peggio doveva ancora venire.

Scacciò il pensiero e si mise al lavoro, incurante del clamore e della confusione che filtravano dalla finestra e dalla porta. Ormai poteva scordarsi i rapporti della Scientifica, almeno per parecchi giorni, se non settimane, fino a quando non si fossero calmate le acque. E senza Mascaranti, non poteva nemmeno sperare di riuscire a rintracciare il figlio dei Galbiati. L'unica cosa su cui conservava ancora qualche speranza era il referto del medico. L'autopsia veniva di norma eseguita il primo giorno lavorativo successivo alla morte e, se tutto era filato liscio, potevano averla completata prima dell'attentato.

Riprese in mano i due casi su cui stava lavorando quando era giunta la segnalazione dell'omicidio di via Micene: il primo riguardava un anziano pensionato che sosteneva di essere stato minacciato di morte dal vicino; il vicino, dal canto suo, si era rivelato un impiegato timido e triste e dall'aria innocua che si era limitato a lamentarsi che l'altro faceva andare il giradischi con le arie della *Tosca* a tutto volume ogni notte fino alle tre. Il secondo caso era quello di un geometra di viale Premuda, la cui figlia, studentessa di architettura al terzo anno, invece che finire di studiare e venire a dargli una mano nello studio che lui aveva avviato, era scappata di casa per andare a vivere in una comune in un caseggiato occupato dietro via Torino, insieme a quelli che lui definiva contestatori maoisti. Quando gli aveva fatto osservare che sua figlia era ormai maggiorenne, il geometra aveva ribattuto che la ragazza era stata drogata e trattenuta contro la sua stessa volontà. Duca aveva accettato senza troppo entusiasmo di svolgere indagini, quanto meno sul presunto consumo di stupefacenti.

Verso le nove, proprio quando Duca stava per andarsene, suonò il telefono.

«Lamberti?» disse la voce del medico legale.

«Oh, ciao, Crippa. Che mi dici?»

«Ti dico che è un inferno qui. Ti è andata bene che quando sono cominciati ad arrivare i cadaveri avevamo quasi finito l'autopsia della Ravina, se no aspettavi un pezzo. Solo ora sono riuscito a trovare un minuto libero per telefonarti. Cristo, Lamberti, non hai idea, è un'ecatombe qui dentro, ci stiamo facendo un mazzo così.»

«Ti capisco. Dimmi quello che puoi.»

«Ci stavo arrivando. Causa della morte, trauma cranico. Ora del decesso, fra le diciassette e le diciotto e trenta. Non c'è altro di significativo. Mi dispiace, ma per il rapporto scritto dovrai aspettare.»

«Per adesso va bene così, Crippa. Non ti preoccupare. E grazie.»

Chiuse l'ufficio e se ne andò. Mentre attraversava il cortile della Questura vide una figura che gli parve familiare parcheggiare un motorino. L'uomo si voltò e lo riconobbe. Era l'anarchico che aveva interrogato poche ore prima.

«Cercava me?» gli disse, avvicinandosi.

«Oh, buonasera, dottore.» Un sorriso rassegnato rischiarò il viso di Pinelli. «Veramente siete stati voi a cercare me. Gliel'avevo detto, no, che ogni volta che succede qualcosa, il dottor Calabresi si ricorda di me? E così è stato, anche questa volta.»

«È qui per le bombe?»

«Già. Le bombe. Una vera infamia, non le pare? Ma tanto

per cambiare, anche questa volta cercano di dare la colpa a noi, esattamente come hanno fatto con le bombe alla fiera, pochi mesi fa. Si sa, no, che il passatempo preferito di noi anarchici, a parte mangiare i bambini, è quello di mettere bombe nei posti pubblici.»

«L'hanno convocata come testimone?»

«Se vuole metterla in questi termini. Ormai ci ho fatto l'abitudine, prima di domattina non mi lasceranno tornare a casa. Calabresi mi ha ospitato tante di quelle notti qui in Questura che ormai siamo diventati amici.» Pinelli fece una pausa, poi il suo tono divenne quasi premuroso, anche se velato di tristezza. «Niente di nuovo sulla moglie di Galbiati?»

Duca si limitò a stringersi nelle spalle.

«Non può dirmelo, vero? Capisco. Be', ora, se permette, dovrei andare. Non sarebbe cortese fare aspettare il dottor Calabresi. Arrivederci, dottore.»

7.

Sotto la ragnatela di cicatrici che da tre anni lo segnavano, il volto di Livia era una maschera di apprensione. Lo abbracciò stretto, ancora sulla soglia, e non lo lasciò andare per alcuni minuti. «Sono stata in pena per te tutto il pomeriggio.»

«Dai, Livia, non esagerare. Ero in Questura, non in Vietnam.»

Durante la cena parlarono delle bombe, e da lì scivolarono sull'anarchia, sull'autunno caldo, sui sindacati e sul PCI. Alla frutta erano già passati agli studenti, alle manifestazioni e ai gruppuscoli e da lì alla disgregazione della società, alla droga e al sesso libero, il passo fu breve.

«E allora facciamo la contestazione globale al sistema», sbuffò Duca. «Non si può abbattere tutto, Livia, prima bisogna costruire delle alternative.»

«Le alternative le costruisci nella misura in cui prima ti sbarazzi delle strutture repressive del potere.»

Duca soffocò un sospiro e si accese una Nazionale. «Io non ti riconosco più Livia, da un po' di tempo dici di quelle cose che... Non lo so, parli per slogan. Deve essere una storia di generazioni, ai miei tempi l'università era un posto serio, dove si studiava, adesso... fra occupazioni, voto politico, esami di gruppo...»

«Anche quando facevo l'università io le cose erano diverse, Duca. Non ci facevamo certe domande, studiavamo e basta. Ma il fatto che adesso i tempi sono cambiati non è necessariamente un male. Si stanno mettendo in discussione i vecchi modi di vivere, non è sbagliato chiedersi il perché delle cose.»

Continuarono così tutta la sera, quasi bisticciando. Ma quando andarono a letto, fecero finalmente pace.

8.

Il giorno dopo era sabato e Duca si concesse il lusso di fare per una volta la settimana corta. Tanto, con la Questura paralizzata dalla caccia all'untore, e senza Mascaranti e il supporto della Scientifica, non c'era molto che potesse fare. Non fu un fine settimana allegro, il centro rimase paralizzato da una massiccia manifestazione sindacale contro ogni provocazione terrorista, ma nonostante tutto, nonostante la paura e la tensione, i cittadini affollarono lo stesso i negozi alla ricerca di strenne di Natale. Livia e Duca passarono la maggior parte del tempo a casa, erano gli ultimi giorni che potevano stare insieme e non c'era senso a sprecarli in mezzo alla gente. Solo sabato sera, dopo cena, si concessero il lusso di andare al cinema. Scelsero un cinema in via Gran Sasso, lo Splendor, abbastanza vicino da andarci a piedi, dove davano un western con Paul Newman. La domenica la passarono per gran parte a letto, o in salotto a chiacchierare del film che avevano visto, che narrava di rapinatori di treni in fuga dalla giustizia, e da lì passarono a parlare di crimine in generale e nel giro di poco tempo si trovarono a discutere del caso Galbiati. Il pensiero che Livia avesse pilotato la conversazione per dargli l'opportunità di parlare di ciò che più gli stava a cuore, cioè del suo lavoro, senza che si sentisse in colpa sfiorò per un attimo la mente di Duca, poi si dissolse.

«Scusa, Duca, ma hai detto che la porta non è stata forzata e che non c'erano segni di colluttazione? Il che vuol dire che chi è entrato, lo ha fatto con il consenso della vittima, per cui era uno di famiglia, un conoscente, giusto?»

«Non necessariamente. Succede che qualcuno si dimentichi di chiudere la porta a chiave.»

«Come si vede che sei un uomo.»

«Cosa c'entra essere uomo o donna?»

«C'entra, c'entra. Mi hai descritto la casa, no? I sottovasi, i centrini, tutto in ordine, non un granello di polvere fuori posto. Ci sono tante donne così. Ti potrei descrivere esattamente cosa fanno quando entrano in casa. Chiudono la porta, si tolgono le scarpe, si mettono le pattine e, solo allora, si tolgono il cappotto. È una forma mentis. Chiudono la porta, non perché hanno paura dei ladri, ma perché vedono chiunque come una minaccia al loro ordine e vogliono mantenere il controllo su chi va o chi viene. Vivono nel terrore che uno possa camminare sul parquet senza pattine.»

«D'accordo, Livia, ho afferrato il punto e, in ogni caso, ero arrivato a conclusioni simili. Dovrò rassegnarmi a interrogare a fondo tutti gli inquilini del caseggiato. Uno per uno. E a parlare con più calma con il Galbiati. E con questo suo misterioso figlio.»

9.

Lunedì mattina Duca uscì di casa di buon'ora. Si fermò a bere un caffè a un bar in viale Romagna, poi aspettò la 91, scese in piazzale Susa e prese la 20 che lo scaricò a un centinaio di metri dalla Questura. Si fece largo fra la piccola folla di giornalisti che gremiva il marciapiede di via Fatebenefratelli e andò a rifugiarsi nel suo ufficio.

Verso le nove e mezza fece un colpo di telefono a casa di Galbiati. Gli rispose una voce giovane.

«Il signor Galbiati?»

«Non c'è, è uscito. Chi parla?»

«Polizia. Dottor Lamberti. Lei è il figlio?»

Un attimo di esitazione, seguito da un «sì» pronunciato con riluttanza.

«Mi dispiace molto per sua madre. Avevo lasciato detto a suo padre di chiamarmi quando fosse arrivato.»

«Sono tornato ieri sera tardi.»

«Capisco. Be', adesso però vorrei parlarle. Vuole venire lei da me in Questura o vengo io da lei?»

«Veramente io...»

«Bene, vengo io da lei. Si faccia trovare a casa fra un'ora esatta.»

Duca riattaccò e schizzò fuori. Andò a piedi fino in via Palestro, prese la metro fino al capolinea di piazzale Lotto e da lì in taxi in via Micene.

Sandro Galbiati era la brutta copia del padre, un ragazzone obeso dal volto pallido.

«Allora, sei stato a sciare tutto questo tempo?» gli chiese Duca dopo avere esaurito i saluti. Come lo aveva visto in faccia, aveva deciso di dargli del tu.

«Sì.»

«E dove hai sciato di bello?»

«In montagna.»

«Davvero? E io che credevo che avessi sciato al mare.»

«No, no. In montagna.»

«Montagna dove?»

«In Trentino.»

«In Trentino dove?»

«Dalle parti di Madonna di Campiglio. Con i miei amici.»

«Ti piace sciare?»

«Be', sì.»

«Sei uno sportivo?»

«Voglio dire, mi piace andare in montagna. Io non è che scii davvero, sono i miei amici a sciare. Però è bello lo stesso, hanno una bella baita, in una valle sul gruppo del Brenta. Poi c'è il mangiadischi, la sera facciamo dei festini...»

«Dei festini, eh? Di', un po', quando hai saputo di tua madre?»

«Me l'ha detto mio padre ieri sera, quando sono tornato. Non c'era il telefono e nemmeno giornali là dove eravamo.»

Duca fissò a bocca aperta il ragazzo per qualche istante. Non riusciva a credere alla sua completa mancanza di reazioni. La morte di sua madre non sembrava avergli procurato la minima emozione.

«Come si chiamano questi tuoi amici?»

«Perché vuole saperlo?»

«Non ti preoccupare del perché. Tu comincia a dirmelo. Nome, indirizzo e telefono.»

10.

Alla fine gli amici di Sandro Galbiati si rivelarono essere uno solo, un tal Gianluca Voltolini. Duca lo chiamò dal bar all'angolo. Gli rispose la madre, che gli disse che il figlio non c'era, ma avrebbe potuto trovarlo al caffè Tam Tam, in piazzale Brescia. Duca cercò un taxi, senza trovarlo, allora andò a piedi. Un quarto d'ora dopo era al bar. Il barista gli spiegò che il Voltolini era appena uscito e gli indicò un giovanotto intento ad aprire la portiera di una Giulietta Sprint rossa parcheggiata a metà sul marciapiede.

Duca si precipitò fuori e bloccò il giovanotto un attimo prima che chiudesse la portiera.

«Polizia», disse, sperando che l'altro non gli chiedesse la tessera.

Il Voltolini scese, lasciando il motore acceso e la portiera aperta, un piede sul bordo dell'auto e il braccio appoggiato al tettuccio. Capelli neri, lisci e lunghi, ma non da capellone, con il ciuffo che gli cadeva sulla fronte. S'era tolto il cappotto. Giacchetta a quadretti beige e marrone, con gli spacchi, e le toppe di camoscio sui gomiti. Maglione dolce vita nero. Pantaloni nocciola, scampanati, e stivaletti bassi con la lampo. Tirò fuori un pacchetto di Peter Stuyvesant e se ne accese una con un accendino Ronson, senza offrire.

Sandro Galbiati non era piaciuto molto a Duca, ma il suo amico gli piacque ancora meno. Naturalmente confermò che lui e Sandro erano partiti giovedì mattina alle dieci per farsi quattro giorni di neve, insieme a un paio di ragazze, nella baita dei genitori, in una valletta del massiccio delle dolomiti del Brenta.

«E queste ragazze chi sono?»

«Greta e Julia? Due tedesche che abbiamo rimorchiato una settimana fa in un piano bar. Al limite, anche carine.»

«Tedesche di dove?»

«Di Monaco. Non so altro.»

«Ti avranno detto qualcosa di loro. Avrete parlato.»

Abbozzò un ghigno che lo fece assomigliare a una faina. «Ho di meglio da fare che parlare, quando sono con una donna.»

«E dove sono, adesso, queste tedesche?»

«Inutile che le cerchi, sbirro. Sono tornate a Monaco in autostop. Le abbiamo mollate a Trento.»

Duca lo fissò per qualche secondo, poi lo prese per il braccio.

«Ehi, tieni giù le mani», disse l'altro secco, divincolandosi.

«Sai che se scopro che mi hai mentito anche su un particolare minimo, passi un guaio?»

«Ma va a dà via i ciapp, questurino, va», borbottò spazzolandosi la manica dove Duca lo aveva stretto. Risalì in macchina, chiuse la portiera, imballò il motore e partì sgommando.

11.

Verso metà pomeriggio un agente in uniforme bussò alla porta di Duca e mise dentro il capo.

«Una visita, dottor Lamberti.»

Un attimo dopo Luigi Galbiati entrò a occhi bassi nello stanzino.

«Oh, signor Galbiati», disse Duca alzandosi in piedi e indicandogli la sedia. «Si accomodi. Allora, come andiamo oggi?»

Galbiati restò in silenzio. Aveva gli occhi rossi e la faccia segnata. Non doveva avere dormito molto nelle ultime ore.

«Sa», continuò Duca, «proprio stamattina ho visto suo figlio. E a questo proposito avrei alcune cose da dirle...»

«Lasci stare mio figlio, dottore. Ha già avuto fin troppi dispiaceri dalla vita, e ora gli è capitata anche questa disgrazia.»

«Capisco, ma...»

«Ci sono cose più urgenti da fare. Sono venuto da lei a confessare.»

«A confessare? A confessare cosa?»

«A confessare che sono stato io a uccidere mia moglie.»

«Cosa?»

«Mi ha capito benissimo.»

«Ma... ma non ha senso. È impossibile. Perché mai avrebbe...»

«Perché era gelosa. Perché mi ossessionava.»

«Gelosa? E... ne aveva motivo?»

«Be', non so. Anzi, sì, vede io, cosa devo dirle, non sono mai stato uno stinco di santo...»

Duca giocherellò a lungo con la penna fra le dita prima di guardare di nuovo in viso l'uomo che gli sedeva di fronte.

«Signor Galbiati, è sicuro che mi sta raccontando la verità?»

L'uomo abbassò gli occhi.

«Mi guardi, signor Galbiati. Si rende conto di cosa sta facendo? Di quali saranno le conseguenze?»

Il viso di Galbiati si fece attento. Sollevò lo sguardo e fissò Duca. «Sì», disse, con voce ferma.

Duca restò immobile.

«Sa cosa penso? Penso che lei stia proteggendo qualcuno. So per certo che lei giocava a carte al bar, mentre sua moglie veniva uccisa.»

Galbiati non rispose, non per molto tempo. Poi il suo volto si fece duro.

«Io non sto proteggendo proprio nessuno. Mentre lei, dottor Lamberti, lei non sta facendo il suo dovere. Il suo dovere è prendere un foglio, infilarlo nella macchina da scrivere e battere il verbale. Scriva che io sottoscritto, Galbiati Luigi, sono tornato a casa giovedì 11 dicembre 1969, alle sette e mezza di sera, che mia moglie ha attaccato la solita solfa che andava avanti ormai da tre mesi, e io non ci ho visto più. Ho preso il batticarne e l'ho uccisa.»

«Sua moglie era già morta a quell'ora, signor Galbiati. E lei lo sa.»

«Allora mi sarò sbagliato. Saranno state le sei. Anzi, sì, erano proprio le sei. Sono uscito dal bar un attimo, sono andato a casa e l'ho uccisa. Va bene così?»

Duca esitò ancora. Passarono altri dieci secondi, venti, mezzo minuto, e alla fine Galbiati Luigi, pensionato, di anni cinquantasette, nato a Sesto, scattò in piedi.

«Vuole farmi firmare questo verbale, o devo andare a cercare qualcun altro, con un po' più di spina dorsale di lei, per dio?»

A Duca non restò che ubbidire.

12.

In attesa del giudice, Galbiati fu rinchiuso in camera di sicurezza. Duca tornò nel suo ufficio e cercò di mettere ordine nei suoi pensieri. Non riusciva a credere che Galbiati fosse colpevole. Lo sentiva a pelle che stava mentendo. E a parte quello che gli diceva l'istinto, restava il fatto che, o era sbagliato il referto dell'autopsia, o si sbagliava Pinelli. Il suo supertestimone.

Fece il numero di Pinelli e gli rispose sua moglie.

«Mio marito non c'è», disse. «Chi parla?»

«Sono Duca Lamberti, della polizia. Sono venuto venerdì a casa sua a parlargli.»

«Ah, sì, mi ricordo. Ma perché lo cerca qui? Pino è ancora in Questura.»

«Come sarebbe è ancora in Questura? L'hanno fermato venerdì sera... Le quarantott'ore del fermo sono scadute ieri. Non possono averlo trattenuto ancora...»

«E lo viene a dire a me? Le regole sono le regole, ma per gli anarchici le regole non contano. Mi meraviglio che lei non lo sappia, commissario.»

«Non sono commissario», disse Duca. «Senta, mi spiace per suo marito. Vedrà che oggi al massimo tornerà a casa.»

«Me lo auguro. Bene, se non c'è altro...»

«Ancora una cosa», disse Duca prima che la donna riattaccasse, preso da un'ispirazione improvvisa.

«Cosa c'è?»

«La donna uccisa...»

«La Carla? La conoscevo bene. Ci incontravamo sempre a fare la spesa.»

«Può dirmi qualcosa del figlio? Sa, quel Sandro...»

«Perché dovrei fare la spia agli sbirri?» disse la donna con inaspettata durezza. «Dopo quello che stanno facendo a mio marito.»

«Solo perché è giusto che chi massacra una donna paghi. Che non paghi qualcun altro al posto suo.»

Sentì la donna esitare. Qualche secondo dopo sospirò e Duca capì che gli avrebbe risposto.

«Cosa devo dirle, era un poco di buono. Suo padre lo adorava, ma sua madre si lamentava sempre che lui lo viziava, gli perdonava tutto. Lei voleva che il Luigi la smettesse di dare soldi al Sandro, che, se proprio non aveva voglia di studiare, provasse almeno a lavorare. Non posso dirle altro. La saluto, dottor Lamberti.»

Duca restò fermo a pensare. A Galbiati. A Voltolini. E, soprattutto, a Sandro, il giovane obeso. E più pensava, più i suoi dubbi si rafforzavano. Doveva parlare a tutti i costi con Pinelli. Telefonò al piantone alla camera di sicurezza e chiese se il ferroviere fosse per caso ancora in custodia.

«Sì, ma non è qui», disse l'agente. «È al quarto piano, da Calabresi. Lo stanno interrogando.»

«Pensi che ne abbia ancora per molto?»

«E chi lo sa? Ieri sono andati avanti fino a dopo mezzanotte.»

Duca sbuffò, buttò giù il telefono e diede un'occhiata all'orologio. Erano le otto. Se si affrettava, poteva essere a casa in tempo per la cena. Il suo sguardo passò sulle carte ammucchiate sulla scrivania. Erano invitanti come il trapano di un dentista. Infilò alcuni fascicoli nella borsa, pur sapendo che non li avrebbe mai guardati una volta a casa, e uscì.

13.

Martedì mattina in Questura regnava il caos.

«Che succede?» domandò Duca salendo le scale al vice brigadiere Morini, che invece le scendeva.

«Non lo sa? Stanotte è morto uno che avevamo fermato per la strage. Si è buttato dalla finestra dell'ufficio di Calabresi.»

«Oh, Cristo», imprecò distrattamente a voce bassa Duca. Poi il respiro gli si bloccò. Si fermò di scatto, con un piede sul gradino e si voltò. «Chi era?»

«Mah, un anarchico. Una testa calda. Ha capito che lo avevamo incastrato.»

«Come si chiamava?»

«Ravelli, Pinelli, un nome così. Non sono sicuro. Ehi, dottore, cosa c'è? Non si sente bene?»

Duca salì le scale di corsa e si chiuse nel suo sgabuzzino, a pensare.

Mezz'ora dopo entrò nell'ufficio di Càrrua.

«Che c'è, Duca? Ho visto che hai identificato l'assassino di via Micene. Hai fatto in fretta.»

«Di questo volevo parlarti. Sono sicuro che non sia stato lui a ucciderla. È stato il figlio.»

«Duca, non ho tempo. Se uno confessa un delitto, perché non vogliamo credergli?»

«Vuole proteggerlo, non capisci? Ormai sua moglie è morta, è rimasto solo. Non vuole perdere anche il figlio.»

«Sono solo le tue supposizioni, Duca. E a me non interessano le supposizioni. Ti rendi conto di cosa sta succedendo là fuori? C'è gente che vorrebbe la nostra pelle.»

«Non sono solo supposizioni. Ho le prove.»

«E che prove?»

«Il referto dell'autopsia, che fissa la morte in un lasso di tempo preciso. E un testimone che scagiona completamente il padre. Erano al bar insieme a giocare a carte e ci sono stati tutto il pomeriggio.»

«E dov'è questo testimone?»

«È questo il problema. Non c'è più.»

Il volto di Càrrua si fece livido. «È una giornata difficile, Duca», ammonì minaccioso. «Non menare il can per l'aia.»

«È quello che è morto stanotte. L'anarchico. Quel Pinelli.»

Per quasi cinque minuti Càrrua non disse nulla. Cinque minuti non sono molti. Ma quel mattino, nell'ufficio di Càrrua, a Duca parvero un'eternità. Il commissario si alzò, andò alla finestra e guardò a lungo giù nel cortile. Quando tornò a sedersi il suo viso era completamente disteso.

«Cos'è stato, l'anno scorso, che ti hanno riammesso all'Albo?»

«Sì, ma...»

Càrrua alzò il palmo della mano, come per interromperlo. «Ma hai scelto di non tornare a fare il medico, giusto?»

Duca annuì.

«Non credo sia quello che tuo padre si aspettava da te quando ti ha mandato all'università, ma è la tua vita. E se hai scelto così, se hai scelto di farti dodici ore al giorno per centocinquantamila lire al mese, sarà anche perché questo lavoro ti piace. O no?»

Duca annuì ancora. Ora poteva vedere dove la conversazione andava a parare. E non gli garbava per nulla.

«Bene. Allora, Duca, se vuoi continuare a fare questo lavoro, lascia perdere questa storia. Quella donna è stata uccisa da suo marito. Punto. E non tirarmi fuori l'alibi di un terrorista suicida.»

«Ma...»

Càrrua si mise a urlare. «Non c'è "ma". Questa notte il questore Guida ha dichiarato ai quattro venti che l'alibi di Pinelli era crollato, ed è per questo che lui si è buttato dalla finestra. E sai qual era l'alibi di Pinelli? Quello di avere passato il pomeriggio a giocare a carte al bar. Ti rendi conto di cosa stai sostenendo?»

Duca se ne rendeva conto perfettamente. Scagionare Galbiati significava in un certo senso avallare l'alibi di Pinelli. E avallare l'alibi di Pinelli voleva dire smontare quanto aveva affermato il questore di Milano.

Càrrua riprese a parlare in tono più tranquillo, quasi affettuoso.

«Non saresti il solo a saltare, Duca. Salterei anch'io. E se questo non basta, se pensi che tanto io sto per andare in pensione, e tu alla peggio puoi rimetterti a fare il medico, c'è un'altra cosa che dovrebbe farti riflettere. Ed è che non perderesti solo il lavoro. Lascia che te lo dica uno che ha passato la vita nella polizia.»

Gli sguardi dei due uomini si incontrarono a mezz'aria in un silenzio greve di minaccia.

14.

Duca lasciò la Questura, senza avere idea di dove stesse andando. Ricordava di essersi trovato in piazza Cavour quando aveva visto passare il 4. D'impulso era salito sul tram, era sceso in Cordusio e lì, quasi automaticamente, aveva preso il 24. Fu solo quando si trovò in piazzale Segesta che capì di essersi mosso inconsciamente verso una meta precisa. Scese e raggiunse via Preneste a piedi.

Per quasi venti minuti restò di fronte al portone del numero 2, cercando la determinazione sufficiente a premere il campanello. Quando finalmente si decise, nessuno rispose. Mentre si allontanava la vide. Era vestita di grigio scuro, i capelli tirati indietro. Al suo fianco camminavano due bambine, una poco più grande dell'altra. La più piccina piangeva senza controllo, la più grandicella le teneva il braccio sulla spalla, come a sostenerla. Il volto di Licia Pinelli era una maschera pallida e tirata.

Duca sentì la vergogna montargli dentro. Si voltò prima che la donna potesse riconoscerlo e girò l'angolo. Entrò al bar e ordinò una grappa. Non aveva ancora pranzato, ma non importava. Buttò giù il liquore, assaporando il bruciore in gola e il calore che si irradiava dallo stomaco. Non lo fece stare meglio, ma gli diede la calma necessaria a decidere di fare un passo in più. Un salto nel buio.

Lasciò il bar, attraversò la strada e salì al secondo piano della casa di via Micene.

La faccia di Sandro Galbiati aveva meno espressione della nebbia che riempiva le strade.

«Sì?» fu tutto quello che disse.

«Tuo padre non ha dormito qui la notte scorsa.»

«Sì, lo so.»

«Ti sei chiesto dov'è? Ti sei chiesto perché?»

L'espressione del ragazzo non cambiò. Si strinse solo nelle spalle, senza rispondere.

«Ti sta coprendo, non è vero?»

«Cosa?»

Duca entrò nell'appartamento, spingendo via quella palla di lardo, si chiuse la porta alle spalle e gli affondò un pugno nella pancia.

Il ragazzo vacillò, poi il suo colorito si fece verdastro e si piegò sulle ginocchia. Duca lo sostenne, prendendolo per la collottola e schiaffeggiandolo più volte, di dritto e di rovescio.

«Tuo padre ha passato il pomeriggio di giovedì a giocare a carte con diversi testimoni.» Di testimoni non ce n'era che uno ed era morto, ma non c'era bisogno che Sandro Galbiati venisse informato di quegli insignificanti dettagli. «Mentre tu uccidevi tua madre.»

«Io non ho...»

Duca gli tirò un altro pugno, sulla bocca, tagliandogli il labbro superiore. Il ragazzo non urlò, urlare era troppo per lui. Tutto quello che fece fu gemere.

«Avevi bisogno di soldi, altri soldi, e tua madre si è rifiutata di darteli. Così l'hai uccisa. Tuo padre preferisce morire piuttosto che vedere il suo unico figlio in prigione e ha cercato di salvarti. Avrà pensato che non gli interessa molto vivere, ora che non c'è più sua moglie, mentre tu hai tutta la vita di fronte. Deve essergli sembrato uno scambio tutto sommato vantaggioso.»

Duca colpì ancora il ragazzo, poi ancora e ancora, mentre lui gemeva e alzava le braccia per ripararsi alla meglio dai colpi.

«Andrò avanti finché non crepi, carogna. O finché non confessi. Scegli tu.»

Le nocche delle dita di Duca erano viola, ma lui continuò a colpire come un forsennato.

«Non l'ho uccisa. Non sono stato io», strillò Sandro alla fine. «È stato lui.»

Duca si fermò con il pugno alzato.

«Lui chi?»

«È stato Gianluca. Gianluca Voltolini.»

15.

L'aria spavalda con cui Voltolini entrò nell'ufficio di Duca non durò a lungo. Dopo mezz'ora era già crollato.

«Quando siete partiti da Milano?»

«Giovedì sera.»

«Dopo avere ucciso Carla Ravina in Galbiati.»

«Non volevo ucciderla.»

«Certo che no. Le hai solo fracassato il cranio con il batticarne.»

«Lei mi ha aggredito e insultato e io ho perso la testa. Quando mi sono reso conto di cosa avevo fatto, era troppo tardi. Eravamo saliti tutti e due e Sandro le ha chiesto subito i soldi e lei...»

...lei diventa livida. Martedì suo padre gli ha dato altre ventimila lire e due giorni dopo ha il coraggio di tornare a battere cassa. Ma cosa crede, che loro i soldi li trovino sugli alberi? Carla tira uno schiaffo a suo figlio, che ammutolisce, di norma uno schiaffo sarebbe bastato, anzi, avergliene dati di più prima, quando era ancora piccolo, ma il Gigi no, lui diceva sempre di averne prese troppe da piccolo per fare lo stesso con suo figlio. E così hanno tirato su uno smidollato buono solo a farsi mantenere...

Ma stavolta a spalleggiare suo figlio c'è quel balordo delinquente che se lo scarrozza sempre in giro con la macchina sportiva rossa, chissà a fare cosa poi, di certo niente di buono. E ora il balordo interviene, con fare saputo.

«Signora, adesso sta esagerando. Le ha chiesto solo qualche spicciolo per andare in montagna...»

E questo è davvero troppo. Già non le va giù che sia sempre appiccicato al Sandro, ma adesso ha anche la faccia tosta di salirle in casa e di alzare la voce, di dirle come deve educare suo figlio? Cosa crede, che abbia paura di lui? Gliene dice quattro. E per non fare torto a nessuno, molla un ceffone anche a lui.

Voltolini diventa pallido. C'era un batticarne d'acciaio sulla credenza, quando sono entrati in casa, Carla stava cominciando a preparare la cena. Lo afferra e comincia a colpire e in un attimo la cucina immacolata diventa una macelleria...

«Capisce? Non volevo ucciderla, al limite spaventarla un po'. Mi ha provocato.»

Certo, povero innocente. Era stato provocato. E forse un buon avvocato sarebbe riuscito a dimostrare che era stato omicidio preterintenzionale, a fargli avere tutte le attenuanti del caso e magari, dopo cinque, sei anni, Voltolini sarebbe stato rimesso in libertà. Ma intanto in galera ci sarebbe finito, e questo a Duca bastava. Il suo dovere l'aveva fatto, il resto non toccava a lui. Diede un'occhiata allo stenografo e continuò.

«E poi cos'è successo?»

«Sandro è andato in camera da letto, è tornato con i soldi e me li ha dati. Gli ho detto che al limite ci si vedeva al Tam Tam e sono andato via.»

«Nessuno ti ha visto?»

«Non c'era in giro un cane e poi c'era un nebbione...»

«Continua.»

«Un paio d'ore dopo Sandro mi ha raggiunto in piazzale Brescia e siamo partiti. Aveva sistemato le cose con suo padre.»

E come le aveva sistemate. Aveva aspettato che suo padre uscisse dal bar e gli aveva raccomandato di dire che era partito per la montagna quella mattina, per poi lasciargli la sorpresa di tornare a casa e trovare sua moglie morta. Tanto sapeva che papà lo avrebbe coperto.

Bene, era fatta. Sandro aveva già reso la sua deposizione quel pomeriggio. Duca lasciò che il dattilografo battesse il verbale, lo fece firmare al Voltolini, poi chiamò il piantone e gli disse di rinchiuderlo in camera di sicurezza. Ora mancava solo il giudice istruttore, poi lo avrebbero trasferito a San Vittore. Ma ci avrebbe pensato domani. Non restava che una cosa da fare, prima di andare a casa. Far rilasciare Luigi Galbiati e spiegargli che suo figlio se la sarebbe cavata senza grossi danni. Almeno per quella volta.

16.

Era tardi, ed era stanco, ma sapeva che se anche fosse andato a letto non sarebbe riuscito a dormire. Seduto sul divano, si rigirò fra le dita il bicchiere di grappa che Livia gli aveva appena riempito per la terza volta.

«È stato difficile?»

«No, lo hanno rilasciato subito. Galbiati non era ancora passato al giudice istruttore e non ho dovuto fare altro che stralciare il verbale. Piuttosto non è stato facile convincerlo a tornare a casa. Ho avuto il mio da fare a spiegargli che suo figlio se la sarebbe cavata con una condanna mite e, se tutto andava bene, non avrebbe passato un solo giorno in carcere, che aveva fatto tutto quell'altro, quel Voltolini.»

«E Càrrua non ha avuto nulla da ridire?»

«Càrrua lo vedrò domani. Il punto è che, con la confessione dei due ragazzi, Galbiati è pienamente scagionato, per cui...»

«...per cui la questione dell'alibi incrociato di Pinelli e di Galbiati è irrilevante», concluse Livia.

«Già.»

«Ma a te questo non basta, vero?»

«Mi piace questo lavoro, Livia. Mi piace il senso di contribuire, nel mio piccolo, a fare giustizia. Ma ieri notte, in Questura, è morto un uomo. Un uomo che avrebbe dovuto essere a casa sua, ma che era invece lì, sotto la custodia di un funzionario di polizia. Un uomo che ho conosciuto, e che era una persona a posto. E sul quale, da quanto già si sussurra nei corridoi della Questura, non c'era uno straccio di indizio. Per quanto conosco io la legge, questo è omicidio colposo. Se non peggio.»

«A meno che non si sia davvero suicidato.»

«Anche se fosse, il punto rimane: quell'uomo era sotto la responsabilità di un commissario di pubblica sicurezza, che lo aveva trattenuto illegalmente.»

«Perché illegalmente?»

«Livia, quello, in Questura, quella notte, non doveva proprio esserci. E non solo perché non c'era alcun indizio a suo carico, ma perché era lì da oltre tre giorni, quando il fermo di polizia non può superare le quarantott'ore. O formalizzi l'arresto, con tutto quanto comporta, o devi rilasciare la persona.»

«Va bene, Duca, ho capito. Ma non è colpa tua.»

Duca sembrò non averla udita. «Ora, ammettiamo pure che quello si sia suicidato. Se fossi un avvocato potrei sostenere che la causa del suicidio è stata proprio la depressione generata da un fermo ingiusto, prolungato oltre i limiti concessi, e da probabili maltrattamenti.»

Livia accennò alla prima pagina de «La Notte» aperta sul tavolino. «Ma il giornale dice che era colpevole, che si è suicidato perché aveva capito che lo avevano scoperto.»

«È una delle tante bugie che il questore ha raccontato ai giornalisti la notte scorsa. Le voci girano in fretta in Questura, Livia. Ho parlato con Mascaranti. Non c'era la minima indicazione che Pinelli fosse anche lontanamente coinvolto negli attentati. Stavano lavorando alla cieca. E quando la polizia lavora alla cieca, pesta. Non è una novità. Lo faccio anch'io, quando credo che sia giusto. L'ho fatto con il figlio di Galbiati.»

«Dici che si è suicidato in seguito alla brutalità dell'interrogatorio?»

«No. Pinelli era un uomo sano di mente, non era la prima volta che passava le notti in Questura e, soprattutto, aveva una moglie e due bambine che adorava. Uno così non si butta dalla finestra. E non è tutto. Se salti da una finestra, vai a finire a qualche metro di distanza. Lui è caduto a piombo, a ridosso del muro. Come se fosse stato tenuto per i piedi, o per le braccia, e poi semplicemente lasciato cadere.»

«In sostanza, secondo te lo hanno riempito di botte, gli è morto fra le mani e hanno cercato di sbarazzarsi del cadavere?»

«Non so cosa sia successo. Io so solo quello che non può essere successo. Non si è suicidato.»

Livia si lasciò sfuggire un sospiro, poi scosse il capo. «Ho capito, Duca, ma ripeto: non è colpa tua.»

Duca prese una Nazionale dal pacchetto e cominciò a lavorarsela fra le dita, ammorbidendola.

«Le ho viste, Livia», mormorò a voce bassissima. «Oggi.»

«Chi hai visto?»

«Le sue bambine. E sua moglie. Volevo parlarle, ma non ho avuto il coraggio di farlo. Mi sono sentito come se fossi complice di chi le ha ucciso il marito. Il padre.»

«È andata così, Duca. Cosa vuoi farci?»

«Proprio tu me lo vieni a dire, Livia? Come ti ho detto, ho scelto di fare questo mestiere perché mi piace. Se devo fare il poliziotto per essere complice in un omicidio e nascondere la verità, tanto vale che torni a fare il medico.»

Lei prese i cerini e gli accese la sigaretta. Poi gli tenne la mano fra le sue.

«Tu fai solo quello che puoi Duca. Nessuno può fare di più. Oggi hai fatto arrestare un assassino, che forse, da libero, avrebbe ucciso ancora. Di certo, non avrebbe reso grandi servizi all'umanità, visto il tipo. Sempre oggi, hai fatto uscire dal carcere un innocente che, magari, dopo quello che è successo, riuscirà a rimettere un po' in sesto suo figlio. Ti sembra poco? Quanti, oggi, hanno fatto quello che hai fatto tu?»

Duca aspirò dalla sigaretta e restò zitto a sentire il fumo scendergli come un pugno nei polmoni. Gli piacevano le Nazionali. Erano sigarette da uomini.

«Fai quello che puoi, Duca. Fai quello che ti piace. E fai quello che pensi sia giusto. È tutto quello che si può chiedere a un uomo.»

Aveva ragione. Come sempre. Duca chiuse gli occhi, la tirò verso di sé e la tenne stretta.

La faccia del vincitore

di Ben Pastor

La secchezza malinconica dei luoghi e delle vicende descritte da Giorgio Scerbanenco serve da esempio magistrale per chiunque voglia scrivere una prosa intelligente, non solo nel «genere». Nei suoi romanzi e nei suoi racconti non c'è ridondanza, non vi sono sprechi, tantomeno orpelli o barocchismi: tutto è artisticamente economico e, per tal via, meravigliosamente efficace. Per di più Duca Lamberti – detective per drammatica necessità esistenziale, mente tormentata, uomo «contro» la sua stessa professione e, nel contempo, individuo caratterizzato da un profondo senso dell'onore – è per molti versi un fratello intellettuale di Martin Bora, il soldato-investigatore dei miei romanzi.

«Ci sono delle volte in cui avere il corpo di un ragazzo è allo stesso tempo di aiuto e d'impaccio... Come si fa a far capire ai grandi che undici anni sono già parecchi, quando cinque di essi, che ti piaccia o no, li hai trascorsi in guerra? Anche noi ragazzi abbiamo fatto la nostra parte, abbiamo sopportato paura e privazioni...»

Così il mio diario dell'aprile '45. Ci ripenso ora, da adulto, senza sapere se la mestizia sia più forte della rabbia o viceversa. Ormai sono passati vent'anni da quel giorno e le impressioni personali si sono appiattite fino a somigliare alle fotografie di cronaca, quelle sfuocate istantanee in bianco e nero che tutti abbiamo visto sui giornali. Fino a somigliare alle didascalie, addirittura, perché adesso sembriamo pensarla tutti allo stesso modo, e in maniera altrettanto conformista. Come se gli eventi della Storia, come se la vita degli altri – la morte degli altri – potesse mai ridursi a una faccenda che si condivide senza critiche.

Il piazzale era lontano da casa, e non mi rammento precisamente perché ci stessi andando quel giorno. So che ci ero arrivato da via Gran Sasso (noi abitavamo poco più fuori, in piazza Leonardo, a un tiro di sasso dallo scalo di Lambrate che il nemico aveva bombardato a più riprese negli ultimi due anni). Immagino che mi attraesse il concorso di folla, in quella ubriacatura di gioia feroce che fu la liberazione. L'ultimo tratto di viale Abruzzi era intasato, e una marea di gente arrivava correndo da corso Buenos Aires. Avevo undici anni e un mese, ero cresciuto come cresce il grano al buio, lungo e bianco: mi rivedo nelle fotografie con l'aspetto d'un ragazzo imbronciato, aggrondato, lo sguardo che si solleva appena verso l'obiettivo, e il ciuffo ribelle pettinato all'indietro, tenuto giù con l'acqua. Teso e curioso – qualità che possiedo anche oggi – e in più con la smania malinconica della prima adolescenza, mi rivedo mentre seguo per strada uomini e donne che si dirigono verso il piazzale. Rivedo il palazzo dell'UPIM, il distributore di benzina; e per il momento so solo che, come mi ha insegnato mio padre, dall'aspetto della folla neanche la polizia può imparare molto: la folla è sempre eccitabile, potenzialmente esplosiva. Bisogna capire che cosa l'attrae, o la ripugna. O tutt'e due.

E così vidi. Le immagini dell'evento sono diventate nel ricordo come quelle dei giornali; ormai non distinguo più tra la mia realtà del 29 aprile '45 e quella che la stampa ha imbalsamato (è la parola) a uso e consumo della posterità. Le altre immagini invece – quelle che colsi nella folla, orientate sulla folla – restano vivide e precise, nette come allora. Rivedo braccia dalle maniche di camicia rimboccate che si agitano con angoli duri da marionetta, le donne invasate come e più degli uomini, con le gole gonfie e le guance senza lacrime; sento le urla come tela lacerata e le risate piene di singhiozzi; i «grandi» che si spintonano per avvicinarsi, schiumando dalla raggiera di strade. Mi viene, da tutto questo, la malinconia dell'uomo e del medico per ogni sofferenza. Mi sale dentro una rabbia profonda e virile – non l'avevo, allora, non potevo avvertirla a undici anni – per chi aveva causato tutte le atrocità e le sofferenze che avevano poi portato a quest'ultima atroce sofferenza. Mio padre ha sempre diviso il mondo fra innocenti e colpevoli; o piuttosto, fra uomini onesti e no. Io, fatalmente, fra sani e malati. Eppure il male – il Male – è anche la radice della parola «malattia».

Quel giorno vidi anche – e mi colpì profondamente, forse ancora più dello strazio da tristi fantocci dei cadaveri – un uomo derubare un altro nella bufera di entusiasmo. Erano davanti a me, ladro e vittima, vociavano entrambi. Sballottato dagli adulti, pure osservai il fatto: mi parve un eccesso di bruttura, *quel* furto in *quel* momento. Cosa dissi? Cosa feci? Non ricordo con precisione. Certamente tentai di avvertire il malcapitato – un operaio in una scolorita tuta blu – che un suo vicino, smaniando e facendo mostra di esaltazione bellicosa, aveva cacciato la mano nella sua tasca sformata, e già ne estraeva un magro portafoglio. Fui io l'unico a notare quanto succedeva a un passo di distanza? Possibile che fossi solo io a distrarmi per qualche secondo dalla scena macabra per osservare quello che un vivo faceva a un vivo?

«Guardate che vi derubano!» provai forse a urlare – eravamo stati tutti educati a usare il «voi», ci sarebbero voluti due o tre anni per farci smettere – e se non usai quelle precise parole, furono comunque assai simili. Mi arrivò subito un colpo da dietro, qualcosa fra uno scapaccione e una carezza sulla testa. Era una «garibaldina» con una blusa della RAF sopra una gonna da Giovane fascista. «Quelli non derubano più nessuno, *bagai!*» Ma alludeva ai morti appesi per i piedi, non al vivo.

Prendere nota dell'aspetto dell'individuo in questione, sentivo le parole di mio padre. Mi parve un uomo di statura normale, con le spalle cadenti e la testa lunga, stretta – oggi direi un cranio dolicocefalico. Aveva indosso una giacca con le tasche profonde a taglio, adatte a riporvi la refurtiva, e nel momento in cui la sua mano strisciò fuori della tasca dell'operaio per raggiungere la propria, con tutta la persona fece un balzo in alto che nel trambusto lo portò quasi a ricadere sugli altri, come si fa quando si vuole sbirciare un momento quello che succede sopra le teste dei tuoi vicini. Rapidissimo, snello, era già pronto a fuggire. Io fremevo, incuneato fra corpi più alti del mio; smaniavo per liberarmi e tentare un inseguimento.

Era primavera fatta, si sudava. Mi sembrò per un momento, mentre mi divincolavo, che se mi fossi mosso in fretta (come se si fosse potuto, in quella calca), sarei sgusciato dai miei vestiti come fra i corpi della folla. Il ladro – ne scorgevo la nuca dai capelli lucidi di gommina – si faceva largo a forza di gomiti, come uno che voglia avvicinarsi ancora di più alla scena, sgolandosi che lo lasciassero passare. Si guardò indietro per impulso. Un'occhiata sopra la spalla, che si abbassò poi fino a me. Tra i suoi occhi e i miei dev'essere passata quella consapevolezza muta che, non sai perché, ti lega allo sconosciuto sul treno anche se ti è istintivamente odioso: non poteva sapere che avevo visto. Ma poiché quelli davanti a lui non potevano o non volevano farsi da parte per lasciarlo passare, con un mezzo giro del torso si girò per afferrarmi la spalla. Invertendo direzione prese a tirarmi, urlando che c'era con lui un bambino, che voleva levare il bambino di là in mezzo. Mi sarei divincolato se non avessi voluto stargli alle calcagna: quale occasione migliore che servirgli da scudo?

La bolgia sudata – fazzoletti rossi al collo, gonne, camicette, teste scarmigliate, canne di fucile e pistole agitate a un millimetro dalle teste altrui – palpitava con un moto ondulatorio; il ladro mi serrava l'omero (quella spalluccia magra di sbarbatello sotto la giacchetta), e mi tirava con sé, facendomi suo complice, girandosi di tanto in tanto a darmi uno sguardo da capretto scuoiato. Aveva astuzia e paura negli occhi, lo capivo anche allora. Oggi posso stimare che fosse un giovanotto poco più che ventenne, che dio sa cosa aveva fatto fino a quel giorno, perché certo non aveva combattuto né da un parte né dall'altra. Mi rifiuto di credere che chi avesse aderito a qualunque ideale si abbassasse a rubare così.

A braccia inerti mi lasciavo portare via, nel più strano inseguimento di quella mia prima investigazione. Dopo che uno spasmo di fianchi e ventri in marcia minacciò di separarci, mi ritrovai addirittura strattonato al suo lato, e poi spinto davanti a lui. Le facce dell'odio, del dolore, della passione, della pena a lungo repressa passavano di qua e di là come acqua che ribolle verso una cascata, e noi eravamo i frammenti avulsi, astrusi, non pertinenti, che si accanivano a procedere nella direzione opposta, ma non per un senso di vergogna o di virtù. Complici, fuggivamo. Volevo urlargli: «Sei un ladro, lasciami stare! Ti faccio prendere dalla pubblica sicurezza!» e invece tacevo senza divincolarmi, lasciando che la marea mi sballottasse. Già pieno di lividi per le gomitate altrui, con il fiato mozzo, cercavo tuttavia di tenere a mente l'aspetto del derubato, cui prevedevo di rendere il maltolto. Ma quanti operai in tuta blu, quanti tasconi sformati c'erano a Milano? Mi lasciavo spintonare nell'afrore della folla, e a un certo punto – eravamo arrivati a un ingorgo di donne che si accapigliavano, di uomini che cercavano di dividerle – il ladro stesso sembrò sul punto di soccombere. Gli venne addosso un cristone corpulento che lo bloccò, facendogli quasi perdere la stretta su di me. Ma il ladro la mantenne; non solo, mi afferrò sotto le ascelle per innalzarmi al di sopra del tumulto.«Il bambino!» gridava a squarciagola, «il bambino!» mostrando il suo motivo per volere sfuggire alla confusione.

Non mi prendevano in braccio da due anni almeno. Da due anni, sì: l'ultima volta era stata dopo la morte di mia madre, quando mio padre mi tirò su per guardarmi negli occhi mentre me lo diceva. Avendomelo comunicato – che voce aveva, come fece a inghiottire il dolore, l'agente Lamberti? – mi rimise giù. E così, depositato (oso dire lasciato per sempre, abbandonato) sulla terra, su di essa ho camminato dapprima come sbalordito, e poi pieno di pensieri e rancore.

L'agitarsi della gente, che pure seguitava ad affluire sul piazzale, diminuiva verso il lato di via Andrea Doria. Il marasma diventava più umano; si riuscivano a discernere i lineamenti che prima erano sembrati una congerie indistinta di nasi, occhi, bocche; la gente riassumeva la propria individualità nello sgretolarsi dell'orda. Di colpo il ladro mi lasciò andare – caddi in piedi – e dopo qualche passo indifferente con le mani in tasca, spiccò la corsa verso il centro della città. Correva verso piazza Caiazzo o la stazione, senza più guardarsi indietro.

Oggi ho l'impressione di essermi messo a inseguirlo senza pensare. Invece no, lo feci con tutta la foga delle mie gambe lunghe e abituate alle scarpinate, l'impeto rabbioso di volere acchiappare chi aveva commesso un furto davanti alla Storia. Alla prima traversa il ladro svoltò a sinistra, verso via Settembrini, e io dietro tra camionette irte di bandiere, uomini con i mitra a tracolla, curiosi che ancora sciamavano verso il piazzale, ragazze che cantavano tenendosi a braccetto. Fu all'angolo di via Settembrini: chissà perché – forse perché si era girato a guardare le ragazze – che il ladro si volse, e riconobbe in me il bimbetto che gli era servito a sganciarsi. Mi minacciò con il pugno atteggiando uno sguardo feroce, e raddoppiò i suoi sforzi. Ma aveva ai piedi vecchi sandali senza calze, che non lo avvantaggiavano nella corsa quanto le mie scarpe di pezza allacciate strette. Un autocarro stracarico di passeggeri, come tutti i mezzi che supplivano ai filobus mancanti, gli frenò davanti appena in tempo mentre attraversava, e ne interruppe il ritmo della fuga.

Riuscii a raggiungerlo quando salì sul marciapiede ingombro di macerie; lo afferrai intrepido per la manica ma mi sfuggì di nuovo, scuotendomi via come ci si scrolla di dosso un cagnolino troppo ossuto per intimidire.

Fu invece lui a prendermi. Zigzagò per qualche metro tra i cumuli di mattoni e intonaco crollato che ostruivano il marciapiede, quindi mi spinse nel portone di un casamento semidistrutto: era un androne scuro e maleodorante, sapeva d'urina di cane e di uomo. Mi tappò la bocca e fece il gesto di tagliarmi la gola se non fossi stato zitto. Ma mi agitavo e tiravo pugni, mordevo, riuscii a cacciare fuori un acutissimo «Ladro, ladro! Al ladro!!!» Da fuori si doveva sentire chiaramente. Scambiarono la mia voce acerba di ragazzino per quella di una donna in pericolo? Si affacciò un vecchio – «Che succede?» – e poi una coppia, tutti e tre fissi su di noi con sospetto.

«*Che l'è?*» chiedevano con il loro accento milanese. Il ladro farfugliò che gli avevo rubato il portafoglio approfittando della calca sul piazzale, che mi aveva inseguito fin qui, e

– adulto fra gli adulti – già riusciva quasi a convincere i sopravvenuti. Le facce curiose divennero cupe e cattive; mi parve che si irrigidissero come maschere di gesso. Presi un ceffone e poi un altro; mi si piegarono le ginocchia e mi tennero su a forza, per frugarmi mentre il ladro arretrava verso il marciapiede.

Quando gli vidi dietro mio padre – gli occhi duri e onesti sotto il berretto da questurino – non mi sembrò vero. Certo accorso in questo quartiere non per me, ma per quello che succedeva qualche strada più in là, prese subito il controllo della situazione. Mi sentii insperatamente salvo e allo stesso tempo temetti – mi pento ancora adesso del dubbio – che avrebbe sospettato suo figlio di furto. Ma afferrò, comprese tutto. «Duca!» esclamò tra l'aspro e l'impaurito, una voce che non gli avevo mai sentito prima.

«Ha rubato!» feci con tutta la passione di cui ero capace, sputando le parole in faccia al ladro. Rivedo mio padre che costringe l'altro nel piccolo spazio oscuro, agganciandolo in modo che non possa sfuggire.

«Bravo, Duca!» Per anni mi è sembrato che me lo dicesse, ma a pensarci bene non può essere, perché non si era ancora accertato della verità. E forse l'agente Lamberti non mi avrebbe elogiato comunque, perché nutriva ben altre speranze per me che non la vita in Questura. Eppure, se si deve fallire, è più grave fallire da medico che da investigatore.

La gente che si era assiepata intorno al portone cominciò a disperdersi. Non c'era più niente da vedere ora che la polizia era sul posto, e l'altro spettacolo forniva un richiamo assai maggiore. Con gli occhi del ricordo osservo mio padre che perquisisce il ladro con l'efficienza metodica del poliziotto di mestiere. Vorrei dire che rivedo l'odio sulla faccia del borseggiatore, ma non è così. È un sentimento che gli attribuisco io.

«Qui non c'è niente», dice poi mio padre dopo avere tastato, palpato, frugato petto e fianchi e ogni tasca del ladro. Aleggia la delusione nella sua voce? No. Anche a lui attribuisco i sentimenti che mi sembrano giusti, ma che in effetti non ci furono. Con ogni probabilità il ladro era riuscito a passare ad altri la refurtiva prima che uscissimo dalla calca. Quell'uomo corpulento che gli era venuto addosso – un complice?

La storia finisce qui. Mi ricordo di essere rimasto a lungo davanti al portone, anche dopo che mio padre aveva sciorinato la ramanzina del caso al ladro, e l'aveva spintonato via. L'agente Lamberti era là per badare alla folla, e raccomandandomi di rientrare a casa, tornò ad attendere ai suoi doveri. Piazza Leonardo da Vinci, la casa di ringhiera, la mia sorella piccola, erano i miei. Quelli, perfino nei giorni convulsi della liberazione, erano i referenti di un undicenne.

Eppure restavo a guardare le facce di chi andava e veniva, di chi provava odio e di chi sentiva pietà o terrore; di chi aveva creduto in quello che era stato e taceva, e di chi credeva in quanto sarebbe stato e poteva finalmente parlare. Il ladro, finora impudente davanti a mio padre, con le mani in tasca, il mento in aria e un ghigno obliquo, era l'unico – in mezzo a tutta quella gente che da piazzale Loreto invadeva come un fiume in piena la città – che mi parve avere la faccia del vincitore.

E i modenesi alla domenica
di Giuseppe Pederiali

Giovane scrittore nella Milano degli anni Sessanta, non mi perdevo una presentazione di libri, specialmente da Renzo Cortina, in piazza Cavour. Ripensandoci oggi, mi sembra che allora fossero meno frequenti le presentazioni. Di sicuro erano grandi i personaggi che incontravo. Avevo visto da vicino Jack Kerouac (russava mentre la Nanda Pivano parlava del suo libro), Henry Charrière (detto Papillon, reduce dalla Caienna), Luciano Bianciardi (gli chiesi cosa aspettava a far saltare il torracchione)... Giancarlo Fusco divenne un mio amico, Pasquale Festa Campanile mi offrì una comparsata in un suo film. Non vedevo l'ora di incontrare Giorgio Scerbanenco, lo scrittore che raccontava in maniera magistrale la Milano nera. Un mito. Ci incrociammo per caso all'ingresso della Milano Libri, in via Verdi. Ricordo che pioveva. Lui aveva un impermeabile chiaro. Scerbanenco usciva, io entravo. Fui tentato di andargli dietro. Pensai che ci sarebbero state altre occasioni per conoscerlo. Non ci furono. Per fortuna ci sono i suoi libri.

«Sono l'ispettore Cagliostri, dell'Ufficio minori.»

«Si accomodi», dice il carabiniere.

Camilla si accomoda oltre il nastro di plastica arancione che delimita la minuscola piazzetta delle Ova, proprio sotto la Ghirlandina. Da questa parte del recinto si è radunata una folla di curiosi: i modenesi che alla domenica mattina vanno a messa in duomo, a prendere l'aperitivo, a guardare le vetrine sotto i portici del Collegio. Ma non c'è molto da vedere, perché il cadavere giace in un angolo buio ai piedi della torre, coperto da un telo verde dal quale spunta soltanto un piede. Scarpa di vernice nera con il tacco a spillo. Una scarpa da sera.

Saluta il commissario Lanza e gli domanda: «Perché hai chiamato me?» Non aggiunge il resto del pensiero: «...che me ne stavo così bene a godermi il sole sul mio terrazzo».

Lui indica il cadavere. «La ragazza non ha con sé documenti... Ma a giudicare dall'aspetto si direbbe una minorenne. Ultraminorenne.»

«Sembra un'adulta», osserva Camilla. Il telo disegna la sagoma di una donna alta almeno uno e ottanta, piuttosto formosa.

«Come fisico è ben sviluppata...» dice Lanza. Solleva un lembo del telo. «Ma guardala in faccia!»

Camilla chiude gli occhi per prepararsi a uno spettacolo penoso: la giovane è precipitata sul selciato dopo un volo dalla torre alta un'ottantina di metri. Riapre gli occhi. Il viso è intatto, sembra solo addormentata.

«Il viso di una bambina!»

Una bella bambina bionda, pallida, il viso rotondo, il naso diritto, le labbra rosa e carnose, le ciglia lunghe.

«Una bambina con il corpo sviluppato in maniera... prepotente.»

Lanza la scopre del tutto. La donna deve essere caduta in piedi, insaccandosi, fracassandosi le ossa, e giace in una posizione innaturale: una gamba parallela al petto, il tronco piegato in un angolo retto formato da bacino e schiena. Tunichetta di lino beige e tanga rosso. Viste nell'insieme, le scarpe di vernice nera risultano ancora più estranee. Una morte oscena. Colpa della innaturale posizione, della parziale nudità e della esagerata maturità del corpo. Cosce, seno, sedere... ogni particolare appare ingigantito, come disegnato da uno specialista in pin up. La mano destra è chiusa a pugno, la sinistra tiene per le orecchie un coniglio di peluche.

«Coprila.»

«Il dottor Bellomi le ha dato una prima occhiata. Secondo lui, non ha più di quindici anni e non è italiana.»

«Lo penso anch'io. Troppo bionda, troppo alta...»

«Troppo tutto», dice Lanza. Non riesce a nascondere un guizzo di malizia negli occhi. «Doveva essere un gran pezzo di...»

«Siamo sicuri che si tratti suicidio?»

«Una coppia di turisti in visita sulla torre l'ha vista scavalcare la balaustra e buttarsi di sotto. In quel momento sulla Ghirlandina c'erano soltanto loro tre. Però Bellomi ha riscontrato sul corpo dei segni non provocati dalla caduta. Anche un paio di bruciature da sigarette. Sarà più preciso dopo l'autopsia.»

«Mi ricorda qualcuno», osserva Camilla, pensosa.

«Una delle ragazze straniere passate dal tuo ufficio?»

«Sono sicura di non averla mai vista prima... Mi ricorda il personaggio di un romanzo.»

«Non perdiamo tempo con le fantasie», taglia corto Lanza.

Camilla non gli bada. «Una bambina con il corpo di donna. Alta, formosa, bella. Giorgio Scerbanenco descrive così il personaggio di Donatella nel romanzo *I milanesi ammazzano al sabato*. La poverina, adulta con il cervello di bambina, viene uccisa dopo un tentativo da parte di alcuni malavitosi di avviarla alla prostituzione. Ci penserà Duca Lamberti, il medico investigatore, a individuare i colpevoli... anche se la vendetta arriva per mano del padre di lei...»

«Non complichiamoci la vita», dice Lanza. «Si è soltanto suicidata. Magari per un dispiacere amoroso. O per una crisi di follia. Oppure era piena di crack. Comunque oggi non è sabato...»

«Forse i modenesi ammazzano alla domenica.»

Il dottor Antonio Bellomi, medico legale, le telefona in ufficio: «Vieni a trovarmi... Devo consegnarti un messaggio da parte della ragazzona che si è buttata dalla Ghirlandina».

Inutile chiedergli un anticipo di spiegazioni. Magari si tratta soltanto di una battuta. A Bellomi piace scherzare e lo fa perfino con quelli che chiama i suoi «clienti», forse per aiutarsi a sopportarne il contatto. «Un contatto viscerale», aveva detto una volta.

«Arrivo subito.»

Raggiunge l'Istituto di medicina legale.

«Ciao.»

Camilla non si avvicina, siede dietro la scrivania ingombra di carte e di provette, e resta a guardare il medico e il suo assistente che lavorano sul cadavere della sconosciuta. Bellomi, grande e grosso, nasconde quasi del tutto il tavolo settorio.

«Cosa puoi dirmi?»

«Che si tratta di una ragazza di quindici o sedici anni, bionda naturale, russa, ucraina o giù di lì, che non fumava, non beveva e non usava droghe. Non ha avuto figli. Anzi, era quasi vergine...»

«Che significa quasi vergine? Oggi risparmiami le tue battutacce.»

«Mai stato più serio in vita mia. La fanciulla è stata deflorata da poco, con violenza...»

«Parlami delle ferite, quelle non provocate dalla caduta.»

«Lividi da percosse, ci metterei la mano sul fuoco. E a proposito di fuoco, ci sono anche tre bruciature da sigaretta: una sulla mammella sinistra, una all'interno della coscia sinistra e una sulla pancia, due dita sopra l'ombelico. Vuoi vederle?»

«No. Posso andare?»

«Portati via il messaggio. È come se lo avesse indirizzato a te... Sta sotto la conchiglia fossile che fa da fermacarte.»

Camilla solleva la conchiglia. Il foglietto, da block notes di piccolo formato, a quadretti, è sgualcito, come se fosse stato ridotto a una pallina.

«Dov'era?»

«Lo teneva ben stretto nella mano destra chiusa a pugno. Non voleva consegnarmelo. Per farle aprire le dita ho dovuto...»

Camilla lo interrompe: «Lascia perdere i particolari.»

Per la decima volta rilegge ad alta voce il biglietto scritto a matita con grafia infantile: «Aiutate me, signore. Tonino Sottaceti mi fa del male. Io non mi piace puttana, voglio tornare anche se la mamma non vuole. O muoio se muoio voglio su tomba la figura a colori di bambina e la coniglietto che ridono con scritto Cricri e Cirnat che saltano su nuvole di zucchero. Aiuta Cristina».

L'ispettore Nanda Violo, che divide l'ufficio con l'ispettore Camilla Cagliostri, sbuffa: «Ormai lo so a memoria pure io... Aiutate me, signore. Tonino Sottaceti mi fa del male... Ma uno come fa a chiamarsi Tonino Sottaceti?»

«Ho cercato in paginebianche.it, alla rubrica Contacognomi: in Italia non esiste nessun Sottaceti.»

«Si direbbe un soprannome.»

«Lo penso anch'io. Deve trattarsi del tizio che ha prelevato la ragazza dal suo paese, in Ucraina, Moldavia o giù di lì. Solite promesse di un lavoro serio, oppure di ricchezza e gloria televisiva. La ragazza abbocca, i genitori anche di più: chiaro l'accenno alla madre che non vuole vederla tornare. Arrivati in Italia, il buon Sottaceti la violenta e tenta di avviarla al marciapiede, o meglio, siccome è minorenne, vistosa e bellissima, a un giro di case d'appuntamento d'alto livello. Ma la ragazza non ci sta. Da qui le botte, le sevizie con la sigaretta, le minacce... Cristina, disperata, riesce a scappare. Non ha denaro, non ha documenti. Ha con sé soltanto il coniglietto di peluche. Sottaceti la cerca. Cristina scrive questo messaggio, con dentro nome e cognome del seviziatore. O soprannome. Conosce un po' l'italiano per avere incontrato al suo paese altri nostri connazionali. Si trova in centro, nei pressi del duomo. Il suo persecutore sta per raggiungerla. Deve impedirle di rivolgersi alla polizia. Lei sale sulla Ghirlandina per nascondersi. Ma da lassù scorge il Sottaceti che l'aspetta. Si butta.»

«Sì, le cose devono essere andate più o meno così...»

«Troverò Sottaceti.»

«Prova alla Coop!»

«Non scherzare!» la rimprovera Camilla. «Se tu avessi visto il viso di Cristina...»

«Non farne una questione personale... come ti capita troppo spesso.»

«Ho parlato con l'agente Salinitro e con il commissario Lanza. Loro conoscono molto bene l'ambiente della prostituzione modenese. La Bruciata, i viali, le case d'appuntamento, i privé... Si avvalgono di una buona rete di informatori. Ma nessuno di loro ha mai sentito parlare di un certo Tonino, detto Sottaceti. E neppure di Cristina, minorenne dell'Est, dal corpo vistoso e dal viso di bambina. Doveva essere appena arrivata in Italia.»

«Prenditela con calma... ormai la ragazza non la possiamo salvare... E prima o poi arriverà dall'Ucraina o dalla Moldavia la segnalazione di una ragazza scomparsa...»

Camilla non l'ascolta. «Giù dalla Ghirlandina... come Formiggini.»

«Un altro caso al quale hai lavorato?»

«Roba del 1938. Angelo Fortunato Formiggini, ebreo della comunità modenese, scrittore, editore, inventore della famosa collana "Classici del ridere", per protestare contro le leggi razziali promulgate dal governo fascista, salì sulla Ghirlandina e si gettò nel vuoto. Anche lui lasciò uno scritto, un epigramma in dialetto:

Ghirlandéina!
Ghirlandéina dam un còcc
pr'ajuterme a fèr al bòcc!
I diran: cus'è 'so fagôt ?
To! L'è al pover Furmajôt .
Un modnes ed qui de 'd via
che, oramai, a-n va piò via!

Che in italiano vuol dire: "Ghirlandina! Ghirlandina dammi una spinta, per aiutarmi a fare una bocciata! Diranno: cos'è questo fagotto? To'! È il povero Formaggiotto. Un modenese di quelli di fuori... che, oramai, non va più via!"

«Allora non ci fu bisogno di cercare chi lo aveva spinto a quel gesto.»

«Ci pensò il responsabile a farsi vivo. Si racconta che Mussolini, quando lo informarono del suicidio di Formiggini, se ne uscì con una battuta cinica: "Da buon ebreo, Angelo Fortunato ha voluto risparmiare sul veleno". Ma torniamo a Cristina, detta Cricri.»

Camilla rilegge il messaggio.

Nanda sbuffa: «Che palle!»

«Cirnat!... Cosa significa "Cirnat"?»

«Si direbbe il nome del coniglietto di peluche. La ragazza vorrebbe essere sepolta con lui.»

«Sì, ma la parola "Cirnat" cosa vuole dire?» Camilla se ne sta zitta per qualche istante, poi esclama: «Lo so io!»

Nanda, rassegnata a farle da spalla e ascoltatrice, domanda: «Sentiamo».

«L'avevo già sentita o addirittura usata, non ricordavo in quale occasione. È stato tre anni fa, durante un viaggio turistico in Romania: faceva parte del vocabolarietto minimo che usavo al ristorante. "Cirnat" vuol dire salsiccia. E in effetti le zampe del coniglietto di peluche, grassocce, ricordano dei salsicciotti.»

«Bene. "Cirnat" vuol dire salsiccia. Ma non aggiunge molto all'indagine.»

«Come no. Ora sappiamo che Cristina è rumena...» Camilla si dà una pacca sulla fronte. «E conosco addirittura il nome del villaggio d'origine: Sapanta. Ci sono stata!»

Questa volta Nanda appare davvero incuriosita. «Tutto tramite la salsiccia bulgara?»

«Rumena. Ho riesumato un altro ricordo di quel viaggio organizzato da una buona agenzia, con poche persone e una guida indigena. Tra l'altro andammo a visitare il cimitero di Sapanta, un paese agricolo del Maramures, la regione del Nord, al confine con l'Ucraina. Un cimitero unico al mondo, chiamato Cimitero gioioso, o Cimitero allegro, o anche Cimitero che ride.»

«Cosa c'è di divertente?»

«Le tombe. Sono larghe croci di legno incise e colorate di tinte allegre e vistose, con una scritta più o meno lunga e una vignetta, stile naïf, che rappresenta il defunto a mezzo busto o al lavoro, a pesca, a un ballo, intento a pregare... Divertenti sono gli epitaffi, sempre felici, allegri, spiritosi. La guida ce ne tradusse una dozzina. Me ne ricordo uno che diceva: "Invece di startene qui a pregare sulla mia tomba, perché non te ne vai a lavorare?"»

«Va bene, abbiamo stabilito che Cristina viene dalla Romania, e precisamente da un villaggio del Nord, dove i morti li seppelliscono in allegria... Ma questo non ci condurrà all'uomo che l'ha fatta venire in Italia con chissà quale promessa, per poi tentare di avviarla alla prostituzione, fino a seviziarla e costringerla ad ammazzarsi...»

«Devo trovarlo e fare in modo che finisca in galera... dovessi impiegarci una vita.»

«Ammesso che lo becchi, non è detto che di galera ne faccia molta... Si tratta di un suicidio, ci sono i testimoni. Al massimo verrà incriminato per corruzione di minorenne, sfruttamento della prostituzione e altri reati minori...»

«L'ha costretta ad ammazzarsi... Comunque gli taglierò le palle e gliele farò mangiare.»

L'ispettore Violo non commenta, e si guarda bene dal sorridere. Conosce bene Camilla e sa che su questo argomento non scherza mai: odia con tutta l'anima i magnaccia. Capace di tagliare davvero le palle al tizio.

«Anche Duca Lamberti prese molto a cuore l'indagine», continua Camilla. «In quel caso la vittima era ancora più indifesa: Donatella, la bellissima e provocante ragazzona era debole di mente. Il cervello di una bambina nel corpo di una donna fin troppo sviluppata. La nostra Cristina si limita a esprimersi da normale sedicenne: l'affetto per il coniglietto di peluche, la madre citata con la parola "mamma", il desiderio di giocare dopo morta su nuvole di zucchero filato...»

Squilla il telefono.

«Ispettore Cagliostri, sono l'agente Salinitro... Ho trovato un tizio, un pappone di piccolo cabotaggio, che dice di avere incontrato la ragazza. Sto andando da lui.»

«Ci andiamo insieme.»

Si chiama Alberto Simonazzi, detto Alendelòn per una vaga somiglianza con l'attore francese, che lui tenta di accentuare con pettinatura e atteggiamenti. Ha una quarantina d'anni, veste jeans e maglietta verde con il coccodrillino, fuma una sigaretta dietro l'altra. Li ha ricevuti in quello che l'agente Salinitro ha definito «il solito posto», ovvero una stradetta di campagna dalle parti di Fossa Monda, appena fuori Modena, nello slargo che serve da discarica abusiva. È qui che periodicamente incontra Salinitro per le soffiate. Simonazzi è infatti il maggiore informatore della polizia per quel che riguarda l'ambiente della prostituzione. Viene ricompensato in natura, nel senso che la sua attività imprenditoriale viene lasciata tranquilla, o relativamente tranquilla per non fare insospettire i suoi colleghi: controlla due o tre prostitute che lavorano lungo viale Corassori. Attualmente due moldave e una colombiana.

Salinitro accosta la sua auto, una Punto borghese, alla BMW del magnaccia. Lui se ne sta appoggiato al cofano, intento a fumare. Anche Salinitro e Camilla sono in borghese.

«Ciao, Alendelòn!»

«Ciao, Nitro... Lei chi è?»

«Una collega. Stai tranquillo.»

«Tranquillissimo.»

Toglie di tasca il pettinino e se lo passa tra i capelli, per ripristinare il ciuffo che ricorda l'Alain Delon di *Rocco e i suoi fratelli*.

«Allora, dove avresti incontrato la ragazza che mi hai descritto?» gli domanda Salinitro.

«In un privé. Il Fiocco Rosa, sulla strada per Albareto...»

«Lo conosco.»

Interviene Camilla: «Descrivici la ragazza».

«Molto giovane e formosa. Bionda. La classica bonazza venuta dall'Est. Capelli raccolti a coda di cavallo. In minigonna, ovvio. Se ho capito bene è controllata dal giro degli albanesi.»

«Ti è sembrata a disagio?»

«In che senso?»

«Spaventata, smarrita o comunque nervosa?»

«Ricordo che ci dava dentro con i drink... vodka, come se fosse acqua pura. La reggeva bene. Di sicuro è una di quelle che il mestiere lo fanno volentieri, per vocazione. Credendomi un cliente, si è avvicinata e in discreto italiano, all'orecchio, mi ha precisato la sua specialità... quella che noi di solito attribuiamo alle bolognesi.»

Ride di gusto. A Camilla viene voglia di dargli un calcio nei coglioni e nel resto del pacco che l'Alendelòn porta in compiaciuta evidenza dentro i jeans aderenti. Si trattiene perché rischierebbe di rovinare il lavoro dell'agente Salinitro, che attraverso personaggi come questo si tiene aggiornato su quanto succede nell'ambiente della prostituzione modenese. O su quanto il mondo della prostituzione vuole rifilare alla polizia.

«Il nome?» gli domanda.

«Sonia. Ma quelle ragazze, quando sono in servizio, adoperano nomi di battaglia.»

«Sei stato con lei?»

«Io sono del giro, ma non la danno a gratis neppure a me. Devono rispondere di ogni marchetta a chi le controlla. Le nostre sono aziende serie, forse le più serie di tutta l'Emilia... tasse a parte. E pagheremmo anche quelle se soltanto rendessero il commercio legale.»

Alendelòn ha parlato molto seriamente, e Camilla gli crede. In Questura, nell'ufficio del dottor Lanza, c'è una mappa della città di Modena e dintorni. Il commissario, usando pennarelli a colori, l'ha suddivisa nelle zone controllate dai vari gruppi. Sembra un lavoro degli architetti del Comune, con precisi confini: qui gli albanesi con le donne dell'Est; qui i nigeriani con le prostitute di colore, le più angariate dai protettori, una mafia violenta che arriva a tatuarle con un marchio di appartenenza; qui i sudamericani con un estroso mix di donne, transessuali e travestiti.

Camilla si rivolge a Salinitro: «Non è lei».

«Come fai a dirlo?»

«Troppo disinvolta, troppo puttana esperta...»

Salinitro allarga le braccia.

Camilla domanda ad Alendelòn: «Hai mai sentito parlare di un tizio che chiamano Sottaceti?»

«Non esiste, ci metto la mano sul fuoco. Li conosco tutti, bianchi, neri e gialli, con nome, soprannome e reputazione. Anche se fosse arrivato sulla piazza da appena una settimana io ne avrei sentito parlare.»

«Fammi qualche nome.»

Alendelòn guarda Salinitro, come per chiedergli l'autorizzazione. Camilla gli semplifica la risposta: «I più violenti, quelli che importano ragazze dalla Romania o dall'Ucraina, quelli che le menano con facilità, che le seviziano».

«Escludiamo i nigeriani: adoperano merce della loro genìa. Ed escludiamo anche i sudamericani: lavorano in collegamento con il giro della droga e collaborano con i calabresi, gente seria, che tratta all'ingrosso... Restano cinque o sei nomi, personaggi duri, capaci di spegnere la sigaretta nel culo di una ragazza se lei fa i capricci...»

«I nomi.»

Alendelòn conta sulle dita della mano destra: «Mirko Glarus, rumeno, Lovan Javor, detto Metropolitan, albanese, Pippo Grieco, siciliano, Antonio Muratori, modenese, Salvatore Giarzone, detto Sòccmel, calabrese naturalizzato bolognese. Sono i più cattivi perché i più ambiziosi. Pesci di media grandezza che sognano di diventare dei boss. Per questo ci danno dentro, sempre in cerca di carne fresca, di quattrini, di reputazione...»

«A nessuno di questi personaggi si potrebbe affibbiare per qualche motivo il soprannome di Sottaceti?»

«E come?»

Salinitro suggerisce: «Per via di un episodio... Che so? Una mangiata di sottaceti rimasta famosa...»

«Non esiste nessun Sottaceti», ripete Alendelòn. «Rassegnatevi.»

Camilla non si rassegna neppure un mese più tardi, quando arriva sul suo tavolo una copia del rapporto informativo della polizia di Baia Mare, la città più importante della regione rumena di Maramures. Hanno rintracciato la famiglia della ragazza uccisa. Cristina Caramzulescu abitava con la madre vedova e due fratelli, ancora bambini, nel paese di Sapanta. La madre ha dichiarato di avere affidato la figlia a un italiano, del quale non ricorda né il nome né il cognome. Questo signore, secondo la donna, era il proprietario di un'azienda che cercava giovani donne da impiegare come fotomodelle per lanciare i nuovi capi di vestiario *made in Italy*. Se la ragazza non si fosse dimostrata all'altezza, o poco fotogenica, avrebbe comunque avuto garantito un posto da operaia nell'azienda. Il distinto signore aveva versato alla signora Caramzulescu la somma di tremila euro in contanti.

Evidente che la madre di Cristina sapeva bene a quale mestiere sarebbe stata avviata la figlia, ma la polizia rumena non aveva prove per incriminarla.

«Archivia il caso insieme ai molti altri che gli somigliano», le suggerisce l'ispettore Violo.

Ha parlato senza convinzione, conosce troppo bene Camilla. Lei, infatti, neppure l'ha ascoltata. Per l'ennesima volta rilegge il messaggio lasciato da Cristina Caramzulescu: «Tonino Sottaceti mi fa del male... Sottaceti... La chiave di tutto è nella parola. Se la ragazzina pensava a lui in questo modo ci deve pur essere una ragione...»

«Magari si tratta di un episodio di scarsa importanza e relativo a loro due e basta», dice Nanda. «Viaggiando in macchina verso l'Italia, si sono fermati in un ristorante e lui, non gradendo la cucina rumena, ungherese o austriaca, ha mangiato soltanto sottaceti. Impressionata dal fatto, la ragazzina lo ha battezzato così, con un soprannome che valeva solo per lei.»

«Possibile.»

«A forza di pensare alla Romania mi è venuta voglia di andarci», dice Camilla. «Mi accompagni?»

«In Romania?» domanda Donato, stupito. «Non serve a niente. Quella madre disgraziata che ha venduto la figlia di sicuro non sa altro. Forse era addirittura in buona fede quando ha affidato Cristina all'italiano... se davvero era un italiano.»

Sono sul terrazzo di Camilla, hanno appena fatto l'amore e si godono il tepore del crepuscolo. Il cielo, rosso con pennellate viola, fa da sfondo alla Ghirlandina che spunta da un mare di tetti.

«Non pensavo alla ragazza... Ho soltanto voglia di un bel piatto di *ciorba.*»

«Che roba è?»

«Minestra con dentro carne di vitello e di pollo... E in chiusura una fetta di *cataif,* panettone farcito di mandorle tritate.»

«Prendiamo il primo aereo per Bucarest?» scherza Donato.

«Non occorre. A Carpi hanno aperto un ristorante rumeno, il Lebada.»

«Vuoi andarci questa sera stessa?»

«Subito. Così mi caverò la voglia.»

«Cerco il numero di telefono su internet... Non vorrei che fosse chiuso per turno.»

«Non importa... Semmai ripieghiamo su una pizzeria napoletana.»

Donato, da buon napoletano, non esita: «Speriamo che sia chiuso».

«Abbiamo anche degli ottimi vini rumeni, adatti a una cucina molto speziata», li informa il cameriere. «Consiglierei il generoso rosso Dealul Mare.»

«Perfetto», dice Camilla. «L'ho già bevuto in un ristorante di Timisoara.»

Donato non interviene. Lui vivrebbe di spaghetti al pomodoro e pesce. Fino all'ultimo aveva davvero sperato di trovare chiuso il ristorante rumeno.

«Nell'attesa gradite qualche antipasto?» domanda il cameriere. «*Sunca, cirnat, muraturi, pastet*... Vi consiglio il *pastet,* uno speciale paté di fegato...»

Camilla trasale. Il menu le cade nel piatto, ancora vuoto.

«Le dispiace ripetere?»

«Parlavo del *pastet,* un paté di fegato con l'aggiunta di...»

«No... Mi ripeta l'elenco degli antipasti!»

«*Cirnat, sunca, muraturi...*»

«*Muraturi*!» esclama Camilla.

Interviene Donato: «Perché ti agiti tanto?»

Lei non gli bada. Si rivolge al cameriere, ancora impalato di fronte al loro tavolo, con blocchetto e matita in mano: «Cosa sono i *muraturi*?»

«Sottaceti.»

«Dio mio... ecco spiegato il messaggio di Cristina!» Si alza: «Torniamo subito a Modena».

«E la cena?»

«Non riuscirei a mangiare.»

Si avvia verso l'uscita mentre Donato si scusa con l'allibito cameriere. In macchina verso Modena.

«Vuoi spiegarmi?»

«Cristina sul biglietto ha scritto il nome e il cognome del

suo aguzzino. Tonino Sottaceti. L'uomo usava il meno possibile il suo cognome. Per lei era Tonino. Ma il cognome Cristina doveva averlo udito in qualche occasione, forse durante il viaggio verso l'Italia, o lo aveva sbirciato sul passaporto di lui. E le era rimasto impresso perché era quasi uguale a una parola rumena: *muraturi.* Così quando ha scritto il biglietto, in preda alla disperazione, per farsi capire nella nostra lingua, lo ha tradotto in italiano. Il nome Muratori, discretamente diffuso a Modena, è diventato Sottaceti. Tonino Sottaceti è uno dei malavitosi che vivono sfruttando la prostituzione e la incrementano con l'importazione di ragazze dall'Est. Il suo nome esatto è Antonio Muratori, uno dei cinque personaggi citati da Alendelòn, l'informatore dell'agente Salinitro.»

«Se non fossimo andati al Lebada non avresti scoperto la verità», osserva Donato, rassegnato a saltare la cena. «Adesso cosa intendi fare?»

«Riferirò tutto al commissario Lanza... Lui e Salinitro sapranno dove beccare il Muratori. Un confronto con la madre di Cristina, che non potrà rifiutarsi di riconoscere l'uomo che ha spinto sua figlia a uccidersi, servirà a spedirlo in galera per un bel po' di anni. Almeno me lo auguro.»

«Perché non ci vai tu ad arrestarlo, insieme a Salinitro e Lanza?»

«Meglio di no. Non resisterei alla tentazione di tagliargli le palle e fargliele mangiare, come avevo promesso.»

Duca e il professore
di Patrizia Pesaresi

Il primo incontro con Giorgio Scerbanenco risale all'estate dei miei quattordici anni. Lettrice onnivora, avevo cominciato a frequentare la collana giallo-viola di romanzi Garzanti che pubblicava Ian Fleming (di cui mia madre mi proibiva la lettura, perché trovava che nelle storie di James Bond ci fosse troppo sesso per una ragazzina). Così Fleming lo leggevo a scuola, nell'intervallo delle lezioni (e anche durante le lezioni, certo, sottobanco), prestato da una compagna che ne possedeva l'intera serie. Io ricambiavo con i romanzi di Len Deighton e di Van Gulik, che avevano diritto di territorialità nella mia biblioteca. Quell'estate, per ragioni che non ricordo, il controllo sulle mie letture doveva essersi parecchio diluito, perché mi ritrovai a leggere liberamente Venere privata. *Amai subito il romanzo e il suo dolente protagonista, Duca Lamberti, così pessimista ed eticamente tanto singolare (la faccenda dell'eutanasia mi fece pensare parecchio). In seguito lessi altri romanzi e molti dei racconti scritti da Scerbanenco, ma la perfetta costruzione della storia e la vivace originalità di certe espressioni in* Venere privata *sono rimaste insuperate, nella mia memoria. Una di queste espressioni, in particolare (attenta a non fare della «psicoanalisi da mercatino rionale») continuo a usarla come auto-ammonimento, ancora oggi. E vi assicuro che, per una psicoanalista, non è un'esortazione da poco.*

«Vede, signor Lamberti, lei afferma di essere uno specialista nelle operazioni ideologiche: eutanasia, redenzione e salvataggio di giovani malati nello spirito.»

L'uomo dall'espressione bonaria e dal profilo vagamente caprino scuote la testa, ha i capelli lunghi sul collo (Duca detesta quel tipo d'acconciature maschili), non sembra un professore, tanto meno uno psicoanalista. Famoso per soprammercato, dicono.

«Io penso», continua il professore, con voce soave, «che lei tenti, ogni volta che si cala in qualcuna delle imprese di cui mi ha parlato, imprese pericolose, sempre, di giocare una partita a scacchi con una parte di sé che la vorrebbe morto. O, comunque, diverso.» Sospira. «L'unico che lei non riesce a salvare o redimere è sé stesso, signor Lamberti.»

«Cosa vorrebbe dire?» chiede Duca, irrigidendosi nella poltrona troppo soffice, dall'altra parte della scrivania piena di carte polverose e di oggetti incongrui (c'è persino una scarpina da neonato, di quelle che le future nonne sferruzzano in copie infinite, prima del parto delle nuore.)

«Suo padre era un poliziotto, vero?»

«Era nell'Antimafia, prima che lo prendessero a coltellate e lo relegassero a un lavoro d'ufficio.»

«E lei, che non può più esercitare come medico, s'è inventato un mestiere molto somigliante: indaga. Così può identificarsi con suo padre, riportarlo in vita», conclude il professore lungocrinito e sorridente.

«Collaboro con la polizia, a volte. A volte vengo ingaggiato direttamente.»

«Sì, ho letto dell'incarico che ha avuto dal commendator Auseri, quella brutta storia di ragazze comprate, vendute e uccise: era su tutti i giornali, qualche anno fa.»

Lui tace.

«Diverso», ha detto il professore.

Ma diverso da cosa? Diverso come?

«Mio padre voleva che fossi un medico», dice piano. Un medico ricco e famoso, pensa. Ma il suo percorso verso la ricchezza e la fama aveva incrociato l'ultimo tratto di strada della signora Maldrigati e quella fiala d'ircodina.

«Non riporterà in vita suo padre facendosi ammazzare da qualche malavitoso, sa?» aggiunge il professore. È serio, adesso, e lo scruta da dietro le sue carte e i libri ammonticchiati. «È a sé stesso che deve chiedere perdono, non a lui.»

Forse non è stata una buona idea rivolgersi al luminare della psicoanalisi per quel problema d'insonnia e d'incubi ricorrenti. Sa che non è nemmeno laureato in medicina. Avrebbe fatto meglio a rivolgersi al dottore della mutua o a curarsi da sé, con qualche capsula di Valium o una bottiglia (più d'una, certo) di quello buono.

Forse voleva solo parlare di sé a qualcuno che non lo conoscesse, qualcuno che accettasse d'ascoltarlo senza le intercapedini create dall'affetto o dal bisogno. Senza preconcetti.

Come se il professore avesse intuito la sostanza dei suoi pensieri dice: «Non credo che un'analisi le sarebbe d'aiuto, signor Lamberti. Lei è troppo, come dire, difeso, sorvegliato... non perde mai di vista sé stesso, ciò che ha deciso essere sé stesso. Dunque un'analisi, per lei, sarebbe troppo lunga, troppo complessa, troppo dolorosa. In definitiva, impossibile».

Duca sbatte le palpebre. «Mi sono rivolto alla persona sbagliata», dice, neutro.

Il professore l'osserva in silenzio, una scintilla d'arguzia attraversa il suo sguardo curioso.

«Forse posso aiutarla, anche se non come analista.» Sorride. «Vede, se accettiamo l'ipotesi che lei usi l'indagine e la risoluzione di casi delittuosi come un modo per pacificare sé stesso e dare un senso ai suoi patimenti interiori, le procurerò un'indagine da svolgere. Asseconderò la sua difesa, anziché tentare di smantellarla.»

«Mi sta proponendo un incarico?» Duca sorride di quel suo sorriso così particolare, un po' rapace, un po' felino, un sorriso che sarebbe andato bene sopra un nodo scorsoio di seta.

«Sì.»

«Dottor Musatti, mi avevano avvertito che lei è un anticonformista, ma non la credevo addirittura uno stravagante.»

«Nessuna stravaganza.» Il professore scuote la testa, serio. «Un amico mi ha chiesto aiuto per una sua protetta. La poverina non è più in sé da diversi mesi, e nessuna cura le è stata finora di giovamento. Io sospetto che nelle sue fantasie ci sia un elemento di verità e che si possa sospettare un crimine. Come lei, quella ragazza ha più bisogno di un'indagine ben condotta che di un'analisi impossibile.»

«Chi è l'amico? E come si chiama la ragazza?» domanda, suo malgrado.

Il professore si alza, gira attorno alla scrivania, si ferma accanto a lui, come se volesse sottolineare così un riequilibrio dei ruoli: non più analista e paziente (paziente impossibile, già) ma Musatti e Lamberti, il cliente e l'investigatore. Se Duca si alzasse, sopravanzerebbe di almeno venti centimetri la statura del professore e, sebbene non creda che Musatti abbia problemi in tal senso, decide che è meglio non muoversi. Anche perché così il tremore che talvolta affligge le sue mani risulta meno visibile.

Musatti l'osserva in silenzio.

«Rosa Vigevani», dice finalmente. «La ragazza si chiama così. È la figlia d'un capo operaio della fabbrica Olivetti di Scarmagno. Ho saputo di lei da Roberto, l'attuale amministratore delegato.» Sorride brevemente. «Vede, gli Olivetti hanno idee molto personali sull'ambiente di lavoro, sul benessere dei loro operai, dei dipendenti. Ne so qualcosa, perché ho lavorato per loro e continuo ancora a collaborare con l'azienda, come psicologo. Roberto, poi, è una persona particolarmente sensibile e intelligente, l'ha presa a cuore.»

«A cuore?»

«Sta pagando le cure della ragazza. I genitori non l'hanno chiesto espressamente, si sarebbero accontentati di una struttura pubblica, ma lui ha molto insistito. Prima l'ha mandata in una costosa clinica nella Svizzera italiana, poi c'è stato un tentativo di psicoanalisi con una brava collega di Milano, purtroppo fallito, e adesso le medicine.»

«Molto generoso davvero.»

Con tutto quello che sta succedendo in giro, dopo il Maggio Francese e Mao in Cina, gli scioperi dei metalmeccanici, i cortei per la casa, e gli studenti in rivolta permanente, forse gli Olivetti hanno trovato la strada giusta, pensa Duca, disincantato: si sentiva proprio la mancanza d'un grande padrone rosso e illuminato dal Sol dell'Avvenire, già.

«Che cos'è successo alla ragazza?»

«Si è sentita male la sera del 20 luglio, si ricorda, la notte in cui gli astronauti dell'Apollo 11 sono sbarcati sulla Luna...»

Si ricordava. Anche lui e Livia erano rimasti a guardare la telecronaca di Tito Stagno, dopo cena, e il padre di Livia, a un certo punto, aveva detto: «Ma sarà tutto vero? Non è che l'hanno rifatto in uno studio, come al cinema?» e lui aveva pensato che quell'idea, quel dubbio, sarebbe stato un soggetto fantastico per un film.

«Male come?»

«È svenuta. Quando sono riusciti a rianimarla è entrata in stato catatonico. È rimasta così per oltre un mese. L'hanno sottoposta a ogni tipo d'accertamento, ma non ha niente di organico. In Svizzera ha fatto la cura del sonno, dalla catatonia è uscita, sì, ma non è più stata la stessa. Adesso è più calma, grazie ai farmaci, ma nemmeno le medicine riescono a contenere il suo delirio.»

«Che tipo di delirio?»

«Persecutorio, direi. Afferma che c'è un uomo che la spia attraverso le pareti della sua stanza, che il suo corpo è stato scambiato mentre dormiva, e che lei non è realmente sé stessa. Dice anche una frase, che quando è agitata ripete in continuazione. Dice: "Il vento non spazzerà via l'impronta".»

«Curioso», Duca lancia un'occhiata al professore. «Si esprime con proprietà per essere la figlia di un operaio. Studiava?»

«Aveva appena terminato il terzo anno delle magistrali. Una studentessa più che discreta, senza grilli per la testa.»

«Fidanzata?»

«Troppo timida e riservata. La sorella Paola, di cinque anni più grande e tutt'altro temperamento, dice che Rosa ha paura dei ragazzi. Non va a ballare, non ha amiche, esce soprattutto con la sorella, talvolta con i genitori. Ma in genere passa gran parte del tempo libero a leggere, a disegnare. È molto brava nel disegno, dicono. E questa è proprio una delle ragioni per cui Roberto Olivetti l'ha presa a cuore.»

«Una ragazza modello, insomma.»

«Sì, certo.» Musatti scuote il capo, serio. «Ma anche una personalità dipendente, un tantino... vischiosa, ecco, se non addirittura ossessiva: da bambina ha sofferto di epilessia, il piccolo male. I genitori l'hanno sempre tenuta sotto una campana di vetro, riguardata, protetta. Sono persone semplici, molto attente all'educazione delle loro ragazze, al decoro, all'opinione altrui. Rigidi, ecco, li definirei dei genitori rigidi, più che rigorosi.»

Duca, per un momento, pensa a suo padre, alla stanza che aveva preparato per lui nel loro appartamento, la stanza dove lui, il «dottor» Lamberti, avrebbe ricevuto l'umanità sofferente, i pazienti che l'avrebbero trasformato in un medico ricco e famoso. Ma lui non aveva mai usato quella stanza, e suo padre, poi, era rigoroso, non rigido: per questo se n'era andato così presto, spezzato dalla vergogna per ciò che lui aveva fatto alla signora Maldrigati.

«Dottor Musatti, quale sarebbe esattamente il mio incarico? La ragazza ha già avuto le cure più adeguate, è seguita...»

«C'è dell'altro.»

«Si spieghi.»
«In una delle sue farneticazioni, Rosa afferma di avere ucciso un uomo uscito dal muro della sua camera, di averlo colpito con delle forbici. È tutto trascritto nel verbale delle sedute cliniche che Rosa ha fatto in Svizzera: ho letto la cartella.»
«Un'altra forma del suo delirio?»
Musatti gli lancia un'occhiata seria.
«Potrebbe esserci qualcosa di vero, che lei utilizza per costruire le sue fantasie.»
Duca attende.
«Quattro anni fa i Vigevani subirono un furto nel loro appartamento. Qualcuno si introdusse in casa una domenica, mentre erano al mare. Rubarono qualche piccola gioia della signora, un anello, delle catenine. Fu trovato del sangue in terra, nella camera delle ragazze, e sotto uno dei letti delle forbici sporche. Erano delle forbici da carta, quelle con le lame lunghe e diritte. I carabinieri che vennero a raccogliere la denuncia dei Vigevani ipotizzarono che i ladri fossero più d'uno, e che potesse esserci stato un litigio, una colluttazione tra loro. La casa era tutta sottosopra... I Vigevani si spaventarono molto, e dopo quell'episodio fecero mettere inferriate alle finestre e murare una porta che affacciava sul cortile condominiale del palazzo accanto. Gli intrusi erano passati da lì.»
«Una porta di servizio?»
«L'appartamento dei Vigevani, un appartamento di proprietà, è ricavato dall'unione di due case di ringhiera contigue. Quella era la porta di una delle due, ma loro la usavano appunto come porta di servizio, per scendere nel cortile a stendere il bucato, a buttare la spazzatura. La porta si apre su una ringhiera perpendicolare a quella dove affaccia il loro uscio di casa.»
«Rosa aveva quattordici anni, allora», mormora Duca, meditabondo.
«Compiuti da poco.»
«Vivono ancora lì?»

«Sì.»

«Mi sembra una matassa ingarbugliata», afferma Duca. «Rosa utilizza un remoto ricordo per costruire una delle sue fantasie, e ci sono fatti reali che sembrano presi da un libro giallo.» Guarda il professore.

«Io sono un uomo pratico, dottor Musatti, e sebbene sia convinto che voi analisti siate in genere molto bravi a costruire spiegazioni ingegnose con labili indizi, ho la sensazione che anche lei sia una persona pratica.»

Musatti lo scruta con espressione astuta. «Vero», sorride. «Le piace andare al cinema, dottor Lamberti?»

Duca risponde lentamente: «Come sa, sono stato via per diversi anni. Nel posto dov'ero non c'era il cinematografo, la domenica. Dove vuole arrivare?»

Musatti scuote la testa. «Il delirio di Rosa è... come dire... troppo preciso. Come se fosse ricalcato sulla traccia di una lettura fatta, o di qualcosa visto al cinema.»

Duca non replica, ripensa al sospetto del padre di Livia, la notte dell'allunaggio, il dubbio che sarebbe stato un soggetto fantastico per un film.

«La collega analista che ha tentato di curare Rosa, alcuni mesi fa», riprende Musatti, «l'ha definita una personalità isterica, con accentuati tratti istrionici. La ragazza è colta, intelligente, ha sicuramente subito un trauma la cui natura ci è ignota, e sembra inibita sul piano della sessualità. Ma, come lei stesso ha intuito e suggerito poco fa, c'è qualcosa di romanzesco nella sua patologia, un retrogusto da libro giallo.»

«Pensa che stia fingendo?»

Musatti si siede, prende la scarpina da neonato posata su una pila di carte, l'osserva pensieroso.

«C'è del metodo, nella sua follia», dice piano. «L'impronta sulla Luna che scatena la crisi, le tracce di sangue nell'appartamento violato anni prima, due sorelle tanto diverse e tanto unite, dei genitori così rigidi...» Guarda Duca. «Scopra qual è la natura del trauma, dottor Lamberti, e sapremo se la ragazza finge.» Posa delicatamente la scarpina, intreccia le mani sul tavolo. «E forse capiremo anche perché lo fa.»

L'appartamento dei Vigevani, in un isolato ai margini di Città Studi, era luminoso e ben arredato, del tutto privo delle pretenziose ingenuità che hanno di solito le case dei piccolo borghesi. Niente controbuffet con il servizio buono in vista, niente bambole di celluloide vestite, niente quadretti e ricordini di viaggio, gondole di conchiglie, orologi a cucù e animaletti di peluche a prendere polvere.

Piuttosto, dominava su tutto un rigore essenziale, quasi stilizzato, che rivelava la frequentazione assidua di riviste d'arredamento specializzate più che di periodici femminili. Duca, guardandosi attorno, si domandò fino a che punto quel risultato elegante e un po' frigido avesse subìto l'influenza della mentalità della fabbrica in cui il padre di Rosa lavorava.

Del resto, se oggi era lì, lo doveva proprio alla calda raccomandazione che del «dottor Lamberti» era stata fatta alla famiglia Vigevani, attraverso Musatti, da Roberto Olivetti in persona.

Rosa era diversa da come l'aveva immaginata.

S'era figurato una scialba ragazzetta con i capelli all'annegata e lo sguardo sfuggente, un fragile topino che è appena sfuggito alle fauci dell'Orco.

Rosa era bella. Alta, snella, corti capelli a caschetto d'un castano scurissimo, zigomi pronunciati e uno sguardo grigio, attento e curioso dietro lenti da vista montate in acciaio. Uno sguardo d'acciaio, sì.

Un'intellettuale, pensò Duca, che, se si fosse liberata della goffa vestaglietta di flanella che ne soffocava le forme, avrebbe anche potuto sfilare come modella.

Il prototipo d'una nuova specie a venire, il frutto di quegli anni turbolenti e nuovi, che avviavano a un definitivo tramonto i romantici ideali ai quali aveva aderito, come suo padre prima di lui, pagandone le conseguenze fino in fondo.

I genitori di Rosa, sua sorella Paola, erano più prevedibili, corrispondevano punto per punto alla descrizione fatta dal professore: una coppia di cauti genitori attenti alla salute e alle frequentazioni delle figlie. Paola era meno avvenente di Rosa, ma aveva forme più morbide e sorrideva di più.

«Per fortuna non ha più bisogno di prendere farmaci», stava dicendo la madre. «Era ingrassata in clinica, e dormiva tutto il giorno, anche dopo. Questo bravo dottore che la segue ora le ha lasciato solo le pillole per...» troncò la frase a metà, come se non volesse pronunciare la parola.

Allucinazioni, pensò Duca. Incubi. Come i suoi, forse.

«Vorrebbe parlare con me, Rosa?» domandò, sperando che i genitori e Paola intuissero che intendeva rimanere da solo con la ragazza.

«Gradisce un caffè, dottor Lamberti?» chiese Paola, prendendo la madre per un gomito e pilotandola verso la porta. «Vieni, papà», aggiunse, «lasciamoli da soli.»

Uscirono, chiudendo la porta a vetri del salotto dietro di loro.

Rosa, seduta al tavolo da pranzo, osservava Duca.

«Lei è una specie di dottore?» domandò finalmente, seria, a voce bassa.

«Cosa le fa pensare che sia un dottore?» chiese lui di rimando. «Solo perché sua sorella mi ha chiamato così?»

«Ha l'aspetto di un dottore. Ne ho frequentati parecchi ultimamente, ho imparato a riconoscerli, anche quelli senza camice. Soprattutto quelli.»

«Si ricorda perché è finita in clinica?»

Rosa lasciò che gli occhiali le scivolassero un po' lungo il naso sottile e grazioso.

«Mi sono sentita male, a luglio. Sono caduta: i medici sulle prime pensavano che fosse un attacco epilettico, ne ho sofferto da piccola, sa, ma era qualcos'altro.» Tacque, fissandolo. «Certe volte vedo delle cose. Cose che non ci sono, mi dicono.»

«Cosa l'ha fatta stare male, Rosa?» domandò, cauto.

Se l'ipotesi di Musatti era giusta, se la ragazza più o meno scientemente mentiva, non sarebbe riuscita a reggere il gioco troppo a lungo, si sarebbe tradita esagerando, lasciando affiorare quel tratto istrionico di cui lo psicoanalista aveva parlato.

Quanto a lui, sperava davvero che la ragazza fosse solo una bugiarda.

«È stata l'impronta. Quando ho visto l'impronta», rispose lei lentamente, senza smettere di guardarlo.

«Quale impronta?»

«Quella di Armstrong, sulla Luna. Ricorda?»

Sì, ricordava. La telecronaca, le grida di giubilo, le riprese incredibili del LEM, della bandiera rigida (perché non c'era atmosfera a farla stare su da sola) e l'impronta tozza del primo uomo sceso sulla Luna, un'impronta a righe che ricordava un po' quella lasciata da uno stivale doposci su una coltre di cenere.

«Nessuno l'aveva mai fatto prima», aggiunse Rosa atona, inespressiva.

«No, nessuno», confermò Duca, neutro, aspettando il seguito.

«Ho pensato che quell'impronta sarebbe rimasta lassù per sempre.» Lo guardò. «Non come l'altra volta?»

«Quale altra volta?» domandò Duca, prudente.

«Non glielo hanno detto?» Rosa lo fissò, inquisitiva, caparbia. «Una notte un uomo è entrato nella mia stanza, io l'ho colpito con le forbici che uso per tagliare le risme della carta da disegno. È uscito del sangue, non molto però, l'uomo ci ha messo un piede sopra, ha lasciato un'impronta. Era più piccola di quella dell'astronauta, era diversa.»

«Che ne è stato dell'uomo, Rosa?»

«È morto. È passato di nuovo attraverso il muro ed è caduto giù nel cortile.»

«E l'impronta?»

«La mamma ha pulito tutto per bene», abbozzò un sorriso. «È molto ordinata, sa? Tutto dev'essere in ordine, sempre.»

«Quando è successo, Rosa?»

«Era ottobre... tre mesi dopo i ladri.»
Duca trasalì.
«Sta parlando di quattro anni fa?»
«Certo. Perché?»
«Cosa ricorda dell'episodio dei ladri?»
«Trovammo la casa svaligiata rientrando dal mare: papà era venuto a riprenderci con la Seicento, me e la mamma, la sera di domenica. Paola era rimasta a Milano, a studiare a casa d'una compagna di scuola, aveva gli esami di licenza proprio in quei giorni.» Scosse il capo. «Non ricordo molto, non potei vedere granché, perché mi lasciarono a casa d'una vicina, non volevano che mi spaventassi. Fu Paola a raccontarmi i particolari, dopo. Qualcuno s'era fatto male, diceva. E l'oro della mamma era sparito.»
Duca aspettò il seguito.
«Non ci voleva proprio, quel furto. La mamma e il babbo stavano facendo tanti sacrifici, c'era il mutuo da pagare, avevano appena acquistato la casa accanto per avere più spazio, finalmente c'era una stanza tutta per noi... Paola non poté iscriversi all'università, quell'anno. Ci rimase male, credo, anche se non se ne lamentò mai. L'anno successivo trovò un impiego all'Alemagna, e rinunciò definitivamente agli studi.»
«Avrebbe potuto concorrere per una borsa di studio.»
Rosa scosse di nuovo la testa.
«Non era così brava... Sempre promossa, certo, ma con una sfilza di sei.»
«Non come lei, mi hanno detto», affermò Duca.
Rosa lo osservò.
«A me piace studiare», rispose con cautela. «Un giorno vorrei iscrivermi all'Accademia delle Belle Arti.»
«Mi piacerebbe vedere qualcuno dei suoi lavori», arrischiò Duca, con un sorriso. «Ho saputo che è molto brava nel disegno.»
Rosa si alzò. C'era una cartella di cartone rigido appoggiata di piatto sopra uno scaffale, l'aprì, gli porse dei fogli grandi, spessi, porosi. «Questi li ho fatti quand'ero ricoverata», disse, porgendogli i disegni.

Duca li prese, li appoggiò sul tavolo, uno accanto all'altro, come avrebbe fatto con le carte da gioco per un solitario.

Erano ritratti a carboncino e a matita, alcuni appena abbozzati, altri più dettagliati, tutti molto ben fatti.

Il soggetto era sempre lo stesso, ritratto in pose diverse, e con diverse espressioni.

«È sua sorella Paola», mormorò Duca.

«Sì», affermò Rosa. «Li ho fatti a memoria.»

Tacque per un momento.

«Vede, lei non era lì con me, in clinica», disse.

Il professore studia gli appunti che ha preso, ascoltando il minuzioso resoconto di Duca.

«Dunque, il punto non è se Rosa menta o meno, ma fino a che punto la "sua" verità si mescoli con la verità oggettiva», dice.

«Già», conferma Duca, accigliato. «E a costo di fare ancora una volta della psicoanalisi da mercatino rionale, ritengo che il fatto scatenante, l'aver visto l'impronta dell'astronauta sulla polvere della Luna, unita all'enfasi con cui veniva celebrato l'evento, al pathos generale, l'abbia rimandata a un'altra impronta legata, come lei sospettava, a un suo privato evento traumatico, l'aggressione subìta da un misterioso visitatore notturno.»

«Il ferimento con le forbici, la "morte" dell'aggressore potrebbero essere solo degli equivalenti simbolici», azzarda Musatti, meditabondo. «O un'inconscia identificazione con l'aggressore, usando come ricordo di copertura il racconto fattole da Paola a proposito del furto in casa di pochi mesi prima...»

«Sembrano davvero molto legate», mormora Duca.

«Come dice?» Musatti alza lo sguardo dai foglietti zeppi di note.

«Paola e Rosa», risponde Duca , «Paola, la maggiore, è la brava massaia che prepara il caffè per gli ospiti, tiene a bada gli ansiosi genitori, va male a scuola e si trova un lavoro da operaia. È premurosa e protettiva nei confronti della sorella pazza, quasi un'altra madre.»

Musatti annuisce, e continua la descrizione: «Rosa, d'altro canto, ha sempre creato problemi: crisi epilettiche da bambina, che non possiamo escludere siano precoci manifestazioni della sua personalità isterica. Tutta l'attenzione su di lei, sempre, e ammirazione per il suo talento scolastico, per i precoci interessi e la particolare intelligenza.»

«È anche più bella della sorella», sottolinea Duca. «Molto più bella.»

«Eppure, nonostante le apparenze, la personalità dominante, tra loro, sembra proprio Paola», osserva Musatti. «Tutti quei disegni, i ritratti eseguiti in clinica con ossessiva ripetitività, un tentativo esplicito di averla accanto, e poi il modo di vestire... È come se Rosa volesse imitare Paola, forse essere come lei...» Lancia un'occhiata a Duca che lo sta ascoltando con attenzione. «Vede, Lamberti, mentre mi raccontava il suo incontro con i Vigevani, m'è venuta in mente una fantasia. Una fantasia davvero curiosa, lo sa?»

«Quale fantasia?»

«Paola è più anziana di Rosa, è meno avvenente della sorella, e ha un temperamento affatto diverso... eppure mi è difficile pensare a Paola e Rosa come persone distinte, separate. Il loro legame le ha rese, nella mia immaginazione, quasi delle gemelle identiche, come se fossero l'una la sosia dell'altra.»

«Due corpi distinti, una sola mente, insomma», osserva Duca dubbioso. «Una rappresentazione della loro intesa.»

«Già.» Musatti lo scruta, lo sguardo improvvisamente incupito. «Ma forse la parola giusta è "complicità".»

Duca ricambia lo sguardo. «Credo sia proprio arrivato il momento di fare una chiacchierata con il mio amico Càrrua», dice. «Sa, a proposito di quella denuncia per furto nell'appartamento dei Vigevani, quattro anni fa.»

Non era stato facile, per il bravo Càrrua, recuperare i faldoni con le denunce del 1965, nell'archivio del commissariato di zona dei Vigevani: le denunce per reati minori erano organizzate in raccoglitori separati da quelli destinati ai verbali delle attività delittuose più importanti. Ed era stato proprio questo a incuriosirlo, dopo avere ascoltato il racconto di Duca e cercato la pratica della denuncia. Non l'aveva trovata nel posto in cui si aspettava di trovarla.

Il rinvenimento d'un paio di forbici lorde di sangue in un appartamento scassinato avrebbe orientato verso indagini diverse e indotto di conseguenza a catalogare la pratica tra i reati maggiori, perché si configurava un sospetto di lesioni personali, sia pure verso ignoti.»

«Non c'è niente a proposito di forbici, qui», disse Càrrua, allungandogli la pratica, una smilza cartellina scolorita con due fogli battuti a macchina nel solito idioma involuto e irrigidito dalla burocrazia poliziesca. «Per questo non riuscivo a trovarla.»

Duca lesse rapidamente i fogli ingialliti, contemplò il timbro rosso che archiviava la pratica, consistente nel semplice resoconto di ciò che i Vigevani avevano trovato rientrando, la porta violata, l'appartamento sottosopra e, in calce, una minuziosa descrizione dei pochi preziosi che risultavano mancare nel portagioie della padrona di casa. Niente forbici insanguinate.

«Chi ti ha riferito il particolare delle forbici, Lamberti?» chiese Càrrua, perplesso.

«Il professor Musatti, che l'ha ricavato dalla cartella clinica di Rosa. Poi anche Rosa, riferendomi il racconto che le aveva fatto la sorella, dopo il furto.»

«È come per quelle storie sui coccodrilli nelle fogne di New York», disse il poliziotto con un'alzata di spalle.

«Cosa?»

«Non li leggi i giornali?» Càrrua fece scattare l'accendino sull'ennesima Chesterfield. «Le fogne di New York sono popolate dagli alligatori che la gente della città avrebbe scaricato nei propri cessi quand'erano ancora piccini. Peccato, però, che nessuno abbia visto con i propri occhi qualcuno di questi alligatori fognaioli.»

«Ma c'è sempre qualcuno che ne parla a qualcun altro», concluse Duca.

«Esatto. Cosa ne deduci?»

«Le forbici insanguinate non esistono.» Duca guardò Càrrua. «Oppure non sono state denunciate dai Vigevani quand'è arrivata la polizia.»

«Sentimi bene, Lamberti, quelle forbici esistono solo nella testa di quella povera pazza.»

Eppure c'era un'altra possibilità, pensò Duca, e dietro i suoi occhi passarono velocemente brandelli d'immagini: la polvere lunare segnata dal passo dell'astronauta, un'impronta sanguinosa lavata via da una mamma diligente, apparenze da mantenere, una sagoma armata che esce da un muro d'ombra notturna... E intuì che Musatti aveva ragione quando pensava a Paola e a Rosa come a gemelle identiche.

«C'è un'altra possibilità», mormorò, osservando il cilindro di cenere che si allungava pericolosamente all'estremità della sigaretta di Càrrua. Fra un momento gli cadrà sulla cravatta, pensò: cenere, tutto ciò che resta di qualcosa che aveva una forma e una consistenza diversa, appena qualche attimo prima.

Trasformazioni, già.

«Ciò che deve sapere di noi due, dottor Lamberti, è che siamo molto unite», stava dicendo Paola, le mani intrecciate sul tavolo d'alluminio del piccolo caffè in cui Duca le aveva dato appuntamento. «Quando il babbo e la mamma non ci saranno più, sarò io a prendermi cura di lei e, per come sono andate le cose in tutti questi anni, non sarà un compito facile.»

«Lei ha rinunciato a molto per fare spazio a sua sorella.»

«Fare spazio, già.» Paola giocherellò con il cucchiaino della zuccheriera. «A volte penso che Rosa si sia creata il suo spazio, abbandonandosi alla malattia», sorrise mestamente. «In questo ha più talento di me.»

«Allude alla severità dei suoi genitori?»

«Gliene ha parlato Rosa?» Paola lo guardò, allarmata. «Ha letto la sua cartella clinica?»

«Ne ha parlato il professor Musatti, perché c'era qualcosa in proposito nella cartella clinica di Rosa. Immagino che la loro severità avesse a che fare con la necessità di proteggerla. Di proteggervi.»

Paola lo fissò, inespressiva.

«Io non avevo bisogno di protezione, Rosa sì», ribatté, secca.

Duca non disse niente, aspettava il seguito.

«Avevo un fidanzato, quattro anni fa, un ragazzo che abitava alla Bovisa, un po' più grande di me. I miei genitori non lo sapevano, ci incontravamo ogni tanto, io dicevo che andavo a studiare a casa d'una compagna, quell'anno avevo gli esami di licenza. Ero con lui, quando ci svaligiarono casa, mia madre venne a cercarmi dalla mia amica e scoprì che non ero là.»

«Com'è finita con questo fidanzato?» chiese Duca, dopo un lungo silenzio.

«Lui aveva dei piccoli precedenti penali, un furto quand'era ancora minorenne. Era stato per due anni al correzionale, ma voleva lasciarsi alle spalle il suo brutto passato. Io gli credevo, l'avrei aiutato...» Paola guardò Duca, con un'espressione dolente, adesso. «Mio padre mi disse che, se non l'avessi lasciato subito, avrebbe suggerito ai carabinieri che avrebbe potuto essere implicato nel furto a casa nostra e che avrebbe potuto dare l'imbeccata a dei complici: dopotutto sapeva da me che in casa non c'era nessuno, quella domenica.»

«E lei lo lasciò.»

«Non avevo scelta.»

«Ha più avuto sue notizie?»

«Non l'ho più visto. Ma ho saputo che s'è sposato l'anno passato, ha un bambino.»

Paola guardò fuori, l'asfalto bagnato rifletteva la luce delle vetrine dall'altra parte della strada, la gente passava in fretta, curva sotto gli ombrelli aperti, nuvolette di vapore condensavano il respiro dei passanti nell'aria gelida di fine novembre.

«Ha avuto altri fidanzati?» chiese Duca.

Paola lo guardò, un piccolo sorriso arcuato le increspò le labbra. «Mi guardi, dottor Lamberti», disse finalmente, «e mi dica che cosa vede.»

Duca non rispose.

«Io non sono bella», disse Paola. «Non sono colta, non sono brillante, e neppure ricca. Ho un lavoro modesto e una sorella con seri problemi mentali. Lei si fidanzerebbe con una come me?»

Già, pensò Duca, la vita non è un fotoromanzo.

Attirò l'attenzione del cameriere.

«Vuole ancora caffè?» domandò. «Qualcos'altro?»

«Niente, grazie.» Paola lo fissò. «Non ha risposto...» poi, bruscamente: «Perché non mi fa la domanda per la quale mi ha invitata qui, dottor Lamberti?»

Duca ricambiò lo sguardo: per stimarsi tanto poco brillante, Paola rivelava un'intuizione davvero fuori dal comune.

«Vorrei che mi raccontasse la storia delle forbici, Paola», disse finalmente.

La ragazza si alzò in piedi, prese il soprabito abbandonato su una sedia e cominciò a infilarselo. Un sorriso amaro le increspò le labbra, lo sguardo era vacuo, inespressivo.

«Ecco, dottor Lamberti, questa è proprio la domanda che dovrebbe fare ai miei genitori.» Chinò il capo. «Che qualcuno avrebbe dovuto fare loro parecchio tempo fa.»

I Vigevani sedevano nella stanza di consultazione di Cesare Musatti: non era stato semplice convincerli della necessità di quell'incontro, e Duca, sistemato in fondo alla stanza, osservando i loro profili tesi e seri, era sicuro che, in quel momento, avrebbero preferito essere altrove.

«Non pensavamo che potesse essere importante», stava dicendo il padre, tormentando con le dita l'estremità della cravatta. «E poi, nessuno ce l'ha mai chiesto.»

«Abbiamo pensato che potesse aggravare la situazione di

Rosa», interloquì la madre. «Siamo una famiglia perbene, noi.»

«Ma, benedetta signora», replicò Musatti, «sua figlia è malata, non colpevole d'un delitto, e tacere un episodio del genere ai medici non fa che inquinare il quadro clinico generale. Come pretende che possano curarla se non hanno la possibilità di separare il piano della realtà da quello delle sue fantasie?»

«Ma noi stessi non sappiamo come siano andate veramente le cose», disse il padre, pianissimo. «Vede, quando le urla di Paola ci hanno svegliato e siamo corsi nella stanza delle ragazze, abbiamo visto solo che Rosa stava brandendo le forbici contro la sorella. Le stringeva per una delle lame, s'era persino tagliata il palmo della mano, e c'erano buchi sulle lenzuola di entrambi i letti, e gocce di sangue in terra. Paola era terrorizzata, aveva dei taglietti su un braccio, doveva essersi riparata con quello. Rosa...» esitò. «Be', lei era come assente, ecco, era un po' come se avesse uno dei suoi attacchi.»

«Era in uno stato che assomigliava a quello in cui è caduta la sera del 20 luglio?» chiese Duca.

«Sì», confermò la madre, voltandosi a guardarlo.

«Paola ha detto che Rosa le era saltata addosso», intervenne il padre. «E aveva cercato di colpirla con le forbici così, senza motivo. Sembrava come sonnambula, non aveva detto nemmeno una parola, e dopo, quando s'era ripresa, non ricordava nulla. Aveva perso un po' di sangue, ma la ferita alla mano era superficiale. La medicammo, mia moglie pulì il pavimento, cambiò le lenzuola», esitò, impacciato «e tornammo a dormire. E non parlammo più di ciò che era successo.»

«Perché parlarne», mormorò la madre. «Rosa non era mai stata violenta, prima, e non lo è più stata, in seguito.»

Musatti scosse la testa, contrariato, non commentò niente.

«C'era un'impronta sul pavimento, vero?» chiese Duca, alzandosi in piedi.

«Come?»

«Quando lei lavò via il sangue dal pavimento, signora Vigevani, notò se c'era un'impronta, come se una delle ragazze ci avesse camminato sopra?»

La donna sembrò sconcertata dalla domanda.

«Un'impronta, dice... Sì, ricordo, era una specie di triangolo zigrinato, vicino al letto di Rosa, poteva averlo lasciato la suola d'una pantofola.»

«Una delle pantofole di Rosa?»

La donna lo fissò, animosa.

«Dove vuole arrivare?» chiese. «Non abbiamo già sofferto abbastanza?»

«Non risponderemo ad altre domande, signor Lamberti», intervenne il padre, alzandosi. «Ho preso informazioni su di lei, sa? Non credo che abbia alcun diritto di fare il poliziotto in casa nostra, proprio nessun diritto.»

Duca osservò la coppia alzarsi, gesti nervosi ed espressioni murate, la frettolosa concitazione di chi cercava di mascherare il senso di colpa con la mal recitata pantomima d'una dignità offesa.

Musatti guardò Duca, perplesso.

«Signor Vigevani, signora», disse Lamberti, inespressivo e duro. «Non commetta di nuovo l'errore di quattro anni fa. Non cancelli le tracce, non lasci che un malinteso perbenismo permetta a una potenziale assassina di farla franca.»

«Cosa diavolo sta dicendo?» ribattè il padre. «Rosa è malata, l'ha detto anche il professor Musatti, poco fa. Non è responsabile delle sue azioni, e la stiamo curando. Il dottor Olivetti sta facendo molto per noi.»

Duca stava per dire qualcos'altro, poi scosse il capo.

«Sì», disse finalmente, in tono mesto. «Lo so.»

Ma potrebbe aiutarvi in modo più efficace, se sapesse la verità, pensò. Ci sono tracce che è difficile cancellare, segni che è l'anima a dover sopportare, e che scavano sentieri tortuosi nelle profondità prima che diventino faglie capaci di manifestarsi in tutta la loro devastante potenza.

«State attenti», mormorò «Molto attenti alle vostre ragazze.»

Musatti lo scrutò, accigliato.

Poi un lampo di consapevole orrore gli attraversò lo sguardo, mentre prendeva congedo dai Vigevani.

«Quando l'ha capito?» domanda il professore. «Quando ha capito che era stata Paola ad aggredire Rosa e non viceversa?»

Duca è sprofondato nella poltrona che aveva trovato tanto pericolosamente comoda la prima volta che aveva incontrato Musatti.

I Vigevani se ne sono appena andati, portando con sé le loro verità imbavagliate, le ipocrisie, i segreti sui quali la sua mente scivola, perde presa, perché per lui, per il suo codice etico, quel confine appare invalicabile.

«È stato quando lei mi ha parlato della sua fantasia», risponde Duca con un breve sorriso. «La fantasia delle gemelle, che Rosa e Paola fossero una il doppio dell'altra. Era lei a raccontare a me una sua fantasia: in quel momento era come se ci fossimo scambiati i ruoli e, anche se io non sono un suo paziente, lei per me resta pur sempre uno psicoanalista. Ho pensato che...» esita, con un certo imbarazzo, «che ci stessimo rispecchiando l'uno nell'altro, come Rosa e Paola sembrano fare, in un modo diverso. Io ero un po' più analista, in quel momento, lei un po' più investigatore. Poi mi sono ricordato che, a proposito del delirio di Rosa d'avere ucciso un uomo uscito minacciosamente dal muro della sua stanza, una notte lei aveva ipotizzato che potesse trattarsi di un inconscio processo d'identificazione con l'aggressore, utilizzando parte del racconto fatto da Paola a Rosa dopo il furto in casa. Quelle forbici non sono mai esistite, in quella circostanza, come sappiamo dai verbali della denuncia, se non nel racconto di Paola, un'anticipazione fantastica, forse, di ciò che lei avrebbe fatto in seguito alla sorella. In fondo, abbiamo avuto parte della verità sotto gli occhi sin dall'inizio... L'aggressione subìta da Rosa da parte della sorella era il trauma che cercavamo, e l'impronta lasciata da Paola calpestando una macchia del suo stesso sangue, vicino al letto di Rosa è stato l'elemento drammaticamente evocato dall'immagine dell'impronta dell'astronauta sulla polvere lunare, il catalizzatore del delirio della ragazza. Eppure, ho la sensazione che ci sia dell'altro, e che altro ancora, di ben più terribile, potrebbe esserci in futuro.»

Musatti annuisce.

«Condivido la sua ricostruzione: Paola si è certamente autoinflitta i tagli sul braccio, per simulare un'estrema difesa dalla furia della sorella, ma non s'è accorta che stava lasciando un'impronta accanto al letto di Rosa. E la mente di Rosa, in preda allo choc per l'aggressione subita, e dalla quale era comunque riuscita a difendersi disarmando Paola, ha registrato solo quell'impronta, isolandola come un fotogramma dall'intera sequenza. In seguito, per lei è diventato necessario non solo cominciare a identificarsi con Paola, ma anche appoggiarsi a lei, diventarne sempre più dipendente, un tentativo di garantirsi, attraverso l'accudimento, un riparo dall'aggressività repressa della sorella, dalla sua follia. Questo ha creato un legame fortissimo tra loro, una complicità indissolubile.»

«I genitori sapevano, vero?» domanda Duca.

«Io credo che avessero intuito chi fosse il vero aggressore, ma che abbiano negato questa consapevolezza, per proteggere i loro segreti», risponde il professore, incupendosi.

«Dunque c'è dell'altro...» mormora Duca.

«Sì. E il suo acume analitico l'ha già intuito.»

Duca annuisce. «Mi sono spesso domandato perché, nel delirio di Rosa, l'aggressore notturno fosse un uomo, non una donna come Paola, e perché "uscisse dal muro". Si ricorda cosa mi disse lei in proposito?»

«Che il delirio di Rosa assomigliava a qualcosa di visto al cinema.»

«A qualcosa che aveva visto, sì, ma non al cinema, e chissà quante volte, nel buio della notte, prima che i due appartamenti di ringhiera venissero ristrutturati e un muro separasse il soggiorno in cui dormivano le ragazze dalla camera dei loro genitori. Quella famiglia è piena di silenzi, di reticenze, di complicità. L'ha detto lei stesso: si regge su un rigido perbenismo che chiude come in un sarcofago molte inconfessabili verità.» Duca scruta Musatti. «Io penso che la follia di Paola sia il risultato degli abusi subìti nel tempo, e che quella di Rosa ne sia un riflesso secondario e l'inevitabile conseguenza.»

Musatti osserva Duca.

«Lei sarebbe un magnifico analista, dottor Lamberti», dice, serio.

Se calarmi in questo tipo di tenebre non mi riempisse d'angoscia, pensa Duca, e non mi facesse sentire così impotente.

«Cosa farebbe, se potesse dimostrare vera la sua, la nostra, ipotesi?» chiede Musatti, sporgendosi un po' sul mare di carte e libri che copre il ripiano della scrivania.

Duca stringe con forza il bracciolo della poltrona, fissa il professore. «Andrei da Vigevani e lo massacrerei di botte», dice, calmo. «Un padre così spregevole non merita di vivere.»

«Violenza», mormora Musatti, mesto. «Ecco, questo è esattamente ciò che dobbiamo temere, e che i Vigevani possono aspettarsi. Del resto, lei li ha avvertiti, no?»

Quando squilla il telefono, Duca è ancora immerso nella lettura del «Corriere», non riesce a staccare lo sguardo dalla foto in prima pagina della Banca squarciata dall'attentato, il bancone delle casse divelto, detriti sparsi ovunque, lenzuola costellate di macchie che il pastoso bianco e nero dell'inchiostro di stampa carica di sospetti sanguinosi.

«Pronto?»

«Sono Musatti.»

Non si sono più sentiti dopo l'incontro con i Vigevani e nello studio del professore, dopo l'ultimo colloquio in cui si sono scambiati sospetti simmetrici e conclusioni identiche alle quali ognuno di loro è giunto attraverso strade in apparenza diverse, ma secondo codici interpretativi così bizzarramente contigui.

«Lamberti, ha visto la pagina della cronaca nera cittadina sul "Corriere"?»

«La sto giusto guardando...» mormora Duca.

All'altro capo del filo, Musatti l'interrompe: «No, non quella in prima pagina, no... È a pagina diciotto, in basso». Esita. «Piazza Fontana ruba la scena, sarà così per chissà quanti giorni, cambierà molte cose nel nostro modo di concepire terrore e violenza, ma non parliamone, ora. Cerchi la pagina diciotto.»

Duca sfoglia il giornale, la cornetta incastrata tra spalla e orecchio, la pagina diciotto sguscia fuori, l'afferra e cerca il titolo a destra, in basso.

«Tragedia della follia a Città Studi», strilla il titolo in grassetto. Un fantomatico M.N. firma due striminzite colonne in cui informa che una coppia d'attempati genitori ha perso la vita nel tentativo di suicidio d'una figlia malata: «La ragazza, Rosa Vigevani, di anni diciotto, sofferente da tempo d'una grave forma psicotica, nottetempo ha sigillato porte e finestre e ha aperto i rubinetti del gas. La sorella maggiore, Paola, rientrata in anticipo da un turno di lavoro, ha trovato i genitori deceduti, ma la sorella ancora miracolosamente in vita. Si salverà.»

Duca posa il giornale.

«Lamberti, è ancora là?» chiede Musatti.

«Sono qui», Duca sospira. «Ce l'hanno fatta, alla fine.»

«Già. Morte accidentale nel corso d'un tentativo di suicidio. Sarà difficile dimostrare la premeditazione, imputarla. E sarà ancora più difficile dimostrare la complicità di Paola. Di quale delle due sarà stata l'idea?»

Quale delle due, pensa Duca, gli sembra davvero solo un modo di dire, adesso: perché l'intuizione di Musatti – Rosa e Paola come gemelle identiche – è realtà dimostrata, ormai. Anzi, a lui sembra che quella duplice morte oscura ormai le leghi insieme quasi fisicamente, come gemelle siamesi.

«Non importa», dice. «Non importa più.» Poi, dopo un momento: «Cosa pensa di fare dei suoi appunti, professore?»

«Penso che li distruggerò», risponde Musatti. «Questo non è un semplice caso clinico e, comunque, non sarebbe un caso clinico semplice, se io o qualcun'altro se ne facesse carico. Posso prevedere che la patologia di Rosa e Paola, maturata nell'inferno domestico, si sia del tutto esaurita con la morte dei loro ambigui genitori. Ma chi potrebbe giurarlo?»

«Dunque non ne scriverà nei suoi lavori clinici», osserva Duca.

Musatti esita.

«Vede, Lamberti, raccontare la vita di qualcuno è un'attività molto vicina alla celebrazione d'un rito, alla preghiera, forse...» risponde finalmente e, dal tono della sua voce, Duca giurerebbe che il professore stia sorridendo. «Nell'esistenza di quelle due ragazze, finora, mi sembra che ci sia stato ben poco da celebrare. Ne conviene?»

«Sì.»

«Diamo loro un'opportunità», suggerisce Musatti. «Noi due siamo stati gli unici a guardarle davvero, a vedere la loro autentica natura, e intuirne l'origine, la dolorosa verità. Continueremo a osservarle, con discrezione, a distanza. Sperando di non esserci sbagliati a tacere.»

Il confine delle cose è così ambiguo, a volte, pensa Duca, ripiegando il giornale sui titoli di prima pagina e sull'istantanea della strage. Avrebbe fatto in modo di restare nei paraggi delle loro tenere assassine, per osservarle con discrezione, come aveva appena suggerito il professore. Magari per proteggerle da loro stesse, se fosse stato necessario: dopotutto lui non era lo specialista nel salvataggio e nella redenzione di giovani malati nello spirito?

Quanto al tacere e alla verità, poi, lui pensava che ci si stesse avviando verso tempi cupi. Cupi davvero.

La morte risale a ieri sera
di Biagio Proietti

Perché Duca Lamberti? Perché, come Philip Marlowe, altro personaggio da me amato, è uno che nella realtà durerebbe cinque minuti e finirebbe subito in galera o all'obitorio, perché Duca è la parte migliore di noi, quella che prova a uccidere il drago e che riesce a sopravvivere, anche di fronte alla morte e al dolore. Perché Duca Lamberti è lo specchio nel quale a volte abbiamo il coraggio di guardarci. Come un doppio, anche noi. Nella speranza di non morire.

Di film ne aveva visti tanti, ma su un set cinematografico Duca Lamberti non era mai stato. Molte occasioni gli erano capitate, ma poi, alla fine, per un motivo o per un altro non aveva mai vissuto quell'esperienza. Adesso, una società di produzione che stava girando a Milano un film su un caso drammatico che Duca Lamberti aveva vissuto da protagonista, lo tempestava di telefonate. Per averlo ospite sul set.

Temendo una trappola di tipo pubblicitario che, come potete immaginare, dato il suo carattere schivo e tormentato, in pratica un orso, lo faceva rabbrividire al solo pensiero, Duca aveva fatto cadere gli inviti nel nulla. Ora evitava addirittura di parlare con i vari incaricati che lo perseguitavano di telefonate. Ma, per loro sfortuna, non lo trovavano mai.

Il destino spesso gioca scherzi, non si sa mai quanto favorevoli. Anche stavolta fu così.

Era difficile vedere Duca Lamberti in un negozio di fioraio. Ma quel giorno lui entrò in quello che si trovava proprio sotto la Questura. Voleva ordinare dei fiori da mandare a Livia. Un gesto che non faceva mai, ma oggi era il compleanno di lei, e Duca non poteva esimersi da un gesto doveroso. Oltre che affettuoso.

La bella e giovane fioraia era impegnata, tutta mossette e seduzione, a servire un altro cliente: un uomo sui cinquant'anni, vestito in modo elegantissimo, che stava scegliendo un garofano rosso da mettere all'occhiello della sua giacca dal taglio perfetto. L'uomo scelse alla fine il fiore e si girò verso il nuovo arrivato, per scusarsi di avergli fatto perdere tempo. Lo vide e lo riconobbe.

«Lei è Duca Lamberti», disse senza alcun dubbio nella voce.

Duca lo fissò per vedere se anche lui riconosceva il misterioso interlocutore, nella speranza di evitare le solite brutte figure. Gli sembrò solo una fisionomia nota, alla quale però non era facile attribuire un nome. Tanto meno quello giusto.

L'altro risolse il problema, presentandosi: «Sono Puccio Linari».

«Il famoso regista», squittì la ragazza, scodinzolando ancora più vistosamente. Duca si ricordò allora che Linari era il regista del film che stavano girando a Milano sulla sua storia.

«La stiamo cercando da tanto tempo, ma non siamo stati fortunati.» Linari sorrise, con il suo famoso sorriso, accattivante e simpatico, che aveva conquistato molte donne e fatto aprire molte porte. «Ci avrebbe fatto piacere averla ospite sul nostro set.»

Duca sorrise imbarazzato, non sapendo cosa dire. Si salvò in corner, con un «tanti impegni di lavoro», buono per ogni stagione, ma non in questo caso.

Linari disse: «Io sono un uomo molto fortunato. Infatti, oggi ho avuto il piacere d'incontrarla. A me, lei non dirà di no». Sorrise ancora. «Lei a me non può dire di no.»

«Su cosa?»

«Deve venire sul set, adesso. Vorrei che parlasse con Mark, il nostro protagonista, cioè lei, mio caro dottor Lamberti.»

Duca tentò di trovare scuse, ma capì che gli conveniva accettare l'invito e così liberarsi. Altrimenti non lo avrebbero lasciato in pace.

«Fuori, c'è l'automobile della produzione», continuò, in tono sempre più convincente, Puccio Linari, orgoglioso del suo nuovo fiore all'occhiello. Solo allora Duca si ricordò di avere letto da qualche parte, forse dal barbiere, che il famoso regista aveva quella mania, quasi una scaramanzia, quando iniziava le riprese di un film: un garofano rosso fresco ogni giorno, nell'occhiello della sua giacca. Una mania innocente che gli permetteva di girare bei film e non era neanche costosa.

«È un nostro cliente affezionato, ormai. Viene qui, ogni mattina», gli confidò in tono amichevole la ragazza, che forse sperava di avere dal regista almeno una comparsata. Poi si ricordò di lui: se era entrato nel negozio, voleva di sicuro qualcosa.

«Rose rosse», rispose a voce bassa Duca e Puccio Linari sorrise. Duca si sentì imbarazzato, come se fosse nudo. «È per il compleanno di una signora», quasi si giustificò.

Da esperto, Puccio sentenziò: «Oggi la Lina ne ha di bellissime.»

La Lina, raggiante per il complimento e per avere finalmente un nome, si affrettò a prendere il vaso delle rose rosse, effettivamente molto belle. «Quante?» chiese, presupponendo quale sarebbe stata la risposta. Duca fu costretto a dirla: «Una dozzina».

Puccio sottolineò: «Il minimo per una bella donna».

Duca pensò che Livia forse meritava molto di più, ma non replicò; si fece dare un biglietto e ci scrisse solo una parola: «Grazie». Poi l'indirizzo.

«Le mando subito», disse la ragazza, che, al di là delle smancerie, era veramente carina. Duca pagò senza battere ciglio, anche se la magnifica dozzina portò via una fetta consistente del suo stipendio da impiegato statale. Il regista era già sulla soglia ad aspettarlo e lui si affrettò a raggiungerlo.

Così finalmente ebbe il battesimo della sua prima volta su un set.

Gli sembrò di essere capitato in un posto animato solo da gente folle e disordinata che si muoveva senza alcuna ragione logica, tanto per fare casino e giustificare la loro costosa presenza. Invece quel caos aveva un senso e Duca se ne rese conto dopo qualche minuto, quando il regista dette il via alla scena e il suo aiuto urlò in un megafono la magica parola: «Silenzio». Silenzio fu e la scena prese vita.

Duca visse l'esperienza che molti desiderano avere: vedere materializzarsi sotto i suoi occhi il proprio doppio. L'attore, Mark, entrò in scena e di Duca Lamberti ce ne furono due. Fisicamente era diverso, ma per come si muoveva e per come era vestito, non c'erano dubbi che Mark riuscisse a essere il Duca, quasi più dello stesso Duca. Che adesso lo guardava, ammirato ma anche turbato. Vedere sé stesso agire, ripetendo azioni che lui aveva fatto, sentirlo dire parole che lui aveva pronunciato, gli diede un tale senso di estraniamento da procurargli le vertigini. Da medico, quale sarebbe sempre restato in barba a qualunque decisione dell'Ordine, Duca capì che stava vivendo un'emozione molto forte, nel trovarsi di fronte al suo doppio. La leggenda diceva che se fosse successo veramente, la sorte non sarebbe stata benigna. Chi vede il doppio di sé stesso muore. Ma questa era finzione: il doppio era un attore americano, bravissimo nel riuscire a identificarsi nei suoi personaggi. In film precedenti era stato un bandito siciliano, un gerarca fascista e così via. Essere attori significava questo.

Puccio Linari disse: «Stop» e la scena finì.

«È bravo, vero?» disse qualcuno alle sue spalle. Duca si voltò senza sorprese, perché aveva riconosciuto dalla voce il famoso attore italiano, Raffaele, che interpretava l'altro ruolo importante. Nel vederlo, si ricordò che quello da giovane era stato un calciatore, e aveva giocato persino nel Torino. Non una squadretta, ma la mitica squadra di Mazzola e Godetti: roba vera, niente a che fare rispetto agli squinzi di oggi.

Duca conosceva bene la trama del film che si stava girando nelle strade di Milano, al momento ancora poco sfruttate dal cinema. La conosceva, perché si basava sulla storia vera che lui stesso aveva affrontato e risolto. Quello era stato un caso davvero famoso, perché i giornali, data la miscela di sesso e morte, vi si erano buttati dentro, peggio di pescecani affamati.

Raffaele era vestito e truccato, pronto a entrare in scena. Duca ebbe un tuffo al cuore: gli sembrò di rivedere, a un anno di distanza, l'uomo che aveva conosciuto, il vero Amanzio Berzaghi. Senza essere rassomigliante come una fotocopia, Raffaele riusciva a diventare Amanzio, per come portava i suoi poveri vestiti, per come camminava, zoppicando, anzi per come trascinava la gamba impedita, per come si muoveva e ti guardava.

«Sono contento di poterle parlare», disse l'attore italiano famoso, spostandosi in un posto più tranquillo. «Le devo chiedere una cosa.»

Duca capì che stava per arrivare quel tipo di domande dalle quali aveva cercato di salvarsi, rifiutando di andare sul set.

«Ho un problema con gli sceneggiatori... quando, nella scena finale, lei arresta Amanzio...»

«Ho dovuto farlo», corresse Duca, «non ho avuto altra scelta.»

«... ad Amanzio loro fanno dire certe cose. Per convincermi, dicono di averle prese dai verbali, che quelle sono le parole effettivamente dette da lui. Amanzio ha ucciso tre persone perché era sabato e il suo posto di lavoro era chiuso... i milanesi ammazzano al sabato... se non fosse stato sabato, sarebbe andato a lavorare e non ci sarebbe stato quel massacro.»

Duca chiuse gli occhi e rivide Amanzio, mentre pronunciava quelle parole: il volto sanguinante per i colpi ricevuti, ancora ansimante per la fatica, dopo avere ridotto a pezzi due uomini, molto più giovani di lui, e una donna. I tre colpevoli del rapimento e della morte della figlia Donatella. Amanzio li aveva cercati non per ucciderli, ma solo per sentire parlare ancora una volta della figlia e quelli avevano detto di averla uccisa, perché dava fastidio. Perché Donatella, povera creatura di Dio, corpo stupendo da donna affamata di sesso e cervello da bambina, continuava a urlare e a cercare il padre. Il suo amatissimo padre. E loro l'avevano uccisa, per farla smettere di piangere e di urlare. Per farla tacere. Allora lui li aveva colpiti e uccisi, per farli tacere per sempre.

Duca confermò tutto questo a Raffaele, più per amore della verità che per convincerlo. Ma non gli disse che si sentiva colpevole, in modo terribile: se fosse arrivato poco prima, avrebbe impedito a un uomo di diventare un assassino. E di finire in carcere.

Duca non lo disse a voce alta. Quelle cose le diceva solo a sé stesso, guardandosi nello specchio o nel buio di notti insonni. Solo una volta le aveva confidate a Livia, ma lei era unica. Non era soltanto la sua donna, ma l'unica persona con la quale riusciva a parlare di tutto. E lei aveva sorriso, con il suo sorriso triste, che neanche dozzine e dozzine di rose rosse sarebbero riuscite a far diventare felice. E poi aveva detto: «Non puoi sentirti colpevole di tutto il male del mondo. Per quanto ti dai da fare, a eliminarlo del tutto non riuscirai mai».

Il regista e Mark si unirono a loro due, distraendolo per fortuna da questi tristi pensieri. Puccio, sorridente e soddisfatto, gli presentò l'attore protagonista, scherzando sul fatto di avere davanti a sé due Duca Lamberti, uno vero e uno finto.

Duca sorrise. «Chissà quale sarà quello vero?» mentre Mark gli stringeva la mano con una stretta vigorosa. «Sicuramente, lei è più bello di me», aggiunse Duca, sincero.

Soltanto allora Mark parlò, con il suo italiano quasi perfetto, venato soltanto da un leggero accento straniero. «Sono contento che lei sia venuto, ma temo il suo giudizio.»

«Non sono tipo da giudizi, forse la verità è che non meritavo di diventare il protagonista di un film.»

Il regista prese per un braccio Raffaele e lo portò via, spiegando: «Sono pronti a girare la prossima scena, vi lasciamo soli. Noi andiamo a lavorare».

Una volta allontanati i due, Mark gli chiese di seguirlo nella sua roulotte, così potevano parlare senza essere disturbati.

Duca avvertì, nelle parole ma soprattutto nel tono della voce, che quell'uomo era triste. Duca era un medico, anche se era stato radiato dall'Ordine per un lungo periodo e aveva passato più tempo a fare il poliziotto. Sempre medico, fondamentalmente restava. E sperava anche di riprendere a farlo, in un futuro immediato.

Mark, con parole molto semplici, disse che cosa cercava di fare con il suo personaggio, quale uomo intendeva far rivivere. Duca disse che poteva fare tutto quello che voleva: nessuno avrebbe protestato, per la correttezza del personaggio. Neanche lui.

«Perché?»

«Perché nemmeno io mi conosco. Forse vedermi attraverso lei mi aiuterà. Forse il suo Duca Lamberti mi piacerà di più. O quanto meno sarà più sopportabile.»

La porta della roulotte si aprì e Alicia entrò senza avvertire il bisogno di bussare. Lei era così, non bussava mai. Si comportava come fosse una regina. E forse lo era: alta, bionda, elegante, Alicia attirava l'attenzione della gente, anche se non avesse voluto. Ma di solito lo voleva. Non era vestita in modo vistoso, parlava sempre a voce bassa, ma la sua luminosità attirava gli sguardi, in modo inevitabile. Alicia irradiava luce ed energia. Suscitando ammirazione e desiderio. E sapeva portare con molta disinvoltura un cognome imbarazzante, perché era legato a una ditta famosa per le zuppe di verdura. Appena veniva pronunciato quel nome, sembrava di avere davanti un enorme cartellone pubblicitario. Ma da lei emanava, in modo naturale e assolutamente non vistoso, anche il senso della ricchezza della sua famiglia. Esprimendosi in un'eleganza innata e in una presenza che denunciava anni passati in college famosi, vorticosi giri del mondo, il senso di appartenenza a una casta che sapeva vivere bene il suo potere reale.

Mark era diventato immediatamente diverso, appena era apparsa lei.

Teso come un ragazzo al suo primo appuntamento, anche se erano sposati da anni. Era innamorato di lei in modo struggente e infinito. Commovente anche il fatto che non tentasse minimamente di nasconderlo. Quasi fosse felice che il mondo intorno a lui sapesse di quel suo amore senza fine. E senza limiti.

Alicia strinse la mano a Duca, si sedette sul divanetto lontano da loro due e disse subito: «Io ho fame, andiamo a mangiare».

«Devo aspettare che diano pausa.»

Allora lei si rivolse a Duca, con un sorriso luminoso e una voce non affettata: «Finalmente è venuto, dottore, so che l'avevano invitata tante volte».

«Non ho potuto dire di no questa volta.»

«Non era curioso di vedere che ne facevano di lei?»

Duca rispose con una domanda: «A lei piacerebbe avere di fronte a sé il suo doppio?»

«A me non piacciono tante cose. E la prima sono io: non riesco a sopportarmi così come sono, senza bisogno di doppi.»

Mark si rigirò nervosamente sulla sua poltroncina, davanti allo specchio del trucco, facendola scricchiolare. Poi disse: «Tu non devi cambiare, sai che io ti amo così come sei».

Duca capì che Alicia non era l'unico problema che Mark aveva, ma di sicuro era quello che lo faceva stare veramente male. La guardava con profondo amore, ma anche con un senso di doloroso distacco. Come se lei navigasse in acque lontane, o addirittura fosse già salita su una navicella spaziale, mettendo fra loro due abissali distanze. Misurabili solo in anni luce.

Lei gli sorrise, mentre diceva: «Roberto ci sta aspettando al ristorante. Io vado e voi ci raggiungete più tardi. Viene anche lei, vero?» chiese a Duca, sicura di una risposta affermativa.

«Io credo di no», rispose invece lui, guardandola negli occhi verdi. «Ho un ufficio che mi aspetta, da stamani. Non hanno ancora avuto il piacere di vedermi.»

Lei si alzò: gambe lunghe, abbronzate, che si muovevano agili in una gonna svasata e svolazzante. Si chinò a baciare il marito sulla bocca, un bacio lieve come un sussurro, strinse la mano di Duca che, molto educatamente, si era alzato. Quindi uscì dalla roulotte, lasciando un vuoto incolmabile.

«Siamo sposati da cinque anni», disse Mark, senza alcuna connessione logica.

«Una donna bellissima.»

Mark lo guardò con profonda malinconia. «Un giorno mi lascerà», sussurrò. Forse lo stava dicendo a sé stesso.

Duca non sapeva cosa rispondere e volle molto bene, anzi lo amò profondamente, con insana passione, al regista quando si affacciò sulla porticina della roulotte, dicendo nel suo solito modo sorridente e prorompente: «Ho dato pausa, andiamo a mangiare? C'è un ristorante molto carino, qui vicino».

Duca provò a ripetere le scuse dette prima, ma con Puccio Linari ci voleva altra tempra per resistere al suo invito. Così lui si ritrovò nel piccolo ristorante, seduto a una tavola abbastanza affollata, composta dal regista e dalla moglie che gli faceva da aiuto, dopo un passato di giovane e bell'attrice, da Mark e da Alicia, in compagnia di Roberto, un attore italiano – a dire la verità, Duca non lo aveva mai sentito nominare – che sembrava pendere dalle labbra e dagli occhi di Alicia. E lei non era del tutto insensibile a questo muto e continuo corteggiamento. Il pranzo fu rapido, poiché la pausa durava soltanto un'ora, e fu piacevole, ma come capita quando si è in tanti si parlò di tutto e di niente. Un momento distensivo senza domande profonde.

Quando tutti ritornarono sul set, Duca riuscì a trovare la forza per andarsene, resistendo a qualunque lusinga, e lasciò il set fra tanti saluti e tante parole.

Raffaele al ristorante non era andato, preferendo la solitudine della sua roulotte, ma ringraziò con molto calore Duca per avergli fatto capire come fosse il suo personaggio, l'Amanzio. Gli chiese anche se sapeva dove fosse al momento. Duca lo sapeva: era ancora in prigione. Condannato a cinque anni con tutte le attenuanti possibili, ne aveva scontato per ora uno. Ma in realtà era come se quel giorno fosse morto anche lui. E si riferiva al giorno che quei balordi avevano bruciato viva la sua Donatella.

Ciò che Duca ricordò, per lungo tempo di quella giornata sul set fu lo sguardo di Mark quando si salutarono. Non sembrava un arrivederci, ma un addio.

L'Ordine dei medici riammise Duca Lamberti, dopo averlo radiato, e lui tornò a fare il medico a tempo pieno. In ospedale, naturalmente.

Qualche tempo dopo, forse un anno, una notte, mentre era di guardia e aveva addosso una stanchezza infinita perché ormai si stava arrivando all'alba e si aveva bisogno assoluto di riposo, arrivò una chiamata al Pronto Soccorso.

Un'ambulanza partì, abbastanza rapidamente, e a bordo c'era lui. L'ambulanza, in pochi minuti, arrivò al centro di Milano in una stradina elegante e tranquilla, il portone del numero civico segnalato era aperto e il custode li stava aspettando. I due infermieri presero la lettiga e corsero su per le scale, senza provare a farla entrare nello strettissimo ascensore. Arrivarono al terzo piano, dove una porta era socchiusa e una donna, sulla soglia, stava piangendo. Duca faticò a seguire i due infermieri, più allenati di lui. La donna in vestaglia, ancora piangente, li guidò fino alla stanza da letto che si trovava in fondo a un corridoio molto breve.

Un uomo era sdraiato sul letto, con il viso nascosto fra i cuscini, tracce di vomito sulle lenzuola.

Duca si chinò su di lui per rigirarlo e, toccandolo, capì che l'uomo era morto. Lo rigirò, con lenta delicatezza e vide così il suo volto. Anche se stravolto dai segni della morte, era il volto di Mark. Senza alcun dubbio. Duca sentì una fitta, al centro del petto, e un forte desiderio di piangere. Si guardò intorno, vide ai piedi del letto la boccetta di barbiturici completamente vuota e seppe con certezza come si era ucciso l'attore.

Si sedette sul letto, vicino al morto.

Arrivò anche la polizia, e un agente, nel vedere Duca Lamberti, lo salutò con un rispetto superiore a quello dovuto a un medico. Di sicuro, l'agente, quasi un ragazzo, aveva lavorato con lui in qualche operazione di polizia e lo venerava. Come tutti quelli, pochi o tanti che fossero, che ancora rimpiangevano il suo non essere più con loro.

«Suicidio?» chiese molto timidamente l'agente rispettoso.

«Direi di sì al momento. Guardate se ha lasciato qualche biglietto», disse Duca, cercando di non farlo sembrare un ordine.

Gli altri due poliziotti cominciarono a cercare, l'agente continuò a fare domande, come gli avevano insegnato alla scuola di polizia. «L'ora della morte?»

«La morte risale a ieri sera», disse Duca. Soltanto sentendo la sua voce pronunciare quelle parole, si rese conto che stava ripetendo il titolo del film che Mark aveva girato, interpretando Duca Lamberti.

Duca ricordò, in lampi brevi come flash, i vari momenti di quel loro unico incontro. E gli venne in mente il senso di tristezza che veniva da Mark. Dalla sua voce e dal suo sguardo. Si guardò intorno: la casa era piccola ed elegante, ma non riusciva a cancellare il senso disperato di solitudine. Quello che ti spinge a svuotare una boccetta e a lasciare la vita nel vomito sulle lenzuola.

La donna continuava a piangere per lui, ma era soltanto la sua governante. Altre donne al suo fianco non ce n'erano. Dopo che Alicia era andata via. Con Roberto, l'attore italiano sconosciuto. Alicia lo aveva lasciato, come Mark temeva. Come era sicuro che avrebbe fatto. Un giorno o l'altro.

Biglietti non se ne trovarono, ma Duca credeva di sapere perché quell'uomo si era ucciso. Per quello che contava sapere queste cose. Per qualunque ragione lo avesse fatto, quello che contava era averlo fatto. Indietro non si poteva tornare.

Duca si sollevò dal letto, guardò ancora il viso stravolto di Mark.

Ripeté a voce bassa: «La morte risale a ieri sera».

Come un epitaffio.

L'ultima donna e la prima televisione
di Claudia Salvatori

Quando mi sono accostata per la prima volta a Scerbanenco il giallo italiano era scrittura di ghetto. Rispetto alla situazione attuale, Scerbanenco si trovava agli antipodi: scrittore marginale e scaraventato fuori dal palazzo della cultura italiana. Significa in definitiva scrittore impossibile: cioè, uno scrittore che non avrebbe dovuto esistere. Scerbanenco era un immigrato, un mezzo straniero, un lavoratore. Come dire qualcuno non previsto e non voluto, in un paese come l'Italia, di scarsa o quasi nulla mobilità sociale ed esistenziale, governato da poteri letterari forti che escludono chiunque non provenga da corsie privilegiate. Era nel suo destino il lavoro artigiano, dal lavoro in fabbrica alla catena di montaggio intellettuale dell'industria culturale: i settimanali femminili, il romanzo rosa, e in seguito i racconti polizieschi. Ma Scerbanenco doveva scrivere a dispetto di tutto. Il solo vantaggio della sua condizione era un'illimitata libertà. E per questo è riuscito in un'impresa in cui raramente riescono gli scrittori imbrigliati in scuole e accademie: inventare qualcosa che prima non c'era. Il potere creativo di Scerbanenco si è dispiegato soprattutto nella scrittura, nel fraseggio e nello stile. Scerbanenco possedeva quello che si dice il «tono della voce». Una voce personale, una musica che avvolge e che sottilmente si impone, con un'autorità che viene dall'esperienza e non dalla prevaricazione. Vent'anni fa, quando anch'io, scrittrice impossibile, stavo iniziando il mio percorso creativo, Scerbanenco mi tendeva la mano dalla sponda dell'artigianato (miracolosamente tramutato in arte) mostrandomi il senso di un destino di scrittore, l'invenzione e il tono della voce. Ora che artigianato e arte si sono fusi in un'unica realtà, portando a compimento un processo (peraltro inevitabile) che ho contribuito a creare, che tutti noi abbiamo contribuito a creare, sono scomparsi il destino e l'invenzione, o sono stati eclissati. In questa nebbia di perplessità interlocutoria sul futuro, su quello che verrà, vorrei ascoltare ancora quella voce. La voce di Duca Lamberti: cinico e giusto, amaro e saggio, lucido e modesto, sempre fraterno.

Si chiama Leda, ma non ha mai visto un cigno, neppure al parco. In quel 1° luglio 1954 le mancano ventisei giorni per compiere tredici anni: non più bambina, non ancora ragazza, ma un po' dell'una e un po' dell'altra.

Alle nove, quando tutti erano a letto, Leda è sgusciata fuori dalla finestrella del seminterrato per andare al bar, dove c'è la televisione.

La televisione, Leda l'ha vista solo da lontano, attraverso la strada. Come un miraggio che le ha perforato gli occhi per arrivare fino al cuore. Forme sfarfallanti e suoni un po' sfalsati, che l'hanno afferrata per attirarla in un gioco, come mani di ragazzi maliziosi. Leda voleva giocare, affacciarsi all'orlo di quel lago di luce per guardare dall'altra parte. Uno strattone e un ammonimento severo: sua madre non ha voluto che lei entrasse in quel posto malfamato.

Ma la televisione la chiama da lontano, attraverso la notte. La notte, con tutto quello che di insidioso contiene per le bambine come lei: gli uomini e le cose terribili che possono farle.

Queste cose Leda le ignora, ma ne conosce gli effetti, che la spaventano almeno quanto la televisione la seduce. Conosce la paura alimentata dai sussurri di sua madre e delle altre donne, dai racconti misteriosi ascoltati nelle cucine e nei cortili. Non parlare con gli uomini, gli uomini sono come bestie. Le hanno raccontato una storia accaduta forse l'anno scorso, forse dieci o diecimila anni fa: una bambina è stata imprudente, non ha dato ascolto alla mamma, non è rimasta a casa, e un mostro l'ha presa. Due fidanzati che andavano in un prato alla periferia, a fare cose che non si possono dire, appena meno sporche di quelle che il bruto ha fatto alla bambina, l'hanno trovata. Morta.

Il pensiero di quello che è successo alla bambina si materializza nel buio, come stelle filanti di tenebra. A Leda sembra di sentire l'alito del bruto, della bestia, che la segue da vicino; e guadagnare le zone in cui l'oscurità si rompe nei cerchi netti dei lampioni non le dà sollievo. Da casa sua al bar osteria il percorso non è molto lungo, ma la paura dilata all'infinito la stretta e deserta strada fiancheggiata dal muraglione di una fabbrica in disarmo.

Prima del punto dove la strada sfocia nel corso in cui si trova il bar c'è il ponte della ferrovia. Una galleria nera dentro il nero. Spesso, andando e tornando da scuola, Leda ha avuto paura che il treno sferragliante in alto le cadesse sopra la testa, seppellendola viva. Ora invece il rumore del treno le sembra rassicurante e amico.

Leda perciò sorride quando le cade addosso non il treno, ma tutto quello da cui è stata messa in guardia e che dovrà subire nella sua carne.

Duca solleva la testa dai libri di anatomia, sfregandosi le palpebre arrossate. Nonostante si sia alzato all'alba per approfittare delle ore più fresche del giorno, non riesce a studiare. Nella mente gli gira e rigira il solito ritornello: «Dica, Duca...»

Anche alle elementari lo prendevano il giro per quel suo nome da titolato, in un mondo che ha mandato in esilio la nobiltà. Con ragazzi del suo ambiente, provenienti da famiglie come la sua, era facile reagire: un calcio in uno stinco, o un colpo di righello ben assestato, e tutto era risolto. Ma all'università, fra i ragazzi della Milano bene, i figli degli industriali e dei professionisti, Duca Lamberti non sa come comportarsi. Preferirebbe vedersela a pugni e testate; preferirebbe tutto, tranne l'educato disprezzo con cui gli ricordano che lui è duca di nome ma non di fatto, che è il figlio di un umile questurino. Contro quei modi mielati che lo feriscono come sfregi di coltello non ha difese. Uno di quei figli di papà, un biondo con il ciuffo e il foulard al collo, ha l'odioso vezzo di rivolgersi a lui, in tono di falso ossequio, con quella battuta «Dica, Duca» oppure «Duca, dica» che scatena l'ilarità di tutta la compagnia. «Dicaduca, ducadica...» Un'ossessione.

Duca chiude i libri ed esce dalla sua camera. In corridoio sente il padre che si alza facendo cigolare le molle del letto. Lo immagina stringersi contro il fianco, nel gesto che gli è tipico, il braccio semiparalizzato per la coltellata di un mafioso. Lo sente tossire. Sa che il padre soffre di cuore, e sa quanti sacrifici gli sta costando farlo studiare, farlo diventare un dottore, non un poliziotto come lui, uno che per pochi soldi di stipendio può finire accoltellato o sparato. Al pensiero dei lunghi anni che lo separano dalla laurea è sconvolto da una tale vertigine di desolazione, rabbia e umiliazione che un conato di nausea lo piega in due. «Ducadica, dicaduca...»

In cucina la sua sorellina, Lorenza, sta preparando la colazione. Duca e Lorenza sono cresciuti senza la madre, e non riescono neppure a ricordarla. Lorenza è piccola, ma in qualche modo si è sentita obbligata a prendere il posto della donna in quella casa; della donna ha imparato le movenze, i comportamenti, i doveri. Duca ammira con quanta precisione le sue minuscole mani compiono i gesti della donna: versano il latte, affettano il pane, si asciugano frettolosamente sul grembiule. Gesti vecchi, affondati nei secoli passati, gesti di milioni di donne venute prima di lei. Ma, quando Lorenza incrocia il suo sguardo e gli sorride, il suo sorriso è il più bello e il più giovane del mondo.

Uniti in un silenzio affettuoso, i Lamberti siedono a tavola e prendono il caffè. Suonano alla porta. Duca va ad aprire e torna con il piccolo e nervoso dottor Càrrua, il funzionario di via Fatebenefratelli, l'amico di famiglia che lo ha visto crescere. Pallidissimo, Càrrua allontana Lorenza e prende da parte il padre. Duca lo sente spiegare concitatamente che una bambina è stata seviziata lì, nel loro quartiere, a pochi passi da casa loro. Sussurra, ma la sua voce è come un urlo trattenuto all'interno del corpo.

«Dovete aiutarmi. Voi conoscete tutti, qui. Devo prendere quello schifoso. Ha rovinato una ragazzina, una dell'età di tua figlia.»

Il padre annuisce, grave.

«Verrà Duca con te. È ora che si abitui a certe cose. Quando sarà dottore, ne vedrà ogni giorno di ogni colore.»

Lorenza, in disparte, li guarda con curiosità, e sorride ancora. Un sorriso ignaro, fiducioso, gioioso. Una donnina vecchia con il sorriso di una che è appena nata, pensa Duca.

Leda ha le labbra gonfie di sangue raggrumato semiaperte sugli incisivi spezzati, il volto tumefatto, gli occhi spenti. In ospedale le infermiere la lavano e l'accarezzano, con pietà materna.

«L'hanno violata in ogni modo, l'hanno picchiata e macellata dentro», ha detto il primario. «Le ferite fisiche, tuttavia, si potranno curare. Non così quelle della mente. Non parla, è piombata in uno stato catatonico. Di tanto in tanto si sveglia e ha crisi violente in cui cerca di percuotere e graffiare sé stessa e chi la circonda. Forse il trauma ha scatenato una schizofrenia latente.»

Duca guarda quella bambina che ha l'età della sua Lorenza, quel magro corpo da cui la volontà di vivere sembra essersi ritirata. Dov'è ora Leda? Il cigno l'ha presa, ma non è stato un amante gentile, un candido angelo alato. È un'altra specie di bestia, venuta dal basso, che l'ha rapita. Nel luogo in cui quell'animale immondo l'ha portata, Leda è sprofondata in un delirio interrotto solo da momenti di angosciosa incoscienza.

Gloria, la giovane dottoressa appena laureata che fa pratica in ospedale, posa le dita sottili ma ferme sul braccio di Duca.

«Prendilo, Duca. Non posso pensare che sia fuori, in giro. Non posso pensare di vivere nello stesso mondo in cui lui è libero.»

Duca e Gloria hanno parlato qualche volta, senza mai trovarsi d'accordo su nulla ma alimentando una reciproca simpatia che non si è mai tramutata in stretta amicizia a causa della timidezza e dell'asprezza dei loro caratteri. Duca sa che per Gloria, donna e figlia di un conducente di tram, è stata ancora più dura che per lui. Sa che Gloria si è pagata gli studi da sola, lavorando come cameriera e bambinaia e sacrificando ogni minuto di tempo libero per preparare gli esami. Sa che ha dovuto superare i pregiudizi dell'ambiente accademico, che è stata ed è tuttora insidiata dai colleghi, tanto più desiderata quanto più disprezzata e avversata. Una donna bella e sola, perciò facile. E sicuramente bella Gloria lo è, anzi splendida. La sua bellezza, un po' fredda e severa, è quella di una regina gloriosa.

Intanto Càrrua sta parlando con i due agenti chiamati dal proprietario del bar Gino, dove Leda, dopo essere uscita da sotto il ponte della ferrovia, è arrivata in stato di choc.

«Sa che cosa ci faceva per strada a quell'ora, dottor Càrrua? Voleva vedere la televisione. La televisione del bar Gino è la prima, l'unica in tutto il quartiere. Tutti ne parlavano e la sera la gente andava a guardare i programmi. Si è montata la testa con questa storia della televisione e voleva a tutti i costi andare a guardarla ma sua madre, giustamente, non poteva accompagnarla, e non poteva permetterle di andarci da sola. Scappata di casa la notte per la televisione. Roba da pazzi. Le bambine, a una certa ora, non dovrebbero uscire.»

«Sembra che stia dicendo che se lo è meritato», scatta Gloria, alzando la fiera testa bruna.

«Se fosse rimasta a casa, non le sarebbe capitato niente», dice l'uomo alzando le spalle e schermendosi, con falsa umiltà, come se volesse intendere: le cose stanno così, io che posso farci? Se stanno così da tanto tempo ci sarà una ragione, qualcuno che ne sa più di noi lo avrà stabilito. E dunque perché vorresti cambiarle tu, bella dottoressa?

«L'ho vista sulla porta, e non mi pareva vera», dice Gino, il proprietario del bar. «Era quasi nuda, barcollava, perdeva sangue e camminava nel suo stesso sangue, lasciando impronte rosse dappertutto. E guardava, ma in quel modo orribile, ecco... guardava, ma non vedeva nulla.»

Il bar è pieno di uomini, vecchi con qualcosa di sfatto e di osceno nelle facce, ragazzi dall'aria ferina: uomini che, anche se indossano abiti puliti, sembrano non lavati.

Al suo ingresso con Duca e Càrrua, Gloria attira la loro curiosità. Neppure la presenza dei questurini li intimidisce. Nei loro sguardi, gesti e scherzi si accumula una violenza altrimenti gestita, ma non dissimile di quella che è calata su Leda.

«Voglio i nomi di tutti quelli che erano qui», grida il dottor Càrrua.

È semplicissimo: la notte del 1° luglio, per strada, c'erano solo Leda e... il cigno. Metà della gente del quartiere era davanti alla televisione. La bestia deve appartenere all'altra metà.

«Sono sicuro che è uno di qui, Duca. Vive nella tua stessa strada. Dobbiamo solo stanarlo. Casa per casa, porta per porta, se occorre.»

E così, casa per casa, porta per porta, comincia la caccia. Facce che Duca conosce fin da bambino, che all'improvviso diventano diverse e ignote, maschere di collera, invidia, rancore, follia, voglia di linciaggio.

Ecco il Palli, ex impiegato di banca, che ha sempre accampato pretese di finezza e distinzione. La colpa del fatto che il mondo non va, dice sempre, è perché oggi nessuno sta al suo posto, e tutti invece di accontentarsi vogliono diventare scienziati. Lo dice guardando specialmente Duca. Brutto affare, deplora il Palli scuotendo la testa. Famiglia sciagurata. Pessima madre. Una donna abbandonata dal marito, che si tira in casa il primo che passa, un disoccupato senza arte né parte, con cui mette al mondo altri due bambini. Vivevano tutti nello scantinato, in mezzo agli scarafaggi, come scarafaggi. Com'è contento il Palli di essersi elevato al di sopra di quella plebaglia: la finta colonnina con un finto capitello corinzio nel suo ingresso testimonia la raggiunta signorilità.

Ecco la Elsa e la Rina: anche loro ce l'hanno con la madre di Leda. Era una poco di buono, dicono, incapace di occuparsi dei figli. Tutto quello che le importava al mondo era trattenere il suo attuale amante, belloccio certo, questo sì, il tipo che fa perdere la testa alle donne, alle donne permale, naturalmente. Lui non tornava a casa di notte e lei piangeva sempre. La piccola le era solo d'impaccio; la trattava con freddezza, con astio, come se fosse una rivale e non sangue del suo sangue.

Ecco le due gemelle rosse di capelli, acide e sentimentali, che non amano Leda, e non danno torto alla sua stessa madre, se non l'amava. Difficile capirla, quella ragazzina. Chiusa, muta, con l'aria di pensare sempre chissà cosa. Con l'aria di guardarti e giudicarti. Non riescono a dissumulare la loro ostilità, neppure dopo la disgrazia che le è capitata. Non era una bambina normale, giocava con i maschi. Per saperne di più devono parlare con il suo amichetto preferito, il Fulvio, che sta al primo piano.

Ecco l'amichetto preferito, il Fulvio, che sta al primo piano, e non si muove dal letto. Ha tredici anni, e già se ne sta andando: muore di leucemia. Pallido, scarnito, sembra trasparente; sembra mostrare il morto che sarà fra poco. Duca lo interroga abilmente e delicatamente, parlandogli da uomo a uomo.

Sì, dice Fulvio, Leda non stava volentieri con le altre bambine, e giocava con i maschi. E i maschi, come si comportavano con lei? Alcuni la accoglievano come uno del gruppo; altri invece, ecco, Fulvio non saprebbe come dire, era come se la odiassero. Uno in particolare, Enzino, la tormentava continuamente.

«Era strana, ma sempre divertente», dice il Fulvio.

«Le volevi bene?»

«Sì. La preferivo ai miei amici.»

«Perché?»

«Perché non aveva paura di niente.»

Lo chiamano Enzino perché va ancora alle elementari, avendo ripetuto ogni anno di scuola dalla terza, ma ha quattordici anni, e ne dimostra sedici. In alcune cose, dice la gente del caseggiato, è un uomo; per alcune cose ne intendono naturalmente una sola: quella. È vero, dava fastidio alla Leda; del resto dava fastidio a tutte le donne, alle sue compagne appena uscite dall'infanzia, quelle con un po' di petto. Perfino alla sua maestra, perfino alle suore del convento. Non aveva rispetto per niente e per nessuno. Possono chiederlo a una delle due gemelle, che una volta al cinema si è ritrovata la sua manaccia sporca fra le gambe. Non si sa quale gemella, però.

Leda sì, la perseguitava. Le alzava le sottane, la prendeva in giro, si appostava per strada e cercava di rimanere solo con lei. Una volta le ha strappato le mutandine e lei è riuscita a scappare. Enzino ha una madre vedova e due sorelle di poco più grandi che lavorano già in fabbrica.

Duca, Gloria, Càrrua e due agenti di polizia vanno da Enzino; bussano a lungo, senza risposta. Dall'interno della casa viene un silenzio di una natura strana. Non il silenzio dell'assenza, ma il silenzio del dolore. Lo stesso che è calato in casa di Duca quando è morta sua madre.

Sfondano la porta. Nella camera da letto trovano una donna abbracciata stretta al cadavere nudo e bianco di un ragazzo, già contratto nel rigor mortis. Il sangue sgorgato dalla gola recisa ha inondato le lenzuola e il materasso ed è sgocciolato sul pavimento. La donna alza il viso dalla nuvola dei suoi capelli neri e sciolti. Un viso oscuro, marmoreo, di una donna antica che vendica le offese su di sé e sulla sua prole.

«Io lo sapevo, ho sempre saputo chi era mio figlio. Ma non volevo ammetterlo. Cambierà, mi dicevo. Ero pazza. Avrei dovuto ucciderlo molto tempo fa, perché una bestia, sapete, ha la sua natura, e non cambia. Stanotte, quando è tornato coperto del sangue di quella povera bambina, l'ho fatto parlare, e lui mi ha confessato quello che aveva fatto, ridendo. Allora ho preso la mia decisione. Ho aspettato che dormisse. Stava diventando troppo grande e forte per me, aveva già tentato di picchiarmi. Presto anch'io sarei diventata la sua vittima, presto non sarei più stata in grado di fermarlo.»

«Guardatelo bene», dice Càrrua, additando il ragazzo morto. «Questo è un mostro. Di che cosa è fatto? Potrete aprirlo, sezionarlo, tagliarlo a pezzetti, voi dottori, e lo troverete uguale a chiunque altro. Che cos'ha, Duca? Un osso in più, un organo in meno, una sostanza chimica nel cervello?»

Duca non sa rispondere. Riesce solo a pensare: «Duca, dica».

Duca riaccompagna a casa Gloria, nel caldo estivo che li sfinisce.

«Potrà guarire la piccola Leda?» chiede.

«Forse c'è speranza», dice piano Gloria. «Con il tempo e la pazienza. Io non l'abbandonerò.»

Era una cosa che avevano in comune, lui e Gloria: lo diceva sempre, il loro professore, che sarebbero diventati ottimi medici, imparando a correggere il loro difetto: l'empatia.

Gloria si accende una sigaretta.

«Da quando fumi?» chiede Duca, un po' brusco.

«Probabilmente da quando i bambini violentano gli altri bambini», scatta lei.

«Scusa. È strano, sai, vedere una donna che fuma per strada.»

Gloria aspira una boccata e la soffia sul viso di lui. Amara e rassegnata.

«Le donne fumeranno per strada. E non resteranno più a casa la notte. Non te ne sei accorto, Duca? Le donne stanno cambiando. Quella disgraziata, la mamma del mostro, era l'ultima rimasta della sua specie.»

Rincasando, attraverso l'ingresso del bar, Duca vede la televisione accesa. Musichette, voci entusiaste, campioni dello sport e ballerine dalle facce troppo felici. La prima televisione arrivata nel suo quartiere, nella sua via. Una vetrina. Una finestra su altre vite, o altre possibilità. Non gli piace molto, e non prova un gran desiderio di guardarla. Eppure Leda, per affacciarsi a quella finestra, per vedere le cose che non aveva mai potuto vedere e toccare, ha disobbedito, sfidando i precetti antichi di un mondo antico e la vergogna, i divieti, il terrore dei mostri.

In quella notte d'estate italiana Duca si rivolta a lungo fra le lenzuola sudate, nella terra di confine tra il sonno e la veglia. Notte piccola, sporca, soffocante di grugniti di bestie e cigni eterei. Forme e parole e idee continuano a ossessionarlo senza tregua. Le spirali di bianco sporco e grigio scuro che si avvolgono l'una sull'altra nel televisore. Duca, dica, una battuta che fra due anni, nel '56, sarà lanciata dal film *Totò lascia o raddoppia?*, e il ragazzo biondo con il ciuffo dirà che Totò gliel'ha copiata... ma lui non può saperlo.

E Gloria che gli soffia il fumo in faccia, il Palli, la Elsa e la Rina, le gemelle, il Fulvio, il sorriso di Lorenza, il piccolo mostro che in certe cose è già un uomo. Il volto della donna che ha ucciso il figlio. Soprattutto la faccia di quella donna. L'ultima donna. L'ultima donna e la prima televisione. Già.

Bassa stagione
di Giampaolo Simi

Sono convinto che Giorgio Scerbanenco abbia descritto, nei suoi romanzi, quello che con sensibilità diverse stavano raccontando Luciano Bianciardi o Pier Paolo Pasolini. L'inurbamento a tappe forzate, l'industrializzazione selvaggia e parastatalistica di una parte del paese, l'equazione benessere/consumo avrebbero presentato all'Italia un conto molto salato. Per un affresco del genere, Scerbanenco ha scelto spesso le parole ruvide e sbrigative della strada, dei bar e delle questure. Quando Scerbanenco usa termini (oggi politicamente scorretti) come «negra» o «invertito», non fa un'operazione diversa da quando definisce un operoso industriale lombardo un plasticaro o chiama invariabilmente casalinghe due signorine compiacenti di un anonimo locale dell'hinterland. Non li svilisce, non li offende. Non è questo il punto. Il punto è che li reifica. Li identifica con una, e una sola, loro qualità: fare la plastica, avere la pelle nera, avere preferenze omosessuali, occuparsi della casa. È solo questa qualità, e nessun altra, che permette loro di ricevere un appellativo dalla giungla tutt'intorno, di ricavarsi un ruolo, squallido o rispettabile che sia, nello sterminato ingranaggio della modernità. Secondo terminologie e schemi che non decidono loro e da cui uscire è pressoché impossibile: la negra prostituta sarebbe in realtà figlia di un funzionario angolano del governo portoghese, le due signorine «di vita», invece, sono e rimangono casalinghe. La giungla della modernità definisce tutti a una sola dimensione, quella funzionale e oggettuale. Cosa sai fare, come ti puoi offrire al mercato. Con questa spietatezza Giorgio Scerbanenco riesce a suggerirci, in poche frasi, quanto la persona ingabbiata in quel ruolo sia ancora carne viva e sofferente, quanto sia ancora capace di sognare silenziosamente una vita migliore o forse anche un benessere diverso. Quando ho incontrato figure come Amanzio Berzaghi e la figlia Donatella, quando ho letto i dialoghi fra Duca e il giovane rampollo alcolista Davide Auseri, ho capito che Giorgio Scerbanenco possiede l'umiltà dei talenti naturali, dei narratori veri, quelli che mai e poi mai ruberebbero la scena ai loro personaggi. E mi sono detto: mi piacerebbe essere uno scrittore così.

«Non è buona educazione lasciare gli ospiti sulla porta.»

Duca sollevò lentamente il braccio teso. Perché non ci fossero equivoci. Il giardino era buio e dallo smisurato salotto filtrava appena un velo di bassa luce arancione. Sulla soglia della porta aperta l'uomo lo guardò senza riconoscerlo. Senza capire. Forse senza neppure credere davvero al fatto di avere una pistola a mezzo metro dalla faccia.

«Beviamoci una cosa, con calma. Cosa ne pensa, professor Arquate?»

Sentirsi chiamare per cognome lo convinse a fare un passo indietro.

Duca chiuse la porta e abbassò il braccio, senza che per questo l'occhio cieco della Beretta smettesse di fissare qualche organo vitale dell'insigne chirurgo.

«Lei... lei è...»

«Io sono Duca Lamberti. Il dottor Duca Lamberti.»

Anche questo cognome lo spinse un passo più indietro. Nel salotto. Ma anche negli anni.

«Lamberti? Lei?»

Quella voce. Due lustri di successo professionale non l'avevano cambiata. Anzi, se possibile l'avevano resa più greve di potere, sciatta e sbrigativa. Duca sentì le dita risistemarsi inquiete sulla guancetta zigrinata della pistola. Ma l'indice era ben steso, lontano dal grilletto.

«Faccia silenzio. Mettiamoci comodi.»

«Cosa fa qui? Come faceva a sapere che...»

«Che ne dice di un brandy? Ho bisogno di riscaldarmi.»

«Ma cosa vuole da me?»

«Voglio che stia zitto, che mi serva del brandy e che si metta a sedere», disse Duca. Sollevò il telefono da un mobiletto nero, staccò la presa a muro e si mise l'apparecchio sottobraccio. «Sono stato chiaro?»

«A me tre anni di galera. E a lei, professor Arquate? Cosa si meritava, lei? Cosa si merita un medico che comunica a una paziente il giorno della sua morte? Con qualche approssimazione, certo. Me lo ricordo bene, sa? "Questa mi dura fino a dopo ferragosto..." la sentì anche l'ultimo dei portantini. Un ferragosto rovinato, addio vacanza a Forte dei Marmi. Aveva già questa casa, professor Arquate?»

«Questa casa è sempre stata di mia moglie», rispose il luminare, i denti serrati in una palizzata di disprezzo. Poi irrobustì subito il tono: «Ma mi vuole spiegare di cosa stiamo parlando?»

Gli toccò alzare la canna della pistola per fargli abbassare la voce.

«Stiamo parlando della signora Maldrigati. Di una malata terminale che sente pronunciare la sua sentenza di morte dal medico che dovrebbe curarla. Solo perché il grande medico deve essere per il 5 agosto a Forte dei Marmi, altrimenti litigherà con sua moglie. Che motivo stupido.»

«Non sono affari suoi.»

«Sì, ha ragione. Perché poi io non voglio parlare di lei. Voglio parlare di un giovane medico dalla carriera stroncata. Di un uomo che esce dalla galera e deve ricominciare una vita da capo. Senza più il suo lavoro, senza un collega che abbia speso una parola per difenderlo, magari raccontando come lei trattava i malati, oltreché i suoi sottoposti. Anni di studi ridotti a carta straccia. La nomea di assassino solo per avere messo fine alle sofferenze di una povera donna. Alla Maldrigati il cancro aveva tolto qualsiasi speranza. Ma lei, professor Arquate, le tolse qualsiasi voglia di lottare un'ora di più contro una morte dolorosissima. Lei, non io.»

«Però lei, non io, fece alla Maldrigati l'iniezione di ircodina», ribatté gelido. Parole come sassi grezzi. Dure e spigolose.

Duca bevve un sorso misurato. Arquate non aveva ancora toccato il bicchiere da quando l'aveva posato sul tavolino bianco, dalle linee nude. Allora Duca guardò la lunga nicchia rettangolare nel muro scialbato. Un ritratto molto posato della signora Arquate, foto di vacanza con sfondi celebri, tipici quasi, scatti ufficiali di riconoscimenti alla carriera. E poi terraglie, soprammobili come amuleti del benessere conquistato, e un grosso ramo deformato dalla furia di una mareggiata. E in fondo, a sinistra, per ultima, una cornice di argento splendente con un volto di ragazza che sorride con il vento fra i capelli, in una giornata senza sole e quindi senza ombre. Duca spostò immediatamente lo sguardo. Contro le pareti chiare spiccavano coloratissimi dipinti astratti, a dominante blu e verde.

«Bella casa, complimenti. L'ha arredata sua moglie oppure lei?»

«Basta! Mi dica cosa vuole, io...»

«Lei cosa?»

«Io devo...»

«Ha fretta?»

«Non è affar suo.»

«Ha per caso un appuntamento?»

«I miei appuntamenti non la riguardano.»

«Chi sta aspettando, alle undici di sera, di dicembre, in un posto dove non c'è anima viva? Mi dica, avanti.»

Duca non era abituato a tenere sotto tiro un uomo in amabile conversazione. Non era un gangtser, lui, non era uno che scrive i contratti con la calibro 9. Doveva continuamente ricordarsi di non appoggiare la pistola, di non ammorbidire il polso.

«Mi spieghi che cos'è questa pagliacciata, una volta per tutte.»

«Non è una pagliacciata. Si tratta di sua figlia, professore.»

Le sopracciglia di Arquate si fecero dritte come strisce di

cenere spessa. La bocca si chiuse sui denti, malferma e sdegnosa.

«Mia figlia?»

«La vuole rivedere, immagino.»

«Che cosa sta dicendo?»

«Vuole rivedere sua figlia, sì o no?»

«Ma certo che...»

«E allora, professor Arquate, il suo appuntamento è con me.»

«Con lei?»

«Proprio. Non l'aveva ancora capito?»

«Lei. È stato lei a rapire Raffaella. A organizzare tutto. Lei, Lamberti... un poliziotto. È così che quelli come lei difendono i cittadini? E alla fine del mese prendono anche uno stipendio dallo stato. Lei mi fa schifo, Lamberti. Lei è peggio di qualsiasi criminale in circolazione, lei è criminale due volte.»

Duca mandò giù un sorso deciso, nel bicchiere rimase un velo trasparente in morbida caduta.

«Non è stato il poliziotto. È stato il dottor Duca Lamberti a far rapire sua figlia. A volere da lei un risarcimento che la legge, d'altronde, non mi riconoscerebbe. Cerchi di vederla così, se le fa meno schifo.»

«Io la denuncerò. Le daranno trent'anni, stavolta, non tre. Trent'anni! Voglio che ci muoia, in galera!» sbraitò il professore, con un tono che avrebbe azzittito un mercato di bestiame.

«Lo so, sto correndo un rischio, ma... io sono venuto qui, davanti a lei, perché non sono un vigliacco e volevo che sapesse. Cosa farà lei domattina, guardi, non mi interessa neanche un po'. So cosa farò io.»

Arquate appoggiò i gomiti sulle ginocchia. Sembrò perdersi con gli occhi grigi nei cerchi intersecati del tappeto. Bianco, beige, marrone scuro. Forse per quello intersecò anche le dita, grosse e maculate dalla vecchiaia incipiente.

«Dov'è mia figlia?»

«Dove sono i soldi?»

«Voglio sapere dov'è Raffaella.»
«Si fidi di me.»
«No, io la voglio vedere. È con lei? È qui fuori? Dove l'avete tenuta, tutto questo tempo? Maledetti.»
Duca si alzò in piedi e con la canna della pistola invitò Arquate a fare lo stesso. Gli consegnò il telefono e insieme tornarono all'angolo del mobiletto nero.
«Il numero glielo dico io. Deve chiedere di Càrrua, del dottor Càrrua. E a lui, solo a lui, dirà esattamente l'ora e il luogo dell'appuntamento che gli hanno comunicato i miei complici.»
«Ma io devo... loro mi aspettano alle...»
«C'è stato un cambio di programma. Mai fidarsi, professore, questa è la prima regola.»
«Ma perché vuole...»
«Perché voglio mandare i miei colleghi a fare una bella gita in notturna. Farli distrarre, capisce? Ne hanno un certo bisogno, di questi tempi. E ora basta con le domande. Basta, intesi?»
«Io non...»
Dovette fargli vedere da vicino la boccuccia rotonda della pistola.
«Ora e luogo dell'appuntamento per il riscatto. Non una sola parola in più. Avanti. Ricolleghi il filo del telefono e faccia il numero che le dico.»
Arrivò a puntargli la pistola quasi alla tempia. Una mossa che odiava, da delinquente del cinema. Ma per il famoso luminare, il trionfante capotribù che passa per la corsia sventolando i lembi bianchi del suo camice del comando, fu sufficiente. Si chinò e si appoggiò fra il vaso con i fiori di carta giapponesi e il rosso, cubico apparecchio radiofonico. Reincastrò ansimando la presa nella spina a muro.
«Mi ripeta di chi devo chiedere», riuscì a intimare, anche seduto scomposto, per terra. Aveva calzini nuovi e costosi, ma male abbinati. Celeste squillante sotto un pantalone marrone scuro.
«Dottor Càrrua. L'accento sulla prima a, mi raccomando.»

«Centocinquanta milioni sono pochi, per un'opera di Fontana. Non lo sa? Chi è stato a consigliarla così male? La fretta? O qualche trafficone senza scrupoli?»

Duca si fece riconsegnare il telefono e abbassò il braccio indolenzito. No, non c'era abituato. Non aveva mai avuto il *physique du role* del medico e neppure quello del poliziotto ligio. Ma sicuramente non aveva quello della canaglia di malavita.

«Che cosa ne sa lei di quello che faccio con la roba che mi appartiene?»

«La polizia trova sempre la maniera di sapere tutto.»

«Di sapere cosa fa con i suoi onesti guadagni un cittadino perbene, quello sì, eh? Fino al centesimo. Come no.»

«A dire il vero, i cittadini onesti non fanno frequenti viaggi in Svizzera e non si rivolgono a certa gente per vendere un'opera d'arte in cambio di contanti. Ma d'altronde, se l'avesse messa all'asta, pubblicamente, avremmo capito che aveva intenzione di pagare. Non siamo ritardati, sa?»

«Non siete ritardati? E allora come mai non avete scoperto chi ha rapito Raffaella? Quaranta giorni, sono quaranta giorni... dico.»

«Ma è semplice, professor Arquate. Perché io ho fatto in modo che non lo scoprissimo. Guardi, glielo dico perché non voglio che ci vadano di mezzo altri colleghi onesti, colleghi che hanno cercato di fare il loro lavoro al meglio. Adesso basta, fuori i soldi. Avanti.»

«E Raffaella?»

Duca deglutì a fatica. Chiuse gli occhi.

«I soldi, professor Arquate. Tiri fuori i soldi.»

«Prima voglio vedere mia figlia. Viva.»

Duca sapeva che non doveva lasciargli dei margini. Non poteva fidarsi di uno come Arquate.

«Mi ascolti bene. Adesso lei mi fa vedere i soldi, dopodiché io la chiudo in una stanza con la sua bella valigetta piena. Dieci minuti, un quarto d'ora al massimo, e tornerò nella stanza con sua figlia, lei mi consegnerà i soldi e io vi lascerò soli, chiusi dentro, insieme. Il tempo di allontanarci, mi capisce, e una telefonata avvertirà la polizia di venirvi a tirare fuori. Lascio anche la chiave sotto lo zerbino, se vuole. Tanto immagino che ne avrete, di cose da raccontarvi. Un paio d'ore passeranno come niente.»

Arquate annuì. Duca avrebbe voluto aiutarlo a rimettersi in piedi, ma si frenò. Non doveva sbagliare le ultime mosse.

«Tiri fuori i soldi e mi faccia vedere il ripostiglio.»

«No... il ripostiglio, io, Raffaella...»

«Silenzio. Cosa vuole, la vista sul giardino e il balcone per calarsi di sotto?»

«Allora mi faccia prendere delle cose.»

«Non si metta a giocare adesso, professore.»

Arquate si portò le mani alla faccia, disorientato. Sotto il gilet si vedevano le grinze della camicia, la cravatta gli faceva un gobba proprio sul petto.

«Sono... delle cose per Raffaella. Voglio dargliele appena la rivedo. Subito, capisce? Non voglio che...»

Per la prima volta, la voce del primario si indebolì nel petto gonfio di affanno.

«Va bene», acconsentì Duca. Le sillabe gli passarono a fatica dalla gola. «Ma faccia veloce, su.»

Duca prese tutte le chiavi che trovò all'ingresso, lasciate su un'ordinata pila di riviste. Le tolse da sopra una copertina con la faccia di un tizio che piegava i cucchiaini con la forza della mente.

Uscì in giardino, entrò nella Lancia Flavia coupé di Arquate. C'erano delle catene da neve sul sedile del guidatore, e un grosso atlante stradale aperto sulla cartina della zona dove Toscana, Liguria ed Emilia si toccano. Duca controllò il tragitto segnato a lapis. Arquate non aveva bluffato. E perché mai avrebbe dovuto.

Mentre rifletteva sul da farsi, e sul pochissimo tempo che aveva per riflettere sul da farsi, nel mortorio della strada semibuia lampeggiarono due fanali.

Uscì immediatamente, trovò la chiave del cancello dopo

cinque o sei tentativi e si avvicinò alla Ford Escort metallizzata.

«Sono Bertoni, commissariato di Massa», disse l'uomo alla guida, abbassando il finestrino..

«Duca Lamberti.»

«Ho parlato personalmente mezz'ora fa con Càrrua.»

«Bene. Arquate è nella villa, al sicuro, con i soldi.»

In macchina accanto al vicecommissario Bertoni c'era nell'ombra un collega giovane, pallido e smunto.

«Stava per pagare, allora. Ci aveva visto giusto.»

Duca annuì. Ci aveva visto giusto, ma Càrrua aveva cercato di fermarlo agguantandolo persino per il colletto dell'impermeabile, nel garage del commissariato. Ora quell'impermeabile gli si era impregnato di un'umidità salmastra più sottile della nebbia di Milano. Ma forse più selvatica, e cruda.

«Mandiamo avanti qualcuno con l'auto di Arquate. È quella, che si aspettano di vedere arrivare.»

Bertoni lo guardò strano. Duca rimase con le mani sul finestrino abbassato a metà, a incidersi sui palmi il bordo del vetro.

«Sono già partite due pattuglie. Càrrua mi ha detto che la segnalazione veniva direttamente da Arquate. Come ha fatto a convincerlo, collega?»

Duca cacciò via un brivido di freddo. O forse di vergogna.

«Non è importante, ora. Voglio sapere se è stato Càrrua a dirvi di mandarle, se ha dato lui il via libera all'operazione.»

Bertoni gli fece cenno di scansarsi, ché voleva uscire dall'auto. Anche il giovane pallido e infreddolito scese, dalla sua parte.

«Senta, Lamberti, io non la capisco. Non ho mica bisogno di chiedere il permesso a nessuno per fare il mio lavoro.»

«Mi dica solo se ha detto a Càrrua che sareste intervenuti subito.»

«Certo.»

«E lui non ha obiettato.»

«No.»

«Volevo sapere questo, e basta. Mi scusi, mi scusi tanto.»

Sul lungomare passò un'auto. Lenta, sembrava lontana e rumorosissima. Duca pensò che il silenzio dei posti deserti era diverso da quello delle grandi periferie, dove pure la sera non gira neanche una bicicletta, sono tutti in casa, tutti al caldo, alla televisione.

No, anche il silenzio, come l'umidità, era diverso.

Bertoni gli si avvicinò e gli parlò sottovoce. Aveva un alito d'anice, era canuto ma con grosse sopracciglia come di carbone, stesso colore degli occhi piccoli e risoluti.

«Non ci sono rischi per l'ostaggio, se è questo che vuole sapere.»

Duca non rispose. Scosse la testa e andò a sedersi per terra, sullo scalino del marciapiede, davanti al lezioso cancello di ferro battuto che forse, nella bella stagione, si ricopriva di glicine. Ma ora era dicembre e la neve era già arrivata sui monti lì vicino, come uno sterminato, silenzioso branco di lupi bianchi. Provò a non pensare, giusto qualche secondo di quiete, ma poi si rivolse a Bertoni, incappottato fino alle orecchie, fermo come una piccola colonna di cemento.

«E ora chi ci torna, là dentro?»

«Quanto possiamo aspettare?»

«Un quarto d'ora. Ma che senso ha, aspettare?»

Bertoni non rispose. Duca si tirò su.

«Prima però voglio parlare con Càrrua. Ma non voglio telefonare dalla villa, Arquate mi sentirebbe. C'è il modo?»

Bertoni fece un cenno al collega più giovane. Quello si infilò in macchina.

«Vediamo se dalla centrale ci fanno un ponte radio.»

Entrarono senza fare rumore, come ladri rispettosi. Come se potessero svegliare l'uomo nel ripostiglio, che ovviamente non dormiva affatto, anzi. Non appena capì che era entrato qualcuno, Arquate cominciò ad agitarsi e a muoversi fra gli scatoloni, le sedie a sdraio e gli attrezzi da giardinaggio. Duca Lamberti attraversò il salotto, Bertoni lo seguì, mani in tasca, lanciando occhiate poco indulgenti alla lampada globulare, responsabile di un'artificiosa atmosfera marziana, ai due bicchieri di brandy e al bianco tappeto peloso che si intravedeva nello studio al piano terreno. Duca aprì la porta del ripostiglio. Lo trovarono seduto sul sellino a fiori di una Graziella ripiegata, riposta sotto il cellophane in attesa dell'estate. La valigetta con i centocinquanta milioni sulle gambe, in mano una borsa sportiva, di tela scozzese, con i vestiti nuovi per Raffaella. Dalla cerniera aperta fuoriusciva una sciarpa di lana coloratissima come la coda di un animale dei cartoni pomeridiani per ragazzi.

«Raffaella!» gridò l'uomo, la voce come uno scoppio fra le pareti anguste. «Raffaella, Raffaella, dove sei?»

Arquate guardò prima lui, poi l'austero Bertoni.

«Dov'è?» chiese allora, attanagliandosi la valigetta al busto.

«Esca, professor Arquate», disse Duca. «Vicecommissario Bertoni, venga... Venga di là con noi.»

«Raffaella», ripeté Arquate, guardandosi intorno.

Continuò a chiamarla, come se la figlia fosse in casa, da qualche parte, e dovessero mettersi tutti insieme a tavola. Per qualche minuto non pronunciò che il nome della figlia, stretto ai suoi centocinquanta milioni e al borsone con la fantasmagorica coda colorata. Lo fecero sedere, gli presero dell'acqua e gli versarono dell'altro brandy. Il professore mollò il bustone, non la valigetta. Duca gli si piazzò davanti, sedendosi sul tavolino bianco.

«Si calmi e mi ascolti. Stasera Raffaella non era con i suoi rapitori.»

Arquate rimase con la bocca spalancata, le rughe tirate in un groviglio irrisolto.

«Lei stava andando in mezzo alle montagne a consegnare centocinquanta milioni a della gente che non le avrebbe mai ridato sua figlia.»

«Ma come...»

«È così. E lo stava facendo da solo. Quelli l'avrebbero ammazzata e fatta sparire chissà dove, lo capisce questo?»

«Raffaella, Raffaella...» riprese inebetito Arquate, rivolgendosi con lo sguardo all'impassibile Bertoni.

Il collega giovane entrò con involontario tempismo drammatico. L'inopportuno tempismo che la realtà vuole copiare talvolta dai romanzi d'appendice. Entrò per dire qualcosa, ma poi non la disse. Lo guardarono tutti e lui se ne tornò via, come uno che vuole farsi dimenticare.

Gli andò dietro Bertoni. Duca invece provò a far ragionare il grande primario, che nel ripostiglio s'era slacciato la cravatta, forse per vincere la claustrofobia.

«Dov'è mia figlia?» chiese.

«Non lo sappiamo e la stiamo cercando. Ma non era con i suoi rapitori, mi capisce? Lei avrebbe pagato per niente.»

«Lei, Lamberti, lei...»

«È stata una pessima sceneggiata, lo so bene. Ma era l'unica maniera per fermarla e io ero l'unico a cui poteva riuscire. Oltre che l'unico a cui è venuto in mente dove potesse essere lei. È da oggi pomeriggio alle cinque che la cerchiamo, professore. E neppure sua moglie sapeva dove fosse. O magari eravate d'accordo. In ogni caso, pagare non sarebbe servito, mi capisce?»

Duca era sicuro che Arquate stesse capendo solo una cosa: Raffaella non c'era, non c'era e non c'era. Si accasciò sul divano, coprendosi la faccia con la valigetta dei soldi.

«Raffaella, Raffaella», continuò.

Rientrò Bertoni, sguardo incomprensibile, mani dietro la schiena. Gli parlò nell'orecchio, il suo alito diceva che in macchina s'era scaldato di nuovo, diceva che anche lui aveva un cuore bisognoso di essere rinfrancato con i pochi mezzi a disposizione.

«Erano in quattro. C'è stato un conflitto a fuoco. Uno l'abbiamo preso. Uno è fuggito. Due sono feriti. I nostri colleghi stanno tutti bene.»

«Càrrua s'è fatto sentire?»

«È arrivato un fonogramma in Questura. Le chiede di mettersi urgentemente in contatto con lui.»

Duca lanciò un'occhiata al luminare riverso sul divano, ai suoi brutti calzini e ai suoi denti perfetti, poi andò a reinnestare la presa del telefono. Fece il numero e chiese di Càr-

rua tenendo la mano sul microfono. Disse poche parole e le protesse con le dita. Più che altro parlò Càrrua. Purtroppo.
«La signora Arquate è ancora lì?» chiese Duca, alla fine del racconto. «Ce la fa a venire al telefono? Sì, sì, forse è meglio che sia lei... credo proprio di sì.»
Duca fece un cenno a Bertoni, e il grigio vicecommissario incappottato aiutò il potente medico ad alzarsi.
«C'è sua moglie al telefono. Vorebbe parlarle», disse Duca, assicurandosi che Arquate riuscisse a stare in piedi, poi lo lasciarono solo.
Il collega pallido era sulla soglia del cancello. Fumava.
Duca gliene chiese una, anche se sapeva che i giovani raramente fumavano Nazionali. E infatti era una sigaretta estera, pastosa e forte. Il primo tiro quasi lo stordì.
I due si aspettavano notizie da lui. Ma non aveva molto da raccontare. Non ancora.
«Non vi dico cosa le hanno fatto... perché non riconoscessimo subito il cadavere.»

Lupi di bassa stagione, ecco cos'erano.
Un piccolo branco improvvisato. Duca aveva visto giusto. Fino in fondo.
Giorni dopo seppe anche i particolari, vide le facce. Il capobranco era tal Bonfanti Laerte, di anni trentasei. Aveva lavorato sei anni come anestesista nella clinica di Arquate. Poi se n'era andato, non si sapeva bene perché. Era alla guida del camioncino, quella sera di dicembre, e finì nel dirupo cercando di fare manovra, appena capita la mala parata. Coma irreversibile, dicevano i medici.
Carlo Raffagnini, invece, lavorava come stagionale, durante l'inverno non batteva chiodo, aveva avuto tutto il tempo per progettare il crimine in gran voga, quello dove non serviva assaltare banche sorvegliate o furgoni blindati. Prendevi una persona, magari una donna, la rapivi come un capo di bestiame, ma te la facevi pagare molto di più. Qualsiasi prezzo non era mai troppo sconcio, per chi doveva pagare. Raffagnini fuggì, a piedi, su per i monti. Era uno che ci

sapeva andare, era quello pratico dei posti. Lo avrebbero cercato per tre giorni, anche con l'elicottero. Poi lo avrebbero aspettato a valle, non erano molte le strade da cui poteva tornare nel consesso civile. Lo ritrovarono morto assiderato la settimana seguente.

Luigi Bruschello era l'unico con precedenti. Furto e ricettazione. Non si era mai legato a un gruppo di mala di quelli forti, si vantava di fare il lupo solitario, ogni tanto azzeccava un colpo, faceva la bella vita per un po', poi veniva preso o finiva a mangiare alla mensa dei poveri. Non si vergognava. Non di quello. Era anche l'unico che sapeva sparare, e lo fece. I poliziotti avrebbero poi detto di avere mirato alle gambe, ma nelle gambe c'è anche l'arteria femorale, e la vecchia cava di marmo abbandonata era a un'ora di macchina dall'ospedale più vicino.

Giuliano Sinisi era un muratore. Per cinque anni aveva lavorato sui ponteggi dei palazzi in costruzione ad Arese, dove avevano spostato lo stabilimento dell'Alfa e un pezzo intero di città gli era andato dietro. In quei cinque anni aveva avuto tre figli e due incidenti sul lavoro. Lui lo agguantarono senza troppa fatica. Non correva granché. L'unico superstite avrebbe almeno raccontato la grande impresa per filo e per segno. Raffaella era morta di polmonite la notte del 3 dicembre, dopo dieci giorni di febbri altissime.

Lupi di bassa stagione. Un piccolo branco sbandato. Non i siciliani, non i sardi. Non i «maledetti terroni schifosi» contro cui Arquate aveva inveito per giorni. Sarebbe stato meglio. Molto meglio.

Bertoni accompagnò Duca da una sua mezza parente che affittava camere. Ci sistemava spesso qualche collega in trasferta, meglio se in missione delicata, e anche d'inverno. Non c'era il riscaldamento, come in tutti i posti dove la gente va solo d'estate, ma gli avrebbe fatto mettere una stufa in camera.

«Non importa», disse Duca. «È solo per qualche ora. Domattina voglio partire prestissimo. E poi non mi fido di quegli aggeggi. Mi danno l'idea di succhiarsi tutta l'aria.»

Era un villino grazioso, con dei pini intorno. L'indomani gli avrebbero preparato una buona colazione all'ora che desiderava. Duca guardò Bertoni e il collega pallido risalire in auto e tornare a casa, anzi, proprio nelle loro case, poco lontano da lì. Si tolse solo le scarpe e si sdraiò sul letto senza neppure togliere la coperta. In un minuscolo bar con la saracinesca già abbassata aveva fatto in tempo a comprarsi un pacchetto di Nazionali. Non c'erano giochi di luce sul soffitto. Non c'erano insegne intermittenti e macchine che passavano a ogni ora della notte, come in città.

Rivide Càrrua e riascoltò i suoi dubbi. «Chiamare la signora Arquate e dirle che abbiamo ritrovato il corpo di Raffaella? Per fermare il marito prima che paghi? Ma sei pazzo, Duca? Cosa le faccio riconoscere, un teschio? Non siamo ancora sicuri che sia lei... ti rendi conto, Duca? Se poi non è lei, il questore mi arrostisce e i giornali ci mangiano tutti quanti.»

Le avevano sciolto le carni con l'acido e l'avevano fatta a pezzi, poi però, siccome erano un branco di balordi, avevano abbandonato quei sacchi tutti nella stessa discarica, sotterrati a malapena. In fondo si trattava solo di guadagnare un giorno, due al massimo. Il tempo di far pagare lo stesso Arquate, che era riuscito a trattare di nascosto. Quanta ingenuità si poteva annidare anche nell'arroganza più cieca. Se solo Arquate non avesse fatto di testa sua, se solo avesse aiutato la polizia, invece di collaborare con il branco di lupi che gli aveva portato via Raffaella... chissà. Forse. O forse no.

Forse lui avrebbe dovuto semplicemente tenersi fuori da quell'indagine, come gli aveva imposto Càrrua. Era logico. Chi era stato il professor Arquate, per il collega Lamberti, lo sapevano tutti. La vita riserva crudeli coincidenze. Se però tu stai fuori dall'indagine, Duca, la coincidenza non c'è più. Ma non era riuscito a disinteressarsi al sequestro di Raffaella. A non tenersi informato dai suoi colleghi.

Alla fine era andato in carcere, a parlare con un giovane

malavitoso che veniva sempre bene, anche sulle foto sgranate dei quotidiani, anche in manette fra il portone della questura e il cellulare. Il bel biondino aveva dichiarato di essersi innamorato di Raffaella Arquate solo per averla vista in foto, bella, diciottenne e in procinto di partire per un'università americana. L'opinione pubblica aveva fatto presto a disgustarsi. Il giovane delinquente rubacuori che si fa pubblicità come può, anche dal carcere. Farabutto, millantatore, avvoltoio.

Sì, era una bugia, come ogni messaggio in codice, del resto. Duca lo aveva letto in trasparenza, come una lastra radiografica. Ed era andato a San Vittore ad ascoltarlo. «Non è roba dei siciliani e dei sardi, questa», gli aveva detto. «E il professore sta raggranellando il riscatto». Il latin lover con la mitraglietta voleva dare una mano alle indagini, ma non apertamente, ovvio. Forse si aspettava qualche beneficio, o forse era un velenoso favore alla polizia. «State perdendo tempo a cercare fra i siciliani, questa volta non c'entrano, ve lo posso assicurare. Questa non è gente del mestiere. Potrebbe finire male, se non fate presto. E forse presto non è più, ormai.»

E sì, diceva il bel bandito: «Perché rapire un essere umano non è mica come rubare una vacca. Bisogna essere esperti». Il crimine in voga non era roba per gli ultimi arrivati. Un essere umano non è una bestia da fatica che dorme all'addiaccio, un essere umano si lascia vincere dalle umiliazioni, non vive senza chiedersi se ne vale la pena.

Il freddo della stanza rendeva più acre il fumo. Si alzò e andò alla finestra per aprirla, poi ci ripensò. Fuori si era alzato il vento. Oltre i pini neri e folti, montagne puntute come frecce preistoriche si alzavano nel cielo deserto della bassa stagione.

Duca Lamberti in crociera
di Diego Zandel

Ho avuto a che fare con Giorgio Scerbanenco prima di scoprire che si trattava di lui. Si firmava, mi pare, Fabian e teneva una rubrica di lettere sul settimanale femminile «Annabella». Parliamo degli anni Sessanta. La mia fidanzatina d'allora, che è poi la donna che ho sposato, scrisse a Fabian per avere un consiglio su un dilemma che l'angustiava: si stavano avvicinando le vacanze scolastiche e io sarei partito con la mia famiglia per una lontana località marina, cosa avrebbe potuto fare per evitare il distacco? La risposta di Fabian, pubblicata regolarmente, così come la lettera della mia futura moglie, fu molto divertita e ironica, questo il tono; quanto al consiglio, quello che più ricordo, tra i diversi che diede, era che, se la distanza non era proprio proibitiva, dovevo inforcare una bicicletta e pedalare ogni giorno verso l'amato. Invece di restarci male, ridemmo pure noi dei consigli, tanto da prendere il distacco con filosofia. Soltanto anni dopo venni a sapere che dietro lo pseudonimo di Fabian si nascondeva Giorgio Scerbanenco. Ero già lettore dei libri di quest'ultimo, i maggiori, proprio quelli con Duca Lamberti, e mi sentii orgoglioso del fatto che in qualche modo si era occupato di me personalmente. È un pensiero, questo, che mi tocca ogni volta che prendo in mano un suo libro. Capita pure a mia moglie, appassionata lettrice di gialli. Quella lettera, scritta a mano, da lei imbustata, lui l'ha avuta in mano, i suoi occhi l'hanno sfiorata, la sua mente le ha riservato un pensiero, per quanto scherzoso, la sua macchina da scrivere, la stessa con la quale scriveva i suoi libri, ha scritto per lei. Ci si può meravigliare del fatto che in casa abbiamo quasi tutti i suoi libri?

I passeggeri avevano formato rumorosi capannelli un po' dovunque a bordo della nave da crociera *Esperia*. Il più numeroso si trovava nel salone grande, sul quale si era affacciato il commissario di bordo Rodolfo Hagendorfer, spalleggiato dal fido Stavros Xenicos, il maître, in gioventù campione ellenico di lotta greco-romana.

«Signori, avete tutte le ragioni di questo mondo di protestare per la situazione che si è creata, ma i tecnici stanno provvedendo e sperano di risolvere il guasto nel giro di ventiquattr'ore.»

«Ventiquattr'ore ancora? Ma sono troppe, sono già tre giorni che viviamo in queste condizioni», rispose un signore anziano, dalla chioma candida, abbronzantissimo, in bermuda e camicia hawaiana.

«Nelle cabine non si respira per il caldo e c'è una puzza terribile che viene su dai WC», aggiunse un altro uomo di mezza età, calvo e con la barba di un paio di giorni.

«È tutta la nave che è un cesso», gridò un altro, più giovane. «Ve la faremo pagare. In tribunale vi portiamo.»

«Mia moglie è incinta», si fece sentire un altro. «Se le succede qualcosa, giuro che vi ammazzo.»

«Calmatevi, per favore», ripeté il commissario. «Andrà tutto bene. Risolto il black out, ritorneremo alla normalità e domani saremo ad Alessandria.»

«Sì, d'Egitto, proprio!» esclamò un passeggero che se ne stava, livido, in un angolo e la cui battuta suscitò qualche risata sarcastica.

Era successo che la nave, lasciato il porto di Napoli per dirigersi ad Alessandria d'Egitto, seconda tappa di una crociera che, partita da Savona, in dodici giorni avrebbe dovuto fare il giro del Mediterraneo orientale, s'era improvvisamente fermata tra le coste della Sicilia e quelle di Creta. Sembrava un guasto temporaneo, il tempo per i tecnici di riavviare il generatore elettrico che presiedeva tutti i servizi di bordo, dalla luce all'aria condizionata al compattatore dei rifiuti, invece erano trascorsi tre giorni e l'*Esperia*, gettate le ancore, era sempre allo stesso posto, in mezzo al Mediterraneo, nessuna terra in vista, immobile sotto il sole cocente di luglio, mentre la notte, nelle cabine, per l'afa e la puzza dei bagni, si faceva fatica a respirare.

«Io, intanto, riprendo tutto con la telecamera», disse un tizio mingherlino, la barba scura e rasa sulle guance scavate, i denti storti e sporchi di nicotina, con la camicia mezza fuori dei pantaloni che sembravano lì lì per cadergli.

«Credo che ci sia bisogno dell'autorizzazione del comandante per le riprese, signor Fioroni», lo avvertì il commissario.

«Sono un operatore televisivo. Provi a impedirmelo e ne vedrete delle belle», minacciò l'uomo, conquistando la solidarietà degli altri passeggeri.

«Poi lo dia alle *Iene* o a *Striscia la notizia*. Sai che pubblicità per questa cazzo di compagnia!» esclamò un altro passeggero in tono sarcastico.

«Peccato che la telecamera non possa trasmettere il fetore che c'è», disse uno dei più sfortunati, che s'era ripromesso di richiedere oltre alla restituzione dei quattromila e passa euro pagati per lui e la moglie, anche altro denaro per la perdita dei bagagli investiti dall'acqua di fogna che gli aveva allagato la cabina.

Più di una persona, tra l'altro, si era sentita male. Alcune donne erano svenute. A un signore anziano era stato necessario praticare un massaggio cardiaco, a un altro uomo, colto dal panico, sofferente di claustrofobia, venivano iniettate dosi da cavallo di calmante. Un paio di bambini avevano contratto una fastidiosa infezione intestinale, causa le sempre più precarie condizioni igieniche.

A dare una mano al medico di bordo e all'infermiera che lavorava con lui c'era Duca Lamberti, che s'era voluto regalare quella crociera in occasione del compimento del suo settantacinquesimo genetliaco. Anche se di anni ne dimostrava dieci di meno, per quel suo fisico alto e asciutto, che non dava segno di cedimento, nonostante le difficoltà della vita passata. A cominciare da quei tre terribili anni di carcere, subiti quarant'anni prima, e l'espulsione dall'Ordine dei medici, al quale poi, come aveva previsto il buon, mai troppo compianto, commissario di polizia Càrrua, vecchio amico del padre, era stato riammesso. Lamberti, tra tutti i passeggeri, era quello che si lamentava di meno, anzi, non si lamentava affatto. Parco di parole, com'era nella sua natura, ai primi e sempre più diffusi malori, si era presentato all'ufficio del commissario di bordo, offrendo i suoi servigi.

«Sono un medico», aveva detto. «Se posso essere utile.»

Il commissario Hagendorfer lo aveva accompagnato subito dal dottor Torrisi, un uomo dai capelli ricci e gli occhiali con la montatura di metallo, che aveva ben gradito la collaborazione.

«Grazie, ce n'era proprio bisogno. In queste condizioni, noi due», e aveva indicato Sofia, la corpulenta infermiera bionda alle prese in quel momento con una passeggera a cui stava somministrando un farmaco per via orale, «siamo del tutto insufficienti.»

Per il resto, Lamberti faceva la vita del normale passeggero. Con la sorella Lorenza, anche lei ormai anziana, che l'aveva accompagnato in quel viaggio, si era presentato nel salone proprio quando il commissario di bordo aveva concluso la discussione con i passeggeri, annunciando che per quel giorno, al pranzo che stava per essere servito, l'acqua e il vino sarebbero stati offerti dal comandante Lorenzo Fabiani a tutti i passeggeri.

«Se credete di cavarvela così!» protestò ancora qualche passeggero.

Infine ognuno si diresse verso il proprio tavolo, mentre Stavros Xenicos raggiungeva le cucine.

Il commissario Hagendorfer vedendo Duca Lamberti gli andò incontro, quasi cercasse qualcuno in cui trovare un po' di comprensione.

«C'è aria di ammutinamento», disse il medico.

Hagendorfer annuì gravemente. «Li capisco. Questo accidente non ci voleva. Purtroppo i tecnici non riescono a venirne a capo.» Allargò le braccia. «È quello che succede quando si passa dalla meccanica all'elettronica.»

«Un intervento dall'esterno non è possibile?» domandò Duca Lamberti.

«C'è un contatto via radio con la ditta costruttrice del generatore che è americana, ma con laboratori in India. Comunque, da Creta sta arrivando un rimorchiatore che ci condurrà a terra, poi vedremo.»

«L'unico che sembra contento di questo disastro è quell'operatore.»

«Le rivelo un segreto, dottor Lamberti», sussurrò Hagendorfer. «Mi crede se le dico che ci ha chiesto una bella sommetta per riavere i filmati?»

«Vi ha ricattato?»

Hagendorfer annuì. «Alla fine, forse, saremo costretti...»

«Non mollate», lo interruppe Duca Lamberti.

«Sì, certo, troveremo il modo per impedirglielo. Ma io la sto trattenendo... Anche se il pranzo non sarà tra i migliori. Con i congelatori fermi molta roba è andata a male. Per fortuna abbiamo anche molti alimenti non deperibili, e grandi chef. Buon pranzo», e rivolgendosi a Lorenza, «anche a lei, signora.»

«Grazie.» Duca Lamberti e la sorella si avviarono silenziosi verso il loro tavolo.

Poco dopo nella sala da pranzo fecero il loro ingresso due baldi giovani, seguiti da una coppia, lui ultrasessantenne, ben rasato, i capelli tinti, polo a righe blu e bianche, pantaloni lunghi e mocassini bianchi; lei attempata, con una decina di anni di meno, sui cinquantacinque, tutto sommato ancora piacente, seppure in continua lotta contro la decadenza, abbronzantissima. Aveva capelli neri di tintura, un lungo prendisole bianco al limite della trasparenza, che al passo lasciava intravedere le gambe attraverso due spacchi laterali, mentre la parte superiore mostrava seni, chiaramente rifatti, spalle e schiena pieni. Erano il viceministro, l'onorevole Luigi Calogero e la moglie Sandra, accompagnati dai due uomini di scorta. Il loro tavolo era un po' più appartato, a evitare le questue di qualche passeggero. Naturalmente, vista la situazione in cui versava la nave, gli erano pervenute richieste di sanzioni governative nei confronti della compagnia di navigazione, richieste alle quali il viceministro aveva assicurato il suo interessamento.

Vennero prontamente serviti da Giorgio, un giovane cameriere, la cui bella presenza aveva tanto colpito i coniugi da spingerli a chiedere al maître greco che fosse lui a servirli. Naturalmente erano stati prontamente accontentati. Da giorni ormai la coppia lo corteggiava, con aperte allusioni a una sua gradita visita nella loro cabina. A entrambi, infatti, piacevano i bei ragazzi, ai quali Sandra, in accordo con il marito, si concedeva volentieri, esaltandosi all'idea di avere ancora i numeri per piacere a chi poteva esserle figlio. Il viceministro si limitava ad assistere alla scena di quei giovani corpi, nei quali si identificava, che si godevano la sua «porcella», come chiamava in privato la moglie.

«Prima o poi si arrenderà il nostro bel Giorgio», disse l'onorevole, vedendo il cameriere avvicinarsi con la bottiglia di sauvignon, il suo vino preferito. «Possibile che tu non sia ancora riuscita a fare colpo su di lui?»

«Al contrario. Lo capisco da certe occhiate che mi lancia... una donna le sente certe cose. Piuttosto... non credi che sia intimorito da Peppe e Nicolò?» Si riferiva ai due uomini della scorta, che chiamava famigliarmente per nome, avendoli provati entrambi, anche insieme, tanto che il marito li aveva gratificati con una somma di denaro extra, rispetto allo stipendio che già prendevano dallo stato.

«Andrà a finire che saranno loro due ad accompagnarlo

in cabina», rise il viceministro, proprio mentre Giorgio, giunto al tavolo e stappata la bottiglia, gli versava il vino per l'assaggio.

«Stai tranquillo, so io come conquistarlo», lo rassicurò Sandra. Poi allungando la mano verso quella di Giorgio gli sussurrò: «Caro, ti piacerebbe venire a letto con me?»

Giorgio guardò la donna, quindi lanciò un'occhiata al marito che manifestò silenzioso il suo consenso.

«Ma... signora...» esclamò.

«Naturalmente sarà una cosa discreta», aggiunse il viceministro. «Resterà tra noi. Ma ci tengo ai desideri della mia signora. Non senza un premio per te, ovviamente.»

«Non devi avere nessun riguardo per loro», lo tranquillizzò la donna, indicando gli uomini che mangiavano al tavolo accanto.

«Oh, sì, hanno altro da fare», disse l'onorevole con aria preoccupata.

«Non saprei quando...» sospirò il cameriere. «In questo momento siamo tutti sotto pressione.»

«Sono sicuro che un'ora riesci a trovarla... magari questa notte. Allora ti aspettiamo?» domandò il viceministro, eccitato all'idea di vedere all'opera quel corpo superbo. Quante volte s'era trattenuto dall'allungare le mani verso quei ragazzi per accarezzarli, saziarsi anche lui di quelle carni fresche.

«Le farò sapere», rispose Giorgio. Poi: «Troverete il vino non adeguatamente fresco. I frigoriferi sono tuttora in tilt».

«Non importa, Giorgio», gli rispose il viceministro, seguendolo con gli occhi mentre andava a prendere il carrello delle vivande.

«Se viene», riprese la donna, sorridendo alla proposta, «si potrebbe organizzare una cosina in tre, con Peppe e Nicolò, intendo. Che ne dici? Ti piacerebbe lo spettacolo?»

«Che puttana sei!» rise il marito. «Il ragazzo però mi sembra timido... Vedremo, magari un'altra volta. E poi, Peppe e Nicolò per il momento sono già impegnati.»

«Con l'operatore?»

«Sì, ha osato troppo e bisogna pur dargli una lezione.»

A differenza di molti commensali, compresi Peppe e Nicolò, l'onorevole e la moglie non gettarono neppure un'occhiata alle due giovani, splendide donne che fecero il loro ingresso nel salone. Bionde entrambe, la più matura sui quaranta, con i capelli lunghi sciolti sulle spalle nude, l'altra molto più giovane, dai lineamenti netti, resi quasi spigolosi dai capelli corti, con una camicetta annodata sul ventre, si diressero verso il loro tavolo, seguite a distanza da un uomo anziano, dai lineamenti duri e scavati e l'abbigliamento semplice che rivelavano l'origine contadina.

«Se il capo fosse sposato almeno con una di quelle invece che con quella vecchia bagascia!» esclamò Peppe. «Ci divertiremmo di più.»

«Solo che quelle a noi uomini neppure ci filano», commentò Nicolò. «Non l'hai capito? Per me sono due lesbicone.»

«Ma se la più vecchia è sposata con il barone Cianciulli. Una baronessa... e la giovane è la sua dama di compagnia.»

«E il vecchio che le segue sempre?»

«Il factotum del marito. Dicono che sia gelosissimo della moglie e non la lascia mai sola. Il barone è vecchio, non così stupido però da chiuderla a chiave in casa... È troppo giovane per starsene tutto il giorno nel palazzo di Palermo...»

«A proposito di Palermo. Hai visto quell'uomo grosso che sta tutto solo in fondo al salone, sempre attento a non scoprirsi le spalle?»

«Ti ricorda qualcuno?»

«Sì, di quando ero di stanza in Sicilia.»

«E allora?»

«Secondo me è don Pappalardo.»

«Il mafioso?»

Nicolò annuì. «Adesso collabora con la giustizia. Ha cambiato identità. Ho sentito che si fa chiamare Lucifredi. S'è rifatto pure la plastica al viso. A un processo di mafia l'ho avuto davanti per ore, gli facevamo cordone per proteggerlo. Se la mafia lo trova, lo fa secco. E ti dirò di più...»

«Di', di' pure, sei una miniera.»

«Al processo c'era pure l'operatore, quel Fioroni che allora lavorava per la RAI o Mediaset, non ricordo. Se lo riconosce, capace che va a chiedere il pizzo pure a lui.»

«Seee, credi che Pappalardo glielo permetterebbe? Sempre mafioso è...»

«Gliela daremo noi una lezione!»

«'Sto bastardo come ha fatto a fare quelle riprese?»

«Secondo me ha il passepartout di alcune cabine. Ci entra quando non c'è nessuno e piazza i suoi aggeggi... è un professionista.»

«Sì, ma il passepartout come lo ha avuto?»

«Hai visto che s'è fatto amico della cantante del night di bordo?»

«Pure quella... mica male, eh! Se me la farei al posto della viceministra! Ma come fa a stare con quello sfigato?»

«Le darà dei soldi, che altro? Ma stanotte lo sistemiamo per le feste.»

«Non vedo l'ora di menare un po' le mani... E per ordini superiori!»

«Sì, ma lo farei anche senza quelli... Ti immagini se mia moglie venisse a sapere che razza di protezione facciamo al viceministro?» Rise. «Altro che il barone Cianciulli.»

«Perché la mia? Valle a spiegare che è il viceministro in persona a chiederci certe prestazioni.»

«Be', per un po' staremo tranquilli. Hanno puntato il camerierino.»

Nel pomeriggio si sparse la notizia che il guasto era riparato. E, infatti, i passeggeri, quasi increduli ormai, videro tornare le luci nelle cabine e i condizionatori d'aria ripresero a funzionare, anche se non ancora a pieno regime. Le ancore si alzarono, e un po' tutti si precipitarono lungo i parapetti dei vari ponti ad assistere al lento movimento della nave. La voce del comandante si fece sentire dagli altoparlanti, scusandosi per l'accaduto e informando che ci sarebbe stata solo una breve sosta tecnica a Iraklion per consentire la totale pulizia e igienizzazione degli impianti e il rifornimento delle cambuse. Per il resto, la crociera riprendeva il suo viaggio per toccare i porti stabiliti nel programma, seppure con tre giorni di ritardo rispetto alle date previste. Ci fu un «urrà»! generale, strozzato dai critici più severi che si ripromettevano di non lasciare certo passare la cosa e di pretendere i rimborsi e quant'altro.

Clarissa, la regina delle cantanti che si esibivano al night, si presentò dopo mezzanotte con una mise mozzafiato, il vestitino corto, ad anelli di metallo che le tintinnavano addosso a ogni movimento, e priva di qualsiasi indumento intimo, fatta eccezione per un tanga color carne che esponeva il suo corpo all'ammirazione di tutti gli uomini.

La gioia diffusa per la ripresa della navigazione aveva contribuito a rilassare gli animi. Le consumazioni illimitate, poi, offerte ai passeggeri avevano provocato una euforia generale contagiando anche i vari artisti che quella sera avevano dato il meglio di sé. Clarissa, da parte sua, tra le tante proposte che, più o meno apertamente, aveva ricevuto, si era limitata a dispensare speranze. Per il resto, si può dire che avesse riposato: al contrario delle altre sere non aveva dovuto convincere gli avventori che la corteggiavano a consumare champagne e altre costose bevande per incrementare i guadagni della compagnia e suoi personali, in virtù della percentuale che le spettava per contratto. In quel senso, avrebbe preferito una minore generosità nei confronti dei passeggeri, mentre, invece, s'era trovata lei, che per quella sera non aveva bisogno di autocontrollarsi, a bere più del solito. Tant'è che finì la serata alticcia, solo chiedendosi tra sé, non vedendolo in giro, dov'era finito quel maiale di Alessio con il quale era andata a letto solo perché le aveva promesso che l'avrebbe portata in televisione, dopo che con la sua inseparabile telecamera l'aveva ripresa nel corso della sua migliore esibizione, *Sono come tu mi vuoi* di Canfora, Amurri e Jurgens, cantata nello stile di Mina. Cavolo, se non aveva la stessa voce della Tigre! E aveva sempre vissuto come un ripiego quel suo lavorare a bordo delle navi. Ma aveva un figlio da mantenere a terra, e non poteva certo stare lì ad aspettare un successo che non arrivava mai.

Il grido di Pina, la cameriera che rassettava le cabine del corridoio B del settimo ponte, squarciò l'ovattato silenzio del mattino, quando la gran parte dei passeggeri si trovava a prendere il sole o a fare il bagno in una delle tre piscine del transatlantico. Pina, pallida in volto, raggiunse il collega Carmelo che si trovava sul corridoio A. Prima di svenire, fece appena in tempo a dirgli che aveva trovato il passeggero della 7112 cadavere sul pavimento, con la testa fracassata, immersa in una pozza di sangue. Carmelo si diede da fare per rianimare Pina, passandole sul viso un asciugamano che aveva bagnato sotto il rubinetto della cabina più vicina, subito soccorso anche da un altro paio di addetti alle pulizie che si trovavano nelle vicinanze e avevano udito il grido.

«Che cosa è successo?»

«C'è un morto alla 7112...»

Due di loro si precipitarono in cabina ed ebbero conferma di quanto aveva detto Pina. Chiamarono l'ufficio del commissario di bordo, che subito dopo arrivò trafelato, accompagnato da Stavros Xenicos e una hostess. Entrati nella cabina videro il cadavere di Alessio Fioroni ancora vestito, disteso a faccia in su, mezzo corpo, la parte superiore, sul letto, la parte inferiore verso terra. La coperta del letto, ancora intatto, era inzuppata di sangue.

«Vai a chiamare il medico di bordo», ordinò Hagendorfer alla hostess. «Per favore, cercami anche il dottor Duca Lamberti.» Per qualche oscuro motivo aveva fiducia in quella persona, che arrivò alcuni minuti più tardi, indossando un paio di pantaloni corti color cachi, polo blu e un paio di sandali ai piedi.

«Mi scusi, ma non ho fatto in tempo a cambiarmi», si scusò.

«Si figuri!»

Il dottor Torrisi era già chino sul cadavere, attento a non manomettere la scena del crimine. Appena si trovò accanto

Duca Lamberti, lo informò laconico: «Ucciso. Gli hanno fracassato la testa con qualcosa di molto pesante».

Duca Lamberti si limitò ad annuire. «Non s'era ancora neppure spogliato. Probabilmente è entrato e ha trovato la persona, o le persone che l'hanno ucciso. Dev'esserci stato anche un minimo di colluttazione... poi gli hanno sferrato un colpo in testa.» Si guardò intorno. «Ma non vedo nessun corpo contundente in grado di ammazzare un uomo.»

«Per terra, in quell'angolo c'è la sua telecamera. Forse l'hanno colpito con quella», disse il dottor Torrisi.

Con un fazzoletto Duca Lamberti la raccolse, alzandola dalla parte dell'obiettivo e la esaminò. «Non ha un graffio e neppure una traccia di sangue... No. Doveva essere qualcosa di più consistente... Probabilmente, l'hanno fatto sparire.» Si guardò ancora intorno. «Un momento», aggiunse rivolto al commissario di bordo, sulla porta della cabina, attorniato in quel momento dai camerieri. «Qui manca un oggetto che c'è, ad esempio, nella mia cabina.»

«Ossia?» domandò, disturbato da un vocio di molte persone che nel frattempo, diffusa la notizia dell'omicidio, erano accorse.

«Un posacenere di vetro massiccio.»

«Sì. In effetti dovrebbe trovarsi anche qui», rispose il commissario, cercandolo con gli occhi.

«Ma non c'è... Se è stata quella l'arma del delitto, l'assassino l'ha portata via. Ci sarebbero state le sue impronte, oltre a essere sporca di sangue.»

Il brusio nel corridoio si fece ancora più forte con l'arrivo del comandante Lorenzo Fabiani.

«Dio mio!» esclamò, guardando il cadavere. «Ci mancava un delitto!»

Improvvisamente qualcuno tra la folla assiepata lungo il corridoio, gridò: «L'avete fatto uccidere voi, comandante, perché vi avrebbe diffamato con le riprese di quanto è successo».

«Ma che cosa dice?» si ribellò adirato il commissario di bordo. «Come si permette di lanciare queste ignobili accuse?»

«Lo lasci perdere», suggerì il comandante ad Hagendorfer.

Ma altri passeggeri, evidentemente ancora arrabbiati per i tre giorni bloccati in mezzo al mare, subito fecero eco all'uomo che aveva parlato prima.

«Sì, voi, voi, magari è stato il maître che sembra ben dotato.»

«Ma cosa state dicendo? Mi date dell'assassino! Come vi permettete?» Stavros si sforzò di mantenere la calma.

«È meglio che facciate allontanare tutta questa gente», consigliò Duca Lamberti.

«Sì, certo. Per favore, indietro, indietro. I medici devono lavorare», ordinò il comandante, con un timbro di voce autorevole.

E, in effetti, qualcuno cominciò a indietreggiare.

«Lasciate che se ne occupi il medico civile», propose uno tra i passeggeri, riferendosi a Duca Lamberti, «e non il medico di bordo. Quello è capace di inquinare le prove, di dire che Fioroni è morto di freddo!»

«Semmai di caldo, visto quello che abbiamo passato», commentò un altro.

«Signori, per favore... non potete stare qui. Per favore.»

«Li ha sentiti?» domandò Hagendorfer.

Duca Lamberti annuì. «Bisognerà trovare presto il colpevole.»

«Me lo auguro!» esclamò il comandante, allargando le braccia disperato. «Dovremo affidarci alla polizia greca, non appena arriveremo a Iraklion, stasera. E l'autorità giudiziaria ci impedirà di ripartire prima di avere finito l'inchiesta.»

«Vedremo di fare presto, in modo da consegnare il colpevole e ridurre così i tempi», rispose Duca Lamberti. «Ho qualche esperienza... Mio padre era un poliziotto e io spesso ho collaborato con la polizia.»

«Allora la lascio lavorare», disse il comandante. «Devo mettermi in contatto con la direzione della compagnia. Scusatemi.»

«Le posso fare un'altra richiesta comandante?»

«La prego!»

«Mi faccia avere più informazioni possibile sulla vittima, Alessio Fioroni. Non dovrebbe essere difficile. Deliquentelli del suo calibro, difficilmente hanno la fedina pulita.»

«Si riferisce al ricatto nei nostri confronti, vero?» volle sapere il comandante.

«Sì. A un attento osservatore non sfugge certamente che qui a bordo, tra le migliaia di passeggeri, le occasioni non mancano.»

«Crede che sia quello il movente del delitto?»

Duca Lamberti si strinse nelle spalle. «Se è arrivato a ricattare voi!»

«D'accordo, le farò avere quanto prima tutte le informazioni possibili», disse il comandante, allontanandosi.

Sul luogo del delitto restarono i due medici, il commissario di bordo e, subito fuori, Stavros Xenicos con uno dei camerieri a guardia del corridoio. Mentre il dottor Torrisi si dedicava a un esame del cadavere, Duca Lamberti tirò fuori dalla telecamera la piccola cassetta con le ultime immagini girate da Fioroni.

«Intanto, abbiamo questa», disse, rivolgendosi ad Hagendorfer. «Ma non è tutto. Commissario, mi dia una mano a cercare dell'altro materiale. Dovremo trovare altre cassette come queste.»

Anche Stavros, che aveva una conoscenza più diretta dei vari, possibili nascondigli delle cabine, partecipò alla ricerca. Ne trovarono un paio nel vano interno della griglia dell'aria condizionata, un altro paio dentro un salvagente che era stato manomesso, altri due nel bagno, uno nella confezione di un dopobarba.

«Ho trovato anche questo», disse Stavros, mostrando un anello di metallo.

«Me lo dia.» Duca Lamberti lo prese e se lo infilò nel taschino della camicia «Credo che per ora possano bastare. Meglio però continuare le ricerche. C'è un posto in cui possiamo visionarle?»

«Certamente. Nel mio ufficio», rispose Hagendorfer.

Due ore dopo avevano elementi sufficienti per procedere agli interrogatori. Con tutte le cautele del caso, furono convocati prima la baronessa Agata Cianciulli e la sua dama di compagnia, separatamente il factotum del barone che fungeva da guardia del corpo, quindi il signor Vincenzo Lucifredi, alias don Pappalardo, a seguire il viceministro e la moglie e, ultimi, i due poliziotti della scorta.

«Siamo qui per scoprire chi ha ucciso il signor Alessio Fioroni», esordì Duca Lamberti. «La sua morte non suscita in me che la pietà dovuta a un essere umano, ma nulla di più. Era uno sporco ricattatore e lei, baronessa e, per così dire, la sua dama di compagnia ne sapete qualcosa. Abbiamo visionato i film che a vostra insaputa, poi accerteremo come, il Fioroni ha girato su di voi.» Posò lo sguardo sulla dama di compagnia. «Signor Andreas Kustermann, a cosa si deve questo suo travestimento? Certo, in Germania il nome è ambivalente, può essere maschile, come da noi in Italia, e femminile... Ma lei è parso tutt'altro che ambivalente. Non è sicuramente un trans. E allora?»

«Mi vesto da donna solamente quando sto con Agata», rispose in un buon italiano, seppure dalle nitide inflessioni tedesche. «È l'unico modo per sfuggire al controllo del marito, il barone, che è gelosissimo. Ovunque vada Agata, il suo factotum è pronto a riferire su ogni pericolo.»

«Mio marito è molto vecchio», spiegò la baronessa. «Non le nascondo che ho accettato di sposarlo perché ricco. Provengo da un quartiere molto povero di Palermo, e questo matrimonio mi ha permesso di aiutare la mia famiglia. Ma non me la sentivo di rinunciare del tutto alla mia giovinezza. Vede, se il barone venisse a sapere che ho un altro uomo mi diserediterebbe...»

«E allora?» la incoraggiò Duca Lamberti.

«Andreas era il figlio di un importatore in Germania di vini della nostra azienda vinicola. È stato amore a prima vista», disse sorridendo al giovane in abiti femminili.

«Lei è più grande di lui.»

«Che cosa significa?» ribatté alterata, poi cercò di controllarsi con un respiro profondo. «Se non fosse stato così giovane, non mi avrebbe potuta neppure avvicinare... Il barone non faceva caso a lui, credo che non l'abbia neppure mai visto in faccia. Un giorno, quando Andreas è salito da me, nella mia camera – io e il barone viviamo in camere separate – mi sono resa conto di quanto fosse bello, dai lineamenti quasi femminili. Così, mi è venuta un'idea: l'ho truccato e gli ho messo addosso un mio vestito. Nessuno, vedendolo, avrebbe potuto accorgersi che è un maschio. Al barone ho detto che non potevo restare tutto il giorno da sola, e gli ho chiesto di avere almeno una dama di compagnia. Ha capito e mi ha accontentato, lasciandomi anche scegliere la persona che preferivo. Devo dire che Andreas ha fatto colpo anche sul barone. Talvolta è lui a invitarla a tavola con noi, in qualche rinomato ristorante di Mondello.» Sorrise. «La soddisfazione più grande è quando io e Andreas andiamo insieme al bagno e torniamo a tavola magari dopo aver fatto l'amore, una sveltina, così, praticamente sotto i suoi occhi.»

Duca Lamberti evitò qualsiasi commento. Scambiò solo un breve sguardo con il commissario di bordo, sulle cui labbra scoprì i segni di un divertito sorriso interiore.

«A bordo, però, qualcosa deve esservi sfuggito, se Alessio Fioroni... Abbiamo visto una scena eloquente della vera natura del signor Andreas Kustermann. Un colpo di fortuna per Fioroni. Quanto vi ha chiesto per non mostrare il filmino al factotum, il signor Pietro Giuffrida, e restituirvi la pellicola?»

«Cinquantamila euro.»

«Esoso e imprudente.»

«Si era informato su di me. Sapeva che avrei perso tutto. Ma non siamo stati noi a ucciderlo. Potete chiederlo a Pietro. È stato con noi al night fino a notte fonda. Clarissa, la cantante, se n'era già andata da un pezzo.»

Interrogato subito dopo, Pietro Giuffrida, serio, quasi

grave nella voce, senza mai neppure l'ombra di un sorriso sulle labbra, confermò l'alibi della donna. L'imbarazzo più grande nasceva dalla necessità di interrogarlo, cercando di evitare il segreto della baronessa Cianciulli. Ma fu l'uomo ad affrontare l'argomento. «So tutto della baronessa e del suo giovane compagno. E la baronessa sa che io so.»

«E allora perché non lo racconta al barone?»

«Il barone non ha figli. Se l'eredità non dovesse andare alla baronessa Agata, tutto andrebbe all'ordine delle Carmelitane, per via di una zia del barone che si è fatta suora. Io verrei licenziato. La baronessa invece mi ha garantito il posto, un pezzo di terra e la casa in cui vivo con la mia famiglia. Con lei almeno i miei figli hanno un futuro.»

«Ma questa», intervenne il commissario di bordo, «è una ragione in più per uccidere Fioroni.»

«Lui non era al corrente del patto tra me e la baronessa. Mi avrebbe consegnato i film», indicò il grande oblò oltre il quale c'era il mare, «e quella sarebbe stata la fine che avrebbero fatto. La baronessa con il ricattatore aveva preso solo il tempo sufficiente per mettermi in guardia. Non avrebbe mai pagato.» Mostrò un ghigno che doveva essere un sorriso. «Che motivo c'era di ucciderlo?»

Dopo fu la volta di don Pappalardo. Rese subito noto che, come collaboratore di giustizia, era sottoposto a un programma di protezione. Pertanto si scordassero del suo vero nome. Come già prima il signor Giuffrida, parlava con uno stretto accento siciliano che rendeva più lenta la comprensione delle risposte, ma c'era in entrambi una meritevole volontà di farsi capire.

«D'accordo, signor Vincenzo Lucifredi», disse Duca Lamberti. «Con lei più che con altri è meglio parlare diretti: Alessio Fioroni la ricattava. Per qualche motivo sapeva chi è veramente lei...»

«Me lo disse: fu presente a tutte le fasi del mio processo come operatore di una televisione. Nonostante gli interventi estetici... mi riconobbe. Il *fetuso* volle riprendermi, dicendomi di conoscere un picciotto che avrebbe avuto piacere di avere mie notizie.» Si distese con le spalle contro lo schienale della sedia e ridacchiò. «A mia fece questo! Gli dissi: facesse pure quello che credesse, poi non si preoccupasse però delle conseguenze...»

«L'ha minacciato.» Non era una domanda.

Lucifredi guardò Duca Lamberti da sopra gli occhiali da sole che non s'era mai tolto. Baluginò il bianco delle pupille. «Con le mezze calzette non mi ci metto», affermò. «Mi credesse, dottore.» E s'alzò per andarsene.

Quando restò solo con Hagendorfer, Duca Lamberti gli chiese: «Che cosa ne pensa?»

Il commissario di bordo allargò le braccia. «Per il momento andiamo avanti. Credo che con l'onorevole Calogero sarà più dura. Ha già protestato con il comandante. Alla fine ha preteso solo riservatezza.»

«Se è innocente, non abbiamo nessun motivo per mettere in piazza i suoi vizietti. Per favore, commissario, lo faccia entrare con la moglie, gli uomini della scorta li sentiremo dopo.»

Il viceministro entrò nella cabina come una furia, seguito dalla moglie, entrambi con gli occhiali da sole sul viso.

«Non avete nessun diritto, nessuna autorità. Io sono un...»

«Lo sappiamo chi è lei, onorevole. Stavo proprio dicendo al commissario che se lei viene scagionato, meglio ancora. Se riusciamo a trovare il colpevole prima che l'inchiesta passi a chi ha, come dice lei, il diritto e l'autorità, è possibile che nulla che la riguardi esca da questa cabina.»

«Sarebbe un danno per noi... per lui», spiegò la moglie e, evidentemente, sapendo che avevano visto i filmini con le sue performance, ansiosa di giustificare i suoi comportamenti. «Per quel che mi riguarda, cerco solo di far contento mio marito.»

«Sandra, per favore!»

«Non sei forse tu che mi infili i ragazzi nel letto?»

«Ti piace però!»

«E meno male. Devi ringraziarmi. Se non mi piacesse dove andresti a soddisfare la tua omosessualità latente? A Villa Borghese...»

«Ma cosa dici!»

«Perché non è vero che... scegli sempre i ragazzi che piacciono a te?»

«Signori, per favore, non siamo qui per discutere di queste cose», intervenne Duca Lamberti

«Ha ragione, dottore... Proprio perché credo alla sua promessa di discrezione, posso assicurarle che non sono stato io a uccidere o a far uccidere quel ricattatore.»

«Sa dunque che è un ricattatore. Ci ha provato con lei, vero?»

«Non lo nascondo. Ma l'uomo non ha valutato tutte le conseguenze. Sono pur sempre un viceministro della repubblica.»

«Come ha reagito alle richieste del Fioroni?»

«Ho ordinato agli uomini della scorta che gli mettessero un po' di... mi scusi il termine... pepe al culo.»

«E gli uomini della scorta?»

«Questa notte sono andati da lui per dargli una lezione, ma era in compagnia della cantante.»

«Quale cantante?»

«Quella del night.»

«Clarissa?» chiese per conferma Hagendorfer.

«Sì, stavano litigando, mi hanno detto... e hanno dovuto abbandonare il campo.»

Duca Lamberti si rivolse al commissario di bordo. «Sulla cantante non c'era nulla di compromettente. Solo il film delle sue esibizioni canore. Non mi pare che... Gentilmente, può far entrare le due guardie di scorta?»

Poco dopo, Peppe e Nicolò erano lì, a confermare la versione del viceministro.

«Precisamente, quando avete visto Fioroni e la cantante?»

«Più che visti, sentiti attraverso la porta. Era quasi l'alba. Dalla voce sembrava ubriaca.»

«Avete sentito che cosa si dicevano?»

«Parlavano di soldi, ma sapevamo che se la spassavano insieme. Dovevamo dire due paroline a Fioroni, ma data la situazione abbiamo fatto marcia indietro.»

«Adesso che ci penso...» Duca Lamberti tornò a rivolgersi al commissario di bordo.

«Sì?»

«Ho trascorso non più di mezz'ora al night, poi sono andato a dormire», disse il medico. «Ma ho notato, e non si poteva farne a meno, che Clarissa indossava un vestito di anelli cuciti insieme che la lasciavano praticamente nuda... L'anello che ha trovato il maître», lo tirò fuori dal taschino della camicia, «non può essere del suo vestito? Magari le è caduto in seguito a una colluttazione...»

«Andate a prenderla e portatela qui», disse Hagendorfer.

«Voi tutti, per il momento, potete andare. Grazie per la collaborazione.» Duca Lamberti licenziò il viceministro e compagnia.

«Dottor Lamberti, confido...» l'onorevole usò un tono complice, quasi remissivo.

«Le ho detto di stare tranquillo, onorevole. La cosa che più importa al popolo italiano è che lei sia un buon viceministro, meglio se ottimo, non quali siano i suoi gusti sessuali.» Avrebbe voluto aggiungere qualcosa a proposito degli omosessuali, ma non era il caso.

«Grazie.»

Poco dopo Clarissa sedeva sulla stessa sedia sulla quale era stato seduto il rappresentante del governo. Teneva la testa china, gli occhi bassi. Era chiaramente impaurita, rigida come chi sta sulla difensiva. Teneva le mani chiuse, poggiate sopra le ginocchia nude, a stento coperte da una minigonna. Era una donna matura, più di quello che sembrava sulla scena, e meno avvenente. Duca Lamberti uscì da dietro la scrivania e andò a sedersi sulla sedia accanto a lei, afferrandole una mano, che lei tentò di ritrarre. C'erano parecchi tagli sulle dita.

«Come se li è procurati?» domandò Lamberti.

«Mi si è spezzato un bicchiere tra le dita.»

«Sappiamo entrambi che non è così... Perché ha ucciso

Fioroni? Ricattava anche lei? E che ne ha fatto del posacenere di vetro con il quale l'ha colpito?» le domandò con dolcezza, tanto da abbassare ogni difesa.

«L'ho buttato in mare», rispose, scoppiando immediatamente a piangere. «Mi aveva promesso che mi avrebbe fatto avere un contratto con la televisione, invece stanotte mi ha detto che era già tanto che cantavo qui... Se fossi stata più giovane e la davo a un funzionario importante una comparsata da qualche parte l'avrei fatta, ma per come sono ridotta... mi ha detto che ero solo una vecchia bagascia da crociere... che avrei finito la mia carriera sui mercantili... così m'ha detto, ridendo. E io che m'ero data a lui, a quel porco che... Sì, mi raccontava cosa faceva... viveva di ricatti... e allora gli ho detto: "Se sono solo una vecchia bagascia, adesso mi devi pagare". Gli ho preso il portafogli e lui m'ha aggredito, ha osato... e io, io... ho visto il posacenere.» Alzò il viso quasi implorante, disperato, gli occhi grandi, azzurri, notò Duca Lamberti, due occhi bellissimi che avevano preso il colore dal mare sul quale era sempre vissuta. «Ero ubriaca e non capivo bene quello che stavo facendo.»

«Lo so, cara ragazza, lo so», disse lui, tirando fuori dal taschino della camicia l'anello che Stavros aveva trovato. «Ti si è strappato anche questo.»

In quel momento bussarono alla porta. Era il maître.

«È arrivato il cablogramma con quelle informazioni che aveva chiesto su Alessio Fioroni, dottore», avvertì, porgendoglielo.

Duca Lamberti lo lesse. Fioroni era stato espulso dieci anni prima dalla RAI per comportamento indegno, era stato assunto da un'agenzia privata di investigazioni poi chiusa per reati contro la persona, condannato a due anni di galera, aveva messo su una agenzia cinematografica, chiusa a sua volta per sfruttamento della prostituzione e, ancora, reati contro la persona, che gli erano costati altri mesi di galera.

«Niente di più di quanto immaginavo», fu il laconico commento di Duca Lamberti.

Gli autori

Sergio D. Altieri

Milanese, ingegnere meccanico, è diventato Alan D. Altieri quando un grafico decise che meglio figurava sulla copertina di *Città oscura* (1981), il suo primo romanzo, un volume di oltre cinquecento pagine come i successivi: *Alla fine della notte, L'occhio sotterraneo, Corridore nella pioggia, Ultima luce, Kondor, L'uomo esterno, L'eretico* e *La furia.* Questi ultimi due romanzi fanno parte della trilogia *Magdeburgo.* Per oltre vent'anni ha collaborato con Dino De Laurentiis alle sceneggiature di film a Los Angeles. Tra i registi con cui ha lavorato: David Lynch, David Cronenberg, Russel Mulcahy. Di recente ha ritradotto i romanzi di Dashiell Hammett e i racconti di Raymond Chandler ristampati nei «Meridiani».

Matteo Bortolotti

È nato nel 1980 a Bologna. Scrittore e sceneggiatore, ha dedicato gran parte dei suoi anni di università allo studio delle tecniche narrative. Dal 2004 è segretario dell'Associazione scrittori di Bologna presieduta da Carlo Lucarelli e fa parte del Comitato editoriale del Premio Solinas «Scrivere per il cinema». Dopo l'esordio come finalista del Premio Tedeschi, ha pubblicato il suo primo romanzo, *Questo è il mio sangue* (2005), che ha visto il battesimo di un nuovo personaggio del noir italiano: il prete «assassino» Walter Maggiorani. Un personaggio che per la sua forza emotiva e i temi trattati, è stato più volte accostato dallo stesso Lucarelli al Duca Lamberti di Giorgio Scerbanenco.

Il suo sito è www.matteobortolotti.it.

Alfredo Colitto

Si è laureato al DAMS di Bologna con una tesi sulla crisi della poesia, poi ha cominciato a girare il mondo, facendo molti mestieri, dal trafficante d'ambra alla guida turistica. Attualmente vive a Bologna, dove insegna scrittura creativa presso la scuola «Zanna Bianca», che ha contribuito a fondare. Non distingue tra letteratura di genere e letteratura «seria», ma solo tra libri belli e brutti. Ha pubblicato i romanzi *Café Nopal, Bodhi Tree, Aritmia letale.* Ha partecipato a diverse antologie di racconti, tra cui *Killers*

& Co. e *Fez, struzzi e manganelli.* È redattore della sezione italiana di Europolar (www.europolar.eu), un progetto multilingue on-line che riunisce gli appassionati della letteratura di genere. È membro dell'Associazione scrittori Bologna e dell'AIEP (Asociación Internacional Escritores Policiacos). Collabora anche come traduttore con alcune tra le maggiori case editrici italiane. Ulteriori informazioni sul sito www.alfredo-colitto.com e su www.ivedovineri.it.

Leonardo Gori
È nato a Firenze nel 1957. Ha pubblicato nel 2000 *Nero di maggio*, ambientato a Firenze nel 1938 all'epoca della visita di Hitler e Mussolini alla città. Il romanzo ha inaugurato il ciclo delle inchieste del capitano dei carabinieri Bruno Arcieri, a spasso nel tempo tra il 1938 e gli anni Sessanta. Sono seguiti: *I delitti del Mondo Nuovo* (2002), *Il passaggio* (2002), *La finale* (2003), *Lo specchio nero* (2004) e *Il fiore d'oro* (2006). Nel 2005 ha pubblicato *L'angelo del fango*, con cui ha vinto il prestigioso Premio Scerbanenco, nell'ambito del Noir in Festival di Courmayeur. Ha partecipato a varie antologie, fra cui *Fez, struzzi e manganelli* (2005). Prima di dedicarsi ai romanzi gialli, o per meglio dire di tensione, si è occupato per quasi trent'anni di narrativa grafica e forme espressive correlate: illustrazione, cinema, disegno animato, in qualità di giornalista, saggista, organizzatore di mostre nei vari saloni (Lucca Comics, Expocartoon, ecc.).

Carmen Iarrera
Autrice radiotelevisiva, traduttrice e giornalista, il suo ultimo romanzo, *Delitti alla Scala*, è entrato nella cinquina dei finalisti del Premio Scerbanenco 2003. Con il critico d'arte Federico Zeri ha scritto *Mai con i quadri* e *Uno sguardo indiscreto.* È stata la prima autrice italiana a essersi cimentata nel romanzo di spionaggio, con *Guantanamera* e *Jihad 1999.* I suoi racconti compaiono nelle collezioni «Giallo Mondatori» e in antologie italiane, statunitensi, spagnole, ceche, francesi, olandesi e tedesche, e (unico autore italiano) nella prestigiosa rivista statunitense «Ellery Queen Mystery Magazine» e nella giapponese «Hayakawa's Mystery Magazine». Ha vinto il premio del WWF per la miglior favola sul lupo, e il premio del Mystfest Gran Giallo Cattolica. È stata presidente della sezione italiana dell'AIEP. Ulteriori informazioni sul sito www.carmeniarrera.com.

Diana Lama
Napoletana, medico, professore universitario, da sempre nutre un'insana e divorante passione per gialli, mystery, thriller, suspense e noir. Tale passione è stata nutrita e coltivata a lungo come lettrice, e infine da scrittrice. Nel 1995, in coppia con Vincenzo de Falco, vince il premio Alberto Tedeschi con il romanzo *Rossi come lei. Rossi come lei* e *Nell'ombra* sono stati pubblicati in Germania con i titoli *Tote nymphe* e *Tod im Glashaus.* Di prossima pubblicazione il romanzo *Solo tre ragazze.* È autrice di sceneg-

giature, pièce teatrali e numerosi racconti pubblicati su riviste di genere. Ha partecipato alle antologie *Killers & Co.* e *Fez, struzzi e manganelli,* entrambe a cura di Gian Franco Orsi.

Ernesto G. Laura
Veneto ma con origini liguri per parte di padre e toscane per parte di madre, a Roma da una vita, ha scritto una (esauritissima) *Storia del giallo. Da Poe a Borges* (1981) e vari saggi critici in materia, oltre a un racconto inserito nel volume curato da Gian Franco Orsi *Fez, struzzi e manganelli* (2005) e sta terminando il suo primo romanzo. Fa parte del comitato scientifico della rivista «Il Falcone Maltese». La sua attività prevalente è però il cinema come storico, critico, regista. Ha vinto il premio Filmcritica-Umberto Barbaro nel 1986 per *L'immagine bugiarda. Mass-media e spettacolo dal vivo nella Repubblica di Salò.* Ha appena pubblicato *Hitchcock e il Surrealismo.* Dirige la rivista «Filmcronache» ed è direttore artistico del nuovo Saturno International Film Festival di Alatri dedicato al film di ispirazione storica. Sul suo libro *Le stagioni dell'aquila* è basato l'omonimo film di Giuliano Montaldo.

Nunzia Monanni
Redattrice nei periodici femminili Rizzoli dal 1953, giornalista professionista dal 1972, ha curato la narrativa per «Bella», «Annabella», «Novella» e «Mille Idee», dove ha pubblicato racconti e romanzi brevi. Di recente ha scritto una breve biografia di Scerbanenco, pubblicata in appendice al romanzo *Non rimanere soli* e ha curato la raccolta *Racconti neri.* Per «la Repubblica» ha intervistato alcuni personaggi tipici della vecchia Milano. L'intervista a Tiziano Barbieri è stata pubblicata in un volume dedicato alla memoria dell'editore. Ha scritto *Il grande libro dei test* e volumi di psicologia e medicina divulgativa (con la consulenza del professor Carlo Staudacher).

Giancarlo Narciso
Difficile distinguere il confine tra realtà e fantasia nei romanzi di Giancarlo Narciso, il milanese globetrotter la cui vita avventurosa trasuda continuamente nelle sue storie, spesso ambientate in Estremo Oriente, dove ha vissuto per oltre dieci anni assumendo modi, cultura e filosofia. Letteralmente dileguatosi dall'Italia nel 1979, Narciso si imbarca in quattro giri del mondo consecutivi che, senza mai ricondurlo in Europa, lo portano a stabilirsi di volta in volta a Tokyo, in Kuwait, a Katmandu, Bali, San Francisco, Città del Messico, Singapore, facendo mille mestieri, dalla comparsa all'interprete, dal reporter sportivo al modello, dal dirigente d'azienda al contrabbandiere. Apparentemente rinsavito per via dell'età, dal '94 si limita a passare sei mesi all'anno in quella che considera la sua vera patria, l'isola di Lombok, in Indonesia, e gli altri sei a Riva del Garda. Ha scritto i romanzi *Incontro a Daunanda, Arrivederci & Amen, Sankha-*

ra (finalista al premio Scerbanenco), *Singapore Sling* (vincitore del premio Tedeschi e soggetto del film RAI *Belgrado Sling*), *Le zanzare di Zanzibar*, e *I guardiani di Wirikuta*. A questi si affiancano il dramma horror *Eclissi* e numerosi racconti. Con lo pseudonimo di Jack Morisco firma una fortunata serie di romanzi di spionaggio ambientati a Singapore e dintorni.

Ben Pastor

Nata a Roma ma trasferitasi ben presto negli Stati Uniti, ha insegnato storia e scienze sociali presso le università dell'Ohio, dell'Illinois e del Vermont. Oltre a *Lumen, Luna bugiarda, Kaputt Mundi, La canzone del cavaliere, Il morto in piazza* e *La Venere di Salò* (i romanzi del «ciclo di Martin Bora» finora pubblicati negli USA, in Italia, Spagna e Germania), è autrice de *I misteri di Praga*, omaggio «in giallo» alla cultura mitteleuropea di Franz Kakfa e Joseph Roth, e di *Ladro d'acqua*, un thriller ambientato nel IV secolo d.C.

Giuseppe Pederiali

È nato a Finale Emilia, nella bassa modenese, e vive a Milano. Narratore, ha pubblicato tra l'altro i romanzi *Le Città del diluvio, Il tesoro del Bigatto, La Compagnia della Selva Bella, Stella di piazza Giudia, Emiliana, L'amica italiana* e *Il lato A della vita*. Sotto il titolo *Padania felix* ha raccolto saggi e interventi giornalistici. Ha pubblicato con grande successo i racconti *L'Osteria della Fola* (2002) e i primi tre romanzi che hanno come protagonista l'ispettore Camilla Cagliostri, *Camilla nella nebbia* (2003), *Camilla e i vizi apparenti* (2004) e *Camilla e il Grande Fratello* (2005). È tradotto in Germania, Inghilterra, Russia, Francia e Giappone.

Patrizia Pesaresi

È nata in Ancona, ma da molti anni vive a Roma, dove lavora come medico-psichiatra e psicoanalista. Ha esordito come giallista nel 1985, vincendo con il racconto *Uno per tutti* il concorso Gran Giallo al MystFest di Cattolica. Questo e altri suoi racconti – polizieschi, gotici e di spionaggio – sono apparsi nel «Giallo Mondadori», in «Segretissimo», «Febbre Gialla», «Delitti di Carta» e in antologie pubblicate da diverse case editrici. Il romanzo *Ancor non vi fu donna* è stato tra i titoli selezionati per il premio Scerbanenco nel 2004. Il suo ultimo romanzo pubblicato è *Dopo la prima morte* (2006).

Biagio Proietti

Autore e regista, lavora per il cinema scrivendo, fra gli altri, *Fai in fretta a uccidermi... ho freddo, La morte risale a ieri sera, Black Cat, Chewingum* e *Puro cashmere*, entrambi anche diretti. Per la televisione il suo nome è legato alla splendida stagione dei grandi gialli degli anni Settanta e Ottanta come *Dov'è Anna?, Coralba, Ho incontrato un'ombra, Philo Vance, Lungo il fiume e sull'acqua, Un certo Harry Brent* e *Storia senza parole*, premiato come miglior film TV 1981 dai critici italiani. Ha scritto e diretto anche opere di altro genere come *Racconti fantastici* (da Edgar Allan Poe), *Madame Bovary*, *Sound* con Peter Fonda, *Miriam*, *La mezzatinta*, ecc. In campo letterario ha scritto, con Diana Crispo, il romanzo *Dov'è Anna?* e, da solo, *Una vita sprecata* e, con gli stessi personaggi, *Ti ricordi del signor G?*.

Claudia Salvatori

È sceneggiatrice di fumetti e di cinema, i suoi racconti sono usciti su numerose antologie e riviste. Ha pubblicato *Più tardi da Amelia* (premio Tedeschi 1985), *Columbus day*, *Mistero a Castel Rundegg* e *Schiavo e padrona* (da cui è stato tratto il film con Rocco Siffredi *Amorestremo*), *Superman non muore mai*, *La canzone di Iolanda* e *Sublime anima di donna* (premio Scerbanenco 2001). Tra i suoi ultimi lavori, *Ildegarda*, *Il sorriso di Anthony Perkins*, *La donna senza testa* e il nazithriller *Nessuno piange per il diavolo*. Dirige attualmente la collana «Codice giallo» per l'editore De Ferrari di Genova. Di prossima pubblicazione *Fairy*, e un «Segretissimo», ma probabilmente con pseudonimo. cemax@libero.it

Giampaolo Simi

È nato a Viareggio nel 1965. Ha pubblicato sei romanzi, fra cui *Direttissimi altrove* (1999), *Tutto o nulla*, entrambi tradotti in Francia nella «Série Noire» di Gallimard. Il suo lavoro più recente è *Il corpo dell'inglese* (2004), mentre nel 2005 è stato ristampato il suo primo romanzo, *Il buio sotto la candela*. Il suo prossimo romanzo è previsto in uscita per Stile Libero Einaudi all'inizio del 2007.

Diego Zandel

È nato a Fermo nel 1948 da esuli fiumani e vive fra Roma e l'isola di Kos. Ha pubblicato spy story, alcuni saggi su Eric Ambler e una guida alla lettura di Ivo Andrić, fra i più importanti autori serbi d'oggi. Ha scritto i romanzi *Massacro per un presidente*, *Una storia istriana*, *I confini dell'odio* e *L'uomo di Kos* (2004) e i racconti ambientati in Istria e Grecia, pubblicati sui giornali in ordine sparso e ora raccolti nell'antologia *Verso Est*. Di prossima pubblicazione il romanzo *Cercando Veronica*. Con Oscar Iarussi ha curato per Progetto Italia di Telecom Italia la rassegna cinematografica «Mezzogiorno di cinema» svoltasi nella prima metà del 2006 nel cantiere del Teatro Petruzzelli di Bari.

Indice

Finito di stampare nel mese di gennaio 2007
da Grafica Veneta S.p.A. Trebaseleghe (PD)